ET QUI VA PROMENER LE CHIEN ?

L'Objet de mon affection (Denoël, 1989, Éd. 10/18, 1997)
L'Art de la fugue (Denoël, 1993)

STEPHEN McCAULEY

ET QUI VA PROMENER LE CHIEN ?

Denoël

*Roman traduit de l'américain
par Marie-Caroline Aubert*

Ouvrage publié sous la direction
de Cynthia Liebow

Titre original :
THE MAN OF THE HOUSE

(Simon & Schuster, New York, 1996)
© 1996 by Stephen McCauley

Et pour la traduction française
© 1997, Éditions Denoël
9, rue du Cherche-Midi, 75006 Paris
ISBN 2.207.24494.6
B 24494.3

*En mémoire de mon propre père
et pour Sebastian*

1

Le matin où j'ai reçu la lettre de Louise Morris
m'annonçant son arrivée en ville, j'étais assis dans mon
lit, plongé dans la lecture des *Hauts de Hurlevent*.
J'essayais de trouver un commentaire profond que je
pourrais resservir cette semaine-là aux élèves de mon
cours pour adultes. Il était un peu plus de dix heures et
déjà la chaleur montait, en même temps qu'une humidité confortable. L'été avait été un bain de vapeur,
chaque journée se révélant plus intolérablement léthar-
gique que la précédente, mais on venait de dépasser la
mi-août et je m'étais habitué au temps. J'aimais croire
qu'en y résistant stoïquement, mon caractère allait
s'endurcir, vertu que je ne pouvais me permettre de
négliger, quel que fût le prix à payer. J'avais fêté mes
trente-cinq ans au printemps et pensais que cette histoire de caractère, c'était pour tout de suite ou jamais.

Mes quartiers, dans l'appartement de deux étages que
je partageais avec Marcus Gladstone – vieil ami à moi et
ancien amant de Louise Morris –, consistaient en trois
pièces aménagées au grenier, sous les combles, d'une
maison délabrée à façade de vinyle pas loin de Harvard
Square. Tout au long de l'été, elles étaient suffocantes,

dégageant une odeur de goudron et de cèdre, comme si le toit, cuisant bel et bien juste au-dessus de ma tête, allait prendre feu d'une minute à l'autre. Mais il y avait dans cette atmosphère confinée, frôlant la claustrophobie, un je-ne-sais-quoi d'attirant. Quand j'étais assis dans mon lit, je pouvais, moyennant quelques ajustements judicieux, toucher du doigt les murs qui m'entouraient. Marcus, qui disposait d'une chambre et d'un bureau en dessous de moi, étant trop grand, trop prévenant et trop paresseux pour grimper l'escalier abrupt menant à ma tanière, je jouissais, en plus du reste, d'une intimité quasi totale. J'avais emménagé avec Marcus deux ans plus tôt, à la suite d'une rupture, à un moment où l'intimité était une chose dont j'avais à la fois terriblement besoin et terriblement peur. Il existe une frontière ténue entre le luxe admirable de ne rendre compte de son temps à personne et la solitude de savoir que personne ne se soucie de ce qu'on peut bien en faire, et il y avait certains jours – la plupart, en vérité – où je ne savais plus très bien de quel côté je me situais.

En entendant le facteur gravir pesamment les marches de notre perron ce matin-là, je sautai à bas du lit, enfilai un jean et fonçai vers la porte. J'ai toujours foncé vers la porte dès que j'entendais le courrier arriver. À l'instar de beaucoup de gens souffrant d'insatisfaction chronique et disposant d'un excès de temps libre, j'avais réussi à me persuader que rien de plus substantiel qu'un timbre-poste ne me séparait de la Vie Idéale. Peut-être y avait-il de l'argent dans le courrier de ce matin, ou une proposition de job à... Rome, par exemple – on m'offrait un poste dans une école américaine peu exigeante qui fournissait à son corps enseignant des chambres avec vue sur le Forum dans un *palazzo* décati. Ou, tout aussi plausible, Gordon, mon ex, ayant retrouvé ses esprits, m'écrivait pour me dire qu'il avait commis une erreur en me quittant, aveu que j'attendais fébrilement de lui afin de pouvoir enfin mettre une croix sur sa personne et poursuivre mon chemin.

En passant devant le bureau que j'avais réussi à coincer dans une encoignure sous les combles, je surpris mon reflet dans le miroir et m'arrêtai net. Le problème, c'est qu'à force de partager la maison avec quelqu'un d'aussi beau que Marcus, je finissais par considérer son visage comme tout à fait normal. Mais chaque fois que je rencontrais un miroir, il me fallait subir la comparaison. Non que j'eusse la moindre envie de traîner dans la vie le fardeau de la beauté blonde et langoureuse de Marcus ; c'est juste que, ces derniers temps, les rares éléments de mon apparence que j'avais autrefois considérés comme des avantages commençaient à se retourner contre moi. Cet aspect longiligne et émacié, négligé et brouillon, que j'avais soigneusement cultivé entre vingt et trente ans commençait à ressembler à du désespoir et de l'indigence maintenant que je doublais le cap du milieu de la trentaine. Il y a un âge où l'air affamé et négligé ne séduit que si l'on n'est ni l'un ni l'autre ; or, à dire vrai, j'étais tout de même un peu des deux. Jusqu'à mes lunettes qui commençaient à témoigner en ma défaveur. Cet article noir et cliquetant que je portais depuis tant d'années faisait chaque jour un peu moins East Village et un peu plus années 50. Je les avais choisies, il y avait des lustres de cela, pour leur côté mode mais c'était une erreur, et maintenant on aurait plutôt dit que c'étaient elles qui m'avaient choisi. Le plus déprimant dans tout ça, c'est que j'étais enfermé dans ce personnage que j'avais créé, et je ne pouvais pas prétendre tout changer en quelques minutes en m'offrant une coupe de cheveux à trois cents balles et des lunettes gratifiantes. Certaines choses doivent être réglées tant qu'on est encore jeune. Passé trente-trois ans, on ne se met pas subitement à avoir du style, pas plus qu'on ne commence à fumer ou à adorer John Steinbeck. D'un autre côté, vu le nombre impressionnant de gens de ma connaissance qui avaient été effacés avant même d'avoir atteint leur trentième année, vieillir ressemblait fort à un privilège, le genre de privilège dont on ne devrait pas se plaindre en public.

Je dévalai les deux étages et poussai la porte donnant sur le petit vestibule de la maison. Donald Gern, notre voisin du rez-de-chaussée, s'y trouvait, occupé à inspecter la pile de courrier.

« On n'y voit que dalle là-dedans, dit-il. C'est comme essayer de lire dans une putain de cave. »

Tenant une enveloppe à bout de bras, il loucha jusqu'à disparition de ses yeux gris. Les vitres colorées de la porte d'entrée occultaient pas mal de lumière, certes, mais je n'avais jamais eu de difficulté à déchiffrer le courrier, même par les matinées d'hiver les plus blafardes. Si Donald se livrait régulièrement à ce numéro de composition en ma présence, c'est autant, j'imagine, par manque d'aisance sociale et de confiance en soi que par embarras à l'idée d'être piégé dans un espace clos en compagnie d'un homosexuel notoire.

Donald s'était installé au rez-de-chaussée environ six mois plus tôt. Son appartement était de ces lieux à la configuration étrange et à la peinture crasseuse qui attirent les locataires de transition à tendance excentrique. Depuis que j'habitais cette maison, une demi-douzaine d'occupants s'y étaient succédé – pour l'essentiel, autant qu'il m'en souvienne, des matheux géniaux à cheveux gras du genre qui, ayant décroché son diplôme avec mention très bien, est promis à la plus grande réussite mais se tape une dépression quelconque et finit collectionneur de B.D., avec un emploi dans un centre de photocopie. Donald Gern ne collait pas tout à fait à la description, mais il n'en était pas très éloigné non plus. C'était un grand type, plus d'un mètre quatre-vingts, avec un corps massif qui aurait pu être gras ou musculeux mais ne semblait être ni l'un ni l'autre. Un jour, je l'avais vu torse nu dans le jardin du fond – un torse mastoc et pas très défini. Il avait ce genre de corps pâle, glabre, que l'on trouverait tout naturel chez un figurant dans un péplum biblique en noir et blanc.

Ce matin, il portait un pantalon foncé, une chemise blanche et une blouse blanche de laborantin qui lui arrivait aux genoux. Il travaillait à Boston dans un établissement qu'il qualifiait de « clinique », où l'on traitait la calvitie, la chute de cheveux et autres maladies incurables. Je ne le connaissais pas depuis longtemps, mais déjà sa profession m'obsédait. Convaincu qu'il s'agissait de charlatanisme pur et simple, je n'en revenais pas de le voir considérer tout ça avec tant d'équanimité. Chaque fois que je lui parlais de son job, il prenait un air grave et sévère, se drapant dans une dignité pompeuse, comme si nous discutions d'oncologie. D'un autre côté, je soupçonnais qu'un jour ou l'autre je risquais moi aussi de devenir chauve et j'étais toujours à l'affût de quelque signe me confirmant que son travail n'était pas entièrement nul, au cas où j'aurais besoin de ses services. À la lumière du jour, ses cheveux avaient plutôt la couleur d'un pansement, mais sous cet éclairage faiblard, ils paraissaient roses. Ils traversaient son front en une seule mèche molle, comme une feuille de laitue qu'on aurait jetée sur un pamplemousse. Étaient-ce les siens, ou bien une moumoute? À moins que ce ne fût le résultat d'une entreprise chirurgicale malheureuse? Telles étaient, j'ai honte de l'avouer, les questions que je me posais alors que j'aurais pu m'interroger sur le sens de la vie.

« Vous partez travailler? lui demandai-je.

– J'assure deux permanences d'affilée », répondit-il. Il secoua la tête d'un air sinistre, comme si quelque décompte des corps, la veille dans une salle d'urgences, lui était soudain revenu à l'esprit. « Huit patients de suite. Nous manquons de personnel, mais je vais vous dire une chose, c'est vraiment dur de trouver des trichologues qualifiés. » Il me regarda sans relever la tête. « Vous connaissez quelqu'un qui cherche un emploi? »

Il m'avait demandé ça avec un tel sérieux que la proposition semblait porteuse de menaces.

« Ça ne me vient pas immédiatement à l'esprit...

– Tout le monde est au chômage, mais quand on offre du travail, c'est le désert complet. » Il se mit à examiner une enveloppe d'un air pénétré. « On dirait que l'un de vous a du succès, les garçons. C'est une écriture de femme, si je ne me trompe. »

Il cala la lettre sous son bras et poursuivit son exploration. Il avait un de ces visages de bébé sans âge. Des sourcils tellement clairsemés qu'on ne les voyait pour ainsi dire pas, et une petite bouche qui avançait les lèvres comme une poupée en celluloïd. D'abord, j'avais cru qu'il souffrait d'une insuffisance thyroïdienne – les sourcils mités, la lourdeur maladroite du corps, la démarche traînante style fiancée de Frankenstein, tout en lui le suggérait. Mais plus récemment, j'avais surpris sur son visage, lorsqu'il ne se savait pas observé, une expression d'indéniable tristesse et je m'étais dit qu'il se sentait tout simplement un peu seul. N'empêche, il avait une façon exaspérante de nous traiter, Marcus et moi, comme des enfants alors qu'il était probablement plus jeune que nous. J'aurais voulu lui demander de me remettre cette lettre sur-le-champ mais je n'arrivais pas à trouver un moyen satisfaisant de le faire sans me comporter comme un gosse capricieux, ce qui aurait avalisé sa condescendance à mon égard.

Ayant inspecté la pile d'enveloppes, il leva les yeux.

« Mince ! J'ai l'impression que, pour cette fois-ci encore, personne n'a calanché en me léguant un million de dollars. Enfin, dit-il en me tendant la lettre à contre-cœur, peut-être que vous, vous aurez de la chance.

– Je ne suis pas si sûr que vous appelleriez ça avoir de la chance, répondis-je. Ça vient de ma sœur. »

Il n'y avait pas d'adresse d'expéditeur au dos de l'enveloppe, mais Agnès inscrivait toujours notre patronyme, Carmichael, en grosses capitales, histoire de me rappeler que j'avais des obligations familiales.

« J'aurais tellement aimé avoir une sœur, dit Donald en secouant la tête d'un air triste. Enfin, différente de celle que j'ai déjà, je veux dire. »

Au moment où je battais en retraite vers la porte, une autre enveloppe, s'échappant de la pile de magazines et de catalogues que tenait Donald, alla atterrir en voletant sur le carrelage. Il proféra un autre de ses jurons mineurs, la ramassa et me la tendit. « Je crois que j'en ai raté une autre, avec cette putain de lumière. » Il tourna la clé dans sa serrure. « Bon, à un de ces jours, alors. »

Il se faufila à l'intérieur et claqua la porte derrière lui, abandonnant dans son sillage le parfum de citronnelle et de sciure de son after-shave, allié à la puissante odeur de colle de sa laque capillaire.

Depuis quelques semaines, je m'étais mis à considérer avec inquiétude l'intérêt que je portais à Donald, sans parler de mon besoin de m'identifier à lui. Je suppose qu'il était typiquement le genre de personne que l'on craint de devenir faute d'avoir réussi sur le plan professionnel, hérité d'un paquet d'argent ou, en dernier recours, décroché une épouse respectable. Il m'avait confié la semaine précédente son intention d'organiser sous peu un barbecue dans le jardin et avait promis de m'en communiquer la date. « Ce sera tout simple, avait-il précisé, juste une bande de paumés réunis pour prendre une petite cuite. Vous devriez vous joindre à nous, les gars. »

Malheureusement, c'était la meilleure proposition que j'aie reçue depuis des lustres.

La deuxième lettre que Donald m'avait remise portait mon nom, tracé de l'écriture-graffiti de Louise Morris. Cela faisait un bail que j'étais sans nouvelles d'elle, depuis plus d'un an précisément, lorsqu'elle m'avait écrit pour m'annoncer qu'elle s'installait à Seattle. Je glissai l'enveloppe dans ma poche arrière avant de remonter l'escalier, décidé à la garder pour la bonne bouche, quand j'aurais terminé la lecture de la missive de ma sœur. Agnès avait laissé deux ou trois messages sur mon répondeur dans le courant de la semaine mais si je ne l'avais pas rappelée, c'était essentiellement parce que chaque fois, elle avait précisé : « C'est au sujet de... papa. » Agnès hésitait autant que moi à appeler notre père « papa ». Le terme n'était pas adapté, mais lui donner du « Père » était tout de même trop formel et il nous intimidait tellement, l'un comme l'autre, que nous n'osions pas l'appeler par son prénom. D'ailleurs, parler de notre père était un des plus sûrs moyens d'assombrir la journée. Je sentais déjà que j'allais en vouloir à Agnès de m'avoir rappelé qu'il existait.

La maison où nous habitions, Marcus et moi, avait été construite vers la fin des années 40. C'était une bâtisse de deux étages, ordinaire et sans esprit, bénéficiant d'un grenier, d'une petite véranda à l'avant et d'un jardin grand comme un matelas à l'arrière, juste ce qu'il fallait pour une famille animée par l'optimisme d'après-guerre, quelques minutes avant que l'exode vers la banlieue n'ait pris son essor. Quatre maisons absolument identiques bordaient la rue, mais la nôtre se distinguait en ceci que le minuscule jardinet de devant arborait un pin gigantesque qui, lentement mais sûrement, en grignotait les fondations. L'arbre, ridiculement disproportionné par rapport au jardinet, apportait une touche de beauté décadente à la façade dépourvue d'intérêt et la présence des aiguilles qui bouchaient les gouttières et constellaient les marches du perron avait un petit air romantique. Au cours des ans, l'intérieur de la construction avait été remodelé, rénové et négligé par une succession de propriétaires, si bien que la plupart des pièces avaient d'étranges volumes, que certains escaliers et portes ne donnaient sur rien, que maintes fenêtres étaient coupées en deux par un placard ou une penderie, et que nombre des moulures et lambris disparaissaient dans les murs de façon inattendue. Nous étions à quelques rues seulement d'un quartier où professeurs et

avocats jouissaient d'une quiétude agrémentée de végé-
tation, mais notre rue était encombrée de familles
bruyantes et pessimistes, purs produits de l'ère post-
reaganienne se débattant de difficultés financières en
crises personnelles, et qui conduisaient néanmoins, allez
comprendre pourquoi, des voitures constellées d'auto-
collants à la gloire de candidats républicains et autres
causes d'extrême droite dont ils ne pouvaient attendre
qu'une aggravation de leur sort, pourtant peu enviable
en l'état, à en juger par les engueulades permanentes
dont ils gratifiaient le voisinage.

Les pères avaient tous le faciès bouffi du buveur
impénitent ou de l'accro aux anabolisants, et les ados
traînaient jour et nuit dans la rue comme s'ils étaient
confrontés à une seule alternative, se raser le crâne ou se
suicider. Les mères qui n'étaient pas envahies par une
obésité morbide affichaient une maigreur gagnée aux
amphètes. La première catégorie se produisait rarement
en public alors que les secondes, branchées en continu
sur leur baladeur, semblaient consacrer huit ou neuf
heures de leur journée à remplir des machines à la lave-
rie automatique.

Notre maison était adossée à une épicerie de luxe où,
à en croire la rumeur, Julia Child, qui vivait une partie
du temps dans la section chic du quartier, faisait parfois
ses courses. Elle avait été ma vedette préférée à la télé
quand j'étais gamin, cela bien avant d'apprendre, à ma
grande consternation, qu'elle était une personne en
chair et en os, et pas un personnage de fiction. La rupture qui avait provoqué mon emménagement avec Marcus étant du type traumatisant, j'avais passé des heures,
au début, à errer dans les travées encombrées du magasin, ramassant au passage des boîtes d'escargots, caviar

et autres articles poissonneux de luxe, dans le seul espoir d'entr'apercevoir le grand chef français. Pour une raison qui m'échappe aujourd'hui, je m'étais mis dans la tête que cela pourrait me réconforter : Gordon m'avait peut-être plaqué, mais nom d'un chien, je faisais mes courses avec Julia Child. Puis je finis par lâcher prise et devins client du supermarché du coin, où aucune célébrité n'était censée faire ses courses mais où, du moins, on honorait les bons de réduction.

En arrivant à l'étage, je trouvai Marcus debout devant la cuisinière, vêtu d'un short en madras portant la signature de quelque créateur et chaussé de tennis éculées. Marcus n'était pas un sportif. Qu'il réussît à user des chaussures de tennis avec une telle régularité ne faisait qu'apporter de l'eau au moulin de mes soupçons : il devait passer un temps fou à traîner dans les rues de Cambridge tout en prétendant qu'il restait enfermé en bibliothèque à effectuer des recherches pour sa thèse. Il était fauché en permanence mais possédait une collection phénoménale de sous-vêtements des plus variés, vu que toutes ses petites amies sans exception lui avaient offert ce genre de cadeau intime, à l'exclusion de tout autre. Je fus sur le point de lui annoncer l'arrivée de la lettre de Louise, mais me ravisai au dernier moment. Marcus ne comprenait absolument pas comment j'avais pu maintenir mes relations amicales avec Louise alors que lui-même n'y était pas parvenu. À mes yeux, c'était pourtant fort clair : elle et moi étions amis depuis le début, tandis que Marcus et elle étaient seulement amants, une relation beaucoup plus ténue et circonstancielle, et de celles qui sont rarement éternelles.

Je tirai un des stores en lattes de bois pour filtrer le soleil et m'affalai sur les bosses du canapé orange que, dans l'espoir de remplir l'espace, nous avions adossé à un des murs de l'énorme cuisine en L.

« C'est mauvais pour les ressorts », commenta Marcus, occupé à verser de l'eau avec lenteur et méthode sur le café moulu. Le café était l'élément de base de son régime alimentaire, et il consacrait à sa préparation une attention fétichiste.

« Ils sont bousillés, de toute manière, affirmai-je. Nous devrions en acheter un autre.

– Tu as raison, répondit-il sans grande conviction. J'y pensais justement l'autre jour. Nous devrions trouver un autre truc pour le salon, pendant qu'on y est.

– Bonne idée », approuvai-je.

Ce que pouvait être le « truc » destiné au salon, je n'en avais pas la moindre idée. Il était impossible que nous achetions un canapé, une table ou le moindre « truc » pour n'importe quelle pièce de cette maison, vu que, dans notre esprit, notre cohabitation était temporaire. L'arrangement selon lequel deux hommes vivent ensemble sans lien sentimental est toujours considéré comme temporaire, à moins qu'ils ne soient frères, auquel cas on peut considérer qu'ils sont fous et que par conséquent l'arrangement est permanent.

La perspective de passer l'aspirateur en couple impliquait déjà une intimité tellement embarrassante qu'entrer ensemble dans un grand magasin pour discuter de tissus semblait tout bonnement hors de question. Aussi nous contentions-nous de ce canapé, d'ailleurs récupéré sur le trottoir. À mon avis, son propriétaire précédent était probablement un drogué.

Bon, le moment est venu de me débarrasser d'une vérité humiliante en avouant que jadis, il y a de cela plusieurs années, lors de notre première rencontre, j'en ai pincé pour Marcus tout en sachant parfaitement qu'il était obstinément hétéro. Il était d'une beauté à couper le souffle, avec une façon de traîner légèrement sur les voyelles comme les gens du Sud, et un charme discret laissant entendre qu'il abritait un grand secret. À vous de le mettre au jour. Dieu merci, cette toquade avait fini par me passer. On ne peut pas continuer de désirer quelqu'un dans le cadre d'une amitié prolongée, pas plus qu'on ne peut maintenir une amitié prolongée sans quelque petite étincelle d'attirance sexuelle. Toujours est-il que j'éprouvais maintenant un certain soulagement, en regardant Marcus, à constater qu'il était toujours d'une beauté fracassante mais que la perspective de coucher avec lui me répugnait légèrement.

Je balançai mes jambes sur l'accoudoir du canapé – un appendice de pin noueux constellé de brûlures de cigarettes – et examinai l'enveloppe expédiée par ma sœur, me mettant au défi de l'ouvrir.

« Tu crois que Donald porte une perruque ? » demandai-je.

Interrompant l'opération café, Marcus leva les yeux.

« Je ne me suis jamais vraiment attardé sur la question des cheveux de Donald.

– C'est vrai, répondis-je. Moi non plus, en fait. »

Marcus se versa une tasse de café et demanda d'un air détaché : « Pourquoi ? Tu crois vraiment que c'est une perruque ?

– Va donc savoir. Ça pourrait être n'importe quoi.

– La couleur est un peu étrange, tu ne trouves pas ?

– Rose, dis-je en m'animant. Et il y a des fois où ils

changent de teinte juste sous tes yeux. Tu n'as jamais remarqué? »

Marcus secoua la tête. Il s'assit derrière la table de la cuisine, croisa les jambes, leva sa tasse et dégusta son café à petites gorgées, avec un plaisir lent, contrôlé, de véritable accro. Il faut porter à son crédit que Marcus avait développé cette passion pour la caféine longtemps avant que cela ne devienne à la mode, un substitut de la nicotine socialement acceptable. Maintenant que les maniaques des effets secondaires du tabac avaient détourné l'attention collective des véritables dangers pour la santé tels que gaz d'échappement et trous dans la couche d'ozone, il n'était plus possible d'oublier ses malheurs pendant dix minutes en allumant simplement une cigarette en public. Le café, drogue infiniment plus dangereuse et malodorante, remplissait désormais ce rôle.

La mère de Marcus était d'origine hollandaise et son père, natif de Virginie, venait d'un milieu rural. Marcus alliait donc les traits dramatiques, taillés à la serpe, d'un paysan tel qu'on en voit dans les toiles de Brueghel et la blondeur élancée d'un Américain rustique. Ses joues hâves et son teint blafard se combinaient de la plus flatteuse manière, tout comme son grand front d'intellectuel et ses lèvres charnues, ses oreilles protubérantes de créature sensuelle. Il y en avait pour tous les goûts, en quelque sorte, à condition de ne pas creuser trop loin.

« Je n'ai pas envie de parler des cheveux de Donald, Clyde. J'ai eu une nuit un peu houleuse, hier. Juste au moment où je croyais que tout allait bien avec Nancy, assez en tout cas pour que je puisse me consacrer à ma thèse. Où étais-tu, d'ailleurs?

— Au cinéma. » C'était un mensonge, mais la façon

désorganisée dont j'essayais d'accomplir ma vie sexuelle ne regardait que moi. J'avais passé une partie de la nuit avec Bernie, un garçon de café qui avait un vague air de Gordon et me téléphonait de temps à autre quand son jules s'absentait. « Qu'est-il arrivé?

– Nancy m'a plaqué. Elle prétend que je ne lui apporte pas assez de soutien affectif. » Il leva les yeux vers moi, l'air sincèrement consterné, ses belles lèvres pleines dessinant une moue dépitée. Il avait des cheveux fins, d'un blond pas très net, à hauteur d'épaules. Une mèche tomba, lui recouvrant la moitié du visage. Il la rejeta derrière son oreille en forme d'anse de tasse à thé. « Sans blague, tu peux me dire, toi, ce que cela est censé signifier, soutien affectif?

– Tu t'es trompé d'adresse, dis-je. Comment pourrais-je savoir ça, moi? »

Ce que je savais en revanche, c'est que depuis deux ans que nous partagions cet appartement, il avait vécu au moins cinq de ces liaisons passagères et torrides, généralement avec de jeunes étudiantes qu'il rencontrait dans les bibliothèques de Harvard. Il semblait attirer particulièrement les chercheuses inexpérimentées qui en étaient encore à juger les livres d'après leur couverture et se laissaient bluffer par son regard profond et ses joues creuses – comme cela avait été le cas pour moi, et aussi pour Louise Morris. Après quelques mois de route commune, elles abandonnaient la partie en invoquant les mêmes griefs : Marcus était incapable de se livrer à elles. Elles passaient toutes à côté de l'essentiel, à savoir qu'il avait livré de lui-même le peu qu'il y avait à livrer.

Je redoutais les nouvelles recrues, sachant que tôt ou tard j'allais me retrouver assis à la petite table en érable, tellement déprimante, de la vaste cuisine, tellement déprimante, où j'entendrais que Marcus était terriblement distant (ce que je savais déjà) et me verrais demander si, en tant qu'expert à domicile, je pensais qu'au fond Marcus était attiré par les hommes (ce dont je doutais, tout en sachant qu'il ne répugnait pas à les attirer). D'une manière totalement inexplicable, toutes ces filles semblaient être embarquées dans des études sur la culture « gay », discipline universitaire qui me laissait pantois. Je leur posais toujours un tas de questions courtoises sur leur travail dans l'espoir de glaner quelque ragot sur la vie sexuelle d'éminentes personnalités de l'histoire ou de la littérature. En guise de quoi, j'avais invariablement droit à un exposé sur la dynamique du pouvoir, les métaphores de sadomasochisme et d'asservissement, et l'identification des genres dans les romans de George Meredith et de Jane Austen ou même, que Dieu me garde!, dans *Le Lai de Beowulf,* ce vieux poème épique anglo-saxon d'avant le Xᵉ siècle. Tout ça déclamé dans une langue qui ne ressemblait que vaguement à l'anglais.

« Je commence à perdre espoir, dit Marcus, tenant sa tasse à hauteur des lèvres.

— Surtout pas, affirmai-je. Tu es trop jeune pour perdre espoir. » En réalité, approchant à grandes enjambées de la quarantaine, Marcus avait statistiquement l'âge idéal pour perdre espoir.

Ce n'est pas juste, je sais, mais il n'en demeure pas moins vrai qu'il est fondamentalement impossible d'éprouver de la compassion pour les beaux mecs.

Je lançai la lettre d'Agnès à Marcus en disant : « De ma sœur. » Il était trop tôt pour que je la lise moi-même. J'aimais beaucoup Agnès, mais communiquer avec elle m'entraînait parfois au fond d'un marécage de culpabilité et de tristesse qui me gâchait la journée entière. Quant à ce qu'elle pouvait bien avoir à me raconter au sujet de notre père, eh bien, on avait le choix entre les mauvaises nouvelles ou les très mauvaises nouvelles, et comme je ne consommais pas d'antidépresseurs, je ne me sentais d'humeur à entendre ni les unes ni les autres. L'idée m'effleurait parfois de m'y mettre, aux antidépresseurs, mais la malchance veut que j'appartienne à une génération qui ne se sent bien qu'avec des vitamines naturelles ou de la drogue achetée sur le trottoir.

« Agnès ! » Le visage de Marcus s'éclaira tandis qu'il déchirait l'enveloppe. « La pauvre petite, je ne l'ai pas vue depuis des mois. »

Tant qu'une femme n'était pas une candidate sérieuse à la relation amoureuse – si elle avait presque son âge, par exemple, et ne fréquentait pas Harvard –, Marcus était tellement disponible, il apportait un tel soutien affectif qu'il aurait pu apposer une plaque sur sa porte. Et s'il y avait un point sur lequel ne subsistait aucun doute, c'est qu'Agnès n'était pas une candidate sérieuse à la relation amoureuse.

L'enveloppe envoyée par Louise contenait un message succinct, griffonné sur une feuille de papier à l'entête d'un motel.

Cher Clyde. Bonjour de, attends un peu, où sommesnous ? La voiture a eu un problème que je n'ai pas su résoudre, alors nous voilà bloqués ici quelques jours. (En fait, j'aurais su le résoudre, mais il me manquait les pièces détachées.) Ben a profité de ces loisirs forcés pour rechercher des colliers antipuces. Tu t'y connais en chiens ?

Tu te souviens, quand j'ai dit que je ne remettrais

jamais les pieds dans l'Est? Eh bien, devine un peu quoi.
Jamais s'est transformé en plus tôt que je ne le pensais. J'ai
obtenu une bourse d'un éminent établissement universi-
taire de Cambridge qui a des égards pour les femmes, alors
nous rappliquons. Ne t'inquiète pas, j'ai trouvé une sous-
loc. J'aurais dû te prévenir avant, mais les choses se sont
précipitées. Je signerai quand tu m'auras assuré que Ben et
moi allons être follement heureux là-bas et que tout sera
merveilleux. Allons, ne te tracasse pas — je ne te croirais pas
si tu le faisais. Je croule sous les complications. Je te
raconterai ça quand on se verra.
Ton amie, Louise Morris.

C'était une lettre plutôt terne, venant de Louise. Elle
était écrivain, romancière précisément, et ses lettres
étaient quelquefois si élaborées que je la soupçonnais de
m'utiliser comme cobaye pour des éléments qu'elle envisageait d'incorporer ultérieurement dans ses romans. Il y
avait de quoi se vexer, mais les lettres étaient généralement fort divertissantes. Et puis, j'en avais conscience, la
période ultra-intime de notre amitié était révolue et
j'acceptais volontiers d'être rétrogradé du rang de
confident à celui de public.

Quoi qu'il en soit, c'était une joie d'apprendre que
Louise s'installait à Cambridge. Les visites de vieux amis
ont le don de me remonter le moral, surtout s'ils n'ont
pas besoin d'être logés et qu'ils apportent des perspectives de drames auxquels je pourrai participer, mais à
distance raisonnable.

Louise menait depuis une douzaine d'années une vie
itinérante, cabotant de haut en bas de la côte Ouest
en compagnie de son fils Benjamin, selon les postes
d'enseignante et les propositions d'articles en free-lance

qui se présentaient, quand ce n'était pas, à l'occasion, un job de serveuse dans un restaurant. J'avais lu ses trois romans, bien entendu, mais ayant consacré tous mes efforts à chercher entre les lignes des informations sur sa vie privée ou une allusion voilée à ma personne, leurs intrigues m'avaient un peu échappé. En vérité, ils étaient assez dépourvus d'intrigue et je ne pouvais m'empêcher de penser qu'il en allait de même pour son existence vagabonde, si enviable fût-elle. C'était un écrivain respecté, de ceux dont le nom évoque quelque chose aux gens qui connaissent les livres, même s'ils n'ont pas été jusqu'à lire un des siens. Il fut un temps où j'avais moi aussi quelques prétentions littéraires, aussi retirai-je une sorte de plaisir par procuration de la publication de son œuvre. Et comme ses ventes étaient modestes, je ne risquais pas de me laisser rattraper par l'envie et la rancune mesquine qu'un succès massif n'aurait manqué de provoquer en moi.

La dernière fois que j'avais vu Louise, c'était six ans plus tôt, quand elle vivait à San Francisco et que Benjamin était un charmant petit névrosé incapable d'afficher un sourire. C'était un de ces gosses brillants, pas du tout sentimentaux, qui vous brisent le cœur à force de vouloir paraître adultes et de faire comme s'ils maîtrisaient le chaos de leur existence. C'était la deuxième fois seulement que je la voyais depuis que nous avions obtenu notre diplôme de fac. L'essentiel de nos contacts s'effectuait par cartes postales, crises sporadiques de lettres et conversations téléphoniques à une heure avancée de la nuit, quoique ses appels aient cessé depuis qu'elle avait arrêté de boire, quelques années plus tôt.

e Agnès, soupira Marcus. Nous devrions
la voir. »

ᵤₑ par la lettre de Louise, j'en avais oublié ma
sœur. Cela faisait pas mal d'années que j'essayais de la
sortir de mon esprit mais je n'y étais jamais parvenu
pendant plus de quelques heures d'affilée.

« Elle se plaint que tu ne la rappelles jamais. Elle
pense que l'état de ton père empire. Et tu n'y mets pas
beaucoup du tien pour le livre de recettes. Qu'est-ce
que c'est que ce livre ?

– Ça ne t'intéresserait pas. »

Marcus me dévisagea de son air de chien battu,
genre : je suis blanc, j'appartiens à la classe moyenne,
j'ai trop de diplômes et suis d'une beauté fracassante.
Ayez pitié de moi ! Avec moi, bien sûr, cela marchait à
tous les coups.

« Le livre de recettes est une métaphore, lui
confiai-je.

– Ah », dit-il en hochant la tête. Chaque fois que je
me retrouvais dans une impasse avec Marcus, j'avais
recours au mot métaphore. Marcus était extrêmement
sensible aux métaphores, ne serait-ce même qu'à leur
mention. Pour ma part, j'étais plutôt sensible à la synec-
doque, ce qui est peut-être révélateur de certaines différences entre nos personnalités, quoique l'on puisse se
demander lesquelles.

Après le décès subit de ma mère, il y a de cela quelques années, Agnès et moi avions trouvé parmi ses
papiers une boîte à chaussures remplie d'étranges
recettes de cuisine, manuscrites, qu'elle avait élaborées
dans les derniers mois de son existence. Agnès essayait
de les classer dans l'espoir de les faire publier. J'avais lu

quelques-unes d'entre elles et y avais trouvé la preuve que, vers sa fin, notre mère était surmenée et mal dans sa peau, voire déséquilibrée sur le plan émotionnel. Quelle autre explication pouvait-on donner à « Sablés au thon », « Pâté en croûte bouilli » ou « Gâteau miracle », une curieuse concoction à base de sirop de chocolat et de tranches de pain blanc aplaties au moyen d'une poêle à frire? J'avais maints souvenirs de ma mère, de sa malencontreuse mais attirante philosophie du Je Souffre, donc Je Suis, et de son comportement Moi, Paillasson. C'était une femme menue, discrète, qui affichait cet air perpétuellement désemparé dont Agnès a hérité. Ses yeux sombres de myope, c'est à moi qu'elle les a passés. Si l'on ne tient pas compte des serveuses de cafétéria, c'était la dernière femme d'Amérique à porter quotidiennement un filet sur ses cheveux – de ces petits articles délicats vendus dans des sachets en plastique qui, avant qu'elle ne les drape sur ses cheveux fins, ressemblaient à des chiffons à poussière. Ses grands-parents venaient d'Italie et elle avait encore le chic pour les gestes théâtraux et les débordements de sentiments que je percevais comme un mélange confus d'opéra, de bulles papales et de dévotion à tous ces sublimes saints italiens, à la fois sanguinolents et béats. Tout la faisait pleurer, peu ou prou : publicités à la télévision, cartes de vœux, orages, et toutes les formes de musique, de la plus sacrée à la plus banalement profane. Mais ses excès émotionnels avaient été laminés, au fil des ans, par les dérobades glaciales de mon père, le dépit de voir Agnès rater son mariage et ce qu'il lui en coûtait d'essayer de m'accepter avec compassion et compréhension. À la fin de sa vie, les flots de larmes et le zèle religieux avaient cédé le pas, chez elle, à cette insipidité banlieusarde qui transforme l'obsession du linge propre en impératif moral. Elle s'était mise à faire ses achats par correspondance, cuisiner avec des boîtes de conserve et regarder la messe à la télévision pendant que la machine à laver ronronnait à l'arrière-plan. Elle se cramponnait à la notion catholique de destin et de châtiment, mais elle avait perdu toute foi en la rédemption. Du moins est-ce ainsi qu'elle interprétait la chose. C'était une femme douce et insatisfaite, qui ne se plaignait jamais. Je l'aimais énormément. Dans les cinq minutes qui suivaient la moindre de nos conversations téléphoniques, elle rappelait immanquablement pour ajouter quelque propos sans conséquence, comme si elle ne pouvait se résoudre à raccrocher définitivement. Cela me brisait le cœur de penser combien le caractère définitif de la mort devait la perturber.

Je n'avais même pas idée qu'elle pût être malade le jour où mon père me téléphona à sept heures du matin, en pleine tempête, pour exiger que j'aille me faire couper les cheveux.

« Me faire couper les cheveux ? aboyai-je. Qu'est-ce que tu racontes ? » Je présumai que cela avait vaguement un lien avec la neige, mais lequel, allez savoir.

« Tu ne sais pas ce que c'est qu'une coupe de cheveux ?

— Mais pour quoi faire ?

— Parce que ta mère est morte dans son sommeil la nuit dernière, et je veux que tu aies l'air décent pour ses obsèques. »

Les recettes de ma mère évoquaient de vastes réunions familiales, avec une flopée de petits-enfants, nièces, neveux, gendres et brus et tout ce genre de parentèle qu'elle n'avait pas, ou ne fréquentait pas. Parfois, il me venait à l'esprit que ses recettes étaient un message de l'au-delà. J'en avais lu une quantité dans l'espoir d'y découvrir un indice concernant une maladie secrète ou quelque indication susceptible d'expliquer sa mort, mais sans trouver autre chose que la preuve de sa grande fragilité mentale.

Elle n'avait qu'un frère, un célibataire nommé Raymond. Raymond vivait dans un appartement qu'aucun membre de notre famille n'avait jamais visité, à Revere, une petite ville côtière sur le déclin au nord de Boston. Il était lui aussi plutôt sur le déclin, ce genre d'Italien qui s'entend fréquemment dire, à cause de sa maigreur, qu'il ressemble à Frank Sinatra dans sa jeunesse. On considérait l'existence de Raymond avec respect et suspicion, à l'image de celles des bibliothécaires de sexe masculin et des prêtres, comme si elle recelait quelque chose d'à la fois noble et pathétique et qu'il fût préférable de la décrire dans ses grandes lignes, en termes vagues et généralités.

L'oncle Raymond fit une apparition spectrale et spasmodique à l'enterrement de ma mère, vêtu d'un costume mal coupé, la peau rouge à force d'être astiquée comme si l'usage du savon ne lui était pas familier. Il prit place à côté de moi sur une des chaises pliantes du funérarium et, désignant mon père de l'index, déclara entre deux quintes de toux : « Voilà ce qui l'a tuée. »

Vu les rapports pour le moins tendus que j'entretenais avec mon père, j'étais tenté de croire qu'il avait raison, et pourtant je ne pense pas que ce fût le cas. Je doute que leur mariage ait été particulièrement heureux – je ne les ai jamais vus rire, ni même sourire, lorsqu'ils étaient ensemble – mais au fil des ans ils s'étaient laissé entraîner dans une sorte de dépendance et de résignation morbides, tels deux êtres humains cramponnés l'un à l'autre sur le pont dangereusement incliné d'un bateau qui sombre. Il est arrivé que l'on confonde avec l'amour des sentiments bien pires que la simple antipathie. Autant que je sache, il n'y a jamais eu au cours de leurs presque quarante années de mariage d'incidents d'une violence particulière, menaces de mort ou tentatives de suicide par exemple.

J'aimais profondément ma mère et, à sa mort, j'étais désespérément triste. Mais il m'avait été assez facile de me séparer d'elle dans la mesure où il n'y avait aucun contentieux entre nous. Le cauchemar qui vous hante tout au long de la journée est celui qui a été brutalement interrompu par un réveil en pleine nuit. Maintenant, je n'avais d'autre image d'elle que son petit corps s'efforçant frénétiquement d'atteindre l'immortalité en compilant des recettes, ces aberrantes combinaisons de biscuits pulvérisés, de soupe condensée et de sauce de salade en conserve qui frôlaient la science-fiction.

« Je comprends ce que tu entends par métaphore, dit Marcus. Je crois que tu as raison. Tout n'est qu'une question de nourriture, n'est-ce pas ?

— C'est vrai de la plupart des livres de cuisine.

— Allons donc dans le New Hampshire pour remonter le moral d'Agnès. Ça me fera peut-être du bien de rencontrer quelqu'un d'aussi malheureux qu'elle. »

Marcus se leva pour se diriger vers la cuisinière, traînant les pieds dans ses tennis en lambeaux, s'apitoyant avec délices sur lui-même à cause du départ de Nancy. Pour quelque mystérieuse raison, Marcus trouvait réconfortant de se considérer comme la victime d'un univers cruel et chaotique. Il était d'une passivité stupéfiante, trait de caractère qui plaisait aux intellectuelles, même si cela renforçait son air complètement largué.

« Je vais en bibliothèque, annonça-t-il. Seigneur, j'espère que cette histoire avec Nancy ne va pas me rogner les ailes. Je suis convaincu que j'étais au bord de faire un grand pas en avant. »

Marcus avait trente-neuf ans. Il avait passé ses examens de maîtrise en psychologie expérimentale dix ans plus tôt, et depuis lors il essayait de rédiger sa thèse. Pour ce que j'en savais, cependant, il n'avait fait aucun progrès depuis le jour où il avait commencé. Il se répandait en regrets larmoyants lorsqu'il parlait de ce que sa vie aurait pu être s'il avait achevé sa thèse, et en vagues espoirs quand il osait évoquer ce qu'elle pourrait encore être s'il la terminait maintenant. Ses recherches et sa thèse avaient quelque chose à voir avec l'influence du froncement de sourcils sur les relations humaines, mais dans quelle proportion, ça, je n'aurais su le dire. Personne, dans l'histoire de la race humaine, n'a jamais été aussi casse-pieds que Marcus Gladstone lorsqu'il parlait de sa thèse. Le seul fait d'en mentionner le sujet le plongeait dans un état d'hébétude qui laissait supposer qu'on lui avait injecté un puissant narcotique. Dès qu'il commençait, sa voix devenait traînante et ronronnante et ses paupières s'affaissaient. En l'écoutant, j'avais parfois l'impression d'être sur le point de perdre littéralement la tête.

Marcus avait été un enfant doué, élevé par des parents doués dans divers lieux universitaires. Ils étaient tous les deux professeurs et lui avaient toujours assuré qu'il accomplirait de grandes choses dans la vie, que son avenir était rempli de perspectives brillantes. Il lui arrivait maintenant d'avouer qu'ils s'étaient peut-être trompés sur toute la ligne.

J'avais un problème différent, quoique voisin. Personne ne m'avait jamais prédit que j'accomplirais de grandes choses et je commençais à subodorer qu'ils avaient tous eu raison.

Marcus avala d'un trait une deuxième tasse de café.

« De qui est l'autre lettre?

— Louise Morris. Elle a obtenu une bourse. Radcliffe, à ce qu'il semblerait.

— Eh oui, ce sont les femmes qui tirent toutes les ficelles de la grande magouille des bourses. Ce n'est même pas la peine d'en solliciter une si tu n'es pas une femme.

— J'essaierai de m'en souvenir.

— Je suppose que je devrais écrire un roman. Est-ce qu'elle a l'intention de nous voir?

— Ça m'en a tout l'air. »

Il digéra ma réponse un moment.

« Je n'aurais jamais dû lui dire que je l'aimais lors de notre premier rendez-vous. C'est pour ça qu'elle a cessé de me faire signe. Tu le savais, n'est-ce pas?

— J'ignorais que tu avais été amoureux de Louise.

— Je ne l'étais pas. Mais je l'ai mal jugée, je l'ai prise pour une de ces rêveuses qui souhaitent entendre des déclarations fracassantes. Je ferais mieux de lire un de ses bouquins avant son arrivée. Voilà encore une distraction dont je me serais passé. Tu pourrais peut-être me raconter un des argumentaires. »

À l'instar de la plupart des universitaires de ma connaissance ayant dépassé la trentaine, Marcus lisait très peu. L'un des avantages manifestes qu'il y a à recevoir très jeune une bonne éducation, c'est qu'on est plus vite débarrassé de tout ça.

« Je t'en prêterai un.

— Elle était blonde, n'est-ce pas?

– Rousse.

– C'est ça. Rousse. Et tu es bien sûr qu'elle ne s'est jamais inspirée de moi pour un de ses personnages? Je me demande si je n'ai pas lieu de me sentir vexé. C'est tout de même drôle, je n'ai jamais été attiré par les rousses. Elles ont un petit côté sorcière. Elle se trimbale toujours avec son gosse?

– Bien évidemment. Pourquoi ne le ferait-elle pas? »

Il termina son café et serra les lèvres sur ses superbes dents chevalines. Remis du spasme provoqué par la caféine, il ajouta : « Je ne sais pas. Toutes ces années... Son père a peut-être débarqué et tenu à le reconnaître. Enfin, j'imagine que cela se passe rarement comme ça, non?

– Non, admis-je. Je ne pense pas. Généralement pas.

– Il était français, quelque chose comme ça, non?

– Oui, français. À en croire son premier livre.

– On peut croire à peu près tout ce qu'il y a dans les romans, Clyde. C'est sur le reste qu'il faut se poser des questions. »

2

Je passai la fin de cette chaude matinée à lire la biographie monstrueusement longue d'un peintre australien dont je n'avais jamais entendu parler et dont le travail, à en juger par les reproductions calées entre les interminables pages de texte, paraissait écœurant et sans inspiration. Les toiles représentaient pour l'essentiel de boueux paysages – des choses que Cézanne aurait pu peindre s'il avait eu comme professeur un de ces zozos que l'on voit, à la télévision, utiliser en guise de pinceaux des couteaux, spatules, couperets à viande et autres ustensiles de cuisine. N'allez pas croire pour autant que le livre ne m'a pas fasciné. En fait, la plupart des biographies me fascinent, et il m'arrive d'en lire deux ou trois dans la semaine. Il est encourageant de savoir que même les vies les plus plates et dépourvues d'intérêt ont leur place dans l'histoire de la race humaine. Et l'on éprouve une grande satisfaction, dans un sens avide et revanchard, à constater que les vies les mieux remplies et les plus intéressantes se terminent généralement de façon tragique.

Je suppose que si je lisais autant de biographies, c'était pour essayer de comprendre comment les gens réussissaient à se frayer un chemin à travers leurs journées et leurs échecs, parvenant à transformer leurs malheurs et leur désespoir en chefs-d'œuvre artistiques, découvertes scientifiques majeures ou édification méritoire. Il y avait là des leçons à apprendre, espérais-je, des principes que je pourrais appliquer à ma propre existence besogneuse. Dans mon esprit, le processus équivalait à étudier le programme d'entraînement des nageurs olympiques. Mais je me prenais toujours les pieds dans les détails les plus racoleurs et sensationnels – le mobilier d'Edith Wharton, la grosseur du sexe de Noureïev, la cocaïne de Freud, le régime de Garbo –, me contentant de caboter le long du reste.

L'après-midi venu, je considérai qu'il était temps de m'attaquer à la lettre de ma sœur, aussi laissai-je de côté la vie du peintre australien pour faire mes préparatifs. Je disposais dans ma chambre sous les toits d'un système de ventilateurs assez complexe, que je déplaçais, selon l'heure du jour et le degré d'ensoleillement, d'une fenêtre à l'autre, du plancher à ma table et de ma table à l'étagère. Ils ne me rafraîchissaient pas vraiment mais brassaient assez de poussière et d'air renfermé pour donner l'illusion d'une brise. De surcroît, ce processus incessant de prises branchées et débranchées, de fenêtres ouvertes et refermées, détournait mon attention des inconvénients éventuels de la chaleur. Je m'affalai donc sur le divan de mon bureau, installai le lourd ventilateur de fonte par terre devant moi et sortis la lettre d'Agnès de son enveloppe.

Tout de suite, en haut de page, son pathétique et exaspérant en-tête me sauta aux yeux :

SOCIÉTÉ E & A, TOUS SERVICES
BUREAU D'AGNÈS CARMICHAEL, CODIRECTRICE

Au milieu des années 80, peu après le jugement définitif du divorce d'Agnès et son emménagement dans un lotissement municipal du sud du New Hampshire, son amie Elizabeth (E) l'avait convaincue de lâcher son emploi d'infirmière (qui marchait du tonnerre) pour lancer la société E & A, Tous Services. Moyennant une commission substantielle, E & A s'engageaient à vous trouver une baby-sitter, assuraient une permanence de fleurs fraîchement coupées dans votre chambre, achetaient un cadeau de Noël pour une personne de votre choix, organisaient le goûter d'anniversaire de votre gamin de cinq ans, etc. Elles s'en étaient plutôt bien sorties au début, puis la crise économique était intervenue et leurs affaires en avaient nettement pâti. La moitié de l'État du New Hampshire se retrouvant au chômage, qui allait payer E & A pour dénicher un clown? E & A avaient donc banalisé leur prestation de services en s'orientant vers le secteur ménage-blanchissage et, il y a quelques mois de cela, E avait convaincu A de lancer une promotion perte de poids. Je redoutais que sous peu ma sœur ne se retrouve dans une boîte néo-fasciste de vente au porte-à-porte et n'aille sillonner les rues pour colporter des cosmétiques. En l'état des choses, elle en était réduite à accepter des postes de vendeuse intérimaire dans des grands magasins et à assurer occasionnellement un remplacement dans une des nombreuses maisons de retraite proches de son lotissement. Pour tenir la tête de la société E & A hors de l'eau mais aussi pour faire face aux dépenses qu'exigeait l'entretien de notre père, dont les jours étaient comptés, à ce qu'il paraît.

Aucun médecin n'avait été capable d'expliquer la nature de l'étrange maladie, aux effets curieusement sélectifs, dont souffrait notre père. William, qui avait toujours été un homme massif, robuste et intraitable, avait travaillé dans les assurances pendant vingt-cinq ans. Il avait revendu son affaire assez tôt et acheté deux magasins de sport qui avaient l'un comme l'autre pris feu dans des circonstances extrêmement suspectes. C'est après le deuxième incendie qu'il commença à se plaindre de problèmes de santé non identifiés et refusa de sortir de chez lui – sauf quand il en avait envie. Dès lors, et ce jusqu'à sa mort, ma mère l'a servi jour et nuit. Le médecin de mon père, un septuagénaire particulièrement hostile, n'a jamais donné la moindre précision concernant sa maladie, sinon pour dire qu'il était incapable de prendre soin de lui-même. Agnès avait absolument tenu à l'installer dans le sous-sol de son pavillon plutôt que de le voir affronter les horreurs d'une maison de retraite gérée par l'État, seule solution possible au dire du médecin traitant. La situation des finances paternelles était aussi inextricable que l'intrigue de *La Maison d'Âpre-Vent* de Dickens, vu que certains jours il affirmait être dans la dèche, et d'autres laissait entendre qu'il avait roulé les assurances dans la farine avec les deux incendies.

Il se montrait d'une exigence impitoyable à l'égard d'Agnès. Sans jamais recueillir le moindre remerciement pour tout ce qu'elle faisait, elle ne lui refusait absolument rien, lui achetant tout ce dont il avait besoin, lui préparant ses repas et allant jusqu'à lui verser une petite allocation mensuelle. D'un côté, j'étais désolé de voir ce qu'Agnès endurait, mais en même temps j'étais affreusement jaloux : mon père ne m'avait jamais demandé quoi que ce soit et n'avait jamais rien accepté de ce que je lui proposais. Ma participation à l'allocation mensuelle restait secrète, afin d'éviter une vilaine scène. J'étais parvenu à cette conclusion consternante que je n'avais rien qui puisse l'intéresser, ou, pis encore, qu'il ne voulait rien de ce que j'avais à offrir. Il éprouvait une aversion totale pour les homos, mais je devais garder à l'esprit qu'être hétéro n'avait pas été d'un grand secours pour Agnès.

La lettre de ma sœur frémissait dans ma main chaque fois que le ventilateur pivotait en direction du divan et je ne pouvais me résoudre à poursuivre au-delà de l'en-tête. Je la posai dans un coin en me promettant de la lire avant la tombée de la nuit – ou au mieux avant l'aube – d'un des jours de la semaine à venir. Je m'approchai de ma chaîne stéréo et mis un disque rayé de valses musette. Louise Morris, qui connaissait ma faiblesse pour la mélancolie entraînante des airs d'accordéon, m'avait branché quelques années plus tôt sur la musique française de bal musette. L'après-midi s'éternisa et, tout en continuant de déplacer çà et là les lourds ventilateurs, j'écoutai le disque plus d'une douzaine de fois, de plus en plus absorbé par le souvenir de ma vieille amie et de la période de ma vie où nous avions été si proches.

Louise et moi suivions le même cours de littérature anglaise lors de ma première année de fac. C'était une maigre aux beaux cheveux cuivrés et au teint pâle, qui arrivait toujours en retard dans la salle, quand elle ne la quittait pas avant la sonnerie, renversant généralement une chaise dans sa hâte et s'excusant bruyamment. Elle portait de préférence des vêtements pratiques, tendance unisexe – pantalons de toile, T-shirts en thermolactyl, godillots comme on en porte sur les chantiers, gros blousons de sport – qui paraissaient plutôt provocants sur elle, mettant son corps mince et peu délié en valeur au lieu de le dissimuler. Elle parlait rarement en cours, mais chaque fois qu'elle ouvrait la bouche c'était pour proférer un de ces commentaires perspicaces et légèrement ironiques qui passent facilement pour condescendants ou brillants. En tout cas, cela dressait la plupart des autres étudiants contre elle. On levait beaucoup les yeux au ciel quand Louise Morris émettait un de ses jugements littéraires : « Je ne trouve pas du tout Ophélie sympathique. Si elle vivait de nos jours, elle serait prof d'aérobic. »

Lorsqu'il lui fallait plusieurs phrases pour exprimer son point de vue, elle s'embarquait parfois dans de longues digressions, laissant sa grosse voix rauque s'éteindre peu à peu au milieu d'une pensée.

Le professeur, un jeune homme à l'air tourmenté qui donnait l'impression d'être en retard de dix ans sur son programme de lecture, semblait avoir un faible pour elle. Il entrait en transe dès qu'elle ouvrait la bouche et était visiblement perturbé lorsqu'elle quittait la classe avant la fin. Je ne pense pas que cela ait aidé à la rendre plus populaire.

Louise m'a plu la première fois que je l'ai vue entrer en trébuchant dans la salle de cours, échevelée et ravissante à sa manière garçonne, et sentant le tabac. Elle avait une montre de gousset qu'elle sortait sans arrêt de sa poche pour vérifier l'heure comme si elle avait un rendez-vous important, une vraie vie en dehors de la fac qu'elle avait hâte de retrouver. Je n'avais pas de vie en dehors de la fac – pas plus qu'à l'intérieur, autant l'avouer –, ce qui la rendait encore plus fascinante à mes yeux. Je m'étais surtout inscrit à l'université pour prendre mes distances avec mon père, partiellement à ses frais, et avais complètement oublié que cela impliquait d'étudier, de suivre des cours et de prétendre m'intéresser à l'avenir. C'était une fac d'État de l'ouest du Massachusetts, un de ces lieux qui craquent aux entournures avec une atmosphère de ville surpeuplée où personne n'a d'emploi. La première année, je logeais à la résidence universitaire en compagnie de milliers d'adolescents bagarreurs qui employaient la majeure partie de leur temps libre à défoncer les cloisons et jeter le mobilier par les fenêtres. J'imagine que j'aurais pu trouver une niche à ma mesure – un groupe satisfaisant les aspirations d'homosexuels inadaptés, incapables de s'exprimer et introvertis, disons – mais pendant des mois je me suis senti perdu chaque fois que je sortais de la résidence. Et puis, aussi, je semblais congénitalement inapte à me fondre dans n'importe quel groupe : soit j'avais peur d'être rejeté, soit je craignais de me perdre dans leur chaleur étouffante. Les premiers mois que je passai là-bas, c'est des matchs de football que je tirai mon plus grand réconfort. Je me fichais complètement des sports d'équipe mais ça me permettait d'être assis parmi des milliers de supporters vociférants et de me sentir à la fois entouré et profondément solitaire.

Je voyais souvent Louise à la bibliothèque, dans un coin au fond de la salle du dernier étage où j'étudiais et faisais la sieste. Elle feuilletait de vieux ouvrages de botanique et d'ornithologie, des anthologies de poésie qu'elle récupérait systématiquement sur la table des volumes délaissés. Pendant plusieurs semaines, nous avons simplement échangé un signe de tête – il lui était arrivé plus d'une fois de me marcher sur les pieds en entrant précipitamment dans la classe – mais sans prononcer un mot.

Au milieu du semestre, un après-midi où je m'efforçais d'étudier, je fus sorti de mon hébétude par une voix masculine qui émettait des chuchotements saccadés. « Il faut que je retourne avec elle. Vu la situation, ce ne serait pas correct d'agir autrement. Ce ne serait pas bien. »

Je tournai la tête et vis un homme brun, l'air soucieux, assis au bord d'une table basse. Il portait une chemise à impressions cachemire et col blanc trop grand, une vilaine chaîne dorée pendait à son cou, autant d'éléments qui lui conféraient une beauté rustique. Je commençais juste à comprendre que la manière la plus simple, pour les hommes-hommes, de projeter leur virilité, était de choisir des vêtements bon marché et légèrement efféminés. Louise était blottie dans un angle du canapé en face de lui, un livre ouvert sur ses genoux. Des larmes coulaient sur les joues de son compagnon. Je ne pense pas avoir jamais vu un homme pleurer avant ce jour-là, et cette vision me choqua, m'excita, d'une façon curieusement érotique. J'aurais bien aimé être capable de faire pleurer un beau brun à l'air soucieux rien qu'en restant assis en face de lui avec une désinvolture nonchalante. Il est relativement aisé de rendre quelqu'un heureux, mais seuls les êtres authentiquement désirables peuvent rendre malheureux ceux qu'ils aiment.

Il saisit la main de Louise. « Mais qui va prendre soin de toi ? demanda-t-il.

– Oh, ça ira très bien, déclara-t-elle. Je t'assure. »

Elle retira sa main et ferma son livre. « Tu aurais simplement dû me dire que tu étais marié, c'est tout. Comment allez-vous appeler le bébé? »

Lorsqu'il fut parti, elle consulta sa montre de gousset
et reprit sa lecture.

J'allai m'asseoir à l'autre bout du canapé qu'elle
occupait et posai les pieds sur la table, à côté des siens.
Elle portait des grosses chaussures montantes qui lui faisaient des pieds ridiculement grands et de toutes petites
jambes.

« Tu t'es vite remise », lui dis-je.

Elle avait des yeux d'un bleu extrêmement clair et
plein de taches de rousseur disséminées sur le nez.
Lorsqu'elle me sourit, je remarquai que ses incisives
dépassaient légèrement. Je n'ai jamais compris pourquoi
les gens prennent tant de peine à essayer d'avoir des
traits parfaits alors que ce sont les imperfections qui
rendent un visage attirant et inoubliable – nez bosselé,
bouche tordue, yeux mal alignés. Louise n'était pas belle
à proprement parler mais il y avait dans son visage quelque chose qui vous retenait. Ses longs cils lui donnaient
un air attentif et innocent, contrastant vivement avec
une pâleur livide qui la parait d'une maturité prématu-
rée. « Pauvre Larry, dit-elle de sa voix rauque. Sa situation est bien pire que la mienne.

– Sa femme?

– Sa femme enceinte. Il a eu des problèmes d'acné
dans son adolescence, tu sais. Ça l'a rendu terriblement
peu sûr de lui. »

J'ai toujours craqué pour les cicatrices d'acné, sauf sur
les épaules, où se trouvent les miennes.

« N'empêche, il aurait dû te dire qu'il était marié. »
L'idée que je me faisais du mariage en ce temps-là

était un pugilat exotique où un homme portant de vilaines chaussures et une femme en gaine-culotte se lançaient des insultes à la figure en proférant des menaces caverneuses. Rien de très joli, mais un certain panache tout de même, façon Joan Crawford dans un film d'horreur. Quoi qu'il en soit, certainement pas une chose que l'on prend ou lâche à la légère.

« C'est ce que je lui ai dit. Tu m'as entendue le lui dire?

– Oui.

– Je n'aurais jamais accepté de sortir avec lui si j'avais été au courant. » Elle entreprit de détendre le laçage de ses énormes godillots. « D'un autre côté... Je l'aurais peut-être fait quand même. » Elle se mordit la lèvre inférieure, et ses incisives proéminentes n'en devinrent que plus visibles et plus séduisantes. « Tu ne dis jamais rien au cours. »

J'étais content qu'elle l'ait remarqué.

« En général, je n'ai pas eu le temps de lire le bouquin.

– Oh, mais ça n'a aucune importance. Tu écoutes simplement un peu, et après tu adoptes un point de vue en contradiction avec tout le monde. Tu dois rendre la chose parfaitement insupportable si tu veux que le prof te prenne pour un génie. Tu es gay, non? » ajouta-t-elle sans avoir le moins du monde l'air de me juger. Et elle me parla d'un ancien petit ami à elle que j'aimerais peut-être rencontrer. J'étais ravi qu'elle accepte la chose aussi calmement mais en même temps un peu déçu qu'elle m'ait privé du plaisir de lui révéler, avec fanfare et effet théâtral, le Fait Secret Central de Ma Vie, le seul Fait de Ma Vie dont j'eusse conscience à l'époque. Avant que j'aie pu émettre le moindre commentaire, elle avait déjà changé de sujet. « Au fond, c'est beaucoup mieux que ce soit fini avec Larry. »

Elle remonta jusqu'aux coudes les longues manches de son T-shirt. La fragilité de ses bras me surprit; les os de ses poignets saillaient et sa peau ressemblait à du lait écrémé. Ses yeux clairs survolèrent l'ensemble de la salle avant de se poser sur un rayonnage de livres derrière nous. À l'évidence, elle était au bord des larmes. Regarder un étranger qui pleure à une distance raisonnable est une chose, mais se trouver à côté d'une personne de votre connaissance qui fond en larmes, c'est une autre histoire. « Tu seras beaucoup plus tranquille sans lui, me hâtai-je de dire. Pas de liaison, c'est la liberté. Tu obtiendras sûrement de meilleures notes.

— Non, non, dit-elle. J'ai de bonnes notes de toute manière. C'est parce qu'au fond je m'en fiche. Si ça me tenait à cœur, on m'aurait déjà renvoyée. Tant qu'on ne désire pas quelque chose trop passionnément, on est à peu près sûr de l'obtenir un jour ou l'autre. »

Nous avons travaillé ensemble jusqu'à la fin du semestre et, à Noël, nous étions inséparables. L'été suivant, nous avons partagé en sous-loc un appartement délabré qui avait vue sur les Berkshires, et une camionnette Volkswagen d'occasion. Louise avait trouvé un job dans une pharmacie. Elle nourrissait le vague projet de s'inscrire en pharmacologie. L'été fut torride, avec un air stagnant presque tous les jours et une épaisse brume de chaleur qui nimbait les montagnes. Je dégotai un emploi dans un immense hôtel pour vacanciers. Il n'était certes pas dans mes prétentions d'embrasser la carrière hôtelière, mais l'atmosphère de potentialité sexuelle que dégageaient ces vastes galeries ombragées et ces jardins moites aux puissantes fragrances m'excitait fortement, même si les regards furtifs suggéraient davantage de promesses qu'ils n'en tenaient. Le soir venu, Louise et moi conduisions notre camionnette vers les montagnes pour prendre le frais et admirer le coucher de soleil. Elle en était généralement à sa troisième bière quand je rentrais du travail, et toute disposée à bavarder tandis que nous regardions la vallée virer au rouge puis au pourpre avant de s'effacer pour de bon.

Louise avait été une enfant illégitime, catégorie à laquelle son fils Ben aurait également appartenu si pareille chose existait encore, ce qui, en réalité, n'était plus le cas. Elle avait été élevée par un oncle et une tante et, même si son enfance avait été raisonnablement heureuse, elle se considérait à l'évidence comme une orpheline. Elle tenait absolument à se suffire à elle-même, ce qui ne l'empêchait pas de rechercher, parfois, quelqu'un pour prendre soin d'elle.

Elle avait toujours eu des admirateurs, généralement des hommes approchant la trentaine, munis d'un emploi et d'une voiture, qu'attiraient son côté débrouillard et, sans doute, la solitude frémissante perceptible derrière sa façade d'audacieuse indépendance. Mais aussi, le plus souvent, il y avait à l'arrière-plan une épouse ou une petite amie régulière, quelqu'un qui n'était pas tout à fait une ex, et la plupart de ses liaisons se muaient en amitié unilatérale. Louise recevait à une heure du matin des coups de téléphone d'anciens amants légèrement éméchés qui tenaient à lui dire combien ils la trouvaient merveilleuse et combien ils auraient aimé voir les choses tourner différemment. Ce genre d'aventures semblait la consterner, mais il est évident qu'un homme n'ayant pas d'autres fers sur le feu, d'autres vies à vivre et d'autres femmes à épouser l'aurait carrément terrifiée.

Elle fumait et buvait trop, pouvait se montrer d'une obstination exaspérante, et il lui arrivait, dans une pièce remplie de monde, de s'évader mentalement comme si elle nourrissait un chagrin secret. Un jour où je lui demandais si elle était heureuse, elle me répondit : « Je ne suis pas destinée à une vie désopilante. Ça se sent, non ? »

C'était vrai. Elle n'était pas morose et ne s'attendrissait pas sur elle-même, mais on voyait à son attitude qu'elle s'était résignée à faire contre mauvaise fortune bon cœur.

Vers la fin de ce premier été de cohabitation, par un après-midi monstrueusement chaud, j'entrai dans la chambre de Louise et m'allongeai sur le lit à côté d'elle. Elle lisait en fumant et je la regardai quelques instants dévorer les pages. Elle s'était récemment coupé les cheveux et semblait se soucier moins que jamais de son apparence, ce qui lui donnait encore plus de style. Il y avait un ventilateur encastré dans la fenêtre, qui transformait la fumée en tourbillon et l'aspirait pour la rejeter à l'extérieur. L'été touchait à sa fin. Notre camionnette était montée sur cales dans la contre-allée près de la maison, et le retour des occupants qui nous avaient sous-loué l'appartement était prévu d'ici la fin de la semaine. J'allais emménager dans une petite chambre dans une pension de famille et Louise devait partager un appartement avec une copine.

Au bout d'un moment, Louise reposa son livre et appuya la tête sur mon épaule. « Je crois que je ne serai jamais pharmacienne, Clyde.

– Le plus étonnant, c'est que cette perspective ait même pu t'effleurer.

– Écoute, mon vieux, c'est une manière comme une autre de gagner sa vie. Il faut que je me soucie de ça. J'ai dû imaginer que c'était un métier pratique et à ma portée. Compter des comprimés, je croyais que ça pourrait me plaire. Maintenant, je pense que je finirai par faire quelque chose de pas du tout pratique.

– À mon avis, c'est une excellente idée, Louise. Je n'ai jamais vraiment compris les gens qui avaient des objectifs pratiques dans la vie. Les étudiants qui préparent l'entrée en fac de médecine, avec leurs livres de chimie, ou les types sinistres qui font de l'économie, avec leurs statistiques et leurs graphiques, ces gens-là m'ont toujours semblé habiter une autre planète, sur laquelle je n'aurais pas su comment me rendre même si je l'avais voulu.

« Aurais-tu en tête quelque chose de particulièrement peu pratique?

– Eh bien, je pourrais écrire, par exemple.

– Excellent choix. Tu peux tenir plusieurs décennies avec ça. »

Comme n'importe quel quidam ayant déjà lu un roman, c'est une option que j'avais également envisagée mais j'avais décidé qu'elle exigeait trop de vigueur intellectuelle. En dépit de son air épuisé, Louise possédait cette vigueur. J'attendais qu'un talent ou une ambition insoupçonnés surgissent et me prennent par la main – la bosse des maths, par exemple, ou le don de jouer du piano d'oreille, ou encore une folle envie de faire du patinage de vitesse en compétition. Si rien de tel ne se présentait, je pourrais toujours me rabattre sur la fac de droit.

Pour Louise, pour moi et pour tous les gens de notre entourage, le monde paraissait riche de possibilités illimitées. Mais lorsque nous disions, ce qui était souvent le cas, que tout pouvait arriver, c'était, même chez les plus cyniques d'entre nous, avec cet optimisme illusoire qui est un des points les plus faibles de la jeunesse. Il est vrai qu'en ce temps-là, et pour encore deux ou trois ans, nous n'envisagions pas l'existence d'erreurs impossibles à rectifier et de maladies qui ne puissent être soignées.

L'été qui suivit notre diplôme de licence, Louise et moi avons partagé un autre appartement, plus spacieux que le premier mais sans aucune vue. Elle devait partir en septembre pour la France où elle avait postulé une place de jeune fille au pair, et moi pour Chicago où j'allais entamer une longue série d'études de troisième cycle que je ne terminerais jamais. Pendant trois mois, je me sentis piégé dans un no man's land entre la maison où j'avais grandi mais où je ne voulais pas retourner et celle que je voulais habiter sans avoir encore la moindre idée de la manière dont je pourrais la construire. Si un tableau tombait du mur, Louise et moi le laissions par terre. Je ne prenais pas la peine de replacer les livres sur les étagères lorsque j'avais fini de les lire. Je les empilais simplement dans un coin, ce serait plus facile pour les emballer au moment du départ.

Certains soirs, lorsque je rentrais tard du travail, Louise me conviait dans la cuisine et me racontait, avec lucidité et un luxe extraordinaire de détails, l'histoire qu'elle était en train, ou envisageait, d'écrire. Il me fallut un certain temps pour repérer que ce flot de détails, son élocution enthousiaste, signifiaient en général qu'elle avait quelques verres dans le nez. Elle appartenait à cette catégorie peu répandue de gens qui semblent plus lucides lorsqu'ils sont légèrement éméchés, même si ses yeux clairs se bordaient de rouge et ses paupières s'alourdissaient. Je n'y prêtai pas attention au début – boire avec insouciance est un des privilèges de la jeunesse – et de toute manière rien ne semblait avoir grande importance cet été-là. Nous étions tous deux dans les limbes. Mais au bout d'un certain temps, l'idée commença à m'effleurer : je l'avais souvent vue ivre, mais ne l'avais jamais vue boire. Ce qui me préoccupait le plus, c'était le côté solitaire de l'entreprise.

Marcus occupait un appartement au rez-de-chaussée de notre immeuble. Il avait passé sa licence à Amherst alors que Louise et moi étions en première année de fac. Il manifestait déjà les talents de parasite qu'il aurait largement le loisir de perfectionner d'ici notre deuxième rencontre, quelques années plus tard à Cambridge. Nous l'observions entrer et sortir par le porche grillagé de la maison. Blond et extrêmement bronzé, il marchait, du moins à l'époque, avec une dose salutaire de confiance en soi. Plus tard dans le courant de l'été, il se mit à débarquer chez nous pour prendre une tasse de café et à emmener Louise au cinéma.

Un soir où Louise et moi partagions notre dîner, elle lança, l'air de ne pas y toucher : « Tu crois que je devrais ? »

Je savais parfaitement à quoi elle faisait allusion. La question de savoir si elle finirait ou non par coucher avec Marcus était en suspens depuis la première minute où nous l'avions repéré. « Vas-y, lui conseillai-je. Si c'était moi, je n'hésiterais pas. Tu vas partir, lui aussi. Peut-on rêver situation plus romantique ? »

Depuis près d'un mois, je vivais une histoire absolument torride avec un type que je ne pouvais pas voir en peinture. Il me semblait tout à fait possible d'éprouver des sentiments passionnés pour n'importe qui, tant que l'on était à peu près certain de ne plus jamais avoir à le rencontrer par la suite.

Je ne pense pas que la liaison de Louise et Marcus ait duré plus de deux ou trois semaines. Début septembre, Marcus fit ses bagages pour Harvard ; Louise et moi entassâmes nos possessions sur le trottoir afin de procéder à leur vente. Je conduisis Louise à l'aéroport de Montréal et agitai le bras quand elle monta à bord de l'avion. Elle avait deux valises de petite taille et portait une salopette. Elle tirait une grande fierté du fait de voyager avec presque rien – une fierté bien mal placée, comme j'allais bientôt le découvrir.

Elle ne me donna qu'une fois de ses nouvelles pendant son séjour en France, une carte postale cryptique, rien que le temps qu'il faisait et des histoires de tableaux. Après son retour en Amérique, elle m'envoya une lettre de Californie. « Je suis maintenant une mère de famille bilingue, Clyde. Je me suis installée ici pour quelque temps. Probablement pour toujours. »

Je ne me suis jamais posé beaucoup de questions sur l'identité du père de Ben. Louise m'avait raconté que c'était un Australien rencontré à Paris. Elle avait perdu tout contact avec lui lorsqu'elle s'était rendu compte qu'elle était enceinte. Il suffisait de lire entre les lignes de son premier roman pour envisager autre chose : le père de la famille française chez qui elle travaillait au pair, un médecin aux joues rondes, était le géniteur probable de l'enfant. À mon avis, la vérité était un mélange brumeux des deux versions. D'ailleurs, Ben ressemblait tellement à Louise, tant par le physique que par le comportement, que cette question n'avait pas grande importance. Et puis l'idée de ne pas avoir de père, tout bonnement, m'avait toujours paru d'une simplicité enviable.

Cet après-midi-là, allongé dans le foutoir de ma chambrette sous les toits, avec le ventilateur en fonte qui cliquetait vigoureusement par terre devant moi et toutes ces valses à l'accordéon qui s'enchaînaient à l'arrière-plan, je m'occupai l'esprit en essayant de deviner à quel type de complications elle pouvait bien faire allusion. Mais je finis par écarter sa lettre, m'étant souvenu que Louise aimait follement dramatiser les situations.

3

J'aurais volontiers passé les jours, voire les semaines, qui suivirent – enfin, le temps pour Louise de traverser le pays – à évoquer ma vieille copine et sa vie, essentiellement parce que le processus impliquait peu d'effort de ma part et détournait mon esprit d'autres choses qui en exigeaient davantage. Par exemple, Agnès et le fardeau de malheurs familiaux qu'elle portait sur ses épaules. Plusieurs jours après avoir reçu sa lettre, je m'étais enfin décidé à la lire. C'était une missive typique de ma sœur et de son style de communication en général : des reproches déguisés en excuses, des appels au secours déguisés en reproches bénins et, couronnant le tout, un ton désespéré qui était, lui, à peine déguisé. Elle avait commencé une phrase : *Quant à Barbara...*, qu'elle avait biffée trois fois, comme si elle ne pouvait se résoudre à parler de sa fille adolescente. Le seul point qu'elle énonçait clairement, c'est que l'état de notre père semblait « empirer » et elle avait besoin d'en discuter avec moi. Et pourtant, cela aussi était plus équivoque qu'il n'y paraissait. Lorsqu'elle abordait le problème paternel, Agnès utilisait un langage codé. « Empirer » pouvait signifier plus malade, mais elle utilisait généralement cette expression lorsqu'elle voulait dire qu'il se montrait plus exigeant et plus critique à son encontre que jamais.

J'appelai Agnès à plusieurs reprises au cours des jours suivants. Elle décrochait systématiquement avant la fin de la première sonnerie, signe manifeste qu'elle était quasiment assise sur le téléphone de son bureau, prête à bondir sur le premier client.

« Société E & A. Que puis-je pour vous ? »

L'enjouement forcé du ton et la modulation encourageante sur le « puis-je » me faisaient craquer à chaque fois. Cela me donnait envie de tout reprendre de zéro – pas le coup de téléphone, ma vie entière. Dès que je l'entendais, je raccrochais.

C'est un dîner avec mon ami Vance Merkin qui me décida à avoir une vraie conversation avec Agnès.

De tous les gens rencontrés par l'intermédiaire de Gordon, mon ancien amant, Vance était le seul que je voyais encore assez régulièrement. Gordon avait vingt-quatre ans et faisait son droit lorsque nous nous étions connus. Il attendait derrière moi dans la file d'attente de la caisse à la coopérative de Harvard, gratifiant un ami d'un monologue non-stop, un soliloque vertigineux qui vagabondait des lois de protection de l'environnement à la politique latino-américaine en passant par la gaffe d'une célébrité tapageuse des milieux de la mode. Sa voix, sorte de grondement de tonnerre excessivement grave, me parut assez suspecte, comme s'il rentrait le menton pour bloquer son larynx et descendre artificiellement d'un registre. Une voix en total désaccord avec l'emphase qu'il mettait à vilipender la robe qu'une actrice mineure avait eu l'audace de porter pour la cérémonie de remise des Oscars quatre ans plus tôt. On aurait dit un camionneur obsédé par la vie privée des vedettes de télévision. J'avais fini par me retourner, découvrant un type pas très grand, plutôt trapu, vêtu d'une ample chemisette estivale, d'un short informe en seersucker qui donnait à penser que ses jambes n'étaient pas plus longues que ses bras, et chaussé d'infectes sandalettes en plastique. Son attitude négligée, un rien putassière – pans de chemise imparfaitement rentrés dans le short, cheveux en broussaille – souleva immédiatement mon intérêt. La paresse peut dégager quelque chose d'hypnotiquement sexy, surtout lorsqu'elle est associée à la curiosité intellectuelle et à une prédilection maniaque pour les ragots. Sa chemise laissait entrevoir un estomac légèrement renflé, ce qui était un atout supplémentaire. Non que les gros m'attirent particulièrement, mais étant peu sûr de moi dans l'ensemble, je préfère coucher avec des hommes au ventre convexe, les croyant plus à même de prendre mon extrême maigreur pour un ventre plat.

Gordon et moi passâmes de la caisse du magasin au café du coin à la cohabitation, pas plus compliqué que ça, un, deux, trois.

Je me suis reproché d'avoir sauté à pieds joints dans cette histoire d'amour avec Gordon, mettant mon empressement sur le compte de l'étourderie. Comme j'avais réussi à m'extirper des bras d'un amant fervent moins d'un an avant de rencontrer Gordon, je ne pensais pas être à la recherche d'un autre amant régulier, ni destiné à en trouver un. Cet apparent détachement faisait de moi une proie rêvée à la première occasion.

Nous avons vécu ensemble deux ans, puis Gordon a obtenu sa licence en droit à peu près en même temps qu'il me licenciait. Il m'a quitté après m'avoir gratifié d'un discours étrangement similaire à l'un de ceux qu'il avait préparés pour la cérémonie de remise des diplômes. Un Nouveau Souffle, le Regard porté vers l'Avenir – une abominable sentimentalité de carte de vœux qu'il avait manifestement prise au sérieux. Son départ me secoua infiniment plus que je ne l'aurais imaginé. Dans mon esprit, notre histoire atteignait de toute façon le stade où elle allait s'éteindre tranquillement dans son sommeil. Nous avions parcouru la route habituelle, empoignades passionnées dans les salles de cinéma au début, dîners tranquilles devant la télé par la suite. J'en étais à serrer les dents dès que j'entendais une phrase commençant par : « Excuse-moi de te faire la remarque, mais... » ou « Ne le prends pas en mauvaise part... » Et il m'était de plus en plus difficile de dire « Conduis prudemment » lorsque Gordon partait en voyage.

Pourtant, j'avais connu après son départ une sensation d'abandon si totale, si dévastatrice, que j'en souffrais encore deux ans plus tard, sans avoir trouvé le moyen de panser mes blessures. Il semblait évident, même à mes yeux, que ma réaction était tellement disproportionnée par rapport à ce que j'éprouvais pour lui qu'il avait dû toucher au fond de moi une corde particulièrement sensible qui s'apprêtait depuis longtemps à me faire souffrir. Toujours est-il que je n'avais trouvé qu'une seule manière de rétablir la situation, c'était de conserver vivant dans une chambre secrète de mon cœur l'amour que je lui portais, en me disant qu'il avait commis une erreur monstrueuse et devait nécessairement revenir pour la réparer. Lorsqu'il reviendrait, eh bien, là nous pourrions remettre les choses en ordre, c'est-à-dire partir chacun de notre côté.

Je n'étais pas idiot au point d'avouer à mes amis la persistance de mes sentiments pour Gordon. S'il passe en effet pour noble de conserver des sentiments à l'égard d'un ancien amant, c'est uniquement quand on est le premier à avoir rompu ou, cas de plus en plus répandu ces derniers temps, si l'on se retrouve veuf.

Vance Merkin est le seul avec qui j'aie enfreint cette règle. Il avait été l'ami de Gordon à la fac de droit, et ils se croisaient encore dans le cadre de leur travail. D'ailleurs, Vance n'était pas en position de me juger. Depuis quatre ans que je le connaissais, il restait obsédé par un garçon avec qui il avait vécu une passion platonique de sept mois. Si mon attitude vis-à-vis de mon ex était pathétique, elle l'était en tout cas moins que la sienne. Il avait organisé toute son existence en fonction de sa passion pour Carl d'une manière que j'aurais probablement jugée terrifiante si elle n'avait tellement bien servi mon propos.

Vance et moi nous retrouvions régulièrement dans un restaurant du sinistre quartier financier de Boston, une zone coincée entre les rues élégantes et le front de mer. L'établissement se trouvait tout près de chez Vance mais s'il tenait tant à cette adresse, ce n'était pas pour des raisons pratiques mais parce que Carl avait travaillé aux cuisines pendant un trimestre, il y avait plus de dix ans de cela, et qu'une des serveuses prétendait se souvenir de lui.

Vance m'inspirait une réelle sympathie qui allait au-delà de ses liens avec Gordon. Il était sorti diplômé de Yale à vingt ans, et de la fac de droit de Harvard à vingt-quatre. À moins de trente ans (mais en paraissant cinquante), il gagnait largement plus de cent mille dollars par an. La majeure partie de ses revenus partait en dîners et vêtements, et dans les cadeaux somptueux dont il couvrait la mère de Carl, une veuve qui habitait la banlieue nord de Boston. (Carl, pour sa part, avait rejoint une communauté du côté de San Francisco bien avant que je ne rencontre Vance. À en croire ce dernier, Carl, ayant appris qu'il était atteint d'un cancer des os, serait allé sur la côte Ouest pour épargner à sa mère le spectacle des progrès de sa maladie. Selon le réseau d'informateurs de Gordon, Carl, en parfaite santé, fuyait simplement Vance.) Doté d'une énergie névrotique illimitée et d'une grande intelligence, Vance gaspillait l'une et l'autre dans des quêtes sans intérêt. C'était avant tout quelqu'un de bon, et donc, comme tous les individus doués de bonté, un homme d'agréable compagnie, légèrement dépressif.

J'avais rendez-vous avec lui un soir embaumé d'août, après une semaine (ou presque) d'appels avortés à Agnès. J'avais pris le métro jusqu'à Boston et l'attendais encore devant le restaurant une heure après celle que nous avions fixée. Les rues de ce quartier étaient toujours désertes le soir et la ville dans son ensemble dégageait une atmosphère d'abandon extrêmement plaisante – comme si un bombardement l'avait nettoyée de ses foules mais que le métro continuait fort à propos de fonctionner. La bande de ciel visible entre les immeubles de granit avait viré au pourpre incendiaire avec le coucher du soleil, minutes intemporelles de splendeur magenta.

Je m'étais assis sur le trottoir en m'adossant à la façade d'un des immeubles gris décatis et avais plongé dans le dernier chapitre des *Hauts de Hurlevent*, essayant de composer mentalement un exposé pour ma classe. Non qu'il y eût matière à s'inquiéter. Cela faisait plusieurs années que je donnais des cours sur divers sujets au centre de formation pour adultes et l'expérience m'avait enseigné que ce que je racontais n'avait peu ou prou aucune importance. Rares étaient les étudiants qui lisaient réellement les livres du programme, et plus rares encore ceux d'entre eux qui voyaient l'intérêt d'en parler. Quand je discourais sur Cathy et Heathcliff, ou Ishmaël et Achab, ou Batman et Robin, la classe m'écoutait dans un silence poli pendant une dizaine de minutes, à la suite de quoi quelqu'un posait une question complètement hors sujet et le groupe se mettait à débattre d'un problème informe qui n'avait rien à voir avec le livre étudié. La semaine précédente, au milieu de mon exposé hésitant sur les structures narratives, l'un des étudiants avait démarré une discussion sur l'éducation sexuelle dans les écoles primaires qui avait occupé la plus grande partie de l'heure de cours.

Mais j'étais décidé à rendre justice au dénouement. Un prof peut se débrouiller en proférant un tas d'inanités cafouilleuses et de déclarations inexactes sur un livre, tant qu'il traite le dénouement avec brio. Ou du moins de manière cohérente.

L'apparition d'un taxi au bout de la rue coupa court à mes aspirations intellectuelles. Il vint s'arrêter sous mon nez et Vance en jaillit comme si quelqu'un l'avait vigoureusement poussé dans le dos. Il rebondit sur le trottoir et me serra dans ses bras en se lançant, pire qu'une mitraillette, dans une longue série d'excuses parfaitement incompréhensibles.

Vance était d'une taille aussi moyenne que moi et, pour rester charitable, assez corpulent. Depuis qu'un éminent cabinet d'avocats l'avait embauché, il portait des costumes monstrueusement chers, coupés sur mesure par un tailleur en Italie. En dépit de son extravagance, sa garde-robe ne compensait vraiment ni sa personnalité, ni son obésité ni l'aspect rose et bouffi de son visage presque aussi lisse que celui d'une femme. Le résultat est qu'il paraissait déguisé. Plus précisément, il ressemblait à l'entraîneur d'une équipe féminine de hockey qui se serait travesti en homme. Pire encore était sa malheureuse habitude de porter des chapeaux, le plus souvent grands et voyants, perchés au sommet de son crâne comme s'ils venaient juste d'y atterrir et s'apprêtaient à prendre possession de son corps. Ce soir-là, il arborait un vaste panama dont il avait rabattu le bord. Le port du chapeau dénonce trop évidemment la volonté d'acquérir une Personnalité, ce dont Vance ne manquait d'ailleurs pas, mais comme il semblait très fier des siens, je me sentais toujours obligé de faire un commentaire.

« Voilà qui a un chic fou, dis-je en remettant son panama d'aplomb.

– Non, non, non », lâcha-t-il en rafale.

Il avait cette manie de parler si vite qu'à certains moments il donnait l'impression de débiter une aria dans une opérette de Gilbert & Sullivan. « Ça ne me va pas du tout. Beaucoup trop flamboyant pour ma petite tête. J'ai acheté le même à la mère de Carl. J'ai pensé que ce serait chou, nous deux avec le même chapeau. Mais cette idiote refuse de le porter. Oh, Clyde, pas *Les Hauts de Hurlevent*. Je l'ai lu quand j'avais douze ans et j'ai eu follement envie de faire une dépression nerveuse.

C'est tellement romantique de languir au lit avec une maladie qui vous ronge peu à peu. Et regarde ce à quoi j'ai droit. Mon pauvre Carl. » Il sortit un carré de chocolat de la poche de sa veste et l'engloutit. « On a eu un magnifique coucher de soleil, n'est-ce pas ? marmonna-t-il, la bouche pleine de chocolat fondant.

— Je n'ai pu voir que ça, dis-je en désignant le ciel entre les immeubles.

— C'était la meilleure partie. Comment ça va, mon vieux ? Tiens-moi ça, veux-tu ? »

Il me tendit son attaché-case, enleva sa veste et commença à tripoter les bretelles qui bardaient son imposant estomac. « Je suis monstrueux, non ? Vingt kilos de plus depuis mardi dernier. Pourquoi diable ai-je mangé ce chocolat ? » Il s'essuya les lèvres avec un mouchoir monogrammé. « Parce que je suis un mangeur compulsif, voilà la raison. Pourquoi ne suis-je pas plutôt accro au crack ou à un truc amaigrissant ? Enfin, je commence un régime la semaine prochaine. »

Vance essayait toujours de parer à d'éventuels commentaires sur l'inflation galopante de son tour de taille en abordant le sujet le premier. J'ignorais ce qu'il faisait au juste avec ses bretelles mais j'avais la nette impression qu'il voulait exhiber son ventre, me montrer d'emblée ce qu'il pensait être la partie la pire de lui-même afin que je n'aille pas imaginer qu'il essayait de me cacher quelque chose.

« Qu'y a-t-il là-dedans ? demandai-je en soulevant la mallette.

— Oh, va savoir... Ma secrétaire la remplit tous les jours quand je quitte le bureau. Je dois avoir des tonnes de choses à faire ce soir. Je t'ai parlé de ma nouvelle secrétaire ? La copie conforme de la mère de Carl. Mais en beaucoup plus calé. C'est à elle que j'aurais dû offrir ce chapeau. Bon, on y va ? »

Le restaurant était un de ces ténébreux établissements bostoniens lambrissés de boiseries où s'alimentent de vieux hommes d'affaires des castes supérieures. La lumière du jour n'atteignait jamais le fond de la salle, créant une atmosphère impénétrable qui devait paraître rassurante, j'imagine, pour ceux qui voulaient oublier que, derrière les fenêtres doublées d'épais rideaux, le monde était en train de changer. La salle à manger sentait le linge amidonné et la viande grillée. Le décor n'avait pas changé depuis plusieurs décennies et le personnel, cheveux blancs et faciès maussade, semblait s'être figé pour toujours à l'âge de soixante-trois ans. Comme l'essentiel de la clientèle s'y pressait à l'heure du déjeuner, l'établissement était à peu près désert lorsque nous y venions avec Vance, ce qui ne faisait que renforcer la morosité ambiante. À notre entrée, l'hôtesse nous fit un signe de l'autre bout de la pièce et nous nous installâmes à notre table habituelle, dans une encoignure.

Vance prit place non sans mal, poussant la table avec son ventre. Il desserra sa cravate, imprima à son chapeau un angle encore plus extravagant et déplia d'un geste ample la monumentale serviette amidonnée. « Tiens, voici la sinistre Faucheuse », dit-il en agitant gaiement la main à l'intention de Béatrice, notre serveuse à la mine éternellement revêche. Elle s'avança vers nous d'une allure qui relevait moins de la marche que du balancement latéral sur pattes d'araignée.

Lorsqu'elle réussit enfin à aborder notre table, Vance

lui agrippa la main. « Ils vous ont encore fait trimer comme une esclave. Approche une chaise, Clyde, que Béa puisse se reposer un instant. N'est-elle pas adorable? Quel est donc ce parfum que vous portez? C'est divin. Dites-moi son nom avant qu'on s'en aille, je vous en apporterai quelques flacons la prochaine fois. »

Vance avait un talent incroyable pour séduire les femmes d'un certain âge. Un jour – je le connaissais depuis peu –, il avait aidé une vieille dame tenant à peine sur ses jambes et croulant sous le poids de ses sacs d'épicerie à négocier un carrefour particulièrement délicat sur Harvard Square. Le temps qu'ils traversent la rue bras dessus, bras dessous, et elle avait déjà proposé de lui louer le grenier de sa grande maison de Battle Street, où il termina ses études de droit.

« Carl m'a toujours dit que vous aviez été un ange lorsqu'il travaillait ici. Le moins que je puisse faire est bien de vous apporter un peu de parfum. »

Il faut reconnaître une qualité à Béa : elle était maligne. « Il avait vraiment du caractère, celui-là », dit-elle placidement. Elle avait enduit ses lèvres de rose vif en donnant au contour la forme d'un cœur, comme dans un dessin d'enfant. Vance me pressa le genou sous la table.

Je n'ai aucune idée de ce que Béa pensait réellement de lui, mais ce dont je suis sûr, c'est qu'elle ne conservait aucun souvenir d'un dénommé Carl. La première fois que Vance avait mentionné ce nom, je la soupçonne d'avoir joué le jeu par pure politesse. Les petits compliments plutôt vagues qu'elle continuait de jeter de-ci, de-là, étaient à l'évidence motivés par son sens des affaires. Vance lui laissait régulièrement des pourboires de vingt-cinq dollars, même si la lourde cuisine du restaurant ne présentait aucun intérêt et que nos assiettes repartaient invariablement à moitié pleines.

« Du caractère, répéta Vance. Oui, il avait du caractère, n'est-ce pas? Une petite boule de caractère. Sa mère prétend que c'était une vraie limace. Non, mais vous vous rendez compte? Au fait, vous n'avez pas eu de nouvelles de lui, mon chou? »

Béatrice plissa ses lèvres roses et porta la main à la mousse de cheveux blancs qui flottait au-dessus de sa tête comme pour s'assurer de sa présence. « Maintenant que vous en parlez.... Non, aucune nouvelle. La semaine prochaine, peut-être... »

Nous passâmes commande et je me calai dans mon siège avant de demander à Vance s'il avait vu Gordon, récemment. Je m'efforçais toujours d'aborder cette partie de la conversation dès le début, pour être sûr qu'elle n'allait pas bourdonner autour de la table et me distraire des autres sujets. Cela me paraissait la moindre des choses, vu que Vance insistait pour régler l'addition chaque fois que nous partagions un repas.

« Ah, le petit Gordie, dit-il avec tendresse. Je l'ai rencontré à une soirée de collecte de fonds, il y a quelques semaines. Le pauvre, il n'est pas heureux avec ce type, Clyde, tu le sais bien, n'est-ce pas? »

Je haussai les épaules.

« Entre nous, comment pourrait-il l'être?

– Machin-chouette est mortellement ennuyeux, non? »

Machin-chouette, le comptable musculeux avec qui vivait Gordon depuis près d'un an, s'appelait Michael.

« Mortellement. Gordon t'a paru comment?

– Très bien », répondit Vance en rompant un gressin dont il plongea une moitié dans une coupelle de fro-

mage blanc aux herbes. « À voir comme ça, en tout cas.
Personnellement, la brosse courte et la musculation, ce
n'est pas mon truc. Ça fait grotesque chez les hommes.
Beaucoup mieux pour les gouines. J'espère qu'il n'y a
pas de salle de gym dans la communauté de Carl. Ça
finit par devenir mauvais pour la santé, à la longue. »

Il scruta la coupelle de fromage blanc sans cesser de
mâchonner.

« Aucun goût, texture affligeante. J'ai l'impression de
manger un vieux chewing-gum.

— Gordon cherche un sens à sa vie, expliquai-je.
D'abord la littérature, puis la psychologie et la fac de
droit, et le gymnase pour finir : une spirale descendante.
La prochaine fois, ce sera la religion, je te parie. Les
croyants professionnels sont prêts à fondre comme des
vautours sur ce genre d'âme en détresse.

— J'ai entendu une rumeur. Machin-chouette serait
républicain.

— À dire vrai, je m'en doutais un peu. Gordon aurait
dû rester avec moi et digérer son inaptitude au bonheur.
Ce n'est qu'une phase, tu verras.

— Bien sûr que ce n'est qu'une phase, mon vieux. »

Que ces conversations avec Vance aient pu m'apporter quelque réconfort demeure un mystère ; d'autant
que, je le savais bien, il me disait simplement ce que
j'avais envie d'entendre, et pour ma part je ne croyais
qu'une infime partie de ce que je disais. Je jugeais ses
sentiments pour Carl tellement névrosés que cela confi-
nait au grotesque et je le soupçonne d'en avoir pensé
autant de moi. Mais nous étions liés d'un commun et
tacite accord par un contrat de non-sincérité mutuelle.

« C'est tragique, reprit Vance. Comme Carl, là-bas
dans sa communauté. Même sa mère en convient. Elle

dit qu'il aurait été dix fois plus heureux s'il était resté dans l'Est. Partager une salle de bains avec quinze personnes, franchement ! Il ne se plaint pas, remarque. Il ne parle jamais de sa santé à sa mère. »

Quand Béatrice nous apporta deux assiettes de bœuf particulièrement peu appétissantes, Vance considéra la sienne d'un air découragé. L'ombre que portait le bord de son chapeau sur ses joues rebondies le faisait ressembler à un croisement entre Marlene Dietrich et Al Capone.

« Ne me regarde pas comme ça, dit-il, ou je vais être obligé de commander un verre, et là, tu regretteras d'être venu.

– Je te croyais au régime sec.

– La mère de Carl m'a fait replonger. Il faut que je cesse de l'emmener dîner. Grâce au ciel, elle affectionne ces établissements bon marché de la périphérie, avec leurs parkings gigantesques. L'" Early-bird " spécial à six dollars quatre-vingt-dix-neuf. Bien entendu, cela me coûte chaque fois cinquante dollars de trajet. »

Deux fois par semaine au minimum, Vance partait en taxi vers la banlieue nord, où il invitait la mère de Carl à dîner dans un restaurant de son choix.

« Tu devrais peut-être passer ton permis, suggérai-je.

– J'adorerais, mais je connais tellement de chauffeurs de taxi, maintenant, que j'aurais le sentiment de leur ôter le pain de la bouche. Alors, quand est-ce que miss Morris arrive dans nos murs ?

– Je n'en ai pas la moindre idée. Sous peu, je suppose.

– Tu crois que tu pourrais la convaincre de venir à mon groupe de lecture ? Ça fait deux ans que je n'ai pas assisté à la moindre réunion, et la traîner là-bas pourrait être une bonne façon de me remettre dans le coup. »

À l'instar de la plupart des habitants de Boston, Vance était affilié à un groupe de discussion littéraire dont les réunions ressemblaient beaucoup, selon moi, à des dîners en ville et plus encore aux cours que je donnais à l'Académie parallèle. Vance n'assistait jamais aux réunions parce qu'il avait le béguin pour un de ses condisciples dont la présence le rendait tellement nerveux qu'il en perdait la parole. N'empêche, je ne connaissais personne qui lise autant. Quand trouvait-il le temps de le faire, voilà qui dépassait mon entendement. Car non seulement il travaillait soixante heures par semaine, regardait tous les shows télévisés possibles, acceptait la défense de nombreuses affaires gracieusement et mangeait comme dix, mais il lisait aussi deux ou trois romans par semaine, tout ce qui lui tombait sous la main, aussi bien Flaubert que ces histoires à l'eau de rose qui, justement, avaient tourné la tête d'Emma Bovary.

« Tu essaies d'exploiter son succès, dis-je avec sévérité. En tout cas, elle n'assistera à aucune séance de groupe de lecture avant d'avoir donné une conférence dans le cadre d'un de mes cours. »

Vance me considéra avec pitié et secoua sa grosse tête. Il ne se privait pas de critiquer mon travail. Deux ou trois ans auparavant, faisant jouer certaines relations qu'il avait dans une école privée en dehors de la ville et m'ayant aidé à pondre un curriculum vitae, il avait réussi à me décrocher un entretien en vue d'un poste d'enseignant. Mais cela se passait précisément au moment du départ de Gordon et de mon installation avec Marcus, et je n'avais pas donné suite. Il me proposait régulièrement de rouvrir les portes pour moi mais je ne me sentais jamais tout à fait prêt. La directrice, une de ses vieilles amies, avait largement dépassé la soixantaine et il me mettait fréquemment en garde contre le risque, si je n'agissais pas promptement, de la voir prendre sa retraite et filer en Floride. Honnêtement, je redoutais beaucoup plus, si je n'agissais pas promptement, de me voir, moi, franchir la frontière des quadragénaires agressifs que les recruteurs considèrent d'un œil d'autant plus méfiant que le poste en question implique la fréquentation régulière de mineurs.

Vance ôta son panama et se gratta l'occiput. À force de le voir porter des chapeaux, les gens étaient persuadés qu'il était chauve alors qu'il avait une abondante crinière de boucles brunes. Des années durant, j'avais tout essayé pour qu'il se coupe les cheveux ou, du moins, qu'il les fasse défriser. Cette tête-de-loup moutonnante lui donnait un air mémère, un peu dans le registre de Margaret Rutherford, à quelques décennies près.

« J'imagine que Louise va vouloir remettre ça avec Marcus dès son arrivée », lança-t-il d'un ton lugubre. Vance était comme tous les gens que je connaissais : fasciné par Marcus.

« J'en doute fortement, répondis-je. D'ailleurs, je ne crois pas qu'elle tenait tant que ça à lui.

— Tu es bien sûr qu'il ne parade pas nuit et jour, nu comme un ver, à t'aguicher avec son corps, t'humilier et solliciter ton admiration ?

— Je crois que ça m'aurait frappé.

— Je veux bien te croire. Oh, Seigneur, qu'est-ce qui m'a pris de commander pareil morceau de viande ? Rien qu'à le regarder, je sens mes artères durcir. T'ai-je dit que la mère de Carl se prétend végétarienne ? C'est le nouveau genre, là-bas dans les quartiers périphériques. Ils croient que cela fait plus sain de se proclamer végétarien, même s'ils continuent de manger du poulet, du porc, du bœuf, de l'agneau, du veau, bref n'importe quoi ayant une tête. Oh, oh, je ferais mieux de m'attaquer à mon plat, voilà la morte vivante qui rapplique.

Quand Vance eut rassuré Béatrice sur l'excellence de la nourriture et qu'elle fut repartie de son pas vacillant, il repoussa son assiette loin de lui. Il chaussa de minuscules lunettes Ben Franklin, lut sur l'emballage la liste des ingrédients contenus dans les gressins et passa goulûment à l'attaque. Plongeant systématiquement dans le bol de fromage blanc, il laissa tomber d'un air détaché : « J'ai vu ton charmant paternel dans un des restaurants où la mère de Carl tient à m'emmener.

– Mon père ? »
Il acquiesça d'un hochement de tête.
« En plus, c'était un des pires. Ils n'avaient que du filet de haddock façon Boston au menu. Peux-tu me dire ce qui cloche dans cette ville ? Je commence à envisager sérieusement d'aller m'établir à New York. J'ai même un appartement en vue, deux chambres à coucher. Tu crois que je pourrais m'entendre avec la mère de Carl ?

– Peu probable, dis-je. Et je ne pense pas que ce soit mon père que tu as vu au restaurant. Il est à moitié impotent. Considéré comme mourant. Je te l'ai déjà dit.

– C'était indéniablement lui, mon chou. Sans conteste le type que j'ai vu à l'enterrement de ta mère. Celui-là même qui t'a demandé, sous mon nez, si j'étais un " lesbien ". Tu te rappelles ? Ça a été un vrai miracle pour l'image que je me faisais de moi. Il était en train de faire la fête avec une nana et un garçon plus jeune dont elle paraissait être la mère. »

À ma connaissance, mon père n'avait pas esquissé un seul sourire depuis vingt-cinq ans, si l'on exclut les ricanements qu'avait pu lui arracher le spectacle du malheur d'autrui.

« Une nana ? Qu'entends-tu par nana, au juste ?

– Une créature d'une bonne soixantaine d'années. L'âge de la mère de Carl, quoi. Et beaucoup plus chouette, remarque, mais n'avoue jamais que je te l'ai dit. Avec une coiffure effroyable, je dois reconnaître. De la barbe à papa prise dans la tornade. Ça se fait beaucoup, dans la périphérie.

– Qu'est-ce que ça veut dire, faire la fête ? Et qu'entends-tu par garçon plus jeune ? Jeune comment ? Qu'est-ce qui te permet d'avancer que c'était son fils ? »

Vance remit son panama et dégagea la table devant lui. Il prit une poignée de sachets de sucre en poudre dans la coupelle et se mit à les disposer sur la nappe blanche amidonnée. « Ici, c'est le box que nous occupions avec la mère de Carl. Là, celui de ton père avec cette nana. Voilà l'endroit où les serveurs sont postés. D'où j'étais, je pouvais voir le haddock dans leurs assiettes. J'ai envisagé d'aller leur présenter mes respects, rien que pour embêter ton vieux, mais la mère de Carl a horreur que je la laisse seule, même si c'est juste pour aller aux toilettes. Ils célébraient je ne sais quoi. Ton père a commandé du champagne et ils ont bu à la santé du fils. Ton père le tenait par les épaules. Voilà, je ne peux pas t'en dire plus. Pourquoi en faire toute une histoire ?

– Toute l'histoire », dis-je en commençant à penser qu'il y avait peut-être une part de vrai dans son récit,

« c'est qu'il est censé être subclapotant, et sans le sou avec ça. Alors, qu'est-ce qu'un veuf, mourant et fauché, peut bien faire au restaurant en compagnie d'une nana et du fils de celle-ci? À commander du champagne?

— Et moi, qu'est-ce que je faisais avec une horreur comme la mère de Carl, mon pauvre ami? Et toi, que fais-tu ici avec moi? Oh, Clyde, trouve-moi un gentil garçon. Je me sens tellement seul. Et puis non, non, laisse tomber. Ça ne marcherait pas. Il faut absolument que je commence ce régime dès demain. On ne donne pas de cours sur la boulimie, à l'Académie parallèle?

— Pas que je sache. Mais ils ont certainement dû y songer.

— Fais autre chose de ta vie, Clyde, je t'en conjure. Oh, mon Dieu, revoilà la zombi de service. Commande un dessert, n'importe quoi, juste pour gonfler un peu la note. »

Après avoir quitté Vance et pris le métro pour rentrer à Cambridge, puis gravi les marches grinçantes, à l'arrière de la maison, qui menaient à mon appartement sous les toits, je me replongeai dans la lettre de ma sœur. J'eus beau lire soigneusement entre les lignes, aucun élément ne permettait de soupçonner que mon père sortait avec des nanas.

J'appelai Agnès.

La société E & A étant fermée à cette heure de la journée, elle répondit par un « allô? » faiblard, comme si elle redoutait un maniaque sexuel ou une menace de mort. Comparable en cela à la plupart des gens qui habitent des endroits suffisamment éloignés de la ville pour être considérés comme « sûrs », Agnès vivait dans un état permanent de panique imminente.

« Agnès, dis-je, c'est ton frère.

— Clyde ? » interrogea-t-elle, comme s'il y avait une autre possibilité. Agnès énonçait toujours l'évidence, signe d'un manque d'assurance attendrissant et d'une manie bien ancrée, quoique exaspérante.

« J'ai reçu ta lettre », dis-je d'un ton calme. Il était parfaitement inutile de se montrer direct avec Agnès, vu que cela redoublait son anxiété.

« J'étais obligée de te l'envoyer, Clyde, tu ne me rappelais jamais quand je te laissais un message sur le répondeur. J'aimerais bien que tu me préviennes, si cet appareil est en panne. J'ai renvoyé la garantie validée...

— Le répondeur fonctionne à merveille, ma chérie. C'était le cadeau idéal. Je n'ai tout simplement pas eu l'occasion d'appeler tant j'étais débordé avec mes cours et un tas d'autres choses.

— Depuis que tu es professeur, tu es tellement débordé que tu n'as plus de temps pour rien.

— Agnès, je t'en prie. » Vu la façon dont les choses se passaient à la prétendue Académie parallèle, « enseignant » aurait largement suffi.

Il faisait encore assez chaud et un léger vent humide traversait mon appartement. J'entendais les voix d'adolescents du quartier échangeant des menaces et les aboiements de quelques sales chiens en bruit de fond.

« Comment vont les affaires ? demandai-je.

— Eh bien, Elizabeth est très optimiste quant aux ventes de vitamines. Personnellement, je doute encore. Les pilules sont un peu difficiles à avaler. Je les trouve trop grosses. J'espère que cela ne va pas nuire au commerce. »

Je me gardai de répondre. Les vitamines présentaient une fâcheuse ressemblance, par leur dimension autant que leur couleur, avec des biscuits pour chiens. Avoir le scorbut me semblait un destin plus enviable que de devoir engloutir chaque matin un de ces trucs.

« Qu'est-ce que c'est que ce bruit ? demanda Agnès. On dirait que quelqu'un se fait attaquer par des bêtes.

– Ne t'inquiète pas, ce sont seulement des gens qui se battent. Où en est-on, avec... papa ? »

Elle laissa échapper un long soupir, comme si elle était en plein exercice de yoga. Car Agnès, l'être humain le moins physique de la planète, s'était inscrite en janvier au cours de yoga. Elle proclamait que ça avait changé sa vie, même si à la voir rien ne permettait de l'affirmer.

« Oh, Clyde, je ne suis pas sûre, mais j'ai l'impression que ça empire.

– Comment, ça empire ?

– Je veux dire qu'il est encore plus malade. Plus irritable. Il n'arrête pas de me crier dessus, de se plaindre des repas. Il répète sans arrêt que son allocation est insuffisante. Il va peut-être falloir que je te demande de rajouter quelques dollars.

– Agnès, est-ce que... est-ce qu'il sort davantage ?

– Pourquoi me demandes-tu ça ? » Il y avait une pointe d'hystérie dans sa voix. Agnès vivait dans la crainte des conspirations et des coïncidences inexplicables. Je mettais cela sur le dos de notre éducation catholique.

« Sans raison particulière. Je me demandais, c'est tout.

– Eh bien, oui, il se trouve qu'il sort davantage. Je crois qu'il va suivre un nouveau traitement dont il ne veut pas me parler. Ça colle avec son comportement récent.

– Il existe d'autres possibilités, tu sais.

– Telles que?

– Nous pourrions nous voir et reconsidérer la situation.

– La situation?

– Il vit avec toi depuis la mort de maman. Le moment est peut-être venu d'envisager les autres solutions.

– Si tu fais allusion à une maison de retraite, Clyde, je te préviens tout de suite que c'est non. Il n'en est pas question. Je ne pourrais pas me regarder en face, et toi non plus. »

Agnès s'était mise à couiner comme si elle allait fondre en larmes. Elle avait une manière bien à elle d'éclater en sanglots ou de rire à contretemps, parfois au beau milieu d'une phrase. Elle avait hérité cette caractéristique de notre mère, en même temps que sa mauvaise digestion et son manque d'assurance. J'aurais aimé changer de sujet mais les options n'étaient pas engageantes : son travail, le livre de recettes, sa fille, chaque terrain paraissait plus miné que le précédent.

« J'envisageais de venir te voir, offris-je. Je pourrais essayer de chercher ce qu'il a.

– Avec joie. Quand? »

Face à la perspective de fixer une date, je sentis mon estomac se contracter et le premier étau d'une migraine prendre position sous mes paupières.

« Je ne sais pas au juste, dis-je. Un peu avant Thanksgiving, par exemple?

– Thanksgiving? Mais on est à peine en septembre! Que dirais-tu de demain soir?

– J'ai des projets.

– Oh! Tu dois voir Gordon?

– Gordon? Gordon et moi ne vivons plus ensemble depuis deux ans, Agnès! Je préférerais que tu cesses de mentionner son nom!

– Ne me saute pas à la gorge, Clyde! Je suis soumise à de terribles pressions. Sans le yoga, je me demande où j'en serais. »

Tout en m'acceptant tel que j'étais avec une générosité purement sentimentale, Agnès n'avait jamais semblé appréhender totalement le concept de la relation entre deux hommes, aussi n'avait-elle jamais pu comprendre que Gordon et moi avions rompu. Et comme moi non plus, je n'avais jamais pu admettre que nous avions rompu, j'étais particulièrement contrarié, quoique flatté, par ses fréquentes allusions à Gordon.

« J'ignore avec qui tu sors, mais en tout cas, j'espère que tu fais attention. »

Le petit sermon d'Agnès sur le sexe sans risque. Elle m'enjoignait toujours de faire attention et je lui recommandais toujours de prendre des risques.

« D'ici une quinzaine, disons, concédai-je, rongé par son ton suppliant. Je vais voir ça avec Marcus. Il m'a dit qu'il aimerait bien venir aussi.

– Oh, Clyde, tu as certainement mal compris. Marcus doit être beaucoup trop pris par Harvard et ses petites amies pour songer à *me* rendre visite.

– Peut-être ne viendra-t-il pas.

– Pourquoi es-tu si négatif? J'adorerais le voir. Il est toujours si joyeux, si gentleman du Sud. »

« Joyeux » était le plus grand compliment d'Agnès. Tel que je le comprenais, cela s'appliquait à quelqu'un qui lui faisait oublier un instant à quel point elle était malheureuse. Pour « gentleman du Sud », en revanche, je n'avais pas encore trouvé le code d'accès.

Nous fixâmes une date. Je lui dis au revoir et m'apprêtai à raccrocher.

« Oh, mon Dieu », soupira Agnès.

Ce soupir baigné de remords suffit pour que je sente la présence d'Agnès ici même, dans ma chambre : plafond bas, murs pentus, chaussettes éparses, Agnès et moi. Agnès portait un parfum baptisé Prairie d'été qu'elle qualifiait de « splash », dont je pouvais pratiquement sentir la fragrance sucrée en cet instant même. Je voulais lui tenir la main et la laisser pleurer un bon coup, et essayer de tout arranger pour elle.

« Qu'est-ce qui ne va pas, mon chou ? demandai-je.

– Oh, rien. Enfin, tout.

– Agnès, tout va bien se passer. Un de ces jours, tout va finir par s'arranger pour le mieux.

– J'aimerais surtout avoir une bonne grosse tomate à déjeuner demain », conclut-elle.

Sur cette note finale, je décidai de raccrocher et m'exécutai.

4

Le jour où Louise est arrivée à Cambridge, il n'a cessé de pleuvoir toute la matinée, une de ces pluies persistantes, crépitantes, annonciatrices d'une nouvelle saison qui s'approche sur la pointe des pieds. Deux semaines s'étaient à peine écoulées depuis mon dîner avec Vance, mais déjà l'été semblait relâcher son emprise poisseuse.

Après avoir eu ma sœur au téléphone, j'avais tenté plusieurs fois de joindre mon père sans pouvoir réellement concrétiser mon projet. Le style téléphonique paternel consistait à décrocher et, au lieu de dire « allô » comme tout le monde, attendre dans un silence total et scandalisé que son intrus d'interlocuteur veuille bien se présenter le premier. Un affrontement de volontés. J'avais toujours l'impression de me faire aspirer par ce silence vacant à l'autre bout de la ligne et finissais par raccrocher, ce qui était exactement l'effet recherché par mon père. Non seulement je me laissais intimider, mais de surcroît il y avait une infime partie de moi qui craignait de l'entendre raccrocher, lui, s'il reconnaissait ma voix. Bizarrement, j'étais chaque fois persuadé qu'il savait parfaitement que c'était moi malgré tout, et me retrouvais avec une effroyable migraine après chaque tentative avortée.

Il devait y avoir une légère fuite dans le toit au-dessus de ma chambre car, dès qu'il pleuvait, la longue tache brune qui ornait un coin du plafond s'assombrissait et gagnait du terrain. J'adorais lire au lit tandis que la pluie tambourinait contre le toit fissuré. Le matin de l'arrivée de Louise, je levai de temps à autre les yeux de mon livre (la biographie parfaitement abrutissante d'une cantatrice d'opéra) pour observer les lents progrès de l'infiltration. Savoir que je n'aurais jamais à réparer les dégâts, quelle que fût leur étendue, m'apportait un immense réconfort. J'avais appelé le propriétaire deux ans plus tôt. J'avais fait mon devoir. Si le toit s'effondrait, ce n'était pas mon problème. Je me sentais en sécurité, allongé là à regarder la maison d'un autre se détériorer autour de moi tout en lisant l'histoire de quelqu'un dont la vie se détériorait également.

En début d'après-midi, l'orage s'éloigna et le soleil apparut. Le trottoir imprégné d'eau était en train d'exhaler de la vapeur quand Louise téléphona. Je fus saisi par le son de sa voix rauque qui n'était plus maintenant qu'à un kilomètre ou deux de moi. Sa voix avait le don de me ramener en arrière dans le temps car notre amitié, malgré l'indéfectible affection que je lui portais et la relation à distance que j'avais maintenue entre nous, appartenait au passé.

« Je n'arrive pas à te croire si proche, dis-je. Vraiment, je n'y arrive pas.

— Moi non plus, Clyde. Promets-moi que je n'ai pas commis une irréparable et monstrueuse erreur que je regretterai jusqu'à la fin de ma misérable existence.

— Bien sûr que non ! » Louise avait toujours besoin

d'être rassurée, même si elle rejetait tout propos rassurant. « Qu'est-ce qui te fait penser une chose pareille?

— Nous avons déchargé la voiture, la maison est remplie de cartons livrés par la poste depuis plusieurs semaines, j'ai un torticolis, le voyage est terminé, et maintenant il faut commencer à vivre. C'est un cauchemar.

— Mais tu connais ça par cœur, lui rappelai-je. Tu n'as pas arrêté de déménager, ces dernières années.

— À mon avis, c'est justement ce qui rend les choses si difficiles. Je n'éprouve plus le moindre frisson. Avant, j'avais l'impression d'être une vieille hippie, aujourd'hui, je me sens tout simplement vieille. Ça t'ennuie de venir ici pour me dire que tout va bien? C'est vraiment un endroit magnifique, un vrai coup de pot d'avoir trouvé quelque chose d'aussi chouette alors que je me trouvais à quatre mille kilomètres. » Sa voix devint un souffle rauque. « Ben l'adore, même s'il ne l'admettra jamais. Rapplique avant que notre enthousiasme s'évapore, il est déjà assez mal-en-point comme ça. » Je notai son adresse et lui promis d'être là d'ici une heure ou deux. J'aurais pu y aller tout de suite mais nous étions au milieu de la journée et je ne voulais pas faire mauvaise impression dès le départ en lui donnant à penser que je n'avais rien de plus important en perspective. Ou du moins, rien de particulier. Je sentais déjà toutes les carences de mon curriculum vitae s'ouvrir comme des crevasses sous mes pieds. Au cours des douze années qui avaient suivi notre licence, Louise avait accumulé une quantité notable de réalisations — des livres, un enfant, la pratique de langues étrangères et une expérience d'enseignante. Je pouvais seulement me prévaloir de quelques tentatives malheureuses du côté du troisième cycle, d'une liaison où je n'avais pas fait de vieux os et d'une autre dont je n'étais pas encore remis, et de vagues affiliations à des clubs de mise en forme – sans suite. J'avais un peu voyagé, aussi, mais les voyages apparaissent pour ce qu'ils sont, dans un C.V. faiblard : une façon de vouloir donner du mouvement à une vie bloquée au point mort.

J'étais récemment parvenu à la conclusion que l'aspect démarrage-interruption de mes expériences jusqu'ici (en insistant sur les interruptions) pouvait en grande partie être imputé à mon inaptitude ou mon inappétence à participer à quoi que ce soit, y compris ma propre vie. Je n'ai pas le sens du groupe. Je possède tous les instincts du cavalier seul, mais le fait de l'affirmer implique déjà d'appartenir à une avant-garde, une société d'un genre bohème dans laquelle je n'avais pas davantage ma place. Dans les pires moments, ceux où je m'apitoyais le plus sur mon sort, j'avais le sentiment d'être condamné à vivre hors saison, tel le touriste effectuant un tour du monde qui débarque dans chaque port un mois après qu'on a barricadé les vitrines des magasins et fermé les restaurants, la population locale ayant plié bagage pour gagner des cieux plus cléments. Je n'étais pas en phase, mes instincts étaient décalés.

Je m'étais promis, si je gagnais un jour suffisamment d'argent, de faire une analyse et d'essayer de surmonter mes névroses, mais si j'avais formulé ce vœu, c'est bien parce que j'étais quasiment sûr que ma situation financière ne risquait pas de s'améliorer avant belle lurette.

D'ailleurs, l'industrie psychanalytique dans son ensemble m'avait toujours laissé sceptique. Cela me rappelait un de mes cours à l'Académie parallèle intitulé « Dire la vérité : comment tenir un journal. » Il avait attiré les plus outrageusement truqueurs, les plus cabotins de mes étudiants, la seule race d'individus, en y réfléchissant bien, à qui l'idée de tenir un journal pourrait venir.

En fin d'après-midi, je me rendis à pied à l'adresse indiquée par Louise. Il faisait encore passablement chaud mais l'arrivée de la pluie avait institué un nouveau climat et l'air était prégnant d'une suggestion d'automne, d'une légère vague de fraîcheur que je percevais chaque fois que je passais à l'ombre d'un arbre, quelque chose de pensif dans l'inclinaison du soleil. J'observai plusieurs camions de déménagement patrouiller dans les rues, escaladant impitoyablement les bordures de trottoirs et démembrant les arbres, signe indiscutable que l'été prenait fin et qu'un nouveau flux d'étudiants pleins d'espoir était en route. Comme c'était démoralisant, la vision de tant d'intelligence, de beauté et de potentiel humain se déversant chaque septembre dans les rues de la ville, toute cette splendeur brevetée Harvard qui s'efforçait de trouver un sens à sa vie. J'aimais vraiment vivre dans une ville universitaire – cela garantissait de bons films, de bonnes librairies et des trouvailles épatantes dans les brocantes de trottoir au mois de mai – mais dans une prochaine vie, je choisirais plutôt une petite université, avec moins de prestige, qui n'attire que des tire-au-flanc. Ce serait certainement un soulagement de me retrouver au milieu de gens dont je comprendrais plus facilement la vie et qui tombent de moins haut quand la disgrâce les frappe.

La sous-loc dénichée par Louise se trouvait dans un de ces recoins secrets de Cambridge où l'air, en général frais, embaume et où l'architecture allie grandeur et extravagance. Sa maison se dressait au bout d'une rue sans issue, à mi-hauteur d'une colline escarpée et ombragée. Selon ses instructions, je cherchai du regard une grande maison victorienne peinte en jaune avec une clôture de piquets blancs. À l'angle de la clôture, presque dissimulé sous les branches envahissantes d'un gigantesque hortensia, s'ouvrait un portail où l'on avait peint avec soin « 17 1/2 ». Je l'ouvris et pénétrai dans un jardin luxuriant où s'épanouissaient en tous sens les fleurs de fin de saison : phlox blancs et pourpres, rudbeckias et longs épis pourpres de salicaire commune. L'ancienne remise à voitures se trouvait dans le fond, au bout d'un étroit chemin pavé de dalles de grès. C'était une petite construction du même jaune que la maison principale, au toit extrêmement pentu, dont les larges fenêtres scintillaient sous le soleil. La façade était recouverte de volubilis grimpants et de guirlandes de clématites automnales. C'était une de ces bicoques exagérément retapées dont chaque bardeau arborait moralement la pancarte *Investissement immobilier*. Pourtant, sa vue me charma tellement que je ne vis pas le petit chien marron qui effectuait des sauts périlleux au milieu du chemin, et je faillis marcher dessus.

« Pardon, mon vieux », lui dis-je.

Le chien me lança un regard soumis, recroquevillé de peur, queue basse et échine ployée, comme si je l'avais menacé d'un bâton. À peine plus gros qu'un chat bien nourri, il avait quelque chose d'un terrier et paraissait tellement miteux avec ses pattes tordues qu'il était nécessairement le produit d'un accouplement furtif, en cachette de l'éleveur. Sa fourrure était d'un brun foncé à l'exception des deux pattes antérieures beiges, de zébrures plus claires au-dessus des yeux qui dessinaient de véritables sourcils et d'une houppette beige qui se dressait sur son crâne, donnant à la créature l'expression d'un dessin du Dr. Seuss, ou plutôt d'un de ses imitateurs moins talentueux.

Je m'accroupis pour le caresser mais le malheureux animal couina, plongea dans une plate-bande et se mit à attaquer furieusement la terre autour d'une touffe de gueules-de-loup, comme s'il creusait sa propre tombe.

À l'abord de la maison, je surpris deux voix, un homme et une femme qui se disputaient. Je frappai timidement à la porte. La voix féminine cria « C'est ouvert ! » sur un ton fort peu accueillant, et je m'avançai dans un petit bureau tapissé de livres dont le sol était jonché de journaux roulés en boule et de cartons renversés.

La femme qui m'avait crié d'entrer s'adressait à une autre personne sur le même mode peu amical : « Je ne comprends pas pourquoi tu n'as pas réglé ce problème avant mon retour, Thomas. Voilà ce que je ne comprends pas. »

Il y eut un gargouillis, comme un bébé qui recracherait son biberon, et un homme marmonna quelque chose.

Je suivis les voix jusqu'à une pièce haute de plafond que baignait le soleil voilé de fin d'après-midi. Louise était assise sur un long canapé de rotin, jambes allongées devant elle et croisées à hauteur des chevilles, bras croisés sur la poitrine. Elle portait un pantalon de toile kaki complètement froissé et un ample T-shirt blanc. Elle était pieds nus. Pour des raisons non explicitées, elle avait toujours prétendu détester ses chevilles et ses pieds. C'était là un des rares griefs que je l'aie jamais entendue proférer contre son physique, mais du temps de notre amitié, elle le faisait souvent. Le soleil éclairait un côté de son visage, la forçant à cligner des yeux. Elle semblait épuisée. La pâleur de Louise m'avait toujours paru lumineuse, à sa façon, mais en cet instant, le soleil ne lui faisait vraiment pas de cadeau, rendant sa peau aussi éteinte et fripée que son pantalon.

Elle me sourit vaguement et agita la main sans décroiser les bras. Un accueil bienfaisant par son absence de mélodrame. Je hais les « salut! » tonitruants et toutes les sortes d'au revoir.

De l'autre côté de la pièce se tenaient une grande femme en jupe grise et chemisier de soie et un homme à l'expression confondue, sommet du crâne dégarni et catogan à l'arrière. Il berçait un bébé au visage tellement rouge et contorsionné qu'il semblait sur le point d'exploser.

« Qui c'est, celui-là? » demanda la femme. Elle me fixait d'un regard absent mais sa question ne semblait viser personne en particulier. C'était une de ces créatures affairées qui font tourner le monde et en veulent à la terre entière de devoir traîner derrière elles le poids mort que représente le reste de la population.

« C'est Clyde, répondit Louise. Un de mes amis. » Sa voix était plus éraillée, et beaucoup plus rauque que tout à l'heure au téléphone, comme si elle était vraiment au bout du rouleau. Je compris quelle avait été mon erreur de tarder si longtemps à venir. D'évidence, son enthousiasme combatif n'était plus qu'un souvenir.

« Vous ne voyez pas d'inconvénient à ce que je reçoive des visiteurs, j'espère?

— Oh, Seigneur, encore une victime, dit la femme. J'aurais simplement aimé que Thomas règle la question avant mon arrivée, on ne peut pas me le reprocher, tout de même? »

Ce disant, elle porta son regard sur moi, mais c'était moins une question qu'un reproche destiné à son mari. Je n'avais pas la moindre idée de ce que je devais dire ou faire, aussi allai-je m'asseoir sur le canapé à côté de ma vieille copine.

« Oh, Clyde, dit Louise d'une voix douce. Ces lunettes!

— Affreuses?

— Atroces. Elles te donnent l'air asthmatique. »

Toutes mes appréhensions à la perspective de la revoir s'évanouirent. Il n'existe rien de plus intime qu'une insulte qui sonne juste. Je me penchai vers elle et l'embrassai. Elle me prit par le bras et se nicha contre moi. Ses cheveux, ses vêtements, jusqu'à sa peau sentaient puissamment le tabac mais ce n'était pas désagréable.

« Nous avons une règle bien établie concernant les animaux de compagnie, m'expliqua l'homme en transférant le bébé sur son autre bras. C'est à cause du jardin. Du jardinier, plus précisément. Je suis Thomas. Voici ma femme Camille. » Il s'avança vers le canapé, la main tendue puis, se souvenant du bébé, rebroussa chemin. Il portait un short, des chaussettes de gym blanches et une paire de ces abominables sandalettes New Age dont les semelles de caoutchouc à picots ressemblent à un matelas de tétons.

« Vous aussi, vous êtes écrivain? » me demanda

Camille d'un ton péremptoire et impatient, comme si la réponse, que ce fût oui ou non, s'annonçait aussi prévisible que dépourvue d'intérêt.

En faisant abstraction de sa tenue ringarde et de ses bijoux raisonnables, on voyait qu'elle était assez jeune, à peine la trentaine. D'une certaine manière, j'étais passé directement d'un sentiment d'infériorité dû au fait d'être plus jeune que les gens qui commandaient, à un sentiment d'infériorité dû au fait que j'étais plus âgé qu'eux.

« J'enseigne à l'Académie parallèle. »

Mari et femme échangèrent un regard circonspect. C'était leur première manifestation visible de compatibilité conjugale et cela me rassura, même si j'étais la cible de leur désapprobation commune. J'aurais dû dire : « J'enseigne à Cambridge », leur laissant tout loisir de me prendre pour un professeur titulaire à Harvard qui ferait le modeste.

Le visage du bébé rougissait et gonflait à vue d'œil, comme un ballon sous pression. Soudain, il explosa : ses yeux et sa bouche s'ouvrirent tout grands et il se jeta contre l'épaule de Thomas en émettant une plainte phénoménale.

Camille et Thomas reprirent les récriminations sur leur mode sténographique personnel : « Oui, à trois heures... – À trois heures! Mais elle n'a même pas... – Oh, je suis lasse de ce prétexte... – Très bien, mais à quoi est-ce que cela m'avance? »

Je sentis Louise s'abandonner contre mon épaule, comme si elle soupirait d'aise en voyant l'attention du couple se détourner, ou peut-être en constatant qu'elle n'était pas membre d'un couple querelleur, thème qui avait sa faveur.

« Emmène-la dehors, dit Camille. Il est clair que c'est moi qui vais devoir m'occuper de ça, de toute manière.

– Je suis sûr que nous nous reverrons, Clyde. » Thomas criait pour couvrir les hurlements du bébé. « Cette... école se trouve dans le coin, n'est-ce pas ? »

Sans me donner le temps de répondre, Camille adressa un signe de tête lourd de sens à son mari, qui sortit. Les épaules de Camille retombèrent et elle s'affala dans un fauteuil près du canapé. « Cet enfant tient beaucoup de son père, avoua-t-elle. Mais ce n'est pas une insulte. » Elle retira ses boucles d'oreilles en perles. « Vous devez me trouver abominable, Louise, de faire toute une histoire pour un petit chien.

– Mon fils trouve que vous êtes une femme abominable, dit Louise. Moi pas.

– Je suis par nature incapable de céder. En plus, je n'aime pas les animaux. » Elle glissa les boucles d'oreilles dans la poche de sa jupe. « Ces poils et ces halètements ne m'intéressent tout bonnement pas, autant vous le dire sans détour. »

Elle avait une coupe de cheveux super pratique, genre courte et au carré qui se remet en place toute seule après le shampoing, et ne portait à première vue aucun maquillage. Prête à sortir de chez elle une demi-heure après s'être levée, ce style de fille. Sauf erreur de ma part, son mariage était un de ces flirts prof/étudiante qui serait allé beaucoup trop loin.

Je voyais Louise bouger nerveusement sur le canapé, comme pour se retenir de bondir. Son visage s'était considérablement amaigri depuis la dernière fois que je l'avais vue, sa peau suivait de beaucoup plus près son ossature, et malgré ses yeux bleu pâle, ses dents proéminentes qui demeuraient si sexy et les taches de rousseur clairsemant son nez, elle avait perdu la fraîcheur désinvolte des jeunes filles pour devenir, définitivement et visiblement – ce que je déplorais –, une adulte à part entière. Elle plongea la main dans un sac en toile posé à ses pieds et en sortit un paquet de Marlboro.

« Nous avons adopté ce chien après vous avoir contactée pour cet appartement. Je ne vous ai rien caché à dessein. » Elle sortit ensuite du même sac un grand cendrier en céramique et le posa sur la table basse. « Vous n'avez rien dit contre les fumeurs.

– Je ne dis toujours rien.

– Eh bien, tant mieux. Maintenant, allez-vous me laisser défendre mon point de vue, concernant le chien, oui ou non ? Parce que si c'est non, nous pouvons économiser un temps précieux. »

Camille haussa les épaules. « C'est non. » Elle le dit d'un air si détaché que c'était évident, le chien n'avait aucune chance.

« Très bien, dit Louise. Laissez-nous vingt-quatre heures, afin que nous trouvions un arrangement.

– Parfait. Prévenez-nous si vous avez besoin de quoi que ce soit. Autant vous adresser directement à moi, parce Thomas n'est d'aucun secours. » Au moment de sortir de la pièce, elle s'arrêta sur le seuil. « Au fait, nous avons lu un de vos romans, dans mon groupe de lecture. Celui avec le bébé. Nous l'avons tous adoré. Le groupe a hâte de vous rencontrer. »

Louise s'effondra dans le fauteuil que Camille venait de quitter. C'était un énorme truc entièrement tapissé, avec des housses en tissu marron imprimé de pivoines ivoire, qui avait porté Camille comme une reine sur son trône alors qu'il paraissait engloutir Louise dans sa totalité.

« Est-ce une crise grave ? lui demandai-je.

– Ça se pourrait. » Elle ramena ses jambes sous elle, veillant à cacher ses pieds. « Oh, Clyde, dit-elle d'une voix rauque. J'ai vraiment tout gâché, n'est-ce pas ? Dis-moi que non, même si tu ne le crois pas.

– Tu n'as pas tout gâché.

– Bien sûr que si. Moi qui avais espéré des retrouvailles spectaculaires, avec de grandes effusions. » Elle alluma sa cigarette et agita la main pour dissiper la fumée. « Le pire, dans tout ça, c'est que j'aime assez ce genre de femme : autoritaire, qui sait ce qu'elle veut. Et pourquoi pas ? Mais elle ne va pas me marcher sur les pieds. Pas question, mec. Si elle cherche la bagarre, elle n'a pas choisi le bon adversaire. » Louise promena son regard sur le chaos de cartons, de journaux et de tas de vêtements. « Je me demande si j'ai gardé une copie du bail. »

Une porte claqua au-dessus de nos têtes et Benjamin dévala bruyamment l'escalier. Malgré son allure bravache, il était clair, à voir les marques sur ses joues et la détresse dans ses yeux, qu'il avait pleuré. Même s'il avait encore l'air d'un petit garçon, il était virtuellement méconnaissable par rapport à la dernière fois où je l'avais vu. Il était dégingandé et gauche maintenant, avec cette attitude voûtée, mal dans sa peau, que j'avais repérée chez ma nièce Barbara : la certitude des adolescents que chacun de leurs mouvements est observé par un adulte aux aguets, ce qui, en ce moment précis, était parfaitement exact.

De Louise, il avait hérité le teint clair et les fins cheveux roux et comme elle également, un semis de taches de rousseur en travers des pommettes. Son nez était large et d'aspect mou, comme s'il n'avait pas encore adopté sa forme définitive, et ses oreilles saillaient de sa tête telles deux petites ailes rouges. Il portait un invraisemblable short violet foncé qui descendait sous ses genoux, un immense T-shirt noir et de monumentales tennis vertes. Il ressemblait à un épouvantail que l'on aurait arrangé en hâte sans le rembourrer convenablement. Il se posta devant Louise, les bras résolument croisés sur la poitrine, et rejeta d'un mouvement vif les cheveux qui balayaient ses yeux. « Il y a une chose que je tiens à te dire. C'est nous tous, ou personne. Je ne plaisante pas. Je préférerais me faire piquer à sa place.

– Je doute qu'on en vienne à cette extrémité, mon lapin. Tu ne veux même pas dire bonjour à Clyde ? »

Il m'adressa un signe de tête sans croiser mon regard. « Salut, Clyde », dit-il timidement. Sa voix était curieusement grave, comme s'il avait hérité de celle de sa mère, ou l'imitait.

« Tu es devenu une autre personne, depuis la dernière fois que je t'ai vu, répondis-je. Tu te souviens ? Je suis venu vous voir quand vous habitiez San Francisco.

– Benjamin se souvient d'absolument tout, alors fais gaffe à ce que tu dis. Il a grandi, Clyde. Ce sont des choses qui arrivent à son âge. Grâce au ciel, il ne sera jamais trop grand pour les vêtements qu'il porte actuellement, à moins d'être victime de je ne sais quel dysfonctionnement glandulaire. »

Ben avait les mêmes jambes informes, vraiment étranges, que tous les gamins de son âge lorsqu'ils font leur crise de croissance : hanches, genoux et chevilles en saillie, et dans l'entre-deux, des baguettes maigrichonnes, mal cuites. Mais ce n'était pas seulement une question de taille : les proportions de son visage avaient changé, et malgré son teint et la couleur de ses cheveux, il ne ressemblait plus vraiment à Louise. La configuration de ses traits, grave et belle, n'appartenait qu'à lui. « Je mesure presque un mètre soixante-huit, dit-il. Mais ne détournons pas la conversation, d'accord ?

– D'accord, mon chéri. » Louise tenait sa cigarette entre le médium et l'annulaire et la fumée montait droit dans ses yeux, l'obligeant à loucher. Ses cheveux pendaient tout raides comme si elle ne les avait pas lavés depuis plusieurs jours. À une époque, les cheveux un peu gras lui donnaient une sorte d'éclat, mais ce n'était plus un genre qu'elle pouvait se permettre, désormais, de la même manière que je ne pouvais plus rester un week-end entier sans me raser, de crainte de ressembler le dimanche soir à un junkie mal lavé.

« Il faut simplement que je trouve une solution. » Benjamin s'approcha d'une des larges fenêtres ensoleillées et regarda dehors, surveillant le chien, je suppose. Puis il revint sur ses pas et s'affala sur le canapé à l'opposé de moi, les bras de nouveau croisés sur la poitrine. « Nous ne pouvons pas l'abandonner après l'avoir sauvé. Nous sommes responsables de lui.

– N'est-il pas follement mélodramatique ? Je n'ai pas souvenir d'avoir parlé d'abandon, que je sache. Nous devons élaborer un plan.

– Oh, maman, toi et tes plans ! Elle est sans arrêt en train d'élaborer des plans. Cette stupidité de cabane dans ce motel de l'Indiana. Ça, c'était un plan, wouh ! »

Elle écrasa l'extrémité de sa cigarette dans le gros cendrier de céramique.

« Tu ne peux pas me le reprocher, mon vieux. Tu dois distribuer les blâmes dans un esprit d'équité.

– Écoute, ce n'est pas moi qui ai eu l'idée. Elle commet des erreurs de jugement, parfois. Elle a failli mettre le feu à l'endroit. »

Je hochai la tête sans savoir de quoi ils parlaient. D'ailleurs, ni l'un ni l'autre n'avait vraiment l'air de s'adresser à moi. Leur conversation commençait à prendre le même air d'intimité codée que celle de leurs propriétaires.

« Comment pouvais-je deviner que le four ne marchait pas ? » demanda Louise. Puis son regard croisa celui de Ben et ils éclatèrent de rire. Benjamin se plia en deux et plongea parmi les coussins, et ses cheveux descendirent en rideau sur son visage. Il se redressa et ramena les mèches derrière ses grandes oreilles dans un geste qui me parut, Dieu sait pourquoi, étrangement familier.

Lorsqu'il fut sorti jouer dehors avec le chien, Louise se ratatina en une toute petite boule au fond du fauteuil et tira sur son T-shirt pour recouvrir ses genoux. J'avais oublié qu'elle était si petite, probablement parce que, dans mon esprit, je la voyais indépendante et compétente. Ainsi repliée sur elle-même, dans son fauteuil, elle ne paraissait pas plus grande que son fils. Elle me demanda à brûle-pourpoint : « Tu trouves que j'ai l'air vieille ?

– Tu es magnifique. » Je n'étais pas sûr que ce fût vrai, mais comme sa journée tournait à la catastrophe, de toute manière, j'estimais que la moindre des choses était de lui offrir un compliment facile.

« Mais plus vieille ? » Elle avait légèrement relevé le

menton et je n'arrivais pas à deviner ce qu'elle voulait
me faire dire.

« Un tout petit peu, peut-être.

— Ça me fait plaisir, dit-elle en laissant retomber son
menton. Je détestais être jeune. Je détestais tout ce que
cela représentait. Presque tout. » Elle alluma une autre
cigarette, inhala à fond et avala la fumée comme s'il
s'agissait d'une des monstrueuses pilules de vitamines
d'Agnès. « Des jours comme ça, je regrette de ne plus
boire. Non, je n'ai rien dit. Enfin, je l'ai dit mais je ne
le pensais pas.

— Pourquoi pas : tu le pensais, mais tu ne vas pas
passer à l'acte, suggérai-je.

— Oui, c'est ça. » Elle me lorgna à travers la fumée,
un regard amical et critique. « Tu as besoin d'un petit
coup de toilettage, Clyde. Non que je sois en position
de donner des conseils. Mais tu as l'air d'avoir trop travaillé.

— Ce doit être mes allergies », dis-je. J'avais récupéré
cette tendance culturelle branchée – le problème allergique – pour expliquer officiellement les nuits d'insomnie, les brûlures d'estomac et autres dysfonctionnements
de mon organisme qui étaient, de manière évidente et
fort gênante, de nature psychosomatique. Certes, personne ne gobait cette excuse, Louise moins que quiconque, mais c'était une manière efficace de couper
court aux commentaires. « Comment s'appelle le chien,
au fait ?

— Otis. Nous l'avons trouvé au bord de l'autoroute,
attaché à une table de pique-nique sur une aire de repos,
tout tremblant. Visiblement abandonné, aussi ai-je
laissé Ben le prendre. Je suis tout à fait de l'avis de
Camille pour ce qui est des chiens, mais cette épave m'a

serré le cœur. Tu me croiras si tu veux, il est en bien meilleure forme, sur le plan affectif, que lorsqu'on l'a trouvé. » Elle se déplia et bouscula le gros cendrier en écrasant sa cigarette. Des cendres se répandirent sur la table basse. « Laisse-moi te montrer le reste des lieux, des fois qu'on se ferait virer demain. »

Elle me prit par le bras et me fit traverser les pièces carrées, lumineuses, de la remise à voitures. Le style de l'ameublement évoquait le salon d'été d'une villa des années 30, avec des coussins en tissu imprimé de fleurs aux couleurs passées, des poufs, des tables de fer forgé à plateau d'ardoise, des buffets et des bureaux badigeonnés de peinture écaillée. En plus du salon et du bureau par lequel j'étais entré, le rez-de-chaussée abritait une cuisine immaculée et, au fond, la chambre de Louise. Une porte, à côté de son lit, donnait sur l'arrière du jardin. Elle l'ouvrit et une odeur de terre humide envahit la pièce.

Si le mobilier était un peu décati, la maison semblait flambant neuve avec ses murs peints de différentes nuances de blanc et ses parquets tragiquement propres et encaustiqués. Une impression de solidité et de sécurité se dégageait de l'ensemble et, quand Louise referma la porte, un léger bruit de succion se produisit, comme si la maison se défendait contre toutes les agressions possibles, qu'elles viennent de l'homme ou de la nature. Les lieux me rendirent fugitivement honteux du misérable capharnaüm que je partageais avec Marcus. La chambre de Ben, seule pièce du grenier, donnait sur le jardin. Contrairement aux autres, elle était bien rangée. Le lit était fait, les oreillers retapés, les portes des deux placards soigneusement fermées.

« Un maniaque de l'ordre », dit Louise en me voyant

regarder les piles de disques impeccablement alignées dans un coin. « Il compense nos déménagements à répétition en exerçant un contrôle strict sur ses affaires personnelles. Enfin, c'est mon analyse. » Elle s'assit sur le bord du lit et se mit à éplucher la couverture de laine rouge qui boulochait. « Pauvre petit Ben », ajouta-t-elle sur un ton alliant la commisération au sarcasme.

Je m'approchai de la fenêtre et regardai le jardin. « Tu ne trouveras jamais un endroit aussi charmant que ça, tu sais.

— Merci de me le rappeler. Camille va peut-être partir s'installer dans le Colorado demain.

— Normalement, je parierais plutôt sur toi, vu la liste de tes exploits.

— J'imagine que tu as raison. Mais ce n'est pas pour demain. Ma bourse nous oblige à rester jusqu'à fin décembre. Ensuite, je n'ai pas encore décidé. J'ai toujours la possibilité de traîner encore un peu ici. Le titulaire du bail a obtenu une bourse de recherches en Afrique du Nord. »

Ben était assis sur une chaise de métal rouillée, au milieu de la pelouse, une balle de caoutchouc rouge à la main. Ses vêtements informes étaient déployés autour de lui, formant une flaque sur le siège comme s'ils étaient en train de fondre. Le petit bâtard crasseux le considérait d'un air méfiant, tête basse, essayant de deviner quelle nouvelle torture on lui réservait. Quand Ben lança la balle, le chien s'aplatit veulement et fila vers un buisson. Je fus saisi d'une extrême tristesse, pas pour Louise ou Ben mais pour cet animal si misérablement craintif. Pareil à bien des gens qui ont conscience d'un vide dans leur existence sans pouvoir l'identifier, j'envisageais souvent de recourir à la Société protectrice des animaux pour me fournir un affectueux compagnon canin. Cela me paraissait beaucoup plus simple et faisable que d'essayer de trouver un amant ou l'épanouissement spirituel. Aussi proposai-je : « Je pourrais accueillir Otis quelque temps. Nous avons une cour derrière la maison. Tout le quartier est pratiquement un chenil. » La plupart des familles à problèmes, à droite et à gauche de nous, avaient au moins un chien, généralement des pit-bulls et des bergers allemands d'une extrême férocité répondant à des noms menaçants en deux syllabes tels que Rambo, Uzi, Panzer ou Gâchette.

« Pas de jardin ?

— Marcus a essayé de planter une bordure de marguerites en mai. Les mauvaises herbes en ont eu raison avant la fin du mois. »

Elle sourit à ces mots et détourna le regard. Puis elle se redressa sur le lit en posant ses mains derrière elle. Pendant une seconde, elle ressembla étonnamment à la photo qui figurait sur la jaquette d'un de ses livres : jolie, rêveuse, un peu trop affectée pour être entièrement sincère. « Elle sait se faire prendre en photo », avait dit Vance en voyant la couverture de son dernier roman, mais je ne savais pas s'il fallait considérer ça comme un compliment.

« Tiens, comment va Marcus, au fait ?

— Jusqu'au cou dans les problèmes, comme d'habitude.

— Les femmes ?

— Les femmes, sa thèse, la pauvreté. Tu as hâte de le revoir ?

— Je n'emploierais pas cette expression. » Elle se mit à gratter la couverture du bout des ongles et laissa retomber sa tête. « Disons plutôt que je redoute de le revoir.

– Il n'y a pas grand-chose à redouter, tout de même?
– Plus que tu ne le crois, dit-elle en relevant brusquement la tête. Écoute, ne te sens pas obligé de prendre le chien. Je vais trouver une autre solution, je t'assure.
– Mais j'ai envie de le faire. Tu crois que ça va plaire à Ben?
– Tu as intérêt à lui raconter que c'est la meilleure chose pour Otis. Présente ça comme si c'était entièrement dans l'intérêt du chien. Mais quoi que tu fasses, ne me mets pas dans le coup. »

Je me suis toujours senti particulièrement mal à l'aise avec les enfants, surtout ceux qui sont intelligents, à qui on ne peut pas faire gober n'importe quoi et qui n'ont pas encore appris les vertus sociales du mensonge. Ils ont une façon de vous regarder bien en face avant de détourner hâtivement les yeux comme s'ils avaient décelé quelque chose d'immonde qu'il était préférable de maintenir dans l'ombre.

Aussi, quand Louise sortit faire les courses et que nous nous retrouvâmes face à face dans le salon, Ben et moi, je commençai à me tortiller sur le canapé. Quand j'avais avancé l'idée de ramener Otis chez moi, Ben s'était immédiatement retranché dans un silence morose. Pour meubler le vide ambiant, je lui avais demandé ce qu'il pensait de la maison. Planqué derrière ses mèches, il avait dardé un regard soupçonneux dans ma direction, comme pour dire : Tu le sais déjà, alors pourquoi poses-tu la question? Et maintenant, installé dans le fauteuil recouvert de tissu marron, il caressait en silence le chien recroquevillé.

« Est-ce que Louise a noté la nourriture d'Otis sur sa liste de courses ? demanda-t-il brusquement.

– Je suis sûr que oui. C'était une liste très complète.

– Elle ne rapporte jamais ce qu'il faut. Elle achète la marque la plus chère, et il ne l'aime même pas. J'aurais dû y aller avec elle. »

J'en déduisis qu'il ne se sentait pas plus à son aise en ma compagnie que moi en la sienne. Lui, au moins, pouvait cajoler son petit chien. J'en étais réduit à lacer et délacer mes tennis pour faire quelque chose avec mes mains. Chaque fois que je les relaçais, cela me serrait un peu plus. Encore quelques minutes et mes pieds allaient se mettre à enfler. Otis me dévisageait de l'autre bout de la pièce, ses grands yeux bruns empreints de suspicion, les oreilles couchées.

« Il est difficile, pour la nourriture ? »

Ben considérait manifestement la réponse à cette question comme une de ces choses qui ne me regardaient pas, vu qu'il n'y répondit pas.

« J'étais à deux doigts de me faire virer de l'école, à Seattle. C'est une des raisons de notre départ. Louise te l'avait dit ?

– Non. »

Il hocha la tête – avec une certaine fierté, me sembla-t-il. « Et puis elle avait un jules épouvantable.

– Elle ne m'a pas parlé de lui non plus. Comment s'appelait-il ? »

Ben posa Otis par terre, se leva à moitié et sortit un bout de papier de sa poche arrière. Il le déplia avec soin et le lissa sur ses genoux. « Il s'appelait Dale. Il voulait l'épouser. Ça n'intéressait pas Louise. J'ai dressé la liste de toutes les races possibles d'Otis. Je vais te donner les dix premières. »

Il me lut la liste en m'expliquant par le menu en quoi Otis répondait aux caractéristiques de chacune. J'écoutai avec tout l'enthousiasme dont je me sentais capable, ce qui, avouons-le, n'allait pas très loin. À première vue, Otis était surtout un mélange de divers terriers nains, avec une pointe de dachshund à poils longs autour des oreilles. Les traits de caractère ne pouvaient être pris en considération, vu que la créature avait manifestement subi un traumatisme et ne disposait plus que d'un instinct de conservation élémentaire. Et tandis que j'écoutais avec une attention assez relâchée, je m'aperçus que Ben s'était mis à me donner une série d'instructions concernant les soins et l'alimentation du chien. Apparemment, j'avais raté l'étape où il me confiait officiellement la garde de l'animal.

« Ne le frappe jamais, expliquait Ben. S'il t'embête, tu n'as qu'à crier et il ira se terrer sous un lit ou autre chose. Je l'emmènerai en promenade chaque après-midi. » Il replia le morceau de papier et le glissa dans sa poche. « Tu crois que je pourrais avoir une clé de ton appartement ?

— Je t'en ferai dupliquer une, dis-je.

— Il faudra que tu me dises quelles sont les pièces interdites.

— À mon avis, aucune, mais je demanderai à Marcus.

— Il ne part pas travailler, pendant la journée ?

— Il lui arrive de sortir. Écoute, Ben, tu ne t'imagines pas que je veux t'enlever ton chien, j'espère.

— Tu essaies simplement d'aider. Je crois qu'il n'y a pas d'autre solution pour l'instant, n'est-ce pas ? » Il avait hérité de sa mère une façon très pratique de résoudre les problèmes. Il ancra ses cheveux derrière ses oreilles et me lança un regard appuyé et pensif qui me porta sur les nerfs. « Pour parler franchement, je préfère que ce soit toi qui le prennes, plutôt que quelqu'un à qui il risquerait de s'attacher vraiment. »

J'acquiesçai d'un signe distrait. J'étais tellement perturbé par le caractère curieusement familier de ses oreilles décollées que l'idée de me sentir vexé ne me rattrapa que bien plus tard.

5

Assis à la table de la cuisine, jambes entortillées, Marcus était penché au-dessus d'une tasse de café, plongé dans la lecture du journal. Marcus ne lisait pas le journal de manière régulière. Il lui arrivait de ramasser un vieux numéro dans l'entrée ou dans la corbeille à papier et de le lire de la première à la dernière page, se moquant complètement qu'il date de plusieurs jours, voire plusieurs semaines. « Tu as entendu ? » demandait-il, me communiquant une information dont les deux tiers de la population parlaient depuis plus d'un mois. J'essaie d'être toujours au fait des dernières nouvelles, surtout locales, afin de pouvoir raconter que j'ai un préjugé sur l'affaire, le jour où je serai tiré au sort comme juré.

Sans lever les yeux du journal, il demanda : « Qu'est-ce que c'est que ce chien ?

— Je vais m'en occuper quelque temps », dis-je. Je m'agenouillai pour décrocher la laisse d'Otis. Il m'avait semblé étonnamment peu apte à la promenade, s'arrêtant tout à coup pour redémarrer comme un fou la seconde suivante, puis s'asseyant brusquement sur le trottoir comme s'il s'attendait à recevoir une raclée.

Pour l'instant, il se tenait au milieu de la pièce, déconcerté. La touffe de poils couleur sable qui se dressait sur sa tête lui donnant un air spécialement pathétique, je le tapotai gentiment pour tenter de lui restituer quelque dignité. Il darda les yeux de gauche et de droite, émit un couinement plaintif et se mit à trembler, haletant.

« À qui est-il?

– Au fils de Louise.

– Il est petit », dit Marcus, qui pourtant ne l'avait pas encore vu, que je sache.

Otis commença à faire le tour de la pièce, examinant chaque recoin d'un air inquiet et reniflant comme un malade. Il se dressa sur ses pattes arrière pour essayer de voir ce qu'il y avait dans la poubelle et ne réussit qu'à la renverser, performance qui eut pour seul résultat de le faire haleter davantage.

« Il est propre? demanda Marcus.

– Il paraît que oui.

– Avec la taille qu'il a, ça ne doit pas faire grande différence. N'empêche, il m'a l'air plutôt imprévisible. » Marcus leva les yeux pour les poser quelques secondes sur l'animal qui revenait en rampant vers le centre de la cuisine. « Il est mignon, lâcha-t-il en se replongeant dans son journal. Au fait, comment va Louise?

– Elle m'a paru en forme. Elle doit t'appeler demain pour que vous déjeuniez ensemble. »

Quelque chose avait fini par capter son attention. Il replia le journal et fit des grimaces à Otis.

« C'est capricieux, hein, dit-il en pointant le menton vers le chien. Des petites boules de poils ultrasensibles. J'en ai eu un quand j'étais gamin. Il a été frappé par la foudre pendant qu'il nageait dans la rivière. Une hor-

rible tragédie. Je me demande si cela a un lien avec ma
tendance à tout remettre à plus tard. » Marcus soulevait
toujours des hypothèses de ce genre. Elles me paraissaient souvent un peu improbables, mais étant un Yan-
kee, je ne me sentais pas le droit de mettre en doute la
véracité des propos excentriques et intimes que me
confiait un Sudiste. « Bien, je n'y connais rien en
matière de chiens, conclut-il, alors ne compte pas sur
moi. » Il rouvrit le journal, enroula ses cheveux autour
de ses grandes oreilles et reprit sa lecture. « À quoi ressemble le gosse ?

– Un peu à Louise », répondis-je, ajoutant après une
pause : « un peu à toi, en fait. »

Il rit, manifestement flatté.

« Ne me colle pas ça sur le dos. Je n'ai jamais mis les
pieds en France. »

Il était presque minuit lorsque je décidai de ne pas
remettre au lendemain ma confrontation avec Louise. Je
marchai jusqu'à sa maison en longeant des rues
ombreuses et feuillues – pas de camionnettes de déménagement ni d'étudiants agités à cette heure – et poussai
sans bruit le portillon ouvrant sur sa cour. Le deuxième
étage de la remise était plongé dans l'obscurité mais une
faible lumière jaune brillait dans le bureau. Je regardai à
l'intérieur. La pièce était vide. Je fis le tour du jardin
jusqu'à la chambre de Louise. Elle était là, assise sur une
chaise pliante, les pieds posés sur une table ronde en fer
forgé au centre de laquelle brûlait une bougie. Une
treille formait un dais au-dessus de sa tête, dégoulinante
de vigne vierge et de clématites, et l'air embaumait dou-

cement des fleurs blanches et de l'herbe qu'elle était en train de fumer.

Elle ne parut pas spécialement étonnée de me voir là. Elle me désigna un fauteuil en face d'elle et me tendit le joint.

Je m'assis, hochai la tête d'un air désapprobateur et pris une bouffée. Puis, bloquant la fumée âcre dans mes poumons, je lâchai : « Tu aurais pu me dire, pour Ben, tu sais. Je n'arrive pas à croire que tu ne l'aies pas fait. »

Les cheveux de Louise étaient mouillés par la douche et, lorsqu'elle se pencha pour reprendre le joint, je captai l'odeur de savon citronné que dégageait sa peau. « Ce n'est pas sympa d'imposer le fardeau de ses secrets à autrui, Clyde.

— Mais le fardeau en valait la peine, ma chérie. J'aurais pu, au cours de toutes ces années, en savoir plus long sur Marcus qu'il n'en savait lui-même.

— Tout le monde en sait plus sur Marcus que lui-même. Ou du moins, c'était vrai à l'époque où je le voyais. D'ailleurs, je suis sûre que tu avais des soupçons. »

Elle portait une robe sac en jersey noir sous un gros chandail gris. Sa peau, pâle et quasi lumineuse, contrastait avec la robe noire et l'obscurité. Au bout de quelques bouffées d'herbe, je sentis quelque chose céder en moi et, me laissant aller contre les coussins du fauteuil, inhalai l'air immobile de la nuit. Une sonnerie de téléphone retentit dans une des maisons voisines mais personne ne décrocha.

« Ce sont les oreilles, expliquai-je. Il a les oreilles de Marcus. La bouche aussi, mais ce sont les oreilles qui m'ont mis sur la piste.

— Ah, les oreilles, c'est vrai. J'imagine que ça a dû me

plaire chez Marcus. Mais ça se verra moins quand Ben grandira, tu ne crois pas?

– Ça n'a pas été le cas pour Marcus.

– J'ai passé tant d'années à considérer qu'il n'appartenait qu'à moi seule, l'idée de partager ses gènes avec quelqu'un m'est insupportable.

– Ben est au courant?»

Elle secoua la tête et ajusta une pince à l'extrémité du joint. «Il prétend que ça lui est égal, mais il lui arrive de poser des questions sur son père, de temps en temps. En général, ce sont des petites phrases isolées qu'il glisse mine de rien dans la conversation, pour me prendre au dépourvu. «Cet Autrichien qui était mon père, dira-t-il, juste pour voir si je vais rectifier et dire "Australien".

– Et tu le fais?

– Moins souvent que par le passé, dit-elle tranquillement. J'ignorais qu'un garçon de douze ans sans père pouvait être si différent d'un garçon de onze ans sans père. Il est plus triste qu'avant. Il détestait Seattle, ça marchait très mal à l'école. Puis j'ai obtenu ma bourse. On aurait dit que le destin arrangeait une rencontre.»

Elle avait un plan, qu'elle m'exposa sous la galaxie de fleurs blanches qui scintillaient au-dessus de nous. Elle voulait obtenir un engagement de Marcus, non de soutenir matériellement Ben ou d'être un père pour lui au sens traditionnel du terme; elle-même ne nourrissait aucune illusion, ni aucun intérêt, quant à la perspective de renouer des relations avec lui. Elle voulait simplement que Marcus soit une présence fiable dans la vie de Ben, indépendamment de ce qui pouvait se passer dans sa vie à lui.

Je sentis la tristesse me gagner en l'écoutant. Pour commencer, il m'était difficile d'imaginer Marcus incarnant une présence fiable dans la vie de qui que ce soit. J'avais idéalisé Louise en mère célibataire, de même que j'avais idéalisé son enfance d'orpheline. Désormais, toutes les relations, les connexions, me paraissaient équivoques, à la merci de n'importe quoi. L'une des choses que m'avait enseignées la lecture de centaines de biographies, c'était que les relations chaotiques, mal définies, si séduisantes soient-elles au commencement, n'ont pas un dénouement heureux. J'avais également appris que c'est presque toujours une erreur d'enterrer partiellement la vérité – non pour des raisons de moralité, mais parce qu'il y a toujours quelqu'un, en fin de compte, pour éprouver le besoin de tout déterrer et de l'exhiber en pleine lumière.

« Cela pourrait marcher, tu ne trouves pas ? demanda-t-elle. Marcus sera probablement soulagé que je ne le lui aie pas annoncé plus tôt. Et Ben comprendra forcément, d'autant que c'est moi qui lui donne son argent de poche.

– Tu as peut-être raison. » Elle eut un léger sourire en m'entendant dire ça, qui dévoila un peu plus ses dents et ranima la jeune fille malicieuse qu'elle avait été autrefois. Son optimisme – moitié herbe, moitié désespoir – était contagieux, à défaut d'être convaincant. « Je suis sûr que tu as raison. »

Elle haussa les épaules. « Je peux toujours essayer. Ça a marché avec le chien, non ?

– Magnifiquement.

– Tu n'es qu'un menteur, Clyde. Voilà pourquoi j'étais sûre de pouvoir compter sur toi. »

Je fis fabriquer une clé pour Benjamin et l'accrochai à une chaînette dont le médaillon représentait une tête de chien. Lorsque je la lui tendis, il jeta un coup d'œil au médaillon et la glissa dans la poche de sa chemise, me remerciant sans m'accorder un regard comme s'il était mortifié par le corniaud en plastique fluorescent. Ma nièce avait eu une réaction similaire à la vue d'une montre dinosaure que je lui offrais pour son onzième anniversaire : à la fois offensée par l'idée que je me faisais de sa maturité et gênée par l'étendue de mon mauvais goût.

« Je sais que c'est hideux, dis-je pour rattraper le coup, mais je voulais m'assurer que la clé ne risquait pas d'être perdue, et je n'ai rien trouvé d'autre, à la dernière minute. Je tenais à te la donner vite. » Après avoir consacré une demi-heure à fouiller le présentoir de porte-clés ringards de la boutique spécialisée, j'en avais enfin, ravi et pas peu fier, déniché un qui présentait une vague ressemblance avec Otis.

« Ça ira, Clyde », dit Ben. Il sortit de sa poche un anneau, article en argent fort élégant qui semblait avoir été façonné avec le manche d'une cuiller ancienne. Une douzaine de clés s'y trouvaient déjà. « Je vais la mettre avec celles-ci. Je collectionne les clés des endroits où nous avons vécu avec Louise. »

Je hochai la tête et le regardai sortir avec Otis, qu'il avait attaché à sa laisse.

Ben venait tous les jours en sortant de l'école. Il entrait sans faire de bruit, ressortait avec le chien et revenait quelques heures plus tard. Il se montrait si discret dans ses allées et venues que je jugeai bon de le laisser tranquille. Je l'observais depuis ma fenêtre sous les toits. Le pauvre chien avait l'air profondément perturbé, se demandant où il vivait et à qui il fallait obéir. Il se retournait souvent vers la maison lorsqu'ils partaient en promenade, comme pour peser ses chances de retour. La fois où je l'avais grondé pour avoir renversé une pile de livres, il s'était recroquevillé en tremblant d'une manière si pitoyable que je n'avais pas eu le cœur de recommencer. Depuis, chaque fois qu'il commettait une maladresse par accident, je me répandais en excuses, le suppliant de sortir de dessous le lit et de cesser de couiner.

Ben venait chez nous depuis une semaine quand je me suis aventuré au rez-de-chaussée pour bavarder avec lui. J'avais guetté son retour de promenade avec Otis et minuté mon entrée dans la cuisine comme si c'était le fruit du hasard. Mais quand j'arrivai en bas, il était assis sur le canapé orange défoncé, et détachait Otis en écoutant Marcus. Il me sourit et détourna les yeux.

Marcus ne m'avait pas entendu. Debout devant la cuisinière, il se consacrait au rite postméridien de la préparation du café tout en racontant quelque variante de l'histoire improbable du chien tué par la foudre.

« J'ai failli mourir de chagrin, inutile de te dire. Bien sûr, j'ai toujours eu la manière avec les animaux. Je ne sais pas à quoi cela tient, mais ils me tournent tous autour. J'imagine qu'il y a lieu d'être flatté, non? Quel est le nom de ton chien, déjà?

– Otis.

– Mon frère s'appelle Otto. C'est dans le même ordre d'idées, tu ne trouves pas? »

Otto était le frère aîné de Marcus, aussi beau que lui

mais beaucoup plus motivé sur le plan universitaire. Marcus se gardait généralement de le citer, sauf dans des situations en mineur, comme ici.

En ayant enfin terminé avec l'opération café, il rapporta une tasse pleine vers la table d'érable et me fit un signe de tête en prenant place.

« Tu rentres bien tôt, aujourd'hui », lui dis-je.

Il arrima ses cheveux derrière ses oreilles et but une gorgée.

« Chacun mérite un après-midi libre de temps en temps. J'étais en train d'évoquer mon chien.

– J'ai entendu.

– Il a les mêmes cheveux que sa mère, hein, Clyde ?

– Tout à fait.

– J'ai toujours aimé les cheveux roux de Louise. Nous étions de grands amis, ta mère et moi. » Il ramassa un journal qui traînait sur la table depuis au moins une semaine et entreprit de le lire. « Elle t'a probablement raconté tout ça. Nous devons déjeuner ensemble jeudi prochain. J'ai hâte de la revoir, à dire vrai. Ressasser le bon vieux temps. C'était vraiment le bon temps, quand j'y repense. »

Il se mit à parler de sa carrière à Amherst, une version révisionniste et magnifiée de l'histoire comme je n'en avais jamais entendu. Je ne saurais dire si Ben écoutait ou pas. Il semblait absorbé par Otis, mais de temps à autre il hochait la tête et regardait Marcus. L'étudiait-il ? Soupesant la véracité de son récit ? Je ne savais pas. J'étais personnellement beaucoup trop occupé à comparer leurs traits et contempler les étranges liens immuables que tisse cette réalité froide et mathématique, la génétique.

Lorsqu'il eut fini de parcourir le journal, Marcus le

replia, mettant un terme à l'histoire de sa vie. Il croisa les mains derrière sa nuque et parcourut la pièce des yeux – un regard confus, un peu vague. Les quelques semaines de l'année où Marcus se trouvait sans petite amie fixe, il rôdait dans la maison comme un homme privé de mémoire, soulevant les coussins du canapé et inspectant l'intérieur d'armoires vides, essayant de se rappeler où il avait bien pu laisser son.... enfin, quelque chose. Il était généralement arraché à cette quête infructueuse par l'apparition d'une jeune femme impatiente et aisément impressionnable.

Il se remit de sa crise d'identité et secoua la tête. Au moment de sortir, il se tourna vers Ben et lui dit : « Tu devrais apprendre un ou deux tours à ton chien. Pour mériter sa pension. Tu ne trouves pas, Clyde ? Dis-moi, comment tu l'appelles, déjà ? »

Après son départ, Ben resta assis un instant sans mot dire. « Il est du Sud ? finit-il par demander.

– Oui. Mais il y a des moments où il l'est plus qu'à d'autres. Tu l'aimeras bien quand tu le connaîtras mieux.

– Ce n'est pas du tout le genre de Louise. »

Si j'avais bonne mémoire, Louise avait des goûts passablement éclectiques. Mais le commentaire me paraissant malvenu, je changeai de sujet.

6

« J'ai trouvé le cours d'aujourd'hui particulièrement génial », dit Eileen Ash.

J'étais debout derrière ma table, dans la salle de classe, occupé à enfourner mes livres et mes documents dans mon sac à dos. Je levai les yeux vers Eileen et découvris mes dents, espérant que cela passerait pour un sourire. Eileen Ash restait toujours la dernière après le cours, me gratifiant d'un tas de congratulations sur ma performance. Dans la mesure où aucune de mes prestations n'était vraiment meilleure que les autres (sauf quelques-unes, comme ce soir, qui étaient pires encore), je me sentais toujours un peu insulté par ses louanges. Soit mon talent était si limité qu'Eileen avait pitié de moi, soit elle avait tellement besoin de tirer le maximum d'une situation désespérée qu'elle avait réussi à se convaincre de mes qualités.

Eileen faisait partie d'une douzaine d'étudiants inscrits à « Amour et mariage, Chevaux et attelages : Aspects relationnels dans le roman du XIXe siècle », mais elle était la seule qui ait pris la peine d'assister aux trois cours. C'était une grande femme anguleuse aux cheveux grisonnants séparés par une raie au milieu et retombant en pointe sous le menton. Elle portait ce soir une robe indienne floue coupée dans une étoffe de coton imprimé et serrée à la taille par une ceinture multicolore qui semblait avoir été tissée par une paysanne vivant en altitude dans une contrée misérable. Malgré une forme de fragilité qui suggérait une propension aux déjeuners liquides, il y avait en elle quelque chose d'énergique, voire athlétique. Ses immenses yeux verts conféraient à son étroit visage une beauté chevaline et je l'imaginais parfaitement une dizaine d'années plus tôt, en train d'avaler des cocktails dans une réunion hippique de Greenwich ou des Berkshires. Pendant les cours, elle exprimait souvent son goût pour les livres que nous étudiions, sans pour autant jamais dire quoi que ce soit de suffisamment précis pour donner à croire qu'elle les avait lus. Son enthousiasme n'en était pas moins réel et elle était toujours disposée à me sortir d'affaire lors d'un silence embarrassant, en lançant un commentaire convenu du genre : « Je me demande si les choses ont beaucoup changé aujourd'hui. »

Eileen et son mari, un professeur d'Harvard tellement célèbre que même moi, j'en avais entendu parler, habitaient une demeure couverte de fleurs de Brattle Street que protégeait une haie aux contours délicatement arrondis. Lors des cinq premières minutes du cours inaugural, Eileen avait proposé d'organiser une fête chez elle à l'issue du trimestre. « Ça nous donnera un but », avait-elle déclaré. Elle n'y voyait certainement pas malice, et pourtant sa réflexion m'avait démoralisé. En conséquence, je nourrissais à son encontre un léger ressentiment dont je n'avais pas réussi à me débarrasser.

« J'ai trouvé le cours particulièrement pertinent ce soir, pérora-t-elle. Surtout pour la pauvre Mallory. C'est affreusement triste, vous ne trouvez pas ?

– Absolument. Mais sait-on jamais, les choses s'arrangeront peut-être pour elle.

– Je l'espère de tout cœur. » Eileen serra son livre contre sa poitrine et je constatai qu'elle avait apporté *Jane Eyre* en classe. Elle ne s'était pas trompée d'auteur, c'était déjà ça. « Mais les chances sont minces, non? Regardez, rien que dans cette classe, combien avons-nous de divorcés?

– Pas mal, c'est vrai. »

J'aurais dû le savoir plus précisément, vu que chaque élève inscrit avait annoncé sa situation matrimoniale le premier jour et que beaucoup continuaient de glisser des allusions acides à « ma première femme » ou « ce type avec qui j'étais mariée » dans à peu près tous leurs commentaires.

« Neuf, précisa Eileen. Vous vous rendez compte. Neuf sur douze. Ce n'est pas très encourageant. »

Certes pas, mais on aurait difficilement pu qualifier cette classe d'échantillonnage représentatif de la population générale. L'intitulé du cours, concocté et imposé par le comité d'admission de l'Académie parallèle, assurait quasi automatiquement une proportion phénoménale d'étudiants sortant d'un mariage brisé.

Je réussis mine de rien à consulter ma montre en remontant mes lunettes sur mon nez d'un geste nonchalant du poignet. J'avais libéré la classe assez tôt mais il était maintenant un peu plus de sept heures et Marcus m'attendait probablement devant l'établissement, prêt à partir pour le New Hampshire.

« Je ne voudrais pas vous retenir, dit Eileen.

– Mais non, non, pas du tout.

– Ne faites pas de manières avec moi, Clyde. Nous sommes de vieux amis. Je n'ai rien de particulièrement urgent à discuter. Je voulais simplement vous dire que votre cours m'apporte beaucoup, et aussi, peut-être, débattre de deux ou trois détails pour la fête. Ce n'est que dans quelques mois, aussi devrais-je commencer à m'en occuper avec le traiteur. Vous ne croyez pas?

– Nous pourrions peut-être envisager un simple buffet campagnard », suggérai-je. Pour ma part, je n'avais aucunement envie de préparer quoi que ce fût, mais dans la mesure où cette fête était devenue le projet numéro un de toute la classe, je me sentais vaguement responsable.

« Oh, non, franchement, je ne crois pas. C'est tellement déprimant, tous ces blocs de fromage. Je ne sais même pas s'il y a des végétariens dans le groupe. Si vous me permettez, je ferai le décompte la semaine prochaine.

– Excellente idée. »

Nous devions démarrer le débat sur *Cranford*[1] la semaine suivante, et je voyais d'ici qu'à condition de bien jouer mes cartes, une bonne partie du cours pourrait être consacrée aux suggestions de menus.

Elle inclina la tête de côté, sourit gracieusement et sortit en laissant dans son sillage une délicate fragrance de jacinthe.

Au fond, ce que lui apportait mon cours n'avait pas grande importance, du moment qu'il lui apportait quelque chose. Et puis j'avais mes propres préoccupations ce soir-là, en particulier quelle était la meilleure manière de coincer mon père sur sa mystérieuse vie galante. La visite me rendait tellement nerveux que j'avais eu le plus grand mal à y voir clair pendant la dernière demi-heure

---

1. Chronique romanesque d'un village du Cheshire par Mrs. Gaskell, publiée en 1853. *(N.d.T.)*

de cours. Je hissai mon sac sur mes épaules et fis le tour
de la salle, fermant les fenêtres et éteignant les lampes.

L'Académie parallèle était l'un des deux centres
d'enseignement pour adultes se trouvant à moins de
deux kilomètres de Harvard Square. C'était aussi le plus
récent des deux, le moins universitaire et le plus élégant.
Le matériel utilisé pour la promotion de l'école faisait
grand cas de sa situation dans une immense demeure
néo-classique qui se dressait au cœur d'un parc de
quatre acres méticuleusement paysagés. Tout en sortant
de la pièce en vérifiant que les fenêtres étaient convenablement fermées, mon regard se perdit sur la luxueuse
pelouse qui s'étendait à l'arrière. C'était une chaude soirée de septembre et le ciel, au couchant, arborait une
belle teinte rose bronzé. Une douce brise froissait les
feuilles des hêtres sur le côté de la maison, emplissant
l'air d'un sublime bavardage. Il y avait un jardin en
contrebas, juste sous la fenêtre. Un professeur y donnait
un cours au milieu d'une profusion de fleurs pourpres
sur leur déclin. Hommes et femmes étaient affalés sur
des chaises longues, la plupart munis d'un gobelet en
carton qui contenait selon toute probabilité du punch
alcoolisé. Cette scène dégageait une langueur apaisante,
à l'image d'une garden-party de fin d'été – même si elle
était particulièrement ennuyeuse.

La salle de classe était gigantesque, avec de grandes
baies vitrées dans le fond. Je parlais derrière une table de
bibliothèque en noyer du XIXᵉ siècle, à un bout de la
salle, et mes étudiants étaient assis devant moi dans des
fauteuils Windsor à dossier bombé parfaitement assor-

tis. Les autres antiquités – du coffre archaïque en pin à la grosse commode Louis XV à ferrures de bronze doré qui valait certainement à elle seule plus que mon traitement annuel – étaient poussées contre les murs, donnant aux lieux l'élégance fortuite d'un garde-meubles de musée.

Comme j'enseignais ici depuis pas mal de temps, mes cours étaient souvent programmés dans cette salle très convoitée. Un tableau d'un mètre cinquante de haut la dominait, accroché au mur principal, l'un de ces portraits à l'huile du tournant du siècle, sombres et légèrement inquiétants, représentant une femme austère en robe noire, avec un gros jabot blanc dégoulinant sur sa poitrine. Elle se tenait guindée, les mains croisées sur ses genoux, et au fil des ans son teint et le blanc de ses yeux avaient viré à l'ocre, comme si elle avait la jaunisse. Elle trônait donc là, sur son mur, maîtresse des lieux, l'air supérieur, et de temps à autre je l'entendais claquer la langue, désapprouvant quelque propos que je venais de tenir : « M. Henry James n'était absolument pas comme ça, en tout cas, pas à l'époque où je l'ai rencontré. » Personne ne savait qui elle était, mais il me semblait évident qu'elle ne pouvait avoir d'autre prénom qu'Edwina. Il m'arrivait de me tourner vers elle, en quête de soutien moral, lorsque la conversation s'écartait trop du sujet. « Ce sont les années 90, Edwina, que voulez-vous ? »

L'Académie parallèle avait ouvert ses portes dorées six ans plus tôt et rapidement acquis une certaine réputation en proposant des cours à la fois provocants sur le plan intellectuel et paradoxalement branchés. Tout ce qu'on y proposait, de la littérature aux exercices appliqués, l'était avec une saine dose de psychologie pop qui stimulait les inscriptions. « *Haute cuisine* pour un cœur affamé », « Le syndrome de Peter Pan dans les romans de George Eliot et de Gail Godwin », « Yoga kundalini pour célibataires de fraîche date ». En général, on m'affectait une tranche horaire et un intitulé de cours. Pour le reste, c'était à moi de jouer.

Non que j'eusse vocation à relever le niveau des études. Mes compétences pour enseigner à l'Académie parallèle venaient de ce que j'étais un généraliste ou plutôt, soyons honnêtes, un expert en rien. Lorsque j'avais une vingtaine d'années, je m'étais inscrit à tous les cours de maîtrise possibles, d'Histoire de l'art à Théories de l'éducation, et même si je n'avais pas tenu plus d'un semestre dans la plupart, voire deux semaines pour quelques-uns, je pouvais légitimement me vanter d'avoir « suivi un enseignement de maîtrise » dans un nombre impressionnant de matières, me rendant ainsi intéressant aux yeux d'une école qui accordait plus d'importance à la surface qu'à la profondeur. Ce que je gagnais ne faisait pas de moi un homme riche, mais j'étais payé au-dessus de ma valeur, ce qui est déjà un pas vers la réussite.

Le cours de ce soir avait été typique de mon expérience d'enseignant à l'Académie parallèle. J'avais commencé la séance par une analyse relativement concise et pénétrante de la fin des *Hauts de Hurlevent*, une mini-conférence sur l'essence de la passion et de l'amour romantique. J'avoue avoir pompé la plupart de mes arguments de poids dans les commentaires de la pochette d'un disque d'Édith Piaf déniché à la bibliothèque, mais cela me paraissait coller à merveille. J'avais même eu l'impression, à un moment tout au moins, que les étudiants m'écoutaient vraiment. Penchés en avant, ils m'écoutaient. Ma grosse erreur avait été de m'interrompre pour demander s'il y avait des questions sur ce que je venais de dire. Tim, acteur en herbe et l'un des rares élèves de cette classe à être plus jeune que moi, demanda si j'avais entendu parler d'un remake du film *Oliver Twist*. Dorothea, un prof à la retraite qui semblait ne s'être inscrite à mon cours que pour relever des erreurs dans tout ce que je disais, rectifia ce que j'avais avancé la semaine précédente concernant la date de naissance de Branwell Brontë. Lors du silence qui s'ensuivit, Eileen Ash soupira bruyamment et lâcha – cela n'avait aucun rapport : « Je me demande si c'est tellement différent de nos jours. »

Découragé mais refusant d'abandonner la partie, j'avais feuilleté mes notes avec l'intention de poursuivre. Mallory White, assise au fond de la salle, s'était éclairci la voix avant de déclarer : « Eh bien, puisque nous sommes tous tellement francs les uns avec les autres, je crois que je devrais mentionner quelque chose, au cas où je vous paraisse un peu *à l'écart* ce soir. »

Il y eut un frémissement de curiosité et les huit autres étudiants se retournèrent dans leur fauteuil pour mieux voir Mallory. Si ma mémoire ne me trompait pas, Mallory n'avait assisté qu'au tout premier cours. Elle portait alors un pantalon de gaucho, des sandales et quantité de bijoux en bois qui faisaient un bruit infernal. Elle était restée assise au fond sans dire un mot et nous avait quittés à l'interclasse. À en croire Eileen, qui prétendait savoir des choses sur presque tous les élèves, Mallory allait sur sa cinquantaine et était psychothérapeute. « J'ai entendu dire qu'elle a un très joli bureau, avait précisé Eileen, avec un tas de coussins et des boîtes de kleenex partout. »

« Continuez, je vous en prie. Il est important que vous exprimiez avec honnêteté ce que vous pensez des livres », dis-je, sachant parfaitement qu'il y avait une chance sur mille pour que ce qui allait suivre eût le moindre rapport avec *Les Hauts de Hurlevent*.

« Merci, Clyde. C'est gentil à vous de dire ça. » Elle marqua une pause, remonta deux gros bracelets vers son coude et reprit : « Eh bien, le fait est qu'en mars dernier, j'ai découvert que mon mari avait une liaison, et je n'ai pas réussi à digérer la chose. Cela a été une période difficile à vivre et ces livres merveilleux éveillent tout simplement un écho en moi. »

Un grouillement désapprobateur se propagea dans la pièce. Brian secoua la tête et dit : « Je sais ce que vous éprouvez. Le conjoint infidèle et tout le tralala. Vous pouvez me croire, j'en suis aussi passé par là. »

Brian était un homme superbe, âgé probablement d'une bonne cinquantaine d'années, qui surgissait toujours au beau milieu du cours vêtu d'un costume impeccable, les cheveux gominés en arrière comme une star de cinéma des années 30. Lorsqu'il ouvrait la bouche, c'était généralement pour annoncer, en bombant le torse, qu'il n'avait pas lu le livre parce qu'il était débordé de travail au cabinet juridique bostonien dont il était un des associés. Pourquoi avait-il pris la peine de s'inscrire au cours ? Il apportait la réponse en faisant constamment allusion au fait qu'un homme très occupé, divorcé, avec une vie professionnelle archi-remplie, n'avait pas souvent l'occasion de rencontrer des femmes.

Je voulais bien admettre que la plupart des étudiants de la plupart de mes cours fussent en convalescence de mariages brisés ou de liaisons détériorées, mais était-il possible, sur le plan statistique, qu'ils se soient tous fait plaquer?

Je me tournai vers le mur pour voir comment Edwina réagissait au problème de l'infidélité conjugale, mais son expression était indéchiffrable.

« Je suis désolé d'apprendre ce qui s'est passé pour votre mari », dis-je à Mallory. D'ailleurs, c'était vrai, même si Mallory, qui était en train de rajuster un collier d'énormes perles de bois sculpté, ne semblait pas particulièrement remuée. Puisant mon courage dans les yeux d'Edwina, j'ajoutai : « Revenons au point que j'essayais de vous démontrer. »

Le regard des autres, qui s'était posé avec compassion sur Mallory, me fixa hostilement et je me recroquevillai.

Un homme dont je n'avais jamais été capable de retenir le nom annonça qu'il s'était inscrit aux deux trimestres de « Transformations », le cours le plus recherché de l'école (au coude à coude avec « Transformation des produits alimentaires », discussion de groupe sur les troubles de la nutrition). « Je pense que cela pourrait aider Mallory si nous jouions des rôles pendant un moment. Pour éclaircir les points obscurs. »

Cette suggestion parut enchanter Mallory et le reste de l'heure fut consacré à « établir des rapports de confiance », apprendre à respirer à fond et divers exercices d'improvisation.

Après tant d'années d'enseignement à l'Académie parallèle, j'avais découvert que, tôt ou tard, les cours finissaient par prendre cette tournure. La plupart des étudiants s'inscrivaient pour faire étalage de leurs connaissances dans des matières qu'ils avaient étudiées ailleurs, pour discuter de leurs problèmes personnels, pour trouver une âme sœur, à moins que ce ne fût un peu des trois.

L'ironie des choses voulait que plus l'on s'éloignait du sujet du cours, plus j'avais de chances de recueillir des commentaires extasiés de mes élèves sur ma performance. J'étais parvenu à la conclusion que la meilleure façon de conserver mon job était de m'asseoir au fond de la salle et de les laisser faire dès que l'occasion se présentait, leçon que j'avais eu la stupidité d'oublier ce soir.

7

Il était sept heures largement passées lorsque je pus enfin sortir et remontai l'allée pavée de briques qui menait à la rue. Ma voiture était garée le long du trottoir et Marcus, assis à la place du passager, s'examinait dans le rétroviseur, tripotant ses lunettes d'aviateur. Il me jeta un regard fugitif et reporta son attention sur le miroir.

Il avait l'air incroyablement détaché. Je dis incroyablement parce que Louise avait organisé une rencontre l'après-midi même, manifestement pour lui dire la vérité au sujet de Ben. Je m'étais attendu à le trouver effondré sur le tableau de bord, apitoyé sur son propre sort.

« J'ai pensé que tu voudrais conduire », me dit-il d'un ton calme.

Je me glissai derrière le volant et accrochai ma ceinture. En fait, je n'aimais pas particulièrement conduire et trouvais au contraire un grand plaisir à jouer le passager, même lorsque le chauffeur était aussi distrait et peu fiable que Marcus. Mais je ne sais quelle fierté masculine et revendicatrice m'empêchait de m'asseoir dans le siège du passager de ma propre voiture en laissant le volant à un autre homme. Particulièrement lorsqu'il s'agissait d'aller voir mon père. Particulièrement quand l'autre homme était beau et hétéro. Or, ce soir-là, Marcus avait l'air particulièrement beau et fragile. Il portait une élégante chemise à rayures vertes et blanches et un pantalon kaki un peu froissé. Avec ses lunettes d'aviateur et ses longs cheveux blonds coiffés en arrière, il me faisait penser à une vedette de rock anglaise qui, ayant atteint l'âge adulte, s'efforcerait de paraître respectable. Il s'était habillé pour Louise, aucun doute là-dessus.

Je mourais d'envie de savoir comment cela s'était passé mais, ignorant ce que Louise lui avait révélé au juste, je jugeai préférable d'attendre sans rien dire. Tandis que je roulais dans les rues encombrées qui avoisinent Harvard Square, évitant étudiants et cyclistes vacillants, Marcus regardait par la fenêtre d'un air lugubre. « Je suis resté trop longtemps dans cette ville, dit-il. Des enfants à bicyclette.

– Tous les gens qui habitent ici ont l'impression d'y être depuis trop longtemps. Surtout les enfants à bicyclette.

– Toi aussi ? »

J'accordai quelques secondes de réflexion à la question. « Je pense que oui. C'est pourquoi je ne partirai probablement jamais. » Il y a quelque chose de reposant dans l'impression d'être resté trop longtemps dans un lieu, d'en avoir épuisé toutes les possibilités. Vous n'êtes pas obligé de courir à l'assaut des musées et vous pouvez tranquillement laisser de côté la perspective de commencer une vie nouvelle dans un nouveau décor.

« Je ne vois pas en quoi ça peut m'aider », dit Marcus.

Honnêtement, moi non plus. D'un autre côté, il était clair que ce n'était pas d'aide qu'il avait besoin.

Quand nous fûmes sur l'autoroute, lancés à la vitesse de croisière, il se tourna vers moi.

« J'imagine que tu sais tout de ma conversation avec Louise.

— Pas tout.

— Mais une partie ?

— Les grandes lignes seulement.

— Bon Dieu ! » s'exclama-t-il, la voix tremblant d'une émotion dont je ne l'imaginais pas capable. « Comment peut-on faire une chose pareille ! Ne même pas me tenir informé de l'existence de mon propre fils ! » Il flanqua un coup de poing dans le tableau de bord et la porte de la boîte à gants s'ouvrit brutalement. Une pile de cartes routières se déversa sur ses genoux. Pendant quelques secondes, il eut l'air confus, et son émotion fut reléguée au second plan. Il regroupa soigneusement les cartes et les remit en place. « Honnêtement, Clyde, pourquoi a-t-elle été faire ça ? demanda-t-il doucement. Pourquoi ?

— Elle a voulu agir raisonnablement, j'imagine. Elle a pensé que c'était la seule façon décente. Je ne me souviens pas de ses arguments exacts.

— Je crois qu'elle ne s'en souvient pas plus que toi. Je ne pense pas qu'il y ait vraiment eu d'arguments. Ce pauvre gosse croit que son père est un quelconque vagabond autrichien.

— Australien.

— Et elle m'annonce ça *maintenant*, au pire moment. Je me remets de mon histoire avec Nancy, je commence à bien avancer dans cette thèse, et voilà que ça me tombe sur la tête. »

Les allusions de Marcus à sa thèse relevaient du comportement obsessionnel type : inconscient, à côté de la plaque et légèrement embarrassant. La réponse la plus charitable était de continuer comme si de rien n'était.

« Tu as une idée de ce que tu vas faire ?

– Que puis-je faire ? Il faut qu'on ait une conversation. J'ai demandé à Louise de m'accorder quelques semaines, le temps de m'habituer à tout ça, puis je lui parlerai. Il donne l'impression d'être un petit gars raisonnable, non ?

– Je lui trouve l'air particulièrement mûr pour son âge.

– Les enfants m'aiment bien, d'habitude, non ? »

Si l'on rangeait la plupart de ses petites amies dans cette catégorie, la réponse était un oui sans équivoque. Je jetai un coup d'œil dans le rétro. Derrière nous, un automobiliste actionnait frénétiquement ses phares pour me demander le passage. En d'autres circonstances, j'aurais probablement cédé, mais je frôlais le dépassement de vitesse autorisée et le type était à l'évidence excité comme un malade, aussi décidai-je de tenir bon.

« Monica et moi parlions souvent d'avoir des enfants. C'est curieux, tout de même, que les choses ne se passent jamais comme prévu. »

Dans notre dos, l'automobiliste commença à klaxonner avec la même frénésie qu'il mettait à actionner ses phares. Il me vint alors à l'esprit que nous nous trouvions exactement dans le genre de conflit routier dépourvu de sens qui, de nos jours, peut se terminer par une fusillade. Je me rabattis brusquement dans la file centrale. Marcus se cramponna au tableau de bord.

« Je me demande ce que devient Monica. Elle a peut-être fondé une famille. »

Monica était une des rares femmes de son âge avec

qui Marcus ait entretenu une relation sérieuse. Ils s'étaient rencontrés en fac, au même niveau d'études. C'était une de ces beautés blondes comme les blés, très performantes sur le plan intellectuel, qui souffrent d'insomnies et tracent leur route avec la détermination d'un paquebot transatlantique. En moins de temps qu'il n'en faut habituellement à Marcus pour sortir de son lit, Monica avait effectué ses recherches, rédigé sa thèse et trouvé un éditeur pour la publier. C'était une approche audacieuse de George Eliot, un de ces ouvrages universitaires qui avancent une théorie tellement impensable et scandaleuse que Monica devint du jour au lendemain la sensation des départements de littérature de tout le pays. Lorsqu'il lui parut évident que Marcus redoutait d'éprouver sa prétendue supériorité intellectuelle en se mettant pour de bon à l'ouvrage, elle avait rompu leurs fiançailles et accepté un poste d'enseignante dans une faculté prestigieuse de l'Illinois. La dernière fois qu'on avait eu de ses nouvelles, elle était engagée dans une de ces savoureuses batailles pour la titularisation, attisées par les ragots, qui semblent être l'unique centre d'intérêt des universitaires au-delà d'un certain stade de leur carrière.

Dans mes moments de pire faiblesse, j'en venais à me demander si l'attitude de Marcus envers Monica n'était pas une variante de ma propre attitude envers Gordon.

« Tu dois être sous le choc, dis-je. Il va te falloir un moment avant d'assimiler la réalité.

— J'aimerais mieux que ça ne prenne pas des mois. Il est intelligent, Benjamin, n'est-ce pas?

— Apparemment, oui.

— Quelle mouche l'a piquée de l'appeler comme ça? J'avais un prof de maths qui s'appelait M. Benjamin, en troisième. Je ne pouvais pas le saquer. Il se moquait tout le temps de mes oreilles.

– Il voulait probablement te draguer », suggérai-je.

Cela parut le remonter un peu. « Tu crois que c'était ça? »

En regardant de nouveau dans le rétroviseur, je notai que l'automobiliste qui se trouvait maintenant derrière moi actionnait ses phares de la même manière que son prédécesseur. J'envisageai la possibilité qu'il y eût deux conducteurs psychopathes sur la même route plus ou moins en même temps, décidai de ne prendre aucun risque et me rabattis à droite encore une fois.

« Tu as une conduite un peu brusque, ce soir, fit remarquer Marcus.

– Tu préfères qu'on se fasse tirer dessus par un maniaque? » demandai-je.

Marcus ôta ses lunettes de soleil et les glissa dans la poche de sa chemise. « C'est la perspective de dîner avec ton père qui te rend nerveux? demanda-t-il.

– Évitons le psychodrame, je t'en prie. »

À dire vrai, l'idée d'être assis pendant plus d'une heure en face de mon père, autour d'une table de dîner pas très large, me donnait l'impression d'être extrêmement vulnérable, d'autant que la table en question allait être couverte d'objets pointus. Qui risquait de brandir son couteau le premier, voilà la question qui me préoccupait le plus. Connaissant ma destination suivante, il m'avait fallu une bonne heure pour choisir mes vêtements avant d'aller faire mon cours. Lorsque je rendais visite à notre père, je veillais toujours à m'habiller d'une manière qui me donne l'air professionnel mais pas prétentieux, viril mais fidèle à moi-même, soigné mais sans excès. Ces hésitations concernant ma garde-robe étaient une blague, en fait, vu que tous mes vêtements étaient à peu près pareils – des jeans, des T-shirts et des vestes sport dénichées au dépôt-vente dont les différences de couleur, imperceptibles, dépendaient de la saison. De plus, je pouvais porter n'importe quoi, mon père trouvait toujours le moyen de critiquer quelque chose d'une manière particulièrement humiliante. Cela me paraissait affreusement injuste, mais j'étais chaque fois frappé par la pertinence de sa remarque, qui me donnait envie d'entasser mes vêtements dans l'arrière-cour et d'y mettre le feu.

Ces derniers jours, j'avais épluché journaux et magazines, essayant de me constituer un portefeuille de sujets sans risque, non contradictoires, à aborder pendant le dîner. Mais plus j'avançais dans ma recherche, plus je me sentais déprimé. Tout, de la politique internationale à la section animaux familiers de la rubrique « Mode de vie » du *Boston Globe*, me paraissait être un terrain propre à déclencher les critiques de William, me mettre sur la défensive, rendre Agnès d'une sentimentalité névrotique et faire fuir Barbara, sa fille. La seule chose que mon père et moi partagions était la haine des Red Sox, mais il se trouvait, malencontreusement, qu'ils avaient empoché une série de victoires contraire à leurs habitudes, si bien que même ce sujet-là n'était plus de tout repos. L'espoir m'effleura que nous pourrions peut-être continuer à débattre des problèmes de Marcus pendant une bonne partie du repas, mais ça non plus, ça ne marcherait pas. Malgré toutes les preuves du contraire, mon père refusait de croire que Marcus, ainsi que tous mes autres amis, quel que fût leur sexe, n'était pas gay.

« Tu sais, Clyde, tu as de la chance à bien des égards. Tu peux sortir et te taper quelqu'un derrière un arbre quand ça te chante, de façon parfaitement impersonnelle et sans prêter à conséquence. Après quoi, tu reprends ta vie comme avant. Tu ne te rends pas compte des risques que comporte la vie sexuelle d'un hétéro.

— Quels qu'ils soient, je les échange contre le sida quand tu veux.

— D'accord, mais tu peux toujours baiser en prenant des précautions. Pour moi, ce n'est pas possible. Soit les filles attendent trop de moi, soit elles n'en attendent pas assez. Ou alors elles tombent enceintes. C'est un monde terrifiant. Non, franchement, je t'envie.

— De tous les propos insensibles que tu as pu tenir à ce jour, ce que je viens d'entendre se range parmi les pires. » Dans mon for intérieur, à dire vrai, j'étais plutôt flatté qu'il s'imagine que je pouvais me taper quelqu'un quand ça me chantait, même si c'était un rapport impersonnel et sans importance. Selon moi, aucun rapport sexuel n'est impersonnel et sans importance quoique, à ce qu'on m'a dit, ça s'en rapproche au bout de dix ans de mariage.

J'allumai la radio. C'était l'heure de *All Things Considered*. Un interprète essayait de couvrir des aboiements de chiens et des coups de feu lointains, quelque part dans ce monde déchiré par les guerres. Il nous restait une quinzaine de kilomètres à parcourir avant d'arriver chez Agnès et j'avais encore une chance de trouver à la dernière minute un sujet de conversation pour le dîner.

Agnès habitait à douze kilomètres en deçà de la frontière du New Hampshire, à quarante-cinq minutes envi-

ron de Boston – une demi-heure en réalité si l'on rou-
lait au plafond de la vitesse autorisée, ce qui n'était pas
son cas. Elle était plus près du centre-ville que la plupart
des banlieues de Boston mais comme c'était le New
Hampshire, elle insistait beaucoup sur le fait qu'elle
« vivait à la campagne ». « On se sent bien seul *à la campagne.* » « Ce n'est pas facile, vous savez, d'élever une
adolescente *à la campagne.* »

Sa « maison de campagne » était un pavillon dans un
lotissement baptisé WestWoods. Ce nom m'irritait
copieusement. Où étaient les bois? Le moindre arbre se
trouvant dans un rayon de plusieurs kilomètres autour
du lotissement avait été abattu depuis belle lurette,
histoire de faire place à d'interminables successions
de centres commerciaux, magasins d'usines, groupes
d'immeubles résidentiels. Et à l'ouest de quoi, s'il vous
plaît? Il n'y avait aucun lotissement nommé EastWoods
pour faire pendant, que je sache.

Quelques minutes après avoir emprunté la bretelle de
sortie, je fus pris au piège d'un labyrinthe complexe de
rampes d'accès, d'interchangeurs et d'enseignes de néon
aveuglantes désignant des boîtes de restauration rapide,
des motels pas chers et des concessionnaires d'automobiles. On avait du mal à qualifier l'endroit. Ce
n'était ni une ville ni un faubourg, et ce n'était certes
pas la campagne. Même si la densité d'habitants au
mètre carré devait être la deuxième au monde derrière
Calcutta, on ne voyait jamais d'êtres humains dehors,
sauf au volant de décapotables décapotées. Il n'y avait ni
trottoirs, ni bandes de stationnement le long de la
route. Seulement, de loin en loin, une maigre touffe
d'herbe sur laquelle se dressait généralement un
immense panneau publicitaire. Si par exemple, pour des

raisons difficiles à concevoir, quelqu'un désirait marcher entre son immeuble et l'une de ces gargantuesques grandes surfaces qui offrent des remises sur tous les articles, il avait le choix entre se faire broyer par la circulation ou mourir asphyxié par les gaz d'échappement.

C'était un monde de vastes parkings reliés entre eux par des routes qui, pour cause d'engorgement de la circulation, ressemblaient souvent à de vastes parkings. Chaque motel, chaque restaurant, chaque salon de coiffure pour chiens, chaque cinéma, était le maillon d'une chaîne nationale, apportant à l'ensemble des lieux une atmosphère surréaliste, si bien qu'on avait l'impression d'être partout en général et nulle part en particulier. De très loin en très loin, on pouvait tomber sur un bistrot crasseux ou une épicerie chichement éclairée, établissements qui auraient aussi bien pu être les vestiges archéologiques d'une culture disparue depuis des siècles.

« Tu sais où se trouve sa maison ? demanda Marcus qui, penché sur le tableau de bord, scrutait la route.

– J'ai un peu de mal à voir. » On avait l'impression qu'il n'y avait ni jour ni nuit, dans cet endroit, juste un crépuscule perpétuel, rose et pourpre, créé par les projecteurs des parkings et les éclairs de néon.

« Regarde si tu vois une entrée de cinéma ressemblant à un panneau qui signalerait une cabane dans les Adirondacks. »

Elle était là, diffusant sa lueur dans le lointain : « WestWoods. » Et juste au-dessous, en caractères moins gros, « Un endroit où vivre ». Pas très inventif, d'accord, mais cela devait aider les résidents à se faire une vague idée de leur raison d'être là.

Je bifurquai et m'engageai sur la route en lacet. WestWoods était perché au sommet d'une colline ou, plus probablement, d'un monticule de terre, rebut de quelque réalisation immobilière du voisinage.

« Elle est au numéro cinquante-sept », dis-je à Marcus.

C'était déjà assez regrettable que le promoteur ait construit plus de trois cents pavillons absolument identiques, mais le pire, c'est que la plupart des résidents avaient, pour décorer leur petit nid, apporté strictement la même touche personnelle. Chaque porte, peu ou prou, était surmontée d'un drapeau orné d'un arbre automnal. En hiver, les petits drapeaux affichaient un bonhomme de neige ; en février fleurissaient les cœurs de la Saint-Valentin, et au printemps c'étaient des paniers de fleurs qui y surgissaient. Et ainsi de suite, au gré du calendrier des saisons et des fêtes.

Bien que les résidents ne puissent couper à un voisinage intime, ils semblaient s'ignorer complètement. Cet été-là, j'avais rendu visite à Agnès un après-midi, et passé quelques heures au bord de la piscine collective hyper-chlorée du lotissement. Une centaine de créatures étaient répandues sur des chaises longues, vêtues du même maillot de bain en lycra, s'enduisant de la même marque de crème solaire, lisant le même roman en collection de poche, s'ignorant mutuellement. J'ai eu le sentiment que la méfiance, l'envie, la peur et une sourde colère visant le monde entier réussissaient à maintenir les relations sociales à leur strict niveau minimum.

8

J'ai garé la voiture dans le parking réservé aux visiteurs et nous avons remonté, Marcus et moi, le chemin pentu. Agnès nous attendait en haut des marches avec une expression de stupeur indignée. « Pourquoi avez-vous laissé la voiture là-bas? Il y a une place juste devant!

– J'avais oublié.

– Oh, Clyde! Maintenant, ils doivent être tous en train d'appeler la police pour signaler la présence de deux individus louches dans le secteur.

– Agnès, je t'en prie. » Elle portait un petit foulard blanc noué avec désinvolture autour du cou, un chandail rouge, un short blanc absolument immaculé, des chaussettes rouges et des tennis blanches rutilantes. Paré de ces bandes rouges et blanches alternées, son corps mince avait l'air d'un sucre d'orge vivant.

« C'est qu'il y a eu plusieurs cambriolages, ces derniers temps. Même par ici. Si quelqu'un se fait voler sa voiture, c'est à moi qu'on le reprochera. Je suis tellement contente que tu aies pu venir, Marcus! »

Elle lui tendit la main au moment précis où il s'approchait pour l'embrasser et leurs corps entrèrent en contact avec une maladresse qui provoqua un net raidissement de part et d'autre.

Chez certaines personnes, une certaine gaucherie peut être irrésistible, mais dans le cas d'Agnès cela me serrait le cœur, comme à peu près tout ce qui la concernait. Lors d'un dîner qu'elle avait organisé quelques années plus tôt, voulant esquisser une révérence pour rire à un de ses invités, elle n'avait réussi qu'à se fouler la cheville. Craignant de gâcher la soirée, elle avait joué son rôle d'hôtesse jusqu'au bout en souffrant le martyre, n'appelant l'ambulance qu'après le départ du dernier invité. C'était le genre de catastrophe à laquelle je m'attendais toujours de la part de ma sœur.

Nous nous embrassâmes gauchement. Je sentis l'ossature délicate de son dos à travers son chandail. Son corps tout entier semblait frémir d'énergie nerveuse contenue. Je la tins quelques secondes dans mes bras avec l'espoir de ralentir le moteur qui vibrait en elle, et reçus de plein fouet l'arôme de son parfum. Prairie d'été : miellée et lis d'une écœurante suavité, avec d'âpres relents chimiques d'insecticide.

« J'aime bien tes cheveux, dit Marcus alors qu'Agnès nous introduisait dans le pavillon. Ils étaient beaucoup plus longs la dernière fois que je suis venu. » Sa façon sudiste de traîner sur la fin des mots s'était tout à coup accentuée de façon peu naturelle.

« J'ai pensé que c'était le moment de changer, dit Agnès en levant vivement la main, alors j'ai tout taillé. » Agnès affirmait toujours que c'était « le moment de changer », ou qu'une action, un événement quelconque, avait transformé sa vie ; dans l'ensemble, cela dit, sa vie avait l'air étonnamment stable, au point, même, que c'en était déprimant.

« Asseyez-vous, je vais vous chercher un verre.

– Rien pour moi », dit Marcus. Il s'assit au bord du canapé en croisant les doigts nerveusement. « J'ai eu un après-midi un peu dur. Je crois que j'ai juste besoin de... » Sa voix se perdit.

Agnès attendait debout, légèrement penchée, qu'il termine sa phrase. Voyant que rien ne venait, elle me lança un coup d'œil alarmé. Je ne trouvai rien de mieux à faire que de hausser les épaules.

« J'ai l'impression que tu as besoin de boire quelque chose, finit-elle par dire. Et toi, Clyde ?

– Je prendrai volontiers un Coca light.

– Un *Coca* light ? Vous êtes incroyables ! J'avais ouvert une bouteille de vin pour vous. » Elle tapa du pied dans un accès de colère feinte, geste qui manqua particulièrement son effet à cause des tennis ultra-blanches.

« D'accord, concédai-je, essayons le vin.

– Tu vas probablement le trouver infect. Je sais que Marcus est un amateur éclairé.

– Seulement pour le café », dit-il.

Il essayait d'être aimable, mais la mine d'Agnès s'allongea. « Je n'ai que du soluble, avoua-t-elle. Vraiment, Clyde, tu aurais dû me prévenir. Et Marcus qui a eu un mauvais après-midi. Il va falloir que tu me racontes ça, Marcus, quand on se sera débarrassés de Clyde. »

Je me mis à arpenter le salon, soudain agacé par le mobilier d'Agnès. Tout ce qui se trouvait dans cette pièce – fauteuils, canapé, tables basses, porte-magazines, lampes, étagères à livres, même les miroirs et les cadres de photos – était en rotin chétif. Tout était fragile, inconfortable et vraiment trop léger. Cela me donnait envie de pleurer.

Cinq ans plus tôt, le mari d'Agnès, un individu grotesque nommé Davis, l'avait quittée, proclamant qu'il avait besoin de « se trouver ». C'étaient ses propres termes. Comme il me l'avait expliqué, « je suis passé du fils parfait à l'étudiant parfait au mari et père de famille parfait. Maintenant, il faut que je me trouve, que je découvre qui je suis réellement ». Je l'avais écouté avec stupeur, partagé entre la colère et la gêne devant cette récupération inversée du jargon M.L.F. de la première heure. Sa tirade puait la psychothérapie à la petite semaine. D'abord, ses prétentions à la perfection étaient parfaitement gratuites. Quant à découvrir qui il était réellement, cela se concrétisa fort rapidement par quelque chose d'aussi profond, en termes de quête du moi, que d'aller s'installer dans un abominable immeuble de studios rattaché à un club de mise en forme, skier tous les week-ends à Montréal et ignorer royalement les charges de sa précédente et parfaite incarnation sur cette terre — sa femme et sa fille, par exemple.

Agnès s'était installée à WestWoods peu après son divorce. Elle avait acquis ce mobilier aérien pour manifester la joie que lui procurait sa nouvelle indépendance. « Le moment est venu de changer, de prendre un nouveau départ », avait-elle proclamé. Mais un départ vers quoi, on ne le savait toujours pas.

« Pourquoi marches-tu comme ça de long en large ? chuchota Marcus.

— Je suis fébrile. Ce rotin me tape sur le système.

— C'est ridicule.

— Regarde autour de toi. Une seule allumette, et nous serons réduits en cendres dans la seconde.

— Assieds-toi, veux-tu ? Tu me rends nerveux. Et crois-moi, je le suis déjà assez comme ça.

– Pas de messes basses, s'il vous plaît », claironna Agnès depuis la cuisine.

Je m'assis dans un des fauteuils. L'assiette du siège étant trop courte et les coussins à fleurs trop grands, j'eus l'impression d'être projeté par terre.

Agnès entra, portant sur un plateau des verres et une bouteille de vin ouverte. Elle le posa sur une table basse vacillante et nous servit. « Comme vous étiez en retard, je ne vous ai pas attendus pour l'entamer », expliqua-t-elle.

Je bus une gorgée. Le vin était si monstrueusement liquoreux que la pièce se mit à tourner autour de moi.

« Dis-moi la vérité, Marcus, il est épouvantable, non ?

– Pas du tout, absolument délicieux, répondit-il. Exactement ce dont j'avais besoin.

– Il dit ça pour être gentil, n'est-ce pas, Clyde ?

– Mais non, il est parfaitement sincère, mon chou. » J'ajoutai alors, vu qu'on ne pouvait pas éviter indéfiniment le sujet : « Où est... papa ? »

Agnès, verre à hauteur des lèvres, leva la main – un instant s'il te plaît – le temps de boire délicatement une gorgée. « En bas. Je l'ai prévenu que tu voulais lui parler. » Elle s'essuya la bouche avec une serviette et je me sentis aussitôt envahi par un flot de ressentiment à son encontre.

« Pourquoi as-tu fait ça ? Tu ne lui as pas donné l'impression que c'était important, j'espère ? »

Elle haussa les épaules. « Je ne lui ai donné aucune impression, Clyde. » Elle était assise en biais à l'autre bout du canapé, une seule jambe reposant sur les coussins. Elle regarda Marcus et eut un rire forcé. « J'espère que tu as faim, Marcus.

– Je suis affamé. » Le sourire figé qui barrait le visage

de Marcus le faisait ressembler à un de ces superbes mannequins à l'air contrarié qui posent pour des pubs de parfums. En dehors d'une partie de squash de loin en loin, il ne faisait jamais de sport. Son estomac avait une forme indescriptible et son torse était concave, mais le Ciel l'avait doté de larges épaules qui remplissaient sa chemise rayée et lui donnaient l'air bien fichu.

« J'avais rendez-vous pour déjeuner avec quelqu'un mais je n'ai rien pu avaler. »

Agnès posa son verre.

« Oh, mon Dieu! s'exclama-t-elle. Tu aurais dû me prévenir, Clyde. J'espère que nous aurons assez.

— Je suis sûr que ça ira très bien. D'ici, cela sent délicieusement bon.

— D'ailleurs, comme je n'ai pas très faim, je ne mangerai pas grand-chose. Et Barbara se contentera probablement de picorer.

— Clyde m'a raconté qu'elle était anorexique, dit Marcus d'un ton enjoué, comme s'il lui faisait compliment de quelque prouesse.

— C'était il y a des années, intervins-je. À l'époque du divorce. »

Barbara avait chipoté ce qu'il y avait dans son assiette pendant quelques mois et perdu une dizaine de kilos, puis elle s'était mise à piquer des trucs dans les magasins. Nous avions tous poussé un ouf de soulagement lorsqu'elle avait retrouvé son poids normal, mais il semblait absolument conforme à son caractère qu'elle ne soit pas capable de manifester un intérêt soutenu, même pour un problème de comportement, pendant plus de soixante jours.

« Son père lui a offert un four à micro-ondes, dit Agnès, alors elle prend presque tous ses repas dans sa chambre. »

Lorsqu'elle fut repartie vers la cuisine, Marcus chuchota : « Tu ne devrais pas trop la critiquer, la pauvre petite. Elle fait de son mieux.

– Je sais.

– Ce n'est pas de sa faute.

– Je sais.

– Elle a simplement besoin de quelques compliments. » Marcus se leva, reversa le contenu de son verre dans la bouteille et alla vers la cuisine. « Tu nous as préparé une des recettes de ta mère ? » Il traînait de plus en plus sur la fin des mots.

Cette seule allusion au calamiteux livre de recettes suffit à me propulser dans l'escalier qui menait au sous-sol où mon père tenait ses quartiers depuis deux ans. C'était une de ces structures métalliques qui dessinent un tortillon étroit et abrupt. Chaque fois que je m'y engageais, j'avais le sentiment de descendre dans la cale d'un sous-marin condamné.

Le « rez-de-chaussée », comme l'appelait le promoteur immobilier avec un sens prononcé de l'euphémisme, consistait en un garage à deux places, une petite salle de bains et la pièce qui, jadis le bureau d'Agnès, constituait désormais la tanière de notre père. Ce sous-sol était en toute saison froid et humide, un peu comme une cave, et une odeur de béton fraîchement coulé y flottait en permanence.

J'entendis le son de la télévision de l'autre côté de la porte. Prenant mon courage à deux mains, je frappai en douceur. N'obtenant aucune réponse, je poussai la porte. Mon père était assis dans un fauteuil coincé entre le mur et le lit, les yeux scotchés à l'écran. Il avait un visage figé et un teint de cendre, et bien qu'il fût manifestement en train de respirer, je sentis une onde de panique mêlée de soulagement m'envahir à l'idée qu'il était peut-être mort.

« Qu'y a-t-il au programme ? » demandai-je.

Il me fit « chut » en désignant le téléviseur du bout de la télécommande. « Regarde-moi ce connard avec sa putain de roue. »

Je me tournai vers l'écran et vis un groupe de participants survoltés à un jeu quelconque, qui battaient des mains et sautaient sur place tandis que des lumières clignotaient dans leur dos.

« Allez, vas-y, gros lard, fais-la tourner, ta roue », s'écria mon père.

La roue s'arrêta sur une case marquée « Banqueroute » et mon père éclata d'un rire gras. « Bien fait pour lui. J'espère qu'ils vont lui prendre sa maison. » Puis, à l'apparition d'un spot publicitaire, il coupa le son et se tourna vers moi en silence, dans l'attente de je ne sais quoi : un bonjour, un reproche, une poignée de main ? Je ne savais jamais ce qu'il attendait de moi mais, en tout cas, il s'attendait toujours que je lui manifeste mon respect en faisant le premier pas.

Je choisis la solution la plus évidente et lui demandai comment il se sentait. L'un des avantages certains de la mystérieuse maladie dont souffrait mon père, c'est qu'elle me procurait une entrée en matière facile.

« Je me sens comme un chien. À ton avis, comment pourrais-je me sentir, reclus ici dans ce cachot ?

— Tu as l'air en forme. »

Ça, au moins, c'était vrai. Quelle que fût la nature de son mal, il n'affectait aucunement son aspect. Mon père avait toujours été un grand type solide, avec de larges épaules et de gros traits – un nez épais au bout creusé d'une fossette, des sourcils broussailleux qui semblaient descendre un peu plus bas chaque fois que je le voyais, comme s'ils menaçaient de tirer son front entier sur ses yeux. Son T-shirt sans manches révélait des bras costauds, encore maintenant. Son visage exprimait régulièrement le dégoût, avec les commissures des lèvres affaissées et la lèvre inférieure projetée en avant, comme s'il venait de marcher dans une merde de chien. Ce qui m'inquiétait le plus, c'est que je n'avais aucun moyen de savoir s'il avait la même expression lorsque je n'étais pas devant lui.

Il me gratifia d'un grognement et relança le son avec sa télécommande. « Je me demande bien comment je pourrais avoir l'air en forme ! Je suis à moitié mort et coincé dans ce trou, condamné à écouter ces deux-là s'engueuler nuit et jour. J'ai dit à ta sœur qu'elle gâtait beaucoup trop cette gamine.

– Barbara ?

– Qui d'autre ? Enfin », il haussa les épaules, « son père était un raté, alors je ne vois pas pourquoi elle serait autrement. Le plaquer est la seule chose sensée que ta sœur ait faite dans sa vie.

– Je crois que c'est lui qui l'a plaquée, papa.

– Et alors ? Juste Ciel, est-ce qu'on peut le lui reprocher ? Tiens, ça recommence. » Il désigna l'écran. « J'espère que ce connard va tout paumer. »

Aussi loin que remontent mes souvenirs, mon père a toujours raffolé des jeux télévisés, essentiellement parce qu'ils le confortaient dans sa certitude que la race humaine n'était qu'un ramassis de tarés sans cervelle.

Je me posai sur le bord du lit défait. La pièce était

plutôt fraîche, malgré la chaleur de la soirée. Elle sentait un mélange de ciment, d'essence provenant du garage adjacent, et de whisky, provenant sans équivoque du verre à moitié vide posé sur la table de chevet. Je savais que j'aurais dû essayer de prendre la défense d'Agnès, mais c'était un soulagement de l'entendre critiquer quelqu'un d'autre que moi.

Je crois que j'étais atteint d'une forme particulière d'amnésie quand il s'agissait de mon père. J'avais des souvenirs précis de ma morne enfance – le trac à l'école, les amis qui m'avaient trahi, les expéditions à notre sinistre zoo/camp de concentration local, les batailles contre Agnès, les livres que ma malheureuse mère nous lisait, toute l'assommante série de diapositives en Kodachrome – mais pour ce qui est de mon père, je n'avais pour ainsi dire aucun souvenir antérieur au moment où il était devenu aigri et bougon. De temps à autre, j'essayais d'évoquer des images de bonheur, mais j'y renonçais assez vite, vu que selon toute probabilité elles ne correspondaient à aucune réalité. Ce dont j'avais le plus conscience, c'était la vague impression que je voulais quelque chose de lui, mais quoi, je l'ignorais.

Le jeu s'acheminait vers le bouquet final, une floraison de lumières tournoyantes et un déballage d'automobiles, de chambres à coucher complètes et d'hôtels à Hawaii. Mon père coupa le son et pivota le torse, avec lenteur et raideur. Il tendit la main derrière lui, saisit le verre sur la table de nuit et se retourna vers le téléviseur.

« Qu'est-ce que c'est, ce truc à ton poignet ? demanda-t-il.

– Ma montre ? dis-je en baissant les yeux vers ma main.

– Oh, je croyais que c'était un bracelet.

– Allons, dis-je. C'est une de ces choses qui permettent de savoir l'heure. Toi aussi, tu en as une.

– Ne sors pas de tes gonds. Je posais simplement une question. »

Je regardai subrepticement ma montre. Un modèle doré, voyant, acheté sur le trottoir lors de mon dernier passage à New York. Elle était beaucoup trop grosse pour mon maigre poignet, mais indiquait l'heure avec une précision remarquable. Je dissimulai mes mains derrière le dossier du fauteuil, la fis glisser et la fourrai dans la poche de ma veste. « Papa, dis-je avec l'espoir de négocier une trêve, Agnès est en train de préparer le dîner. Tu te joins à nous ?

– J'ai déjà mangé. Je ne vais tout de même pas bouleverser mon emploi du temps juste parce que tu décides de te pointer une fois par décennie.

– Tu exagères. Je suis venu il y a cinq ans. »

La pièce dégageait une atmosphère morbide d'établissement de l'assistance publique avec ses stores verticaux et ses murs blancs nus. À l'autre extrémité, une double porte coulissante ouvrait sur un patio miniature, en contrebas, que ceignait un mur de parpaings. L'équivalent d'un petit puits au sol de ciment tapissé de gazon artificiel. En hiver et au printemps, on y crevait de froid et c'était inondé par terre, tandis qu'en été, incarnant une version primitive de four à convection, il stockait la chaleur. Une chaise longue en plastique gisait dans un coin, et dans l'autre il y avait un gril rouillé qui marchait au gaz. Agnès avait rapatrié le gril de la maison qu'elle avait partagée avec Davis, mais vu que, selon elle, les grillades en plein air relevaient de la compétence masculine, l'objet n'avait jamais été utilisé. Il trônait là, martyrisé par les intempéries, monument à la mémoire du mariage loupé d'Agnès et à la gloire de la solitude en général. Je ressentis un poignant élan de compassion pour mon vieux père capricieux. Quel que fût le point de vue adopté, il n'était pas dans une situation enviable, même s'il l'avait fabriquée de toutes pièces.

« Je devrais venir plus souvent, concédai-je, mais j'ai été très pris par mes cours. Je n'ai pas eu des masses de temps libre, dernièrement.

– As-tu enfin obtenu ta titularisation ?

– Je n'ai pas ce genre de poste.

– Ah ! » Il opina et tourna la tête d'un air dégoûté. « Ce que tu essaies donc de me dire, c'est que tu ne l'as pas obtenue.

– Si tu veux. »

Il fit la moue et secoua la tête. Je sentis mes épaules s'affaisser sous le poids de mon propre dépit.

« J'envisage de poser ma candidature pour un autre genre de poste. Dans un établissement secondaire privé. J'ai quelques introductions.

– Tu as perdu la tête, ou quoi ? On ne change pas de carrière à ton âge, Clyde. Tu es coincé. Prends-en ton parti. Même si tu n'es pas titularisé, il y a une chance pour qu'ils ne te mettent pas à la porte d'ici long-temps. »

Il buvait à petites gorgées, avec lenteur et sans plaisir apparent. Vance avait dû se leurrer. Il était impossible qu'un individu aussi grognon et congénitalement mal-heureux que mon père puisse prendre du bon temps où que ce soit. Il vida son verre et me le tendit. « Il y a une bouteille par terre derrière la commode. Va la chercher et ressers-moi. »

Aussi loin que je me souvienne, mon père, buveur actif sans être obsessionnel, planquait ses bouteilles dans de drôles d'endroits parfaitement improbables – au fond du placard sous l'évier de la cuisine, dans les profondeurs de la penderie du vestibule, parmi les détergents et le flacon d'amidon à côté de la machine à laver le linge. Cela aurait eu une raison d'être s'il avait bu en douce, mais il n'essayait aucunement de s'en cacher. À la vérité, Agnès et moi étions toujours chargés d'aller récupérer son matériel. J'écartai la commode du mur (un de ces vilains modèles en bois plaqué de couleur claire qu'on trouve dans les motels au rabais) et farfouillai par terre. Malgré l'imminence de migraine qui commençait à me chatouiller le front, je me sentis utile à quelque chose pour la première fois depuis que j'étais entré dans sa chambre, et complètement regonflé par la promotion que me valait l'accomplissement de cette tâche humiliante.

Alors que je remplissais son verre, il lâcha : « Comme ça, à en croire Agnès, tu souhaitais " me parler ".

– C'est elle qui me l'a demandé », dis-je, soucieux de ne pas endosser la responsabilité. Je lui tendis son verre. « Elle craint que tu ne te glisses dehors la nuit pour subir quelque traitement médical clandestin.

– Je vais te dire, moi, ce qu'elle craint. Elle craint que je ne meure en laissant mon argent à quelqu'un d'autre. »

Il portait fréquemment de telles accusations parfaitement injurieuses, comme si elle en avait à son argent alors qu'il se prétendait complètement fauché. C'était tellement ridicule que j'eus soudain envie d'un verre, moi aussi. Mais je revissai la capsule, posai la bouteille par terre et repoussai la commode contre le mur. Mon père jugeait suspect mon manque total d'intérêt pour la boisson et pourtant, chaque fois que j'avais pris un verre en sa présence, il avait déclaré que cet écart était un signe supplémentaire de ma faiblesse morale et physique. Je m'installai dans un fauteuil près de la porte, le grand lit formant un rempart entre nous.

« Elle ne s'inquiète pas pour ton argent. Elle te verse même une pension chaque mois. Nous savons très bien que tu as été lessivé lors du dernier incendie.

— Le plus beau, Clyde, c'est que vous n'en savez rien, ni l'un ni l'autre. Je pourrais aussi bien être assis sur un capital d'assurance d'un million de dollars. » Le seul fait de dire ça semblait le réjouir de manière absurde. Il but une grosse lampée dégoûtante et se tourna vers le téléviseur muet. « Maintenant que nous avons réglé ce point, y a-t-il autre chose dont tu souhaitais " me parler " ?

— À dire vrai, oui. Un de mes amis affirme t'avoir vu dîner dehors avec des gens, il y a quelques semaines. Un établissement spécialisé dans les fruits de mer. Si c'était vrai, Agnès serait infiniment soulagée de l'apprendre. Et moi aussi.

— Pour commencer, qui était cet ami ? demanda-t-il comme si cela pouvait faire une différence.

— Mon ami Vance. Tu ne le connais pas.

— Quelqu'un que je ne connais pas m'aurait vu dans un restaurant ? Ça ne tiendrait pas une seconde devant un tribunal, pas vrai ?

— Je savais qu'il se trompait, mais j'ai pensé que vérifier ne nuirait à personne.

— Je ne me rappelle pas avoir dit qu'il se trompait. » Il referma les lèvres sur le bord de son verre et but une autre lampée.

« Tu veux dire qu'il avait raison ?

— Je ne me rappelle pas avoir dit ça non plus. »

Je me levai et me dirigeai vers la porte. « Je crois que tu devrais reconsidérer ta réponse et venir dîner avec nous. Cela compterait beaucoup pour Agnès. »

Au moment où je franchissais le seuil, il lança : « Où files-tu comme ça ? »

Il y avait une note plaintive tellement inhabituelle dans sa voix que je m'arrêtai net et me retournai vers lui. Il avait maintenant l'air complètement avachi dans son fauteuil, la nuque ployée comme si ses épais sourcils entraînaient sa tête vers ses genoux.

« Tu réagis comme si je n'avais pas aimé ta mère. Eh bien, si, je l'aimais. Et quoi qu'il en soit, je suis resté auprès d'elle. »

Je n'avais jamais mis son amour en doute, ou du moins n'y avais jamais pensé, probablement parce que le seul fait de me pencher sur la question devait me paraître trop morbide.

« Mes relations avec Diane n'ont rien à voir avec ta mère.

— Diane ?

— Exactement. Et ne commence pas à clabauder son nom là-haut.

— Ainsi, tu... sors avec elle ?

— J'envisage plutôt de l'inviter à s'installer ici.

— *Ici* ?

— C'est bien ce que je t'ai dit, non ? »

Je parcourus la pièce du regard.

« Mais où ?

— Écoute, Clyde, je ne te demande pas ton avis. Je te le dis, c'est tout.

— Mais, papa...

— N'essaie pas de me fourguer un quelconque sentiment de culpabilité. Nous essayons d'aider son fils à s'en sortir. Tout marchait très bien pour lui, il mettait un peu d'argent de côté, et puis tout d'un coup, crac, ils l'ont coincé sur une histoire de recherche de paternité. Cela ne regarde absolument pas le gouvernement. Mais ne commence pas à aller raconter ça à Agnès !

— Tu ne penses pas qu'elle va s'en rendre compte, si quelqu'un vient habiter ici ?

— Je sauterai cet obstacle quand j'arriverai devant. En attendant, je ne me sens pas d'humeur à affronter son hystérie. Je vais simplement lui dire que c'est une infirmière. »

La lumière virait au gris dans la pièce, comme si quelque brouillard se faufilait entre les portes vitrées coulissantes. Je sentis que je commençais à suffoquer dans cet espace froid et humide, que je fondais dans le brouillard. Je promis à mon père de ne rien dire à Agnès et tentai une dernière fois de le décider à se joindre à nous pour le dîner. « Mon ami Marcus est là », ajoutai-je, comme si ça pouvait être un argument. « Le perdant-né qui affecte cet accent du Sud ? Pas question. J'ai quelques coups de fil à passer. Dis à Agnès de me descendre une bière. Il n'y a même pas assez de place pour un frigo dans ce trou. »

En haut, je trouvai Marcus occupé à mettre le couvert et Agnès à sortir le poulet du four. Elle me tendit un couteau : « Tiens. Les hommes semblent plus doués que les femmes pour découper. Comment était-il ?

— Fasciné par la Roue de la Fortune. »

Le poulet était tellement sec qu'il tomba littéralement en poussière quand je l'attaquai. Je ne saurais

expliquer pourquoi, mais il se trouve que certaines personnes sont incapables de cuisiner, et Agnès était de
celles-là. Même si elle appliquait au quart de cuillerée
d'huile près les instructions marquées sur une boîte de
préparation instantanée pour gâteau, et respectait au
dixième de seconde le temps de cuisson prescrit, il y
avait un problème. La théorie selon laquelle cuisiner
demande de l'amour est absurde. La bonne cuisine
demande de la confiance en soi.

Elle consulta sa montre et se campa main sur la
hanche. « Comment ! *La Roue de la Fortune* est fini
depuis dix minutes !

– Eh bien, il s'est laissé captiver par ce qui suivait.

– *Amusons-nous ce soir ?* »

Agnès avait la manie de toujours insister sur les
détails sans intérêt et je n'étais pas du tout d'humeur à
supporter ça. La conversation avec mon père m'avait
laissé fébrile et l'esprit confus, exactement comme si
j'avais bu deux cafés de trop.

« Je ne crois pas que ça fasse une grande différence,
hasardai-je.

– Mais d'habitude, il déteste cette émission !

– Agnès...

– Agnès était en train de me montrer certaines
recettes de votre mère, dit Marcus, affairé à plier les serviettes et à les poser soigneusement à côté de chaque
assiette. Elles sont uniques.

– Il y a une bonne raison à ça », répondis-je tout en
passant à Agnès le plat de poulet qui avait l'air de conte-
nir un terril de sciure.

« Je lui ai montré la Tarte aux biscuits sans cuisson
préalable, dit Agnès, et pour ta gouverne, il a trouvé que
ça avait l'air délicieux.

— Est-ce la recette avec les cookies ? » demandai-je. Celle-là, particulièrement aberrante, impliquait d'écraser à l'aide d'un marteau un paquet de cookies aux pépites de chocolat, d'y incorporer quantité de beurre de cacahouète et autres saletés, de presser la patouille obtenue dans une grande poêle et de napper l'ensemble avec du glaçage en conserve. « Idéal pour les longs week-ends de vacances, disait l'annotation de ma mère, lorsque la famille se précipite sur la glacière portative pour grignoter quelque chose après une partie de foot. » Je haïssais l'idée de ma mère concevant ces fantasmagories absurdes assise à la table de la cuisine, offrant ainsi une image de notre famille comparable à celle des Kennedy, mais en moins politique.

« Oh, Clyde, dit Agnès d'un ton détaché, ça ne t'ennuierait pas d'aller chercher Barbara au premier ? J'ai essayé de la joindre au téléphone mais sa ligne est constamment occupée. »

Sa nonchalance feinte indiquait clairement qu'Agnès avait l'intention de rester en dehors de la ligne de tir de Barbara. Loin de moi l'idée de le lui reprocher.

Je gravis l'escalier avec appréhension, espérant que ma nièce serait de bonne humeur. Tous les couloirs du lotissement étaient peints de la même nuance de bleu poudreux fort agaçante, équivalent visuel d'un rafraîchisseur d'ambiance, et j'eus l'impression que les murs se refermaient sur moi, conspirant avec ma migraine pour me broyer le crâne.

J'étais sur le point de toquer à la porte de Barbara mais, entendant sa voix, je suspendis mon geste pour écouter une seconde. « Ce n'est pas à lui qu'il faut l'acheter, disait-elle. Je peux t'en avoir pour beaucoup moins cher. »

Je frappai.

« Écoute, il faut que j'y aille. Non, mon oncle, je pense. Ouais, à qui le dis-tu ! » L'instant suivant, elle ouvrait la porte, s'encadrant dans l'embrasure, la main posée sur la poignée. « Salut, Clyde. » Elle se pencha vers moi et m'embrassa sur la joue.

C'était un baiser si désarmant dans sa spontanéité, et tellement timide, que j'eus honte d'avoir émis quelques soupçons à son encontre. Mais en vérité, elle pouvait facilement passer de l'abominable adolescente délinquante à l'adorable petite fille, et inversement, en l'espace d'une seule phrase. Cela dépendait essentiellement du public.

Elle portait une monumentale salopette en denim sur une chemise de bûcheron en flanelle dont les manches recouvraient entièrement ses mains et des tennis bleues tombant en lambeaux. Ses cheveux d'un noir pas du tout naturel étaient taillés comme à la serpe d'une manière alarmante, longs sur les côtés et très courts derrière, jusqu'au milieu du crâne, laissant à penser qu'elle avait coiffé de travers une perruque de monstre d'Halloween. Vu sa tenue, il était difficile de juger, mais il semblait qu'elle avait un peu grossi depuis la dernière fois. Au contraire de sa coiffure et de son accoutrement, son visage rebondi avait l'air doux et angélique. Mais en y regardant de plus près, je constatai que ce que j'avais pris pour un bouton d'acné sur l'aile de son nez était une perle dorée plantée dans sa chair.

« Alors, ça gaze ? » demandai-je. Souvent, je me surprenais à adopter un style branché et décontracté lorsque je parlais à Barbara, sans avoir la moindre idée de ce que des adolescents de quatorze ans considéraient comme branché et décontracté de nos jours.

Barbara haussa les épaules. Derrière elle, la chambre n'était qu'un embrouillamini de fils électriques sortant d'un téléviseur, d'une radio, d'un téléphone, d'un répondeur, d'un ordinateur et du four à micro-ondes ci-dessus mentionné. La faible odeur de pop-corn qui régnait dans la pièce s'évada dans le couloir. Les murs bleu pastel étaient constellés de graffiti appliqués à la bombe.

« C'est toi qui as fait ça? demandai-je en désignant les lignes noires.

– Ouais. » Elle sortit dans le couloir et claqua violemment la porte derrière elle.

« C'est chouette, dis-je.

– Si on veut.

– Et j'aime bien ton... », ajoutai-je en désignant mon propre nez, ne sachant comment qualifier son appendice percé. « Ça n'a pas fait trop mal?

– J'ai mis de la glace d'abord.

– Tu as fait ça toute seule? » Rien que de me couper les ongles me donne la chair de poule.

« J'ai une amie qui m'a aidée », expliqua-t-elle, croyant que cela suffirait à me rassurer.

Barbara commença à descendre l'escalier devant moi, rebondissant maladroitement de marche en marche.

« Comment ça va, l'enseignement? demanda-t-elle sans se retourner.

– Correctement », répondis-je. Mais à peine avais-je proféré ces mots que je me sentis brusquement solidaire d'elle et éprouvai le besoin de me confesser. « À dire vrai, les cours ne sont pas si bien que ça. L'école tout entière est un peu une blague.

– C'est vrai de toutes les écoles, Clyde. Le mois prochain, on nous installe des détecteurs de métaux.

– Des détecteurs de métaux!

– Je sais. Ridicule, n'est-ce pas? Alors qu'il suffit de demander à quelqu'un de l'extérieur de te passer le flingue par la fenêtre des toilettes une fois que tu es dedans. »

Marcus se tenait debout derrière une chaise dans le coin-repas.

« Eh bien! s'exclama-t-il. On devient une grande personne!

– J'y travaille ferme », répondit Barbara d'un ton las et suggestif. Elle s'installa à table et, sans remonter ses manches, réussit à faire main basse sur un morceau de poulet qu'elle porta directement à sa bouche.

Agnès sortit de la cuisine munie d'un plat de légumes, des carottes et des brocolis coupés de manière tellement uniforme qu'on ne pouvait imaginer qu'ils fussent autre chose que du plastique.

« Oh, ma chérie, cette chemise! dit-elle. Tu es habillée comme en plein hiver.

– Je suis censée être comment? À poil?

– N'y a-t-il rien entre les deux?

– Comme quoi? Un foulard à paillettes autour de mon cou? »

Agnès prit une chaise. Marcus et moi suivîmes son exemple.

« Tu as montré tes peintures à Clyde? demanda Agnès.

– Ce ne sont pas des peintures, gronda Barbara n° 2, la méchante.

– Elles sont fantastiques », déclarai-je.

Barbara tendit le bras à travers la table et s'empara d'un deuxième morceau de poulet avec sa main invisible.

« J'ignorais que tu étais une artiste, dit Marcus.

– Une très bonne artiste », insista Agnès en me passant le plat de sciure.

Barbara roula des yeux. « Elle est furax parce que j'ai peint sur les murs. Tu devrais être contente, m'man. Au moins, je ne l'ai pas fait sur le mur extérieur de la maison.

– Je ne pense pas que les voisins auraient apprécié.

– Comme si nous fréquentions les voisins.

– Je te croyais amie avec cette fille qui habite du côté A du lotissement. Ginny Monte, c'est ça ?

– Exact. Pour rien au monde je ne voudrais être vue à ses côtés. Tu veux juste rencontrer son père.

– Comment trouves-tu le poulet, Marcus ? » demanda Agnès, évitant soigneusement de croiser le regard de sa fille. « J'espère que je ne l'ai pas trop cuit. Quelqu'un m'a dit que deux de nos voisins étaient morts de salmonelle le mois dernier, alors je l'ai laissé une heure de plus.

– Il est remarquable, dit Marcus. Ma grand-mère le faisait exactement comme ça. » À ma connaissance, la seule grand-mère qu'il ait connue était physicienne.

Agnès se resservit de vin.

« Marcus me parlait à l'instant de ton amie écrivain. Louise Morehouse, c'est ça ?

– Morris. Que t'a-t-il dit au juste ?

– J'ai raconté qu'elle était arrivée en ville, rien de plus.

– Tu aurais dû l'inviter, Clyde. J'aimerais beaucoup faire sa connaissance. Tu m'as donné ses livres et je les ai adorés. Bien entendu, je ne me rappelle absolument pas ce qu'il y avait dedans.

– Je me demande pourquoi tu t'embêtes à lire,

m'man, vu que tu as oublié tout ce qu'il y avait dans le livre deux jours après l'avoir terminé. Je veux dire, ce n'est vraiment pas la peine.

— Ça aide à passer le temps, dit Agnès.

— C'est pour ça que tu fais du yoga. C'est pour ça que tu fais le reste, je veux dire. Pourquoi ne pas avaler des somnifères, plutôt, et t'offrir un coma de quelques semaines? Ça aussi, ça aiderait à passer le temps.

— J'espère que je vais rencontrer Louise. Et ce petit chien a l'air d'un amour! »

J'entrepris de décrire un des romans de Louise pendant que Marcus picorait nerveusement dans son assiette.

Une ampoule s'alluma dans le cerveau d'Agnès. « Mais oui, je me souviens de ce merveilleux petit bébé qu'a eu cette pauvre fille. C'était tellement triste. Ou était-ce drôle? »

Marcus me jeta un regard entendu de l'autre côté de la table. Il appliqua ses deux mains contre ses tempes et appuya fort, comme s'il voulait presser un bouton d'acné.

Barbara, qui semblait à la dérive depuis qu'on ne s'intéressait plus à elle, repoussa les longues mèches qui recouvraient ses oreilles, laissant fugitivement entrevoir les flancs rasés de son crâne. « Je veux dire, la seule fois où j'ai commis l'erreur d'aller chez Ginny Monte, son père m'a pratiquement violée. Je te souhaite bonne chance avec lui, m'man.

— Nous étions en train de parler d'autre chose, ma chérie.

— Je trouve que de m'être pratiquement fait violer est plus important.

— Je crois que tu exagères un tout petit peu, ma chérie.

– Non, je ne pense pas, m'man. Je dois tout de même être au courant, non, quand quelqu'un essaie presque de me violer?

– Marcus, demanda Agnès, peux-tu avoir la gentillesse de passer le poulet à Barbara, afin qu'elle en mette un peu dans son assiette?

– Bon, d'accord! dit Barbara. Comme si nous nous asseyions tous les soirs à table avec des serviettes, et comme si nous invitions sans arrêt des gens à dîner.

– Cela nous arrive de temps en temps, dit Agnès. Et nous mangeons même avec des fourchettes.

– Je veux dire, pourquoi faut-il faire un tas de chichis, tout à coup, juste parce que Clyde et Maârcus sont là?» Elle prononça le nom de Marcus avec une petite modulation provocatrice, et une rougeur envahit le décolleté d'Agnès, débordant le foulard noué à son cou et remontant jusqu'aux mâchoires.

«Bon, parle-nous de ces détecteurs de métaux, dis-je.

– C'est tellement triste, intervint Agnès. Tu viens t'installer à la campagne pour échapper à tout ça, et tu ne peux simplement pas y couper. C'est la chose la plus triste que j'aie jamais entendue.

– O.K., m'man. Il y a des adolescents qui se suicident chaque minute dans le monde entier, et ce que tu as entendu de plus triste, c'est cette histoire de détecteur de métaux.

– Je suis désolée, ma chérie, mais je trouve cela triste. Je trouve cela tragique.

– D'accord, tandis que le père de Ginny qui me coince contre le frigo, c'est sans problème.

– Écoute, Barbara, suggérai-je. Pourquoi est-ce que tu ne lâcherais pas les baskets de ta mère juste pour ce soir? Offre-lui des petites vacances.»

Barbara leva les yeux vers moi, puis vers Marcus. Son silence était porteur de menace, et je commençais à me demander si mon intervention avait été si lumineuse que ça.

« Alors, dit-elle en mangeant un autre morceau de poulet avec ses doigts, vous deux, est-ce que vous êtes *ensemble*? »

Agnès laissa retomber bruyamment sa fourchette.

« Ça suffit! glapit-elle. J'en ai assez. J'en ai *assez*!

– Qu'est-ce que j'ai dit?

– Laisse tomber, dis-je à Agnès.

– Je ne peux pas laisser tomber. Comment puis-je laisser tomber si je ne peux pas? Quand on me le rappelle chaque minute de chaque jour – comme elle est malheureuse, comme chaque mot qui sort de ma bouche est nul, nul, nul! » La voix d'Agnès virait à l'aigre, comme si elle allait fondre en larmes.

« Je ne sais même pas de quoi tu parles », dit Barbara. Elle roula ses manches, se servit un morceau de poulet et commença à le couper avec une fourchette et un couteau.

« Sors de table, je te prie.

– Qu'est-ce que j'ai dit?

– Va dans ta chambre te réchauffer quelque chose dans le four à micro-ondes que ton père t'a offert. »

Barbara se leva et renversa sa chaise, qui tomba par terre avec un bruit sourd.

« C'est toujours de ma faute, n'est-ce pas?

– Effectivement, répondit Agnès. En général, oui, c'est de ta faute. »

On entendit des coups en provenance du sous-sol, mon père qui tapait au plafond.

« C'est le diable qui t'appelle en enfer! » cria Barbara avant de s'élancer dans l'escalier.

La bière paternelle me revint à l'esprit.

« Je vais voir ce qu'il veut, proposai-je.

— Non, non », dit Agnès. Elle s'essuya les yeux avec sa serviette qu'elle jeta sur son assiette intacte. « Je vais y aller. » Elle dénoua le foulard blanc qui enserrait son cou et le fourra dans la poche de son short. « Il peut se montrer tellement horrible, parfois. Qu'as-tu découvert, Clyde ? Est-ce qu'il va bien ? Les médecins lui ont-ils dit quelque chose qu'il ne m'a pas répété ? »

Je m'éclaircis la gorge.

« Eh bien, non, pas vraiment. Je pense qu'il passe juste par une phase. »

Les coups furieux redoublèrent au sous-sol, avec plus de force cette fois. « Il a une canne pour taper, expliqua Agnès. C'est très pratique. Qu'entends-tu par " une phase " ?

— J'ai l'impression qu'il va mieux. »

Agnès me regarda avec tristesse. Je voyais bien qu'elle ne me croyait pas, mais elle n'avait pas le choix, il fallait qu'elle accepte ce que je venais de dire, pour l'instant du moins. Elle disparut dans l'escalier métallique en colimaçon. Marcus poussa son assiette devant lui. « Nom d'un chien, dit-il. J'espère que le gosse de Louise ne fait pas ce genre de scènes. Tu crois que c'est parce que le père les a laissées tomber ? » Il marqua un temps d'arrêt et me dévisagea d'un air de défi. « Tu ne peux pas dire que j'aie laissé tomber qui que ce soit. Tu ne peux pas me reprocher ça. » Il secoua la tête. « Pauvre Agnès. Cette gamine est beaucoup plus vieille que Benjamin, à ton avis ?

— On ferait mieux de partir », dis-je en commençant à ramasser les assiettes.

Il régnait un calme étrange dans le lotissement,

comme coupé du monde. Je commençais à partager
l'angoisse d'Agnès : ce qui me paniquait n'était pas
l'idée que quelque élément du monde extérieur puisse
entrer par la fenêtre, mais l'évidence qu'il n'y avait
aucun moyen de sortir de là.

9

Après notre expédition dans le New Hampshire, j'ai tournicoté pendant plusieurs jours en me prenant les pieds dans le fouillis de mes appartements, me demandant ce qu'il convenait de décider quant à la situation de mon père. Bien sûr, la prise de décision était compliquée du simple fait que j'ignorais la nature de la situation. Envisageait-il sérieusement d'installer cette femme chez lui ? Nous trompait-il, Agnès et moi, en prétendant être malade et pauvre alors qu'il essayait d'établir le fils de sa petite amie ? Ou était-ce lui, le dindon de la farce ? Après tout, quelle personne douée de bon sens irait volontairement emménager dans un sous-sol humide ? Tout ce gâchis n'était peut-être qu'une illusion fiévreuse provoquée par un mélange d'alcool, de gaz d'échappement en provenance du garage et de moisissures gangrenant le gazon artificiel.

J'envisageais régulièrement d'avertir Agnès mais ne parvenais jamais à concrétiser mon projet. Comme mon père, je ne voulais pas être confronté à son hystérie. Et surtout j'éprouvais un certain plaisir à partager quelque chose avec lui, ne fût-ce que cette absurde duperie. Si ma mémoire ne me trompait pas, nous n'avions à ce jour jamais partagé qu'un secret, et cela remontait à l'époque où j'avais douze ans. Nous étions en train de bricoler la tondeuse dans le garage par un après-midi pluvieux quand il s'était levé et retiré dans un coin pour uriner sur le sol dégoûtant, couvert de taches d'huile. Me jetant un regard par-dessus son épaule, il avait dit : « Ne va pas raconter à ta mère que j'ai fait ça. »

Quatre jours après notre visite, il me téléphona. C'était de bon matin et je lisais, allongé sur mon lit, la biographie d'une vedette de cinéma qui était morte, ou presque (à deux cents pages de la fin, je ne voulais pas hâter ma lecture et me priver de la surprise du dénouement). Chaque fois que le téléphone sonnait de manière inattendue, mon cœur sursautait dans ma poitrine, probablement parce que j'espérais toujours qu'il s'agissait de Gordon m'appelant pour organiser une rencontre ou, éventualité encore plus absurde mais ô combien désirée, une réconciliation. Vu que l'essentiel de la biographie consistait en une succession de conquêtes sexuelles, entrelardée de maigres références à des films stupides et passés aux oubliettes qui n'étaient là que pour remplir les pages, mes élucubrations romantiques vagabondaient avec une force particulière ce matin-là.

Je décrochai et lançai quelques « allô » interrogateurs sans obtenir de réponse. Ce n'est qu'en entendant la respiration sifflante que le nom de mon père me vint à l'esprit.

« P'pa ? demandai-je. C'est toi ?

— Absolument, c'est bien moi », répondit-il comme si je l'avais provoqué.

Comme l'unique fois où il m'ait jamais téléphoné, c'était pour m'annoncer la mort de ma mère, je pressentis aussitôt un désastre et lui demandai ce qui n'allait pas.

« Tout va très bien. Pourquoi est-ce que ça irait mal ?

— Je ne sais pas. Je pensais juste...

— Essaierais-tu de me dire que tu as parlé de Diane à Agnès ?

— Agnès ?

— C'est donc ça !

— Non, non ! Je ne lui ai rien dit.

— Bon. Et ne t'avise pas de le faire », aboya-t-il. Sur quoi, il raccrocha.

Je reposai doucement le combiné. Je n'avais jamais envisagé jusqu'à ce jour qu'il ait pu noter mon numéro de téléphone et cette pensée m'enchantait. Peut-être étais-je inscrit quelque part dans un répertoire alphabétique. Étais-je sous « Clyde », ou sous notre patronyme ? Peut-être avait-il ajouté « fils » entre parenthèses, pour ne pas oublier. Pendant les dix minutes qui suivirent cette conversation téléphonique, je me sentis tellement réchauffé, tellement relié au monde, dans le genre maison familiale où l'on fait griller des châtaignes, qu'il me fut impossible de lire une ligne. Je suppose que j'aurais dû éprouver davantage de loyauté pour ma pauvre mère, accorder à tout le moins quelques secondes offensées à sa mémoire, mais après tout, elle était morte, la malheureuse. Finalement, je posai mon livre et descendis me préparer un énorme petit déjeuner.

J'étais encore sur un nuage, le lendemain matin, quand mon père remit ça. Subodorant cette fois que c'était lui qui appelait, je décidai d'appliquer sa propre technique téléphonique et gardai le silence au lieu de dire « allô ». Qu'il cède le premier en demandant « C'est toi ? » fut pour moi un triomphe.

« Qui le demande? tentai-je, curieux de voir si cette question le forcerait à une reconnaissance de paternité.

— Pas de conneries de ce genre avec moi. Tu sais très bien qui c'est. Je t'appelle pour te demander combien tu payes de loyer. Le fils de Diane envisage de s'installer à Cambridge et nous essayons d'estimer ce que ça va coûter. »

Lorsque je le lui dis, il émit un long sifflement et s'exclama : « Pour ce trou à rats?

— Mais tu n'es jamais venu, lui rappelai-je. Et je ne te l'ai jamais décrit.

— Crois-moi, je suis parfaitement capable de l'imaginer tout seul. »

Telle fut plus ou moins la teneur de notre conversation, mais elle me laissa dans le même état d'espoir et de désespoir mêlés, plus l'impression franchement pathétique qu'il y avait quelque chose de flatteur dans le fait que le fils de Diane – Roger, appris-je à l'occasion de ce bref échange de balles – envisage de s'installer dans la même ville que moi.

J'aurais dû canaliser une partie de mon angoisse sur la lecture des livres inscrits au programme de ma classe souffreteuse et la préparation de quelques exposés d'avance, mais je n'avais pas le cœur à ça. La semaine suivant sa déclaration fracassante concernant la liaison de son mari, Mallory était entrée dans la salle de cours avec un panier de pique-nique rempli de denrées achetées chez le traiteur de luxe du coin. Elle était arrivée avec vingt minutes de retard, dégageant l'éclat enthousiaste d'une célébrité de catégorie mineure faisant son apparition à une vente de charité. « Continuez sans vous occuper de moi », avait-elle lancé, interrompant mon introduction à l'œuvre d'Elizabeth Gaskell. Elle avait vidé le contenu du panier sur le plateau de marbre de la commode Louis XV. Une à une, toutes les têtes s'étaient tournées dans la même direction, alors que les effluves de beurre et de sucre dégagés par la pâtisserie se répandaient dans la pièce.

En dehors de quelques commentaires désobligeants sur le titre du livre (« On dirait une marque de barre chocolatée ») et de l'opinion consensuelle concernant sa longueur, peu impressionnante, *Cranford* fut à peine mentionné, malgré mes nombreuses tentatives.

Tim, l'aspirant-acteur, évoqua un téléfilm avec Marlo Thomas qui était passé sur le petit écran la veille et que tout le monde, semblait-il, avait regardé. On parla une heure durant de dédoublements de personnalité. Je fus incapable de contribuer à la discussion de manière significative, vu que pendant la deuxième moitié du film j'étais occupé à consulter la messagerie « contacts virils ».

Je voyais d'ici la tournure que les deux prochains mois de cours allaient prendre. Dorothea, l'institutrice à la retraite, avait fait circuler une pétition pour qu'on puisse apporter des boissons et des trucs à grignoter jusqu'à la fin du semestre et Eileen Ash avait effectué son relevé de végétariens (un hypoglycémique qui souhaitait être inscrit dans la colonne « peut-être » et un macrobiotique lait-œufs). L'esprit de compétition faisait des merveilles. Les mets seraient de plus en plus sophistiqués et atteindraient leur point d'orgue avec les folies qu'Eileen commanderait chez le traiteur. Brian, l'avocat divorcé, annonça qu'il allait demander à la direction de le laisser installer un gril dans le jardin quand ce serait son tour. « Qu'on se le dise, mesdames, croassa-t-il, je sais cuisiner. »

Quand je racontai tout ça à Marcus, il me gratifia de sa théorie métaphorique standard : « La clé, Clyde, c'est la nourriture. »

Le matin, désormais, je lisais de plus en plus de biographies de stars de cinéma sous le regard veule d'Otis, niché sur une pile de couvertures que j'avais entassées pour lui dans un coin de ma chambre. Je commençais à m'habituer à sa présence dans la maison bien que nous ayons fait peu de progrès sur le plan relationnel. Parfois, lorsque je le regardais, si timide et effarouché, je compatissais à son manque évident de certitude quant au foyer et au maître qui pouvaient être les siens. Je me laissais volontiers entraîner dans une épouvantable évocation, à vous tirer les larmes, de son abandon sous une table de pique-nique, dans une aire de repos en bordure d'autoroute, tandis qu'un break débordant d'une marmaille hurlante s'éloignait dare-dare, et ainsi de suite.

Évidemment, je n'avais pas totalement exclu l'hypothèse que son état dépressif découle, à l'origine, de ce qu'il passait ses journées couché dans l'appartement à m'observer.

Pourtant, j'avais commencé à organiser mon emploi du temps en fonction des apparitions curieusement fugitives de Benjamin dans l'après-midi. Il débarquait régulièrement chez nous à quatorze heures quinze (à quelques minutes près) pour chercher son chien. Le monde est divisé en deux catégories : les gens qui donnent l'heure en tenant compte des minutes et ceux qui l'évaluent par tranches d'une demi-heure, peu ou prou. Ben appartenait manifestement à la première. Quand bien même, je m'étonnais qu'il n'eût pas un ou deux copains avec qui se bagarrer à la sortie de l'école ou se planquer je ne sais où pour fumer une cigarette.

Otis avait un don surnaturel pour discerner le pas de Ben car il relevait la tête dès que le pied du gamin touchait la première marche. Les oreilles de la pauvre bête étaient bordées de longs poils hirsutes. Dès qu'il les dressait pour capter un bruit, les poils retombaient aussitôt, lui donnant plus que jamais l'aspect d'un vêtement effiloché. Il hésitait sur l'attitude à adopter lorsque Ben arrivait : bondir hors de chez moi et se précipiter au premier étage pour accueillir son maître, ou ramper sous mon lit ? Généralement, il me regardait, couinait et se pourléchait les babines comme pour attendre les instructions. Il ne faisait aucun doute que ce chien avait subi un traumatisme mais je ne disposais que de maigres indices qui ne menaient pas loin. Quelle conclusion pouvais-je tirer du fait que l'animal fonçait au deuxième étage se réfugier dans ses couvertures chaque fois que Marcus se mettait à préparer du café ? Et que signifiait son comportement maniaque vis-à-vis de l'eau ? Dès que j'ouvrais le robinet de la douche, Otis se précipitait dans la salle de bains et s'asseyait devant le bac en haletant d'un air d'heureuse expectative, les oreilles dressées vers le plafond.

À peine arrivé chez nous, Ben appelait Louise et lui lâchait d'un ton récalcitrant quelques miettes d'informations relatives à son école. Dans le cadre de sa bourse, Louise s'était vu attribuer un bureau dans un bâtiment derrière Harvard Square. On lui avait également fait comprendre, sur un ton administratif remarquablement nuancé mais dépourvu d'ambiguïté, qu'elle était censée passer là le plus clair de son temps. Après avoir téléphoné à sa mère, Ben emmenait Otis en promenade, ne revenant souvent qu'après cinq heures. Je n'avais aucune idée de leur destination, mais dans la mesure où Louise semblait estimer qu'il pouvait parfaitement se débrouiller tout seul, mon rôle n'était certainement pas de m'inquiéter. N'empêche, la vue de Ben qui remontait la rue en bondissant et traînant Otis derrière lui, ses vêtements informes flottant autour de son corps et son baladeur relié à ses oreilles, ravivait en moi le vide désorienté de ma propre enfance et l'ampleur de ma solitude frustrée. Je m'efforçais d'admettre que si Marcus passait de plus en plus de temps en bibliothèque, malgré sa résolution d'apprendre à mieux connaître son fils, cela ne signifiait rien de particulier pour Ben.

Bref, quelques semaines après sa fameuse conversation avec Louise, Marcus ne donnait toujours pas signe de vouloir s'asseoir en face de Ben pour bavarder un peu. Plus inquiétant encore, ses cheveux dorés étaient visiblement beaucoup moins soignés, comme s'il ne les coiffait et ne les lavait plus régulièrement. D'ordinaire, le plaisir de soigner son apparence était une des activités qui maintenaient Marcus en état de marche. Un matin que, l'œil chassieux, il sortait de la maison embrumé dans un voile de caféine, je l'arrêtai pour lui demander comment allaient les choses.

« Quelles choses?

– Eh bien... les choses universitaires », marmonnai-je, jugeant préférable de commencer par l'évidence.

Il s'adossa au chambranle et passa une main dans ses cheveux gras. Il portait un chandail en V de couleur marron, mité à hauteur de la taille, qu'il réservait habituellement aux jours où la grippe le retenait à la maison. Il tenait à hauteur d'épaule une sacoche en toile grise que Monica lui avait offerte quand il s'était lancé dans la rédaction de sa thèse. Elle était couverte de taches et

en lambeaux, la sangle était effrangée et l'une des ferme-
tures à glissière cassée. Une liasse de feuillets d'aspect
peu engageant, aux coins cornés, dépassait en haut. « Je
sens que je suis arrivé au seuil, Clyde. Vraiment. Encore
quelques pas et j'y serai. C'est tellement limpide dans
ma tête que je suis sûr de pouvoir régler l'affaire en
quelques mois une fois que j'aurai commencé de rédiger. Le sujet est d'une actualité particulièrement brû-
lante. »

Ne sachant vraiment quoi répondre, je me contentai
d'acquiescer de la tête. Je n'étais même pas sûr que le
froncement de sourcils puisse être qualifié de « sujet ».

« Je retarde un peu le moment de parler à, tu sais,
Benjamin. Juste le temps de glisser mon pied dans la
porte. Juste le temps de trouver ma vitesse de croisière
avec les premières pages. Encore une semaine, et on y
sera. »

Sur ce, il hissa sa sacoche miteuse sur son épaule et
sortit.

Un après-midi, Ben venait d'appeler sa mère et
n'était pas encore sorti avec le chien quand le téléphone
sonna. Nous étions dans la pièce du grenier que je me
faisais l'honneur de qualifier de bureau et j'étais courbé
au-dessus de l'électrophone, m'appliquant à déplacer
l'aiguille au-delà d'une rayure sans aggraver la situation.
Mon propos était d'intéresser Ben à la musique d'accordéon par le biais de la suggestion subliminale. Dès qu'il
était dans les parages, je mettais des valses musette et
des tangos argentins, voire des enregistrements, insi-
pides mais d'une folle virtuosité, de Lawrence Welk

interprétant des polkas et des airs pop. Jusqu'à ce jour, Ben n'avait prononcé aucun commentaire sur la musique et j'ignorais s'il n'avait rien remarqué ou s'il essayait simplement d'être poli. Quoi qu'il en soit, j'étais certain qu'un jour ou l'autre, à moins de m'être complètement trompé sur son compte, il finirait par craquer pour cette combinaison d'accords bouleversants et d'entêtantes rengaines de cirque que je trouvais tellement lancinants.

« Rends-moi service, veux-tu, dis-je à la troisième sonnerie. Réponds pour moi. »

Il décrocha, répéta « allô » deux ou trois fois et me tendit le combiné. « Il n'y a personne au bout du fil.

— C'est sûrement mon père, dis-je sans tourner la tête. Demande-lui ce qu'il veut. »

Il écouta derechef et transmit : « Il dit que tu n'as qu'à décrocher ce foutu téléphone toi-même si tu veux savoir ce qu'il veut.

— D'accord. Prie-le d'attendre une seconde.

— Il vous demande d'attendre une seconde », répéta Ben. Puis, répondant manifestement à une question : « C'est Ben. Mon nom entier? Benjamin. Ah, bon. Benjamin Morris. J'ai douze ans. » Il reposa le récepteur en haussant les épaules. « Il a raccroché. »

Quelques minutes plus tard, la sonnerie retentit de nouveau. « Tu ferais mieux de le prendre, cette fois », dit Ben, embarquant Otis pour une de ses mystérieuses et interminables expéditions.

« Je ne vais certainement pas demander qui c'était, déclara mon père, mais qui était-ce?

— Le fils d'une amie. Il vient tous les jours chercher son chien après l'école pour l'emmener en promenade.

— Tu tiens une crèche, maintenant? »

Je savais que c'était l'étape précédant les accusations d'abus sexuels contre un mineur. D'un autre côté, cela faisait une semaine que j'étais sans nouvelles de lui et son coup de fil me faisait plaisir. Pour quelque raison parfaitement inexplicable, j'étais fier que Ben sache que mon vieux râleur de père me téléphonait au milieu de l'après-midi.

« Tu voulais me dire quelque chose, P'pa ?

– Diane et moi allons passer une nuit à Cape Cod le mois prochain. J'aimerais que tu l'expliques à Agnès.

– Lui expliquer ? Mais comment ?

– Évidemment pas en lui disant la vérité. Je n'ai pas besoin de toi pour ça.

– Pas question, P'pa. Il y a des limites. » Principe dont je n'étais pas convaincu, mais il me semblait que j'avais intérêt à le dire. À peine l'avais-je dit, toutefois, que je sentis le dégoût paternel remonter la ligne téléphonique et je tentai de me rattraper. « Pourquoi tu ne lui racontes pas que tu vas voir oncle Lon ?

– Ah ! Pour rien au monde je n'utiliserais ce rat comme alibi ! »

Oncle Lon était le frère cadet de mon père, une gigantesque grande gueule, un sac d'os, qui avait gagné un tas d'argent avec des opérations immobilières qui faisaient encore à ce jour l'objet d'une enquête. Il avait trois pochardes de filles qui, pour la plus grande joie de mon père, n'arrêtaient pas d'avoir des ennuis – tout ce qu'on veut de la conduite en état d'ivresse aux « problèmes féminins », en d'autres termes, avortements. Lon portait à ses filles une dévotion sans faille, qui le lui rendaient bien, entre leurs cuites et leurs convocations au tribunal. Mes parents avaient habité plusieurs décennies à quelques kilomètres d'oncle Lon et compagnie mais cela faisait bien dix ans que les deux frères ne s'étaient pas vus. Une fois, au beau milieu d'un dîner de Pâques, Lon avait accusé mon père d'avoir mis lui-même le feu à un de ses magasins d'articles de sport – l'accusation était plutôt généreuse, vu que toute personne un peu informée de la situation savait qu'il avait incendié les deux. Mon père avait riposté en émettant un commentaire vipérin sur Tina. Lon prit la défense de sa chère petite dernière sur le mode larmoyant et entraîna son épouse dehors. Depuis, les deux frères ne s'étaient plus adressé la parole.

L'une des inquiétudes majeures de mon père, en découvrant mon homosexualité, était que cela revienne aux oreilles de Lon et lui donne matière à représailles.

« Mais tu sais que ce n'est pas du tout une mauvaise idée, après tout, dit mon père. Agnès ne risque certainement pas d'appeler Lon pour vérifier. Merci beaucoup. »

Tard dans l'après-midi, en raccompagnant Otis pour la nuit, Ben traîna dans la cuisine, mettant de l'ordre sur l'étagère des boîtes de conserve du chien. Il avait l'air d'attendre quelque chose. Finalement, au moment où, à deux pas de la porte, il s'apprêtait à partir, il me demanda : « Est-ce que tu aimes bien ton père, Clyde?

– Si je l'aime bien? »

Il hocha la tête et une mèche de cheveux roux tomba dans son œil gauche.

Il ne m'était jamais venu à l'idée de me poser la question : est-ce que j'aimais bien mon père? Probablement parce que, dans mon esprit, il était clair que non, et aussi parce qu'elle me paraissait incongrue. Une chose était certaine : je n'avais jamais réussi à me persuader que je n'avais pas besoin de son amour, même si lui-même n'inspirait pas follement ce genre de sentiment.

« On ne peut pas dire que nous soyons en très bons termes, répondis-je. Pourquoi me demandes-tu ça ?

— Je ne sais pas. C'était comme ça, par simple curiosité. »

Au bout de quelques semaines, à force de voir Benjamin s'éclipser ainsi dans l'après-midi, je me mis à entreprendre de grandes promenades de mon côté, dans l'espoir de tomber sur lui par hasard, ou à tout le moins, de l'apercevoir dans un coin ou un autre de la ville.

On approchait de la fin septembre et, si les journées étaient encore chaudes, les après-midi devenaient de plus en plus souvent humides et venteux. Une infime trace de la pourriture épicée de l'automne – premières feuilles qui tombaient, fleurs en décomposition et lourde odeur doucereuse des aiguilles de pin – commençait à gagner l'atmosphère, donnant à mon entreprise une touche d'une mélancolie particulière. Au bout d'une semaine, Ben et moi n'ayant eu aucune rencontre fortuite, j'envisageais d'abandonner la partie, n'étant pas disposé à affronter l'humiliante absurdité de la double filature du garçon et du chien.

Puis, un après-midi, alors que je regagnais via un parcours tortueux le quartier miteux où j'habitais avec Marcus, je traversai le campus de Radcliffe College. C'était un ovale tranquille et rassurant de pelouse pimpante entouré de remarquables bâtiments néo-gothiques qui, contrairement à leurs immenses homologues de Harvard, étaient suffisamment petits pour dégager un charme peu intimidant. Lorsque, quelques années plus tôt, j'avais travaillé dans une librairie du Square, je venais souvent par là quand je prenais un moment de repos et piquais un somme dans l'un des nombreux jardins nichés dans des alcôves ombragées derrière les murs de brique entourant l'université. Le bruit des piétons et de la circulation filtrait jusque-là, mais assourdi et serein, donnant l'illusion d'être dans une clairière verdoyante à écouter les échos d'un match de football qui se jouerait dans un stade éloigné. (L'un des autres avantages qu'il y a à vivre dans une ville universitaire est l'accès facile à un tas de pelouses bien entretenues, de jardins secrets et de toilettes publiques.)

La bibliothèque de Radcliffe avait la réputation d'abriter la plus grande collection de livres de cuisine du monde, information que j'avais un jour eu le malheur de communiquer à Agnès. Elle s'était illuminée à la perspective de voir les recettes maternelles accueillies dans un établissement d'un tel renom. « Maman serait si fière », avait-elle déclaré avant de reprendre le sentier de la guerre avec une détermination renouvelée. De fait, l'idée que la « Sauce toute simple pour spaghetti » (mélangez une bouteille de ketchup avec deux tasses d'eau, une tasse de sucre, une pincée d'« herbes » et tournez) se retrouve à Radcliffe m'excitait également, mais je ne l'aurais avoué à personne. Peu après ma visite avortée dans le New Hampshire, Agnès m'avait écrit un mot pour me dire combien mon départ subit l'avait déçue. « Nous passions un moment si agréable », disait-elle sans qu'on puisse la soupçonner d'ironie. Elle avait joint à sa lettre quelques recettes récemment exhumées et voulait savoir si, à mon avis, elle devait les ajouter aux autres. L'une d'elles stimula particulièrement mon imagination.

Boulettes de corn flakes
Ingrédients : 1 paquet de corn flakes
1 boîte de pêches au sirop
1 pot de cerises de cocktail
2 paquets de gélatine « jell-o » au citron vert
4 tasses de sucre en poudre
2 gros flacons de sirop de maïs
3 3/8 tasses de mayonnaise

Écrasez les corn flakes au moyen d'un marteau ou d'une bouteille de vin rouge vide. Découpez les pêches et les cerises en jolis cubes. Réservez le sirop pour usage ultérieur. Pendant ce temps, mélangez la gélatine avec le sucre et le sirop restant. Incorporez sans cesser de tourner les céréales pulvérisées, les cubes de fruits et le liquide dans cette préparation. « Intégrez » délicatement la « mayo ». Lorsque la gelée a pris, formez des boulettes en utilisant un appareil à boules de glace ou à billes de melon.

Ces boulettes se conservent plusieurs mois dans le « frigo » et constituent un en-cas coloré. Mes petits-enfants sont fous de joie lorsqu'ils viennent me voir pour le week-end et que je leur en sers au petit déjeuner, flottant dans un bol de « lait ».

En coupant par une cour latérale, je me mis à imaginer cette recette avoisinant des livres de cuisine du monde entier et, quelques secondes plus tard, j'étais adossé à un mur, cherchant ma respiration, pensant à Agnès, à ma mère et à ces grotesques boulettes de gelée flottant dans du lait attendant solitairement que Barbara, ou n'importe qui, passe par là, les admire ou les apprécie, ou, dans le meilleur des cas, les mange.

C'est à ce moment précis que je repérai Ben. Il était allongé à plat ventre dans l'herbe et lisait, en appui sur ses coudes. Otis montait la garde à son côté et, à ma vue, il se mit à agiter la queue, premier signe de reconnaissance amicale qu'il ait jamais manifesté à mon égard. Je me sentis aussitôt requinqué.

Il était quatre heures passées et le vent s'était mis à souffler de l'océan, humide et salé. Ce qui restait de soleil dans le jardin était réduit à un mince couloir illuminant l'herbe. Ben était en plein dedans, me tournant le dos, un parterre de lis fanés près de la tête. Quelque chose dans cette vision de Ben, ainsi allongé en train de lire, me donna le sentiment de l'avoir surpris en dehors des règles du jeu, et, me détournant, je rebroussai chemin en hâte et quittai le jardin par une des grilles de fer forgé.

Quand Ben rentra avec Otis plus tard dans la soirée, j'étais assis à la table de la cuisine, dévorant un bol de céréales. Il portait plusieurs couches de vêtements superposées – un T-shirt noir, une chemise de flanelle à manches longues et, par-dessus le tout, une chemise blanche à manches courtes – et son visage avait rosi sous le souffle du vent.

« Il commence à faire frais dehors, lui dis-je. Tu vas être obligé d'écourter tes promenades, non?

– Ce temps ne va pas durer. On va sûrement avoir une nouvelle vague de chaleur. La Nouvelle-Angleterre est connue pour ça. »

Ben m'avait raconté qu'il effectuait des recherches sur tous les endroits où il emménageait avec Louise. Il en savait plus sur le climat et la topographie de la Nouvelle-Angleterre que moi qui y avais passé ma vie. Nous nous trouvions, m'expliqua-t-il, dans une période de refroidissement trompeur qui intervenait habituellement à cette période de l'année et durait rarement plus de quelques jours, une semaine au pire.

Il alla vers un des placards, en sortit une boîte de régal pour chien, remplit l'écuelle d'Otis, qu'il obligea à rester assis quelques secondes avant de la poser par terre devant lui. Nous étions convenus qu'il nourrirait le chien l'après-midi mais je m'étais mis à lui glisser en douce quelques reliefs de mon assiette, ne pouvant résister à la supplication affamée que je lisais dans son regard implorant. « Je crois qu'Otis aime bien le froid, dit Ben. Il est beaucoup plus vif avec ce temps-ci.

– Il est vif quand tu es là. En ma présence, il dort. Tu ne veux pas t'asseoir et prendre un bol de céréales ? »

Il me regarda à travers ses mèches, qu'il écarta brusquement de son visage. « C'est ce que j'ai eu pour le petit déjeuner.

– Moi aussi, c'est ce que j'ai eu pour le petit déjeuner. Et c'est probablement ce que j'aurai pour le dîner. Prends un bol sur l'égouttoir.

– Je ne crois pas, Clyde. J'ai déjà mangé. »

J'engloutis une cuillerée de céréales. Elles étaient restées tellement longtemps dans mon bol qu'elles avaient une consistance de papier journal humide.

« Où as-tu mangé ?

– Chez un ami », répondit-il hâtivement, se détournant pour débarrasser l'écuelle du chien.

J'avais éprouvé un tel choc de tristesse à le voir seul, caché dans le jardin, que je m'étais arrêté sur le chemin du retour dans un magasin de disques d'occasion, il y en avait une bonne demi-douzaine que je fréquentais régulièrement en ville, et lui avais acheté un album. Je l'avais choisi pour son titre – *Musique pour un dîner chinois chez soi* – et sa pochette encore spectaculaire bien que les couleurs aient passé, affichant une photo

tellement raciste et peu politiquement correcte que cela
défiait toute description. Louise m'avait dit que Ben
collectionnait les vieilles pochettes de disques des
années 50, et j'avais pensé qu'on pouvait difficilement
faire plus bizarre que celle-ci. Le disque était dans un
sac en papier sur la table. Je le tendis à Ben avec le
moins de cérémonie possible, un peu gêné par ce
cadeau, par le fait de le lui donner, et replongeai dans
mes céréales.

« C'est pour Louise ?

— Non, pour toi. »

Il tritura le sac un instant.

« De la musique d'accordéon ?

— Justement, non. J'ai laissé tomber pour l'instant.
C'est un cadeau parfaitement désintéressé, qui répond
à tes goûts, pas aux miens. »

Il sortit le disque du sac et sourit brièvement, marquant une légère hésitation, à la vue de la pochette. Je
ne l'avais pas vu sourire très souvent, même quand,
l'espace de quelques secondes, il avait l'air heureux et
sans souci, comme un petit garçon. Autour de ses
yeux, la peau était tellement fine et légère qu'elle
paraissait bleue. Quand il sourit, ses oreilles avancèrent
sous l'impulsion de je ne sais quel muscle facial, paraissant plus décollées que jamais, et évoquant étrangement Marcus.

Il remit le disque dans le sac et marmonna un
remerciement qui me parut plus embarrassé que
content.

« Où l'as-tu trouvé ? me demanda-t-il.

— Je peux te montrer, si tu veux. »

Ainsi, nous avons pris l'habitude d'aller ensemble certains après-midi faire un tour dans un ou plusieurs magasins de disques d'occasion de Cambridge ou, franchissant la rivière, de Boston. Ces magasins étaient dans l'ensemble des lieux poussiéreux dégageant une odeur de sous-sol humide où s'entassaient jusqu'au plafond des piles de 33-tours abandonnés. Le plancher pliait sous le poids de tout cet excellent vinyle rejeté par les consommateurs moutonniers qui ont gobé que les disques compacts avaient un meilleur son.

Ces magasins étaient toujours pleins à craquer de clients songeurs qui correspondaient à trois catégories : le jeune étudiant en musique porteur, à condition d'être blanc, de *dreadlocks*; l'universitaire bigleux vêtu de tweed; le fana d'opéra névrotique-obsessionnel-compulsif, qui dégage une forte odeur corporelle et porte des chaussures aux talons troués. Il semblerait que les femmes n'achètent pas de vieux disques, aussi retrouvait-on dans ces magasins l'atmosphère légèrement insalubre des clubs masculins. Je me coulais très bien dans la masse car mes lunettes me donnaient en toute occasion un drôle d'air qui fonctionnait là comme ailleurs. Malgré sa timidité, Ben ne paraissait jamais mal à l'aise là-dedans. Il avait la même allure indépendante que j'avais remarquée chez Louise à la fac, une façon de se tenir et d'évoluer au milieu de la foule qui indiquait clairement que, sans être des leurs, il n'était pas complètement déplacé non plus.

Il se débrouillait par lui-même, attitude que la plupart des gens semblaient respecter.

Louise me téléphonait souvent tard le soir, quand Ben était allé se coucher. Elle traînait le téléphone jusqu'à un fauteuil, dans le patio devant sa chambre, et s'entortillait dans une couverture. Sa voix rauque paraissait encore plus ténue et lointaine tandis qu'elle me parlait, en termes vagues et critiques, du livre auquel elle travaillait, allumant cigarette sur cigarette. De temps en temps, elle me racontait ce qui se passait derrière une fenêtre éclairée dans une maison voisine.

Certaines nuits, je me baladais jusqu'à son quartier. Mes journées étant tellement dépourvues de définition formelle, j'étais depuis longtemps un promeneur nocturne, arpentant les rues de Cambridge bien après l'extinction des feux. Il y avait toujours, quelque part dans la ville, un personnage à l'allure surannée que l'on voyait assis à sa fenêtre, penché sur un livre. Tel un voleur, je me glissais dans le jardin qui longe la maison principale et, s'il y avait de la lumière dans le bureau de Louise, je frappais à la double porte vitrée et l'attirais dehors.

Par une nuit embaumée, alors que nous étions assis sous la vigne déclinante, elle me dit : « J'espère que Ben ne t'accapare pas trop.

– Pas du tout. Il donne même une forme à ma vie. »

J'avais dit ça par politesse, parce qu'en fait il prenait de plus en plus de mon temps, mais à peine eus-je proféré ces mots que l'évidence me frappa : c'était la vérité. Voilà peut-être la raison pour laquelle les gens ont besoin d'enfants, d'animaux familiers et d'épouses, pour mettre de l'ordre dans le chaos de leur vie. À la rigueur, la quête d'aventures sexuelles anonymes peut offrir une alternative raisonnable, mais cela devient compliqué de nos jours et il faut être extrêmement motivé.

« Une forme ? s'étonna Louise. Ne me dis pas. J'ai passé les douze dernières années de ma vie à m'assurer qu'elle était informe.

– En refusant des demandes en mariage ?

– Pas des masses. Et aucune qui eût un avenir. Soyons réalistes, je ne me marierai jamais.

– Pourquoi dis-tu ça ? demandai-je comme si sa réflexion me choquait, alors que je pensais la même chose depuis longtemps.

– Je ne sais pas très bien. Peut-être parce que j'aime trop les hommes. Chaque fois que j'ai eu un nouveau job, j'ai écouté les femmes autour de moi qui se plaignaient de l'homme de leur vie – elles n'aimaient pas son odeur, ou bien sa façon de parler, ou encore sa gloutonnerie. Elles sont catégoriques là-dessus : à l'exception d'un ou deux aspects, elles détestent l'espèce en bloc. Et nous savons que la plupart des hommes détestent les femmes. »

Il est vrai que la plupart des femmes de ma connaissance n'ont pas grand bien à dire des hommes en général et prennent un plaisir féroce à démolir le sexe fort. L'un des défauts les plus flagrants d'un cours de gym délibérément macho auquel je m'étais inscrit, c'était de devoir écouter tous ces hétéros insatisfaits déblatérer leur rage et leurs reproches contre la femme de leur vie, ce qui n'était qu'un moyen détourné d'avouer leur crainte d'être plaqués. Les relations hétérosexuelles ont atteint un niveau tellement catastrophique dans ce pays que je me demande pourquoi les gens prennent la peine de se marier. Si ce n'était du point de vue du consommateur, cette frénésie de robes insensées et de roses crémeuses montées en épingle par les magazines spécialisés, je doute que quiconque prendrait le risque.

Je dois évidemment admettre que j'ai entendu des homos parler des femmes en termes peu flatteurs, mais cela n'atteint jamais ce degré de misogynie brutale, vu qu'il s'agit généralement de leur mère.

« Pourtant, reprit Louise, tous ces gens qui ne peuvent pas se supporter arrivent à entretenir une liaison. Pleine de rancœur, certes, mais durable. Je crois que ce qui me manque, c'est une petite étincelle de passion. Je suis beaucoup trop calculatrice, surtout depuis que j'ai arrêté de boire. »

Moi aussi, j'avais ma théorie sur la raison qui empêchait Louise d'avoir une liaison comme tout le monde, mais elle était nettement moins ironique que la sienne. Ma théorie, c'est qu'elle était beaucoup trop indépendante, et avec détermination, pour se donner vraiment à quelqu'un. Elle n'avait pas tellement changé depuis ses années de fac, quand les hommes avec qui elle sortait étaient soit mariés, soit pris d'une quelconque manière.

Plus important encore, le plus important en réalité : elle avait déjà un homme dans sa vie, un mâle en tout cas, et je ne crois pas qu'elle était disposée à écarter Ben pour faire de la place à un autre.

Lors des promenades qui nous conduisaient aux magasins de disques, nous consacrions, Ben et moi, beaucoup de temps à parler de Louise. Il l'évoquait avec une irritation calculée, du moins à mes oreilles. À en croire Ben, Louise éprouvait la plus grande difficulté à se discipliner pour s'asseoir à sa table et écrire. Elle tenait sa maison avec négligence. Elle ne s'habillait jamais correctement en fonction du temps. Elle faisait ses achats sans le moindre sens pratique. Mais le fond de ses remarques n'était pas tant de critiquer sa mère que de suggérer que si elle tenait la route, c'était grâce à lui. Il écoutait le bulletin météo du matin pour lui dire si elle devait se munir d'un parapluie ou d'un chandail avant de sortir. Il contrôlait sa tendance à dépenser plus que de raison. Il la forçait à moins fumer.

« Et toi, au fait ? demanda Louise. Tu ne devrais pas te morfondre pour quelqu'un qui est parti depuis plusieurs années. Ce n'est pas sain, Clyde.

– J'en ai conscience. Mais j'ai le sentiment de ne pouvoir aller de l'avant tant que cette histoire n'est pas réglée. C'est comme l'épée de Damoclès. »

Elle me lança un coup d'œil circonspect sous l'éclairage pâlot qui sortait de sa chambre. Je n'étais pas sûr d'y croire tellement moi-même. J'avais l'impression d'être tombé dans une crevasse de trottoir quelques années plus tôt et de ne pas pouvoir m'en extraire.

« Marcus m'a appelée pour m'annoncer qu'il remettait à plus tard le moment de parler à Ben. Il faisait allusion à la nécessité d'entrer dans une pièce. Je n'ai pas complètement saisi la métaphore.

– C'est lié à la rédaction de sa thèse.

– Je me disais bien... Il devrait s'y mettre, tout simplement.

– Il devrait. Mais alors, elle serait écrite, et ensuite, où en serait-il ? »

Elle fit la moue.

« Je crois plutôt qu'il manque momentanément de courage vis-à-vis de Ben. Tu ne penses pas ?

– Momentanément est le terme juste.

– Manque de courage aussi. »

Chaque fois que j'allais la voir tard dans la nuit et que nous bavardions dans le jardin, un téléphone se mettait à sonner dans une maison derrière nous. La sonnerie retentissait dix, quinze fois, et personne ne décrochait jamais. Cela se produisit à cet instant précis, rompant le silence qui s'était installé entre nous, comme une horloge lointaine qui annoncerait l'heure : les quinze coups de minuit. Je détestais le bruit de ce téléphone qui sonnait, sonnait sans que personne ne réponde jamais, tout ce potentiel gaspillé. Quand cela s'arrêta, nous poussâmes tous deux un soupir et, sans ajouter un mot, je l'embrassai pour lui souhaiter bonne nuit et la quittai.

10

Donald Gern, mon voisin du rez-de-chaussée, me donnait nettement l'impression d'appartenir à la catégorie des gens affables, fondamentalement gentils mais socialement ineptes contre qui le mauvais sort s'acharne. Les seuls bruits que j'aie jamais entendus monter de son appartement étaient des chutes de casseroles ou des bris de vaisselle suivis de coups sourds, comme s'il venait de boxer le mur pour exprimer sa rage ou sa frustration.

Lorsque, à la fin de l'été, il avait fait allusion à son projet de barbecue dans le jardin, je m'étais dit que, quand bien même arriverait-il à organiser la chose, cela serait forcément annulé à la dernière minute par quelque intempérie soudaine et désastreuse – tornade, gigantesque orage magnétique, inondation –, voire par une tragédie personnelle. Il était difficile de concevoir que les choses puissent se passer bien pour Donald. Le problème, c'était ses cheveux. N'importe quelle affectation malvenue, genre coiffure grotesque, goût prononcé pour les bijoux de pacotille ou mollets trop développés, peut agir comme un aimant, éloignant la chance et provoquant des mésaventures. Si Donald n'avait pas plaqué ce stupide toupet de cheveux roses sur son crâne, il n'habiterait pas cet appartement lugubre du rez-de-chaussée. Il n'aurait pas ce boulot de charlatan et il ne porterait pas des vêtements lui donnant l'allure d'un bébé de dessin animé.

Hélas, personne n'est en mesure de diagnostiquer ses propres ridicules. Sinon, je n'aurais probablement pas occupé le sinistre appartement à l'étage supérieur, ni eu ce boulot de charlatan, ni quadrillé la ville en attendant le retour de flamme de l'amant qui m'avait plaqué dans le seul but de tourner les talons, le plaquer à mon tour et poursuivre mon chemin.

Un matin de début octobre, Donald m'arrêta dans le vestibule pour me remettre deux factures arrivées au courrier du jour. Il était boudiné dans sa blouse de laboratoire qu'il avait passée sur un chandail bleu layette. Il était en train d'étudier un catalogue de vente de produits alimentaires par correspondance, de ceux qui arrivaient encore à la pelle pour l'ancien occupant de son appartement.

« Le type qui habitait ici en reçoit quatre par jour. Il devait être monstrueusement gros, non ?

– À dire vrai, je ne le connaissais pas, mais il était affreusement maigre. »

Le physique de la plupart des locataires de cette maison souffrait d'un excès ou d'un autre. Le prédécesseur de Donald offrait l'aspect décharné et le comportement furtif de l'anorexique mâle. Je le voyais souvent, juché en haut des marches, courbé sur un de ses catalogues de bouffe, les jambes entortillées l'une sur l'autre comme des cure-pipes. À l'image de presque tous les autres résidents, il manifestait une inexplicable prédilection pour les coupe-vent bleu lustré. Donald était à bien des égards le plus acceptable du lot.

Il me dévisagea de ses grands yeux sincères. « Maigre ? Sans blague ! Peut-être qu'il lisait ces trucs-là au lieu de manger. Une sorte de masturbation mentale avec la nourriture. Vous voyez ce que je veux dire ? »

J'acquiesçai de la tête et tendis la main derrière moi pour atteindre la porte de notre appartement. Je n'étais pas tellement friand de tourner le dos à Donald. Qu'un type aussi falot puisse être dangereux semblait hors de question et pourtant, je n'avais pas entièrement exclu l'hypothèse qu'il y ait des morceaux de corps humain entassés dans son congélateur. Lorsqu'il ouvrit sa porte, une vague de curiosité morbide déferla sur moi. J'allongeai le cou pour mieux voir ce qui se passait à l'intérieur et ne captai qu'une miette de salon. De mon point de vue, il donnait l'impression d'être vide à l'exception d'un affreux canapé marron qui ressemblait étrangement à une bûche, et d'une grosse boîte noire qui pouvait être l'arrière d'un téléviseur ou d'un très gros baffle de chaîne hi-fi. Un intérieur idéal pour se suicider.

Donald pivota brusquement et surprit mon regard indiscret.

« Eh, dites, lança-t-il en louchant dans la pénombre du vestibule, je donne ma petite fiesta dimanche prochain. Vous savez, celle dont je vous ai parlé. Finalement, j'ai réussi à mettre ce putain de truc sur pied.

— Formidable ! m'exclamai-je.

— Euh, ça, j'sais pas, mais en tout cas, je vous attends. »

Je me sentais tellement bête d'avoir regardé ainsi chez lui que je lui répondis, avec le même enthousiasme que s'il m'avait proposé deux billets pour assister à la résurrection de James Dean : « Je viendrai !

— Amenez le gosse, si vous voulez.

— Ben ? Sa mère est une de mes amies, précisai-je. En fait, je garde son chien. » J'avais déjà commencé à me demander si les voisins commentaient la chose.

« Amenez le chien, amenez la mère — nous aurons besoin de femelles. Enfin, certains d'entre nous. Moi, je veux dire. » Il entra chez lui en fredonnant, se retourna et ajouta : « Écoutez, quand vous voulez vous faire obéir de ce chien, regardez-le droit dans les yeux et donnez-lui une petite récompense. Un os, une croûte de fromage, un truc comme ça. Et laissez-le aller tout seul dans la cour, de temps en temps. Ça lui donnera confiance. » Sur quoi, il me claqua la porte au nez.

Je restai planté dans le vestibule, vidé et désarmé par la confrontation, comme je l'étais généralement lorsque je tombais par hasard sur Donald. Comment expliquer qu'il en sache plus que moi sur la manière d'élever et de soigner un chien ?

Marcus était voûté au-dessus de son café, en train de feuilleter l'une des nombreuses revues universitaires qu'il avait coutume de rapporter à la maison. À ma connaissance, ce qu'elles contenaient ne l'intéressait aucunement. Il ne lisait les articles que pour pouvoir enfoncer les collègues qui les avaient écrits et expliquer les circonstances injustes qui avaient présidé à leur publication. Pour quelqu'un qui avait choisi le terrain de la psychologie expérimentale, Marcus était étonnamment peu concerné par les mécanismes mentaux des gens et par les circonstances de leurs vies. Il n'avait pas encore admis que s'intéresser à autrui est généralement beaucoup plus intéressant que d'accumuler une demi-douzaine d'expériences, de vacances et de liaisons fascinantes dans le seul but de les offrir aux regards scrutateurs de la foule. L'avantage d'avoir une piètre opinion de soi, c'est que certaines grâces sociales vous échoient naturellement. Marcus m'écoutait jacasser de la même manière qu'il écoutait ses jeunes amies. Mais c'était toujours avec un certain détachement, la tête ailleurs, comme si aucun problème au monde n'offrait réellement d'intérêt en dehors des siens. Cela, ainsi que ses illusions de grandeur et les troubles dus à un ego surévalué, venait du malheur d'avoir eu des parents trop aimants et présents. Si Marcus avait articulé le fond de sa pensée, cela aurait donné : Zut, Clyde, je suis vraiment désolé, mais tu sais, moi, j'ai une chance sur cinquante millions d'être élu président tandis que toi, au même titre que tous les homosexuels, les femmes et Ted Kennedy, tu n'en as aucune. Alors, laisse-moi boire mon café tranquille.

« Donald va organiser son barbecue dans le jardin, finalement, annonçai-je.

– Ça devrait être amusant.

– Amusant ? Tu plaisantes ou quoi ? On va se retrouver avec une bande de paumés assis en cercle, buvant comme des trous – tu te souviens ?

– Tu devrais aborder les réunions mondaines avec un meilleur état d'esprit, Clyde, vraiment. On ne sait jamais qui l'on peut rencontrer. Même dans les endroits les plus improbables. »

Dans la mesure où Marcus était virtuellement incapable d'exprimer directement ses émotions, j'avais appris à lire entre les lignes de son texte. Et dans la mesure où, quel que fût le sujet de conversation, il ne parlait jamais que de lui-même, je jugeai assez louche ce mini-sermon sur l'optimisme. Je m'assis sur le canapé bosselé. Il continua à feuilleter sa sinistre revue, hochant la tête d'un air navré à la lecture de certains passages.

Pourtant, il semblait moins pathétique que d'habitude. Une pâleur d'un certain éclat avait remplacé les pommettes rouges et la détresse des dernières semaines, et, sauf erreur de ma part, ses exquis cheveux blonds avaient eu droit à une coupe.

« Comment va ton travail ? lui demandai-je.

— Mieux, j'ai l'impression. J'ai conçu pour ainsi dire la totalité du sujet. Chapitre par chapitre. Il n'y a plus qu'à coucher tout ça sur le papier. »

Parfois, lorsque je marchais jusqu'à l'Académie parallèle ou errais dans les rues de Cambridge après minuit, il m'arrivait de chanter. Enfin, dans ma tête. Là, ma voix et les paroles que je chantais opéraient une synthèse de Mel Tormé et de Carlos Gardel. C'était vraiment novateur, bouleversant et parfait. La seule fois où j'ai trébuché, c'est quand j'ai effectivement ouvert la bouche pour émettre un son. Eh bien, à mon avis, il en allait de même pour la thèse de Marcus. Plus elle approchait de la perfection dans sa tête, moins il y avait de chances qu'elle soit un jour écrite, pas même un paragraphe.

« Tu devrais amener quelqu'un à cette fête, dis-je, me demandant s'il allait confirmer mes soupçons.

— Peut-être. D'un autre côté, je pourrais aussi lui laisser l'initiative, pour voir ce qui se passera.

— C'est sans doute préférable. Avec quelqu'un de son âge. »

Il leva les yeux de l'article qu'il était en train de parcourir. « Je t'ai déjà parlé de Sheila ?

— Non, non. Je disais ça en l'air.

— Je ne l'avais jamais remarquée jusqu'ici. Et puis elle a commencé à tourner autour de mon box. » Il haussa les épaules, comme dépassé par l'inéluctabilité des événements. « Tu sais, il y a une chose que je voulais te dire, ajouta-t-il en rassemblant ses revues. J'ai l'impression que je pourrais être allergique à cette chienne. Il serait sans doute préférable qu'elle n'entre pas dans ma chambre. »

Couché sur le canapé, Otis tournait son absurde petite tête truffée d'épis de droite et de gauche, suivant notre conversation. J'avais remarqué qu'il était de plus en plus difficile pour Marcus de se rappeler le nom et le sexe du chien.

« Je vais voir ce que je peux faire, répondis-je. Mais comme je lui fais suivre un séminaire de mise en confiance, je ne peux rien te promettre. »

Plus tard le même jour, je me rendis au bureau de Louise. C'était une petite pièce au premier étage d'une maison de style colonial appartenant, comme ses voisines, à Harvard. L'université était à la tête d'un patrimoine immobilier faramineux, s'employant lentement mais sûrement à transformer la ville de Cambridge en Harvard World, un parc à thème admirablement entretenu, conçu à partir d'un motif universitaire. Il n'y avait pas moyen de traverser le moindre recoin de l'immense campus sans se faire happer par une meute de touristes à l'écoute d'anecdotes divertissantes sur le fondateur de l'école ou occupés à prendre les bibliothèques et les amphithéâtres en photo. Le jour était proche où ils installeraient un petit train et une rivière enchantée.

L'intérieur du bâtiment où travaillait Louise était un dédale de pièces minuscules et de couloirs étroits, avec pour fond sonore le cliquetis des consoles d'ordinateur et le ronronnement des photocopieuses. Je gravis un escalier raide jusqu'au premier étage et frappai à sa porte. Assise à son bureau, elle contemplait d'un air vague le mur opposé. « Installe-toi », dit-elle de sa voix rauque en me désignant un divan encombré de livres et diverses paperasses.

L'ensemble de la pièce dégageait une puissante atmosphère de confusion et de chaos. Journaux et magazines étaient entassés un peu partout, cordons et accessoires d'ordinateur éparpillés de-ci, de-là, un four-gril et une plaque chauffante reposaient à même le sol dans un coin. Les tiroirs du classeur béaient, révélant une cafetière et des paquets de muffins anglais. Elle avait punaisé quelques cartes routières sur les murs jaunes, ce qui ne faisait que renforcer l'impression générale de pagaille – toutes ces lignes rouges et noires entrecroisées...

Je fis un peu de place sur le divan avant de m'asseoir. « C'est intime, dis-je. Toute la maison vibre de créativité. »

Le regard qu'elle m'accorda ne cherchait pas à dissimuler son écœurement. Ses yeux bleu pâle, injectés de sang, révélaient à quel point elle était exténuée. « Il ne s'agit pas de créativité mais d'énergie névrotique. Toutes ces femmes sont complètement folles. Apparemment, je n'ai pas le droit de fumer ici, ce qui peut se comprendre, mais notre poète, là (elle tendit l'index vers le mur, derrière moi), m'a dit que c'était également interdit dans la cour parce que l'odeur remonte par les fenêtres. Et celle qui se trouve de l'autre côté est allergique à tout. Dès que je grille du pain, elle a une crise d'urticaire.

– Dommage, j'aurais bien aimé un muffin.

– Oh, chouette!» Elle se leva d'un bond et déchira la cellophane d'un des paquets de muffins. «On va en faire plein.

– Tu arrives à travailler dans cet endroit?»

Elle remonta les manches de son sweat-shirt. «Bien sûr que non. Personne n'y arrive. La moindre parcelle d'énergie créatrice est avalée par les rivalités, les récriminations et l'interminable ronde des ragots et des mea-culpa. Qui a obtenu un à-valoir plus important, un meilleur poste d'enseignant, un bureau plus spacieux. Grâce au Ciel, étant fondamentalement une ratée, j'ai hérité du local le moins reluisant. Sans oublier les discussions à bâtons rompus sur la posologie du Prozac. Tout ça n'est qu'une vaste farce.

– Alors, le roman...»

Elle referma bruyamment la porte du four-gril et appuya sur un bouton. Toutes les lumières de la pièce diminuèrent d'intensité. Dans mon dos, quelqu'un donna un coup dans le mur. «Très bien, puisque tu veux la vérité, la voici : j'ai obtenu cette bourse parce que je leur ai raconté que j'écrivais un essai sur la situation de mère célibataire. Plus personne ne s'intéresse aux romans, Clyde. Personne n'a envie de se frayer un chemin dans les obscurités de la fiction. Maintenant, il suffit de balancer le maximum de faits répugnants, glisser un chapitre sur la réinsertion et emballer le tout.»

Je hochai la tête, l'air coupable, en pensant à mes dernières lectures. Bien entendu, je n'étais pas entièrement d'accord avec son analyse. Ainsi, j'estime que les biographies de stars de cinéma ne sont absolument pas appréciées à leur juste valeur en tant que littérature. À condition de lui trouver un intitulé approprié, je pourrais donner un cours magnifique sur ce sujet. Avec leurs histoires de transformations physiques d'une soudaineté stupéfiante, leurs aller et retour météoriques entre la pauvreté et la richesse, elles rivalisent en réalisme magique avec tous les romans latino-américains que j'ai lus. Quant à essayer de louvoyer entre les exagérations, les esquives et les mensonges patents sur les sujets, les sources et les biographes bidon, cela demande autant d'investissement intellectuel que la lecture de Kafka.

« Alors, tu ne travailles pas à un essai ? »

Elle ouvrit un tiroir de son bureau, dont elle sortit une liasse de feuilles qu'elle laissa choir sur sa table. « Je ne sais pas ce que c'est. Un gigantesque gâchis. Un hybride impubliable.

– Pourquoi est-ce que tu n'écris pas un roman en prétendant que c'est un essai ? Les gens font ça depuis des décennies.

– Trop perturbant. Je vais peut-être me lancer dans le roman policier. Je me sens d'humeur à éliminer quelqu'un. »

Elle fourra son manuscrit dans le tiroir. De légères volutes de fumée commençaient à sortir du four-gril mais au moment où je m'approchais pour le débrancher, elle m'intima de n'en rien faire. « Laissons-la souffrir, dit-elle en désignant le mur derrière elle. À vrai dire, elle n'est pas là en ce moment. »

Quand le muffin fut suffisamment carbonisé, elle le propulsa dehors et le tartina d'une substance jaune et luisante contenue dans un pot qu'elle gardait dans le dernier tiroir de son classeur. Puis elle s'affala par terre et commença à picorer.

« Enfin, cette bourse t'a amenée à Cambridge, c'est déjà ça.

– Effectivement. Mais est-ce une bonne chose ? Marcus est passé me voir il y a quelques jours pour m'annoncer qu'il avait besoin d'un peu de temps supplémentaire avant de parler à Ben. Il est sur le seuil, dit-elle en imitant son accent à la perfection. Très exactement sur le seuil.

– J'ai l'impression qu'il a trouvé une nouvelle petite amie.

– Ah, bon, ça explique tout, je suppose. Rien de tel pour combattre l'impuissance dans un domaine que de la vaincre dans un autre. Mais je ne veux pas trop lui jeter la pierre. C'est moi qui ai commis des erreurs. Il n'était qu'un passant innocent. »

C'était en partie vrai. Grâce à sa monstrueuse passivité, Marcus s'était transformé en passant innocent de profession.

« L'autre jour, dit Louise, Ben m'a demandé si Marcus était pédé.

– Et pourquoi ça?

– Probablement parce que vous partagez cet appartement.

– Un de ces jours, Marcus va devoir reconsidérer mes qualités en tant que colocataire. »

Louise s'allongea sur le dos et suçota une cigarette pas allumée.

« Tu ne crois pas que c'est surtout toi qui devrais reconsidérer la situation? Qu'est-ce qui te pousse à rester là?

– Si je le savais, je déménagerais. »

En fait, j'avais quelques soupçons. Il y avait quelque chose d'attirant en Marcus, en dehors de son physique ravageur et de son charme agaçant. J'adorais la façon dont il débloquait et trébuchait dans la vie, tel un insensé traversant un champ de mines et s'en sortant indemne. Je suppose que le cœur du problème, c'est que depuis le départ de Gordon, et probablement avant ça, j'éprouvais un besoin particulièrement pressant de vivre ma vie comme si j'attendais qu'elle commence. Comme Marcus, je me trouvais dans un curieux état de vie suspendue, attendant mon diplôme pour passer dans le cycle supérieur. Si je quittais l'appartement, en trouvais un pour moi seul et me mettais à acheter des meubles qui n'auraient pas été jetés à la rue par un drogué réhabilité, ce serait admettre que ma vie avait commencé, et j'imagine qu'il me faudrait agir, à ce sujet, en personne responsable.

Le samedi suivant, j'avais déjà oublié le barbecue dans le jardin. Ce n'était pas le genre de festivité qu'on attend avec impatience – même moi.

La nuit précédente, j'avais reçu un coup de fil de Drew et Sam, deux types qui mettaient leur point d'honneur à tout réussir, pour m'inviter à un cocktail dans leur appart de South End. L'invitation relevait si manifestement de la nécessité de dernière minute d'étoffer les rangs du public que j'aurais dû refuser par principe. Mais les hôtes m'inspiraient si peu de respect que m'humilier en acceptant m'était complètement égal.

« Qui avez-vous invité ? demandai-je.

– Des gens que tu connais. »

C'était plutôt vague. Je ne savais pas si je parlais à Drew ou à Sam, tant ils se ressemblaient, mais ça n'avait pas grande importance. C'étaient des membres – et assez représentatifs – de la bande de Gordon et Michael.

Je fondais de grands espoirs sur la présence de mon ex et de son comptable. Normalement, j'évitais ce genre de réunions mais puisque je faisais des progrès avec mon père, pourquoi ne pas essayer avec Gordon ?

Drew et Sam habitaient une de ces maisons en pierre brune, superbement rénovées et transformées en appartements, qui me rendent claustrophobe. Les murs étaient peints de couleurs sombres d'une telle densité qu'elles semblaient absorber toute la lumière et la plus grande partie de l'oxygène. Côté œuvres d'art, cela consistait en photos pornographiques d'une agressivité mesurée, rehaussées par de ravissants cadres en métal qu'elles ne méritaient pas. Il aurait été beaucoup plus simple, et plus honnête, artistiquement, d'accrocher quelques polaroïds des voisins en train de s'exhiber.

Non seulement Gordon n'était *pas* là, mais au bout d'une demi-heure de conversation laborieuse et décousue, Drew et Sam sortirent le magnétoscope et nous gratifièrent, deux heures durant, des images qu'ils avaient enregistrées lors de leur récent voyage au Brésil. La cassette était essentiellement un défilé de mode, montrant nos hôtes vêtus d'un grand choix de maillots de bain, de pantalons à ceinture coulissante et de peignoirs en tissu éponge, une sorte de version maison du catalogue d'*International Male* mâtiné de plans de La Pauvreté, le Crime et la Nature insérés de-ci, de-là, pour faire couleur locale. Le grand et peut-être le seul avantage d'avoir une mauvaise vue, c'est que, dans ce genre de circonstances, on peut enlever ses lunettes et, ne voyant qu'un exquis brouillard bleu pâle sur l'écran du téléviseur, s'offrir une séance de repos méditatif. La seule mention de mon ex ce soir-là fut lorsque Drew/Sam annoncèrent que Gordon et Michael viendraient visionner la cassette la semaine suivante afin de pouvoir organiser leurs propres vacances, en tous points identiques. Je partis tard, affamé et animé du même sentiment d'avoir bêtement saccagé un morceau de ma vie que le jour où j'étais resté assis au cinéma pendant les quatre heures de torture que dure *Autant en emporte le vent*.

J'étais tout juste réveillé lorsque la sonnette de la porte d'entrée retentit à onze heures le lendemain matin. Je jetai un coup d'œil au miroir de ma commode en me dirigeant vers l'escalier et m'étonnai de la malveillance croissante du sommeil à mon encontre au fil des ans, comme si quelqu'un venait chaque nuit faire des origami avec mon visage pendant que je dormais.

Ma sœur se tenait sur le seuil, serrant contre son cœur un énorme sac de provisions, les mâchoires crispées par l'anxiété. On aurait dit qu'elle redoutait d'être agressée par une bande errante de fumeurs de crack. Cela faisait près d'un an qu'elle n'avait mis les pieds à Cambridge au prétexte qu'aller en ville la rendait aussi nerveuse que prendre l'avion, écouter la radio et admirer le coucher du soleil. Depuis notre visite dans le New Hampshire, elle s'était fait couper les cheveux encore plus court, façon Peter Pan avec une petite mèche rebelle qui rebiquait sur la nuque. Son cou avait l'air encore plus long, ce qui était à la fois surprenant et seyant.

Présumant qu'un désastre de quelque sorte l'amenait dans nos murs, je m'efforçai de paraître le plus calme et le plus joyeux possible.

« Agnès ! En voilà une surprise, mon chou ! » croassai-je.

Une ambulance hurla à une rue de là. Agnès ferma les yeux en attendant qu'elle passe et que le son s'éloigne. Elle regarda par-dessus son épaule.

« Tu crois que ma voiture est en sécurité dans la rue ? »

Je jetai un coup d'œil derrière elle. La voiture, une berline à quatre portes toute neuve, de marque, modèle et couleur non identifiables, était garée le long du trottoir juste devant la maison.

« Ils ne mettent jamais de P.V. le samedi. Entre.

— Je me moque des P.V., Clyde. Je veux dire *en sécurité*. Est-ce un endroit *sûr* ? »

À certains moments, je me demandais s'il n'y avait pas lieu, pour le bien d'Agnès, de traiter le mal par le mal pour écarter ses angoisses — en l'occurrence, prendre un marteau et fracasser moi-même toutes les vitres de sa voiture de manière qu'elle n'ait plus à y penser pendant le reste de la journée, ayant désormais la certitude que le pire s'était déjà produit.

« Je suis persuadé qu'il n'y a aucun danger.

— C'est important, tu sais. Barbara est à l'intérieur. »

Je regardai plus attentivement. Aucun signe de la présence de ma nièce.

« Elle s'est endormie sur la banquette arrière. En général, il est préférable de ne pas la réveiller. Ça risque de la mettre de mauvaise humeur.

— Je vais laisser la porte déverrouillée, au cas où elle se réveillerait et voudrait venir.

— Oh, formidable. Sauf si tu crains que ce ne soit pas sûr. »

Agnès parlait de sécurité comme si c'était le synonyme de bonheur.

« On va prendre le risque pour une fois. »

J'étais tellement abasourdi de la voir là que l'idée de lui demander la raison de sa présence ne me vint à l'esprit qu'en haut, une fois dans la cuisine.

« Le barbecue dans le jardin. Marcus ne t'a pas dit qu'il nous avait invitées ? »

Elle me posa la question sur un ton d'incrédulité caractéristique, comme si je prétendais n'avoir jamais entendu parler d'Hiroshima ou du monument de Washington. Il me fallut un moment pour me remettre la chose en tête.

« Il t'a invitée ? Mais ça va être affreusement barbant.

– Ce n'est pas ce qu'il avait l'air de penser. Et j'ai eu l'impression que notre présence comptait tellement pour lui... je n'ai pas voulu le décevoir. »

Deux soirs plus tôt, Marcus était sorti avec Sheila – probablement à l'initiative de celle-ci – et n'était pas rentré depuis. On pouvait parier qu'il avait complètement oublié cette histoire de déjeuner.

« Comment as-tu persuadé Barbara de venir ?

– C'est elle qui a insisté. Il y a un magasin de Harvard Square qui vend d'horribles articles en cuir. Vraiment horribles. Elle veut un gilet en cuir noir, quelque chose dans ce genre. Je ne veux pas me tracasser pour ça, Clyde. Je ne peux pas porter le monde entier sur mon dos. Je ne peux pas être responsable de chacune de ses erreurs.

– Non, dis-je. Bien sûr que non. Assieds-toi et détends-toi. »

Elle portait un pantalon en velours côtelé brun aux jambes légèrement évasées et un chandail orange à côtes et col cheminée. Elle avait drapé par-dessus son chandail un châle parfaitement monstrueux, une espèce de

couverture au crochet dans des tons marron et orange
qu'elle ne pouvait avoir acheté ailleurs que dans une de
ces ventes de charité de maisons de retraite qu'elle fréquentait assidûment. Restait à déterminer pourquoi
Agnès ajoutait systématiquement à ses tenues un accessoire – châle, écharpe, broche pesant une tonne – d'une
laideur si éclatante que même elle semblait en être
gênée. Elle fit glisser le châle de ses épaules, illuminant
pratiquement la pièce d'étincelles d'électricité statique
et le plia sur le dossier d'une chaise. « Oh, Clyde !
s'exclama-t-elle. Un canapé dans la cuisine. J'avais
oublié à quel point vous étiez bohème. » Elle jeta un
coup d'œil derrière les coussins pour s'assurer qu'ils ne
dissimulaient rien d'inavouable et finit par s'asseoir.
« Mais cela n'a pas de sens. Pourquoi mettre un canapé
dans une cuisine ? Je n'ai jamais entendu parler de ça. »
    Un cliquetis d'ongles s'entendit dans l'escalier et Otis
caracola dans la pièce en reniflant la lourde senteur de
miellée que dégageait le « splash » Prairie d'été d'Agnès.
Depuis environ une semaine, on pouvait juger, à quelques signes, que le chien commençait à prendre
confiance en lui. Il se lançait fréquemment dans des
vagabondages solitaires à travers l'appartement et, s'il
s'endormait toujours sur sa pile de couvertures, dans le
coin, je le trouvais généralement, au réveil, lové par
terre au pied de mon lit.
    Agnès était posée bien droite sur le canapé, les deux
mains cramponnées à son sac de provisions. « Oh, mais
voilà le petit chien ! Il est adorable, lança-t-elle d'un ton
embarrassé. Il ne mord pas, j'espère ?
    – Mais non, mon chou, bien sûr que non. Tu n'as
qu'à le regarder. »
    Il s'assit sur son arrière-train, en face du canapé,

rabattit ses oreilles-ficelles filandreuses et regarda Agnès en tordant le nez.

« Qu'essaye-t-il de dire? demanda Agnès.

– Aucune idée. Je crois qu'il veut simplement te dire bonjour. Pas vrai, Otis? » demandai-je niaisement. À mon immense satisfaction, il répondit à ma voix peu inspirée en agitant la queue.

Agnès tendit la main pour le caresser et la retira presque aussitôt avec brusquerie, comme si elle tâtait un fer à repasser pour vérifier sa température. « Il a des sourcils! » s'écria-t-elle. Le chien pencha latéralement la tête, se désintéressa d'elle et se mit à reluquer les coins de la pièce, au cas où il y aurait une saleté à manger. Puis il s'approcha de la chaise où Agnès avait déposé son châle, rabattit les oreilles et commença à renifler.

« Il ne va pas *faire* quelque chose, j'espère?

– Otis! » hélai-je, et il tourna la tête vers moi. « Tu ne vas pas faire pipi sur le châle d'Agnès, n'est-ce pas? »

Il me sourit et haleta.

« Écoute, Clyde, ce n'est pas la peine de le lui suggérer », chuchota Agnès.

Je désignai l'escalier et claquai des doigts. « Monte! » Il poussa un gémissement mais rebroussa lentement chemin, en rasant le sol. Il s'était mis à obéir à mes ordres quelques jours plus tôt, et depuis lors j'avais une formidable poussée de testostérone. La raison pour laquelle les hommes traumatisés par Hillary Clinton aiment tant avoir un chien me paraît évidente : loyauté plus obéissance, sans omettre qu'avec un chien à vos côtés, il y a au moins une paire de couilles exposée aux yeux de tout le monde.

« J'ai pensé que je ne pouvais pas arriver les mains vides, dit Agnès, alors j'ai préparé des cookies hier soir. » Elle soupira et tira sur son chandail à col cheminée, rectifiant l'alignement des côtes sur sa poitrine. « Je crains qu'ils ne soient un peu brûlés. Je me demande s'il n'y a pas quelque chose qui cloche avec le four. J'ai appelé pour avoir un réparateur, mais ils ne se déplacent jamais quand c'est une femme qui téléphone. Si c'est un homme, alors là, ils laissent tout tomber et se précipitent comme s'il s'agissait d'une urgence médicale.

– Ce sac est rempli de cookies?

– Pas rempli. J'ai aussi apporté un peu de bière. » Elle plongea la main dans le sac et en sortit un pack de six bouteilles qui n'en contenait plus que cinq. « Mets-les dans le réfrigérateur, tu veux? Oh, et puis la barbe, je vais en prendre une. Il est presque midi. »

J'allai lui chercher un verre dans le placard. Comme je lui tournais le dos, Agnès lança : « S'il te plaît, Clyde, ne me regarde pas comme ça. J'ai eu une longue route, c'était épuisant. Barbara ne s'est endormie qu'en arrivant à Cambridge.

– Mais je ne te regardais absolument pas, mon chou, je te jure. » Je lui tendis un verre. « Peut-être devrais-tu demander... à papa d'appeler le réparateur, si tu penses qu'une voix d'homme peut aider.

– C'est ce que j'ai fait », répondit-elle tranquillement. Et alors, avec une soudaineté telle qu'il me fallut un moment pour comprendre ce qui venait de se passer, elle fondit en larmes.

Je reculai jusqu'à ce que mon dos heurte le comptoir, n'ayant plus qu'à contempler ce spectacle, horrifié. Le corps frêle d'Agnès tremblait des pieds à la tête. Les bruits que faisaient Donald et un de ses amis en installant la table me parvenaient de l'extérieur. Ils avaient déménagé un des haut-parleurs de Donald dans le

« jardin » et *Jumping Jack Flash* des Rolling Stones en sortait à tue-tête, avec des craquements dans les notes hautes et des basses déformées. Le soleil se déversait par les fenêtres de la cuisine, trop chaud, trop brillant, indiscret.

J'esquissai un geste en direction d'Agnès mais elle leva la main pour m'en dissuader et se ressaisit aussi soudainement qu'elle s'était effondrée. « Je vais très bien, Clyde, je t'assure. Je ne sais pas ce qui m'a pris. » Elle dévissa la capsule de la bouteille avec une assurance qui ne se retrouvait dans aucun de ses autres gestes, emplit son verre et écarta une couche de mousse. « C'est une journée exquise pour déjeuner dehors, tu ne trouves pas ? demanda-t-elle. Il fait vraiment beau pour la saison. Bref, j'ai demandé à papa d'appeler le réparateur. »

Sur ce, elle se remit à pleurer, soulevée cette fois par des rafales de sanglots.

« Oh, Agnès... Que se passe-t-il ? »

La porte de l'appartement s'ouvrit brutalement et Barbara apparut à l'entrée de la cuisine, les yeux encore gonflés de sommeil et le visage un peu rouge. Elle lança un regard de dégoût à sa mère et rejeta ses cheveux en arrière, révélant ses tempes rasées et une rangée de têtes de clous argentées qui remontaient le long de son oreille.

« Je peux avoir mes cent dollars maintenant ? »

Agnès tapa du pied et, à travers un brouillard de larmes et de morve, répondit : « Non, tu ne peux pas. Tu n'es même pas capable d'être polie. Tu n'as pas dit bonjour.

– On était d'accord, m'man.

– J'ai dit que je t'en donnais soixante-quinze ! »

Barbara prit place à l'autre bout du canapé. Elle portait la salopette informe et la chemise de flanelle que je lui avais vues lors de ma visite dans le New Hampshire. Elle croisa les jambes, cheville droite sur genou gauche. Ainsi assise, posée, sérieuse, à côté d'Agnès, elle avait l'air particulièrement raisonnable en dépit de son crâne rasé, de ses oreilles et de son nez percés. Elle avait par moments cet aplomb tranquille à la Gary Cooper qui faisait fureur chez les femmes ces temps-ci, alors que c'était du dernier plouc chez les hommes. « Elle pleure à cause de Grand-père, n'est-ce pas ? » demanda-t-elle. Elle saisit la main d'Agnès et la tint serrée entre les siennes, un simple geste porteur d'une tendresse inattendue qui me remplit d'affection pour ma chère, délicieuse nièce.

« Elle t'a dit qu'il avait une petite amie ?

— Une petite amie ? m'étonnai-je tout en me demandant si j'étais responsable de la fuite.

— Il *n'a pas* de petite amie, sanglota Agnès.

— Il a une petite amie, Clyde. Il la fait venir en douce dans le sous-sol. C'est répugnant.

— Nous ne l'avons jamais rencontrée, dit Agnès. C'est son infirmière. »

Barbara écarta la main de sa mère. « Tu es irrécupérable, m'man. Donne-moi ces soixante-quinze dollars. » Elle se tourna vers moi. « Nous avons conclu un accord. Elle trouvait qu'elle aurait l'air moins pathétique en se précipitant ici pour voir Maârcus si je l'accompagnais. On se rend mutuellement service. Elle t'a dit qu'elle devait donner à Grand-père cinquante dollars de plus par semaine ?

— Pourquoi ne me l'as-tu pas dit, Agnès ? »

Agnès s'était suffisamment ressaisie pour verser le fond de bière dans son verre. « Je crois qu'il paie l'infirmière, dit-elle, c'est pour ça qu'il lui faut plus d'argent. Mais il y a une chose qui me préoccupe vraiment, Clyde : il doit aller voir oncle Lon ce week-end.

– Et alors ? Qu'est-ce qu'il y a de mal à ça ? Au moins, ça lui fait une sortie. »

Puisque cette couverture ridicule était de mon invention, je me sentais obligé de la justifier.

« Ils ne peuvent pas se sentir ! Il essaie de se rabibocher avec tout le monde dans la famille. Cela m'a mise dans un tel état que je ne pouvais pas rester comme ça à la campagne. Je me suis dit que ça me distrairait de descendre ici.

– Je retourne dormir dans la voiture, déclara Barbara.

– N'oublie pas le déjeuner. Tu n'as rien mangé ce matin.

– Je veux bien rester pour prendre quelque chose, mais après, il faut que tu me donnes cet argent. » Quand Barbara se leva, des bracelets descendirent le long de son bras sous les grosses manches de sa chemise. Elle leva la main et, d'une secousse, les fit remonter jusqu'à son coude. Une forte odeur d'essence de patchouli m'atteignit de plein fouet.

Comme Barbara se dirigeait vers la porte, Otis entra dans la pièce. Il se risqua avec hésitation dans sa direction, avança de quelques pas, s'aplatit craintivement et recula, puis repartit de l'avant d'un air plus décidé. « Oh, regarde ! » s'écria Barbara d'un ton haut perché comme en ont les petites filles. Elle s'allongea de tout son long sur le linoléum crasseux et émit des couinements aguicheurs jusqu'à ce qu'il la rejoigne et grimpe sur sa poitrine. Il y resta quelques secondes, la dévisageant, puis entreprit de lui lécher le nez.

Barbara tira sur la houppe de poils qui jaillissait du crâne d'Otis pour la redresser. « Un vrai Mohican », déclara-t-elle.

En plus des cookies, que je n'eus pas le cran de regarder, et de la bière, dont elle but deux canettes supplémentaires dans l'heure qui suivit, Agnès avait apporté un exemplaire du manuscrit, tapé par ses soins, du livre de recettes de notre mère. « J'aimerais bien que tu le transmettes à Louise, me dit-elle. En tant qu'écrivain, elle aura peut-être quelques suggestions à faire. » Elle avala une lampée de bière et rit d'un air gêné. « Qui sait, elle aura peut-être envie de le montrer à son éditeur.

– Ne compte pas dessus, m'man », dit Barbara. Au lieu de retourner dans la voiture, elle s'était assoupie par terre avec Otis sur son ventre. De temps à autre, elle se réveillait pour critiquer ce qu'Agnès venait de dire.

« Je le lui donnerai la prochaine fois qu'on se verra. Il n'est pas impossible qu'elle fasse un saut ici dans l'après-midi. »

Cette nouvelle parut plonger Agnès dans un état de panique. Elle se mit à tirailler son chandail çà et là, comme si elle voulait le débarrasser de quelques boulettes pelucheuses. La perspective de se retrouver face à face avec Louise, auteur célèbre à ses yeux bien qu'elle fût incapable de se rappeler ce qu'elle avait écrit, voilà qui était trop pour elle. Elle était pourtant jolie comme tout, assise sur ce canapé, avec le soleil qui, descendant en diagonale sur son visage, donnait à ses cheveux élagués un air chic et lumineux. Si elle avait été une actrice jouant le rôle d'une enfant abandonnée, elle aurait paru exquise, voire belle en cet instant. Mais elle n'était pas en train d'interpréter un rôle et ses sentiments la dévoraient si manifestement qu'au lieu de m'attirer, le spectacle qu'elle offrait me donnait plutôt envie de détourner les yeux. J'allai baisser le store en lattes de bois et revins m'asseoir près d'elle. « Ne te tracasse pas pour Louise, la rassurai-je. Elle est moins sûre d'elle que nous tous réunis. Quant à... P'pa... » Elle leva les yeux – qui jusqu'ici étaient restés fixés sur son chandail –, posa la main sur l'accoudoir en bois du canapé et effleura du bout des doigts les brûlures de cigarette.

Mais je n'étais pas encore prêt à lui faire mes confidences et, rien d'autre ne me venant à l'esprit, je lui demandai si elle voulait encore de la bière.

Aux environs de midi et quelques, Marcus finit par se pointer, mais il n'était pas seul. Il entra en trébuchant dans l'appartement, une beauté sculpturale attachée à son bras gauche. Le temps avait tourné au super-beau, et tous deux avaient une mine éclatante, dégageant une franche et sympathique odeur de transpiration saine, sportivement acquise. À voir l'expression ahurie qui s'inscrivit sur le visage de Marcus lorsqu'il découvrit Agnès assise sur le canapé et Barbara allongée par terre, il était évident qu'il avait tout oublié, et d'avoir invité ma sœur et le déjeuner dehors.

Marcus savait cependant retomber sur ses pieds avec une grande rapidité, du moins en société. Il rejeta une mèche de cheveux blonds derrière une de ses grandes oreilles et s'exclama, donnant dans l'excès de jovialité : « Oh, Agnès ! Je suis tellement content que tu aies décidé de venir! Je craignais le contraire. Voici mon amie Sheila. »

Ne sachant pas très bien si elle devait se lever ou rester assise, Agnès exécuta une poignée de main malhabile. Barbara, pour sa part, se contenta d'agiter la main sans prendre la peine de se redresser, ni même d'ouvrir les yeux.

À l'instar de la plupart des conquêtes de Marcus, Sheila devait avoir entre vingt-trois et vingt-six ans, suffisamment adulte pour savoir où elle mettait les pieds mais ni assez jeune ni assez âgée pour se soucier des conséquences. Elle était presque aussi grande que Marcus et avait un haut front luisant, des lèvres pulpeuses et une mâchoire sans doute un peu trop carrée et prononcée par rapport à l'ensemble de son visage, sans pour autant nuire à son éclat. Ses cheveux, couleur de cerisier, lui descendaient jusqu'au milieu du dos. Lorsqu'elle se pencha pour me serrer la main, un spectaculaire rideau de boucles préraphaélites recouvrit son visage. Elle en releva un pan du dos de la main en soupirant comme si c'était vraiment très contrariant. Son geste était tellement langoureux que sa sensualité réussit à franchir même ma barrière immunitaire.

« Marcus m'a parlé de vous, Clyde, dit-elle.

– Vous êtes aussi... à Harvard? demanda Agnès en grattant de l'ongle l'étiquette de sa bouteille de bière.

– En histoire de l'art », répondit Sheila. Et, baissant les yeux pour dégager une mèche de cheveux prise dans un de ses bracelets, elle mitrailla un fatras de sigles universitaires : USC, Ph.D., UCLA, Ed.D., UC Davis [1].

---

1. Université de Californie du Sud, doctorat en philosophie, université de Californie à Los Angeles, doctorat en Théories de l'enseignement, université de Californie à Davis. *(N.d.T.)*

Agnès et moi, nous opinions de la tête comme si nous suivions quelque récit dissimulé derrière la liste.

Barbara émergea à la limite de la conscience. « Marcus, il ne serait pas temps que tu la termines, ta thèse? » Ce n'était pas sympa, comme question, mais aussi, Barbara avait quatre ans lorsque Marcus avait terminé sa maîtrise.

« J'y suis presque, Barb. À chaque saleté de jour suffit sa peine.

— Bien sûr, intervint Agnès. Elle comprendra mieux quand elle sera à la fac.

— Ben voyons. Comme si j'avais jamais envisagé d'y mettre les pieds.

— Qu'est-ce qui te fait croire qu'ils t'accepteraient? » demanda Sheila. Prenant appui sur l'épaule de Marcus, elle leva un pied et se gratta la cheville. « Tiens, c'est lui, le petit chien dont tu t'occupes?

— C'est lui. Clyde et moi faisons de notre mieux pour qu'il soit heureux. Pas vrai, Clyde?

— C'est vrai. »

Marcus faisait en effet, de son mieux, et c'était bien là une des raisons qui me rendaient si inquiet pour Otis et son maître.

À une heure de l'après-midi, un petit groupe bruyant s'était constitué dans le jardin du fond. De la fenêtre de notre cuisine, je voyais des têtes animées de légères secousses et des verres de bière, et par intermittence je captais un hennissement forcé qui devait être le rire de Donald s'efforçant de mettre de l'ambiance. « Allons, pourquoi ne pas en finir tout de suite? » proposai-je.

Je pris le châle d'Agnès et le lui tendis, mais elle secoua la tête d'un air farouche, comme si elle voulait renier la chose avant que quiconque la remarque.

Il faisait exceptionnellement chaud pour la saison, beaucoup trop à mon goût, mais nous étions loin du désastre climatique que j'avais imaginé. Marcus et Sheila s'éclipsèrent pour changer leurs vêtements imprégnés de sueur mais lorsque, quelques minutes plus tard, leurs rires me parvinrent dans la cuisine, je ramassai le paquet de cookies confectionné par Agnès et ce qui restait de la bière qu'elle avait apportée, et escortai sœur et nièce jusqu'à la porte.

Tandis que nous descendions lourdement l'escalier ténébreux, je lançai du ton le plus désinvolte possible : « Au fait, est-ce que l'une de vous a déjà vu cette... infirmière de... P'pa?

— Sa petite amie? rectifia Barbara.

— Nous ne l'avons jamais vue, dit Agnès. Elle fait son travail, voilà. Elle est très professionnelle. Cette fille est une des étudiantes de Marcus?

— Non, m'man, c'est son infirmière. En ce moment même, elle est en train de lui administrer son médicament. » Barbara se tourna vers moi. « Ils descendent dans le garage avec la voiture, Clyde, et après ils se faufilent dans son terrier. C'est comme s'ils se croyaient dans un film de James Bond, à cette différence qu'ici il n'y a pas d'effets spéciaux et les acteurs sont moches.

— Bon, cessons de parler d'infirmières, dit Agnès d'un ton las. Essayons de passer un bon moment à ce barbecue. »

11

Donald portait un jean informe, d'un bleu très clair, avec une étiquette de marque ornée d'un cheval sur la poche arrière ; sur son sweat-shirt gonflé comme un spi s'inscrivait une réclame vantant un débit de boissons situé dans une banlieue des plus déprimantes. La stéréo diffusait un vieil air des Rolling Stones, qui nous parvenait à la fois assourdi et détérioré, comme si Mick Jagger s'était fourré une chaussette dans la bouche pour chanter *Ruby Tuesday*.

« Je croyais que vous aviez quitté la ville », claironna Donald avec un large sourire. Il était légèrement ivre. « Remarquez, c'est ce que j'aurais fait à votre place, si j'avais regardé par la fenêtre et vu ce qui se passait en dessous. »

Il nous introduisit dans le petit jardin avec d'amples gestes de bienvenue, seigneurial dans son accueil.

« Voici ma sœur Agnès et sa fille. Elles sont venues spécialement du New Hampshire.

– Je vais vous dire une chose, Agnès, commença Donald avec une sincérité incongrue. J'adore la campagne, c'est douillet et on s'y sent en sécurité. » Son regard parcourut de haut en bas le corps élancé d'Agnès avec une expression que je qualifiai de croisement entre l'approbation et la lubricité. Et aussitôt il coupa court à la fantaisie pastorale qui commençait à se jouer dans sa tête, redevenant Donald, l'hôte jovial. « Qu'y a-t-il dans ce sac, petite sœur ? Un cadeau pour moi, j'espère ?

– Quelques cookies, mais je crains de les avoir un peu brûlés. » Elle lui tendit le grand sac en papier et croisa les bras. « Ce doit être mon four.

– Des cookies ! Juste ce qu'il nous fallait ! Le bon à rien qui devait apporter le déjeuner a eu un accident sur la route, alors Dieu sait quand nous verrons les hamburgers. Aux dernières nouvelles, ils étaient encore en train de le recoudre. Jerry a un accident chaque fois qu'il sort la voiture de son allée. Nous ferions mieux de mettre ça tout de suite sur la table, sinon il va y avoir une émeute. »

Il prit Agnès par le bras et la conduisit à une table adossée à la clôture de grillage. Quatre grandes jattes vides occupaient le plateau de la table, à côté d'un gril et d'un hibachi en état de fusion, et tout aussi vides. La seule nourriture disponible en ces lieux semblait être l'assortiment de chips, tacos et autres grignotages huileux se déversant de paquets que l'on avait éventrés, puis rejetés sur des chaises de jardin.

« C'est notre *hôte* ? demanda Barbara.

– J'en ai peur. »

Barbara leva les yeux au ciel et examina les invités avec une grimace. C'était un ramassis assez effrayant d'environ vingt-cinq personnes, composé pour l'essentiel d'hommes ovoïdes donnant l'impression de vouloir compenser leur haute taille en se nourrissant de poudre favorisant la prise de poids et en suivant un régime énergétique mal conçu. Ils portaient tous d'amples pantalons de coton semblables à ceux des créatures de harem, zébrés d'affolants zigzags de couleurs criardes. Depuis quelques années, ce genre de tenue avait la cote chez les hommes dans le patelin d'Agnès, peut-être parce que tout ce coton flottant et pendouillant donnait l'illusion de dissimuler des trésors. Les femmes, regroupées en cercle près de la porte de service, étaient occupées à fumer des cigarettes et couler des regards en coin du côté des messieurs ovoïdes. La plupart d'entre elles étaient dotées de jambes extraordinairement fines qu'elles avaient moulées dans des jeans très collants, et toutes étaient juchées sur des talons d'une hauteur vertigineuse. Le « jardin » était à peine plus grand que notre cuisine, et le peu d'herbe qui avait réussi à y pousser au début du printemps avait depuis lors été piétinée et déchiquetée. Même un groupe aussi modeste que le nôtre y semblait à l'étroit, comme si nous avions tous été rassemblés en troupeau par notre berger et enfermés dans le misérable petit enclos. Donald avait acheté quelques chrysanthèmes, qu'il avait disposés aux quatre coins du jardinet en les laissant dans leur pot de carton, tentative louable mais peu convaincante de décoration des lieux.

« C'est plutôt pathétique, commenta Barbara. Pourquoi ont-ils tous ces drôles de cheveux ? »

Les hommes avaient des coiffures étonnamment semblables, et particulièrement peu seyantes : une coupe au bol, avec un rideau de cheveux raides pendant sur la nuque, comme le carré hirsute qu'arborait Jane Fonda dans *Klute*. Les femmes arboraient d'énormes choucroutes crêpées en hauteur, comme des danseuses dans une boîte de Las Vegas.

« Je vais me chercher une pression », annonça Barbara en se dirigeant d'un pas traînant vers un des deux barils installés dans des coins opposés du jardin. Donald avait déjà rempli un verre pour Agnès, et maintenant il hochait la tête avec ferveur en écoutant ce qu'elle lui racontait, adossée à la clôture. Je n'arrivais pas à concevoir comment ils avaient déjà pu trouver un sujet de conversation. Passé le stade des salutations d'usage, je ne savais jamais quoi dire à Donald et d'habitude, lorsqu'elle se trouvait dans une réunion amicale, Agnès s'enfermait dans un silence autodestructeur. Pour être honnête, j'étais un peu jaloux de constater que chacun avait trouvé chez l'autre quelque chose que je n'avais apparemment pas été capable de déceler. Les doigts d'Agnès dessinèrent un geste papillonnant et se mirent à tourbillonner dans l'air comme si elle battait en neige des œufs imaginaires à l'aide d'un fouet mécanique.

Marcus entra dans le jardin d'un pas nonchalant et promena son regard sur l'assistance. Il avait enfilé un short qui lui couvrait les genoux et une impression indéniablement sexy, dans un registre fade et blême, se dégageait de ses longs mollets sans galbe.

« Où est Sheila ? demandai-je.

— En train de sonder mes tiroirs, à la recherche de quelque chose d'estival à se mettre.

— J'aurais apprécié que tu me tiennes au courant, après avoir invité ma sœur. Psychologiquement, je n'étais pas préparé à ça.

— Elle t'a appelé l'autre jour et nous avons un peu papoté. J'ai dû mentionner la chose au passage.

– Papoté? » S'il y a une chose qu'on ne pouvait pas faire avec Agnès, c'est bien « papoter ». On essayait de la rassurer et de l'apaiser alors qu'elle se dirigeait, lentement mais sûrement, vers une crise d'hystérie carabinée. « Tu as flirté avec elle, et puis tu as complètement oublié et tu t'es pointé avec cette Sheila.

– Oh, la, la! Arrête de jouer au grand frère. Quoi qu'il en soit, il semble qu'elle se soit trouvé un admirateur, dit-il en levant le menton en direction de Donald.

– Ne dis pas de bêtises. »

Le soleil tapait fort, chauffant mon crâne d'une manière très inconfortable. Comme Agnès, j'étais vêtu trop chaudement pour la saison, pantalon long, gros chandail et chaussures noires. À partir de la mi-septembre, je me sens inexplicablement nu si je porte un short, quelle que soit la température. C'était peut-être dû à la chaleur, mais l'air immobile était chargé d'arômes d'eau de Cologne bon marché, de rose, de vanille et d'agrumes poivrés, comme si les parfums et lotions après-rasage des invités, s'étant mélangés et mutuellement absorbés, donnaient une petite fête de leur côté, dans un nuage qui flottait au-dessus de la cour.

« Il faut que je t'avoue une chose, Clyde. Je crois que Sheila pourrait être le bon numéro.

– Le bon quoi?

– Tu ne peux pas savoir comme elle soutient mon travail. »

« Soutenir », selon la terminologie de Marcus, signifiait le conforter dans l'idée que l'excellence de sa thèse était indépendante de sa rédaction.

« Elle va peut-être t'aider à mettre la machine en route, comme ça tu pourras t'asseoir et parler à Ben, un de ces jours.

– C'est ce que j'espère, Clyde. Sincèrement. C'est l'objectif vers lequel je tends. Cela m'aide à avancer. Dis-moi, ce sont les Rolling Stones qu'on entend? Pourquoi passe-t-il cette vieille rengaine? Je déteste ce Mick Jagger qui gigote dans tous les sens avec son micro. Il est complètement narcissique. »

On me tapa sur l'épaule. Un homme se tenait derrière moi, cramponné à son gobelet en plastique rempli de bière. Il avait une drôle de coupe de cheveux au bol et une esquisse de moustache qui donnait l'impression d'avoir été dessinée avec un crayon à sourcils, puis maladroitement effacée.

« Comment ça va? » demanda-t-il.

Je haussai les épaules. Je ne me sentais vraiment pas d'humeur sociable en cet instant précis – non que je le fusse particulièrement le reste du temps, pour être honnête.

« Mark Greeley, annonça-t-il en me tendant la main. Vous êtes le voisin du dessus, c'est ça?

– Eh bien...

– Donny dit que vous enseignez à Harvard.

– Non, non », protestai-je. Puis, désignant Marcus : « Il y prépare un doctorat, mais moi je n'en fais pas partie.

– Moi, si j'étais prof à Harvard, je le crierais sur tous les toits. » Il regarda Marcus en riant. « Pas vrai? »

Marcus opina de la tête, haussa les épaules et détourna les yeux.

Le pantalon de sérail que portait Mark Greeley était vert néon à rayures roses, et son T-shirt faisait de la réclame pour une station balnéaire de la Jamaïque au moyen du slogan : « Emballez vos Moteurs et Refroidissez vos Gicleurs. » Dans les tennis noires dont il était chaussé, ses pieds avaient l'air de poings recouverts de mitaines.

Une démangeaison s'empara de mes yeux, problème que je rencontre souvent lorsque je me sens pris au piège. Je glissai la main derrière les verres de mes lunettes pour me frotter les paupières et, ce faisant, faillis faire tomber la monture. Cette rencontre prenait des allures de désastre. Il suffisait de sentir sa lotion après-rasage pour en être convaincu. « À votre avis, il reste de la bière dans ces tonnelets ? » demandai-je.

Mark Greeley avala une gorgée de la sienne et poursuivit : « Bref, je voulais vous demander une, enfin, vous voyez, un petit service, vu que vous enseignez là-bas et tout et tout. J'essaie d'entrer à la Harvard Business School et je me demandais si, par hasard, vous pourriez », il agita la main à gauche, à droite, « enfin, glisser un mot en ma faveur.

– Glisser un mot ?

– Ben oui, vous savez, tirer une ou deux ficelles.

– Vous vous méprenez complètement. Je ne peux rien de tel. Je n'ai rien à voir avec cet établissement et Marcus, ici présent, est un simple étudiant.

– Je ne dirais pas " simple ", intervint Marcus. J'y ai tout de même donné plusieurs cours, ces dernières années. »

Mark Greeley me dévorait des yeux, hochant la tête d'un air soucieux et contrarié, mais il était clair qu'il n'écoutait pas un mot. Ses joues étaient couvertes d'acné hormonal et le soleil brûlant n'avait pas l'air de leur convenir. « Écoutez, les gars, dit-il subitement, vous avez votre truc à vous, ça vous regarde. Ce n'est pas mon problème. Je vous ai juste demandé de glisser un mot, ce n'est pas la mer à boire, tout de même. S'ils

ne me prennent pas malgré ça, je ne vous en tiendrai
pas pour responsables. J'ai d'autres intérêts dans la vie.
Alors, vous allez m'aider, oui ou non?

– Euh... non. »

Il jeta violemment son gobelet de bière par terre et
s'éloigna, fou de rage. Le ton général baissa d'un cran.
Une des femmes qui fumaient en cercle se retourna et
éclata de rire. Mark Greeley se mit à bourrer la clôture
de coups de poing et quitta les lieux au pas de charge,
claquant avec force la grille derrière lui.

« Qu'est-ce que c'est que ce cirque? demandai-je.

– Monstrueux, dit Marcus en secouant la tête.

– Tu peux le dire. » Je parcourus le jardin du regard,
essayant de retrouver mon calme. Agnès, riant à une
remarque de Donald, semblait ne s'être rendu compte
de rien. En fait, c'était entièrement de sa faute. Si elle
n'était pas venue, je serais encore dans mes pénates en
train de lire la vie de Lauren Bacall. Ou mieux, de dormir.

« Voilà encore un exemple de la façon dont tu
t'impliques dans les drames des autres, Clyde, au lieu de
ne t'occuper que de tes affaires.

– Embarquer! Ne me dis pas que c'était *ma* faute! »

Marcus arrima ses cheveux derrière ses oreilles et loucha vers le soleil. Il sortit de sa poche de poitrine une
paire de lunettes noires d'aviateur et les cala sur son nez.
« Tu devrais concentrer un peu plus ton attention sur ta
propre vie, au lieu de te laisser embarquer par le premier
venu en quête d'une recommandation. Les choses
finissent souvent par s'arranger, il suffit de savoir
attendre. » Il me considéra un instant, laissant cette
pensée imprégner mon esprit, et tourna les talons pour
aller ouvrir la grille à Sheila.

Une demi-heure plus tard, nous n'avions toujours rien à nous mettre sous la dent. Barbara, qui était restée postée à proximité du tonnelet et remplissait son gobelet à cadence régulière, paraissait moins agitée que précédemment et, qui l'eût cru, plutôt sobre. Pour ce que j'en voyais, personne n'avait osé lui adresser la parole. Depuis qu'elle était plantée là, elle n'avait cessé de lancer des regards menaçants autour d'elle pour exclure toute tentative d'approche, arborant avec fierté et un air de défi sa coupe de cheveux radicale, ses oreilles et son nez percés et un plissement frontal qui aurait pu à lui seul servir de base à la thèse de Marcus.

Peu de temps après la sortie intempestive de Mark Greeley, l'adolescente qui habitait la maison voisine débarqua dans son propre jardin, installa une chaise longue et se dévêtit pour apparaître en bikini vert fluo. Elle s'allongea là, au soleil, séparée de nous par quelques dizaines de centimètres et la clôture. Elle avait même apporté sa radio, une espèce de petite boîte portable qui rendait un bien meilleur son que l'imposant matériel stéréo de Donald. La semaine précédente, au beau milieu de la nuit, j'avais entendu son père la menacer, en hurlant, de la faire coffrer par les flics, pour quel motif je n'en avais aucune idée, bien que je sois resté debout pendant une heure dans l'espoir de le découvrir. Pour l'instant, elle paraissait tout à fait tranquille. Quand les invités eurent fini de la reluquer, ils lui tournèrent le dos, genre embarrassés d'être surpris à se goberger d'un spectacle aussi vulgaire.

Donald avait déversé les cookies d'Agnès dans l'une

des assiettes en plastique vides. Ils avaient davantage l'air de jetons de poker en bakélite marron que de denrées comestibles mais ils n'en furent pas moins dévorés avec ferveur. Au moins une demi-douzaine de personnes s'étaient approchées d'Agnès pour la complimenter sur ses talents de pâtissière et elle les avait remerciées avec une gratitude servile. Le plus surprenant, c'est qu'elle n'avait plus du tout l'air de penser à Marcus ou à mon père. Avec un peu de chance, P'pa m'appellerait dans la semaine pour me raconter son expédition et renouveler ses remerciements. Voilà déjà quelque chose qui allait occuper mes pensées.

Il était difficile de savoir ce que Sheila pensait de notre petite réunion. Bien que Marcus soit venu la chercher à la grille, c'est elle qui ouvrit la marche pour entrer dans le jardin, portée par la même satisfaction vaine que j'éprouvais parfois en promenant Otis : regardez-moi! Ne suis-je pas adorable puisque je tiens un chien adorable au bout de cette laisse?

Ce qu'elle avait déniché dans les tiroirs de Marcus était un T-shirt blanc sans manches qui épousait la ligne de ses seins et de son estomac plat, ainsi qu'un pantalon foncé si épais et hivernal que le T-shirt n'en paraissait que plus provocant.

Nous eûmes pendant quelques minutes une conversation laborieuse sur ses études – interprétation de la peinture de paysages sous la dynastie Sung du point de vue des féministes occidentales contemporaines – jusqu'au moment où elle comprit, bien que mes questions fussent restées dans le flou, que je n'avais pas la moindre notion de quel siècle il s'agissait. Venant à ma rescousse, elle me lança alors : « Marcus m'a dit que vous travailliez à l'Académie parallèle.

– Ça ne m'étonne pas de lui.

– Je trouve ça formidable! L'enseignement pour adultes est une chose merveilleuse. »

Que les gens sachent comment je gagnais ma vie était déjà assez affreux comme ça, mais qu'ils en rajoutent en me congratulant comme l'on féliciterait un gosse de dix ans qui distribue des journaux à bicyclette dans son quartier, voilà qui était profondément humiliant.

Lorsqu'elle alla s'asseoir avec Marcus sur les marches qui menaient à la maison, Agnès se faufila au milieu d'un groupe d'hommes et vint s'appuyer contre moi un peu maladroitement. « Ils sont amoureux, n'est-ce pas?

– Effectivement, répondis-je. Mais comme ils sont tous les deux amoureux du même homme, c'est voué à l'échec.

– Oh, Clyde, ne sois pas cynique! Je suis si contente d'être venue. Je passe un moment merveilleux.

– Ah bon?

– Vraiment.

– Eh bien, je suis ravi de te l'entendre dire, mon chou.

– Tu as des amis tellement charmants. Même Barbara a l'air de trouver ça agréable. »

Ce que Barbara trouvait agréable, apparemment, c'était son gobelet, qu'elle pouvait remplir de bière *ad libitum*. Elle avait écarté les bras, prenant possession de toute la clôture derrière elle comme si ce coin du jardin était son territoire personnel.

« Je sais que je ne devrais pas la laisser boire, mais je ne peux pas porter le poids du monde entier sur mes épaules, n'est-ce pas? Donald dit qu'ils boivent tous à cet âge-là et que je ne devrais pas m'inquiéter. Il doit avoir raison. Il est très positif.

– Donald ?

– Mmm. » Elle me prit par la taille, un geste affectueux qu'elle exécuta avec une telle maladresse qu'elle se tordit l'épaule et dut retirer son bras.

Quelques minutes plus tard, j'entrepris de gagner la grille à pas de loup, dans l'espoir de sortir de là sans me faire remarquer. Mais au moment où j'allais détaler, Ben m'apparut, à moitié caché par un énorme buisson d'hortensias. Il portait un gros chandail, avec une paire de lunettes de soleil qui sortait d'une des poches, et des chaussures de sport monstrueusement trop grandes pour lui. Je ne saurais dire s'il espionnait le spectacle pathétique que nous offrions ou s'il essayait simplement de rassembler ses forces pour se décider à entrer.

« J'ai oublié ma clé, avoua-t-il.

– C'est vrai ? Ça ne te ressemble pas.

– Je n'étais pas sûr de te trouver ici.

– Avec un peu de chance, je n'y serai plus dans une seconde. Ça fait longtemps que tu es là ? »

Il haussa les épaules.

J'allais pousser la grille, avec la ferme volonté de partir, mais me ravisai soudain.

« Entre une minute, proposai-je. Il n'y a rien à manger, et rien de convenable à boire pour toi, mais... je voudrais te présenter à ma sœur.

– Agnès ?

– Formidable. La moitié du temps, je n'arrive pas à me rappeler son nom. »

J'ouvris la grille rouillée et cornaquai Ben vers le coin du jardin où ma sœur s'était remise à bavarder avec Donald.

« Je crois deviner qui c'est », dit-elle d'un ton étrangement confiant et enjoué, voire légèrement moqueur. « Je parie que c'est le fils de Louise Morris.

– Benjamin », précisai-je.

Elle lui tendit la main.

« Eh bien, je suis enchantée de faire votre connaissance. Clyde vous a dit que j'étais une grande admiratrice de votre mère ?

– Je ne sais plus. Je crois que oui.

– En tout cas, c'est vrai. Vous devez être très fier d'elle.

– Hé, petit, dit Donald, il faut que tu racontes à Agnès comment j'ai dressé ton chien à attraper une balle. J'essaie de l'impressionner avec mes talents. »

Ben hocha la tête et me regarda sans faire de commentaire. Je m'étais attribué la responsabilité d'avoir enseigné son dernier tour à Otis, mensonge auquel j'estimais avoir droit puisque c'était moi qui avais acheté la balle.

« C'était un effort collectif », expliquai-je.

Sheila et Marcus traversèrent bras dessus, bras dessous le cercle de fumeuses à la chaîne, comme s'ils daignaient se mélanger à de simples mortels. En arrivant à notre hauteur, Marcus posa une main sur l'épaule de Benjamin, un geste possessif d'une telle intimité que j'en fus choqué. Cela dut également choquer Ben car il se retourna et regarda Marcus avec une expression triste et préoccupée. « Sheila vient de me dire qu'elle a un frère du même âge que toi, lui confia Marcus. Ils sont les meilleurs amis du monde.

– C'est à cause de lui que j'étais si malheureuse de quitter la Californie, dit Sheila. C'est fou ce que tu me le rappelles. Nous échangeons presque tous les jours des messages par courrier électronique.

– Ne me parlez pas d'ordinateurs, dit Donald. Rien que d'y penser, j'en ai la migraine.

– C'est vraiment charmant que vous soyez si proches », dit Agnès. Puis, regardant sa fille de l'autre côté du jardin et poussant un soupir, elle ajouta : « Je me demande comment cela se serait passé si Barbara avait eu un frère.

– Où vit-il, en Californie? demanda Ben.

– À San Diego. Tu y es déjà allé?

– J'y ai vécu un an avec maman, mais je ne m'en souviens pas bien.

– Tu avais quatre ans », expliquai-je. J'avais dit ça un peu au hasard, mais c'était certainement plus près de la vérité que ce que son père aurait pu trouver.

Sheila appuya sa tête sur l'épaule de Marcus et fit la moue. « Je suis désolée que tu ne puisses pas avoir ton chien près de toi, mon chou. Il est tellement mignon. Enfin, Marcus t'aide à prendre soin de lui, n'est-ce pas? »

Ben haussa les épaules, incertain.

« Nous nous y employons », dit Marcus. Avec une telle conviction qu'il n'y avait aucun doute : il y croyait vraiment.

Agnès présenta Ben à Barbara, qui se débarrassa aussitôt de sa mère et se lança dans une conversation animée avec lui tout en faisant des grimaces rébarbatives à l'intention des adultes. Elle vida le contenu de son gobelet et s'avança d'un pas lourd vers notre petit groupe, traînant Ben dans son sillage. Ils n'avaient passé que quelques minutes ensemble, et déjà elle le dominait.

« Nous allons faire un tour du côté du Square, annonça-t-elle. Quelqu'un y voit une objection?

« — Oh, j'ai laissé mon sac là-haut, s'exclama Agnès. Barbara et moi avons conclu un petit marché...

— Laisse tomber, m'man.

— Comme quoi, si elle descendait avec moi à Cambridge...

— M'man, il faut savoir s'arrêter quand la chance est avec vous, d'accord? De toute manière, j'ai changé d'avis. On va promener le chien et essayer de trouver un peu de dope. Pardon, je plaisantais. » Elle releva la tête avec autorité. « Allez, Morris, on y va. Clyde, on a besoin de ta clé.

— J'étais justement sur le point de partir.

— Je crois qu'on devrait y aller aussi, hasarda Sheila.

— Vous n'avez pas l'impression que les rats quittent le navire, sœurette?

— Absolument pas, dit Agnès. Je passe un moment épatant. C'est fou ce qu'on s'amuse. »

12

La pièce que, magnanime, je qualifiais de bureau, était petite et basse de plafond. Située sur le côté de la maison, elle donnait directement sur le toit-terrasse de l'épicerie fine. Le conduit d'aération du magasin débouchait juste en dessous de la fenêtre et, à toute heure du jour et de la nuit, d'alléchantes odeurs de pain chaud, de café torréfié et de chocolat s'en déversaient pour s'infiltrer chez nous. J'utilisais essentiellement cette pièce pour la sieste et autres activités mollassonnes de la journée, car si je jugeais déprimant de m'endormir au lit en milieu d'après-midi, je trouvais extrêmement vivifiant de m'assoupir dans mon bureau. Je présume que la seule chose qui ait empêché Marcus de sombrer dans une dépression suicidaire à l'idée de n'avoir rien accompli depuis dix ans, c'est d'avoir eu le bon sens d'accomplir ce rien en bibliothèque, et pas à la maison. J'avais meublé la pièce d'un mince matelas de lit jumeau posé sur des briques et des planches et baptisé divan de jour, et d'une paire de bergères qui souffraient d'une sérieuse déficience structurelle. Je les avais recouvertes de jetés de lit en tissu indien – un effort qui, dans le registre décoration, dénonçait du sens pratique chez quelqu'un de vingt ans mais qui, à trente-cinq, ressemblait plutôt à du défaitisme. Ces fauteuils étaient si rembourrés, bosselés et de guingois qu'ils me faisaient souvent penser à deux gros alcoolos vêtus de vieilles fringues discourant inlassablement sur l'état de décadence du monde tout en avalant verre sur verre.

La pièce n'en possédait pas moins un charme indéniable, surtout lorsqu'une pâtisserie délicieuse cuisait dans le four d'à côté ou quand il y avait une coupure d'électricité et qu'il y faisait trop sombre pour voir grand-chose.

Quelques jours après la petite fête de Donald, Ben et moi nous retrouvâmes assis dans le bureau. Il pleuvait à verse, des rideaux de pluie qui éclaboussaient la fenêtre et martelaient bruyamment le toit. Otis refusant carrément de sortir, Ben s'était résigné à rester à la maison pour une fois et, assis par terre, s'employait à extraire des petites boules de poils du pelage labyrinthique du chien. J'étais impatient de savoir ce que Ben avait pensé de ma nièce ou, du moins, ce qu'ils avaient pu faire pendant presque deux heures quand ils étaient partis ensemble le jour de la fête. Cependant, chaque fois que je posais une question à ce sujet, il se dérobait du même ton évasif, exaspérant, que Barbara pratiquait régulièrement.

« Sais-tu ce que cela signifie, quand Otis se met comme ça sur le dos? » hasardai-je.

Ben me considéra d'un œil soupçonneux. « Je ne savais pas que cela signifiait quelque chose.

– Bien sûr que si. Chacun de leurs gestes a un sens. S'allonger sur le dos est une façon de se soumettre à ta volonté, sa manière de dire : " Tu as gagné, je ferai ce que tu voudras. "

– Comment le sais-tu?

– J'ai potassé la communication avec les chiens. » En attendant mon tour à la photocopieuse de la bibliothèque, j'avais feuilleté un vilain petit opuscule tristounet consacré au comportement canin, dans l'idée de glaner quelques détails amusants qui me permettraient de bluffer Ben. Après l'avoir parcouru en diagonale, cherchant des explications à l'attitude d'Otis et des trucs pour le dresser, j'avais fini par l'emprunter. Je n'avais pas l'intention de le montrer à Ben, de peur de paraître moins savant. Cela aurait été comme dévoiler les secrets d'un tour de magie. Je laissai donc mon information faire son chemin dans son esprit et revins à ma nièce.

« Alors, qu'est-ce que vous avez fait, tous les deux?

– Barbara et moi? dit Ben en haussant les épaules. On est allés au Pit. »

Le Pit était un renfoncement dans une allée piétonne proche de la bouche de métro de Harvard Square. Une population d'adolescents malsains y zonait en permanence, cheveux teints de couleurs étranges, blousons de cuir et sourcils percés. J'étais tellement à l'écart des mouvements de culture ado qu'il m'était impossible d'interpréter les coiffures et accoutrements des gamins agrégés en ce lieu, mais ils dégageaient collectivement un air de léthargie qui trahissait immanquablement l'usage de méga-tranquillisants. J'imaginais mal Ben, et même Barbara, s'intégrant à la scène.

« Qu'est-ce que vous avez fait là-bas?

– On n'est pas restés longtemps. Une des amies de Barbara était là, et quand elle a commencé à nous cracher dessus, on a dû partir.

– Vous cracher dessus! Mais pourquoi donc?

– Je ne sais pas exactement. Elle lui en voulait à cause d'une histoire d'ancien petit ami. Je ne crois pas que ma présence ait beaucoup arrangé les choses. » Il repoussa une mèche qui lui tombait dans l'œil. « Je crois qu'ils ont trouvé que je faisais trop gamin. »

C'était effectivement un gamin, mais à mon sens il ne « faisait » absolument pas gamin. Les gamins, pour commencer, n'admettent jamais qu'ils le sont, ni même qu'ils en ont l'air. Il lâcha Otis qui bondit sur le fauteuil où j'étais assis et se roula en boule à mon côté, la tête appuyée sur ma cuisse.

Je tenais un gros exemplaire relié de *Grandes Espérances* sur mes genoux. Nous avions abordé la discussion du roman la semaine précédente, et un frémissement d'intérêt et d'excitation avait traversé la salle de cours. Croyant d'abord que c'était parce que mes étudiants avaient commencé la lecture du livre, j'avais vite compris que chacun ayant déjà entendu parler de miss Havisham et connaissant l'existence de la robe, du gâteau et de tout le reste, dans leur esprit, c'était comme s'ils l'avaient lu. La discussion dégénéra vite en spéculations sur la désintégration affective de son caractère et l'altération de ses facultés mentales, ce qui n'avait absolument rien à voir avec les faits exposés dans le roman mais énormément avec les théories actuelles concernant l'agoraphobie, la ménopause et même la nutrition. Bien entendu, l'un des étudiants suggéra que miss Havisham souffrait d'allergies, hypothèse qui déclencha un enthousiasme confinant à l'hystérie. Je trouvais pour ma part miss Havisham peu sympathique, probablement parce que j'étais jaloux de sa vie de recluse.

Le téléphone sonna et, ne voulant pas déranger le chien, je demandai à Ben de répondre. Il décrocha et répéta « allô » à plusieurs reprises. « Il n'y a personne, me dit-il en me passant le récepteur. Ce doit être ton père.

– Comment a-t-il su que c'était moi ? demanda mon père.

– Il est médium. » J'étais aux anges : non seulement mon père me téléphonait de nouveau, mais Ben était témoin de nos bonnes relations. « Comment était ton week-end à Cape Cod ? demandai-je avec un enjouement forcé, tout en m'installant dans un vaste fauteuil.

– Sensationnel. Un grand motel, la plage à deux pas, un centre commercial tout près, idéalement situé. Roger s'est baigné trois fois. »

Encore Roger. Jusqu'à ce jour, mon père s'était débrouillé pour le citer sournoisement dans chacune de nos conversations ou presque, et je commençais à développer une sérieuse aversion pour son nom.

« Il n'est pas un peu tard dans la saison pour se baigner ?

– Oh, mais c'est un solide petit gaillard.

– Petit comment ?

– Ne fais pas ton malin. Roger a vécu un enfer, récemment, et il avait besoin de prendre un peu de bon temps.

– Je croyais que vous partiez en week-end d'amoureux, Diane et toi.

– Pour l'amour du Ciel, dit-il en chuchotant de sa voix rauque, est-ce que ce gamin écoute notre conversation ? »

Ben était près de l'électrophone, fouillant parmi les disques. « Il a ses propres problèmes, dis-je. Je ne m'inquiéterais pas, à ta place. Au fait, quel âge a ce Roger ?

– Une petite trentaine, mais il est en grande forme. »
Je poussai un grognement. Plus jeune que moi, et
mieux de sa personne. Il m'était impossible de com-
menter devant mon père l'apparence de qui que ce fût,
mâle ou femelle, sans provoquer chez lui une réaction
hostile. Si je disais qu'une femme était séduisante, il se
comportait comme si je tentais soudain de proclamer
mon hétérosexualité pour gagner son approbation. Et si
j'osais mentionner qu'un homme était sain, beau, ou
même élégant, ses yeux lançaient des éclairs de fureur
scandalisée, comme si je venais de décrire une fellation
en détail.

« Enfin, dis-je, je suis content que tu aies passé un
moment agréable. Quoi de neuf ?

– J'ai appris qu'Agnès avait fait un tour par chez toi,
ce week-end. Tu n'as pas...

– Elle n'est au courant de rien. » J'ai dû le dire trop
fort, car Otis sauta par terre et courut vers Ben, sa ridicule houppe de poils tressautant au sommet de son
crâne.

« Faisons en sorte que ça dure. Je n'aime pas du tout
l'idée qu'elle aille à Cambridge toutes les cinq minutes.
Qui est ce voisin ?

– Donald ?

– Elle l'a cité trois fois au cours des dernières vingt-
quatre heures. Qu'est-ce qui se passe au juste ?

– Il s'est montré gentil avec elle, rien de plus.

– Je n'aime pas l'idée qu'elle traîne avec des homosexuels.

– Il faut que je te quitte », dis-je alors. Je commençais à avoir l'impression qu'on avait glissé ma tête dans
un serre-joints.

« Écoute-moi, poursuivit-il, garde tes oreilles grandes

ouvertes au cas où il y aurait un joli appartement pas trop cher à Cambridge. Roger ne roule pas sur l'or, mais il ne veut pas se retrouver dans un taudis. »

Quand j'eus raccroché, Ben continua d'examiner la pile de disques et nous restâmes silencieux. Il me tournait le dos, un véritable soulagement en réalité car cela aurait été trop humiliant de le regarder en face dans un moment pareil. J'essayai de reconstituer la partie de la conversation qu'il avait entendue pour voir s'il était en mesure de lui donner un sens, mais toute l'affaire était trop floue dans ma tête, pataugeant en duo avec le marteau piqueur assourdi de ma migraine. Je datais mes problèmes de migraine du jour désastreux où j'avais révélé mon homosexualité à ma famille, mais je dois avouer que la réaction névrotique sous-jacente qui consistait à éprouver une douleur physique pour masquer quelque chose de plus profond remontait probablement à ma naissance.

Révéler mon homosexualité à ma famille alla pour moi de pair avec la série d'insultes, d'accès de colère, de larmes, de récriminations, d'excuses et de regrets qui est le prix habituel à payer pour ce type particulier de rite de passage, dans le cas où les choses ne se passent pas trop mal. L'épisode est pour l'essentiel inracontable, et je m'en félicite vu que je l'ai enterré dans une tombe remarquablement peu profonde. Il est peut-être vrai qu'une vie échappant à un examen scrupuleux ne mérite pas d'être vécue mais, avouons-le franchement, être abonné au câble rend les choses plus supportables.

Ce qui se détache le plus clairement dans mon esprit, ce sont les événements qui se produisirent un mois après ma grande déclaration. Je vivais à Minneapolis à l'époque, ayant une fois de plus laissé tomber la maîtrise que j'avais entreprise et dont je ne me rappelle même plus le sujet. J'avais déniché un emploi de réceptionniste dans un hôtel, activité à la limite du pathétique dans laquelle j'étais passé maître et que je devais ultérieurement accuser, au même titre que mes gènes, d'avoir provoqué l'affaiblissement prématuré de ma vue. Un jour, au travail, je reçus un paquet qui ne portait aucune mention de l'expéditeur. Cet imposant carton, que je commis l'erreur d'ouvrir en présence de mes collègues, contenait un assortiment de chemises, caleçons, cravates, foulards, bonnets de laine, chaussettes et gants. Bien que certains articles parussent avoir été déjà portés, ils semblaient neufs pour la plupart – les caleçons étaient encore dans leur enveloppe de cellophane, les chemises épinglées sur leur carton et les chaussettes attachées par une pince. C'était une collection assez consternante, à l'évidence des articles en solde, de la démarque ou du rebut d'usine, qui dégageaient pourtant une vague et déconcertante impression de déjà-vu.

« Eh, mec! Vise un peu cette harde! » s'exclama un de mes collègues en repérant une chemise à carreaux.

C'est à ce moment précis que j'identifiai le contenu du carton. Il s'agissait de tous les cadeaux que j'avais faits à mon père à l'occasion d'anniversaires, fêtes de Noël et autres célébrations au cours des huit ou dix dernières années. La honte dut s'inscrire sur mes traits car, bien que je n'aie rien dit, tout le monde cessa de rire. Je remis les vêtements dans le carton et retournai travailler.

Ce qui continua de me hanter pendant des années et dont je ne m'étais apparemment pas encore remis, c'est que mon père ait conservé tous ces affreux présents soldés dans un tiroir, un placard ou je ne sais quel fond de penderie, en guettant l'occasion idéale de me les réexpédier en bloc. Comme s'il spéculait sur le jour où je commettrais un acte totalement impardonnable et où il serait enfin libre de s'en débarrasser avec sa conscience pour lui. Je m'étais senti tellement humilié par la découverte de ce que j'appelais la Pochette-Surprise que j'empruntai la voiture d'un ami, roulai de nuit pendant quelques kilomètres et allai fourrer le tout au fond de la décharge d'un supermarché dans un quartier qui m'était totalement inconnu.

Ben mit l'électrophone en marche. Piano de bastringue, crincrins grattouilleux et vibrato palpitant d'une soprano hypertendue remplirent le silence. C'était un enregistrement de Libertad Lamarque, une chanteuse de tango assez connue à Buenos Aires dans les années 30, le choix idéal pour mon état d'esprit hypertendu.

« J'ai l'impression qu'Otis commence à te trouver un peu plus sympathique », dit Ben sans se retourner.

Associée au disque, cette réflexion visait si manifestement à me consoler que je me sentis soudain gêné.

« Je crois que tu as raison, répondis-je.

– Louise estime que nous sommes tous les trois des chiens perdus, Otis, moi et elle. Tu penses que c'est vrai ?

– Tout dépend dans quel sens elle l'entend. »

Il se tourna enfin et regarda par la fenêtre, sans rencontrer mes yeux. « C'est un compliment, à mon avis. J'aime d'autant plus Otis qu'il était abandonné. Barbara dit la même chose. Elle adore les chiens mais ils ne peuvent pas en avoir parce que Agnès est allergique à tous les animaux. Ça te paraît possible ?

– Non. Bien sûr que non. C'est seulement... » Je me touchai le front de l'index.

« C'est bien ce que je me disais. C'est aussi l'avis de Barbara. Elle m'a dit que tout a commencé quand son père les a plaquées.

– Oh, les problèmes d'Agnès datent de bien avant ça. »

D'abord, Agnès avait craint de ne jamais trouver de mari ; après quoi, elle s'était inquiétée de perdre celui qu'elle avait, inquiétude qu'elle exprimait en accordant en permanence une attention excessive à la santé de Davis. Barbara avait été la cause de bien des misères parce qu'elle était une enfant maladive et que Davis avait toujours semblé mal à l'aise avec elle, comme avec la notion de paternité. Il m'avait confié un jour, alors que Barbara était encore toute petite, qu'il redoutait de moins plaire aux femmes depuis qu'il était père. Cette réflexion m'avait choqué parce qu'il ne m'était jamais venu à l'idée qu'il puisse seulement leur plaire, avec ou sans enfant. Personnellement, j'avais toujours soupçonné qu'Agnès avait été légèrement soulagée du départ de Davis, en ce sens qu'elle n'avait plus besoin de craindre qu'il la quitte, vu qu'il était déjà parti.

« Ses allergies ont empiré quand le père de Barbara les a quittées, affirma Ben. Cela arrive souvent quand des hommes abandonnent leur famille. C'est là que Louise et moi avons un grand avantage. Louise n'a jamais donné à mon père l'occasion de nous abandonner, vu que c'est elle qui est partie la première. »

J'opinai de la tête. Je prenais des précautions ridicules pour ne rien dire devant lui qui puisse passer pour trop intime. Même si je parlais d'Otis, j'évitais des mots tels que lit, dormir, peau et langue. Et le mot père, j'en prenais conscience en cet instant, était aussi de ceux que je fuyais, sauf quand il s'agissait du mien. Je décidai cependant de tenter ma chance. « Tu penses souvent à ton père ?

— Non, dit-il avec une emphase suspecte.

— Tu n'es même pas un peu curieux ?

— Pas autant qu'on pourrait le croire. D'ailleurs, on ne s'entendrait probablement pas. Cela se passe comme ça, en général. »

Ce disant, son regard s'attardait sur le téléphone, ce qui m'incita à penser qu'il avait retenu plus de choses que je ne le pensais de ma conversation avec mon père.

Une heure plus tard, le ciel s'étant éclairci, je raccompagnai Ben jusqu'à mi-chemin de chez lui. Mais en rentrant chez moi, comme j'arrivais devant la maison, il se remit à pleuvoir, une forte averse qui évoquait un robinet ouvert. Je restai debout sur le perron, abrité par le toit, et regardai la pluie lessiver la rue, emportant feuilles mortes et détritus dans les caniveaux surchargés. L'une des mères de famille d'une maigreur hystérique qui habitaient la maison voisine remonta le trottoir en courant, un sac de linge en travers de l'épaule, ses longs cheveux noirs flottant tel un drapeau. J'agitai le bras à son passage. Elle leva les yeux et m'adressa un geste grossier. Une voiture passa en trombe, arrosant les marches d'eau et de feuilles pourrissantes. Donald apparut au bout de la rue. Il marchait d'un pas tranquille, abrité sous un monstrueux parapluie noir presque aussi grand qu'une petite tente. Il s'arrêta à quelques maisons de la nôtre, ramassa une bouteille de lait en plastique sur le trottoir et la jeta dans une poubelle. Arrivé devant notre porte, il fit tout un cinéma pour s'extraire de la protection du parapluie et le refermer avec soin sans qu'une goutte de pluie n'effleure son crâne. Le dos de son manteau était trempé comme si on l'avait visé avec une lance d'arrosage, mais ses cheveux couleur de bande Velpeau étaient parfaitement secs, pas une mèche de travers.

Je le saluai d'un signe de tête et le remerciai de m'avoir invité à son barbecue. « Il n'y a vraiment pas de quoi ! » dit-il en secouant son parapluie pour faire tomber les gouttes. « Ça s'est plutôt bien passé, non ? C'est la première fête que je donne depuis longtemps. Je me suis dit que tôt ou tard, il faudrait que je me décide à briser la glace et à affronter de nouveau le monde. »

Il devait faire allusion à quelque crise personnelle dont je jugeai préférable de ne pas m'enquérir.

« Comment va votre ami qui a eu cet accident ?

— Jerry ? Il s'en est bien sorti. Ils l'ont mis en désintoxication, le pauvre bougre, trente jours sans rien faire d'autre que regarder la télé et dire des bêtises avec une bande d'alcoolos. Mais que sont devenus tous ces hamburgers, j'aimerais bien le savoir.

— Heureusement qu'Agnès avait apporté des cookies. »

En entendant le nom de ma sœur, il prit l'air grave et me regarda longuement, peut-être pour analyser le sens caché de ma phrase. Ses sourcils délavés se rapprochèrent mais il ne dit rien. Nous entrâmes ensemble dans le vestibule sombre de la maison. Il y flottait une discrète odeur de pipi de chat, comme c'est souvent le cas par des journées pluvieuses ou humides. Lors de mon emménagement, j'avais passé un après-midi à récurer le sol à l'aide de divers détergents pour éliminer les odeurs d'animaux familiers, nonobstant le fait que la forte odeur chimique des produits en question ressemblait étonnamment à celle du pipi de chat.

Nous restâmes silencieux, fouillant dans nos trousseaux de clés respectifs, si proches l'un de l'autre que nous nous rentrions quasiment dedans. Ayant ouvert sa porte, il se tourna vers moi comme pour m'inciter à lui demander quelque chose, mais quoi, je ne sus le deviner. « Attendez, Clyde, finit-il par dire. Entrez un instant, vous voulez ? »

Je déposai mon parapluie à ma porte et le suivis chez lui.

Le salon était aussi peu meublé que dans mon pronostic. Les haut-parleurs qu'il avait sortis dans le jardin le jour du déjeuner étaient déconnectés et empilés dans un coin. Un philodendron solitaire, maigre comme une quenouille, se dressait dans un pot en plastique blanc près de la fenêtre. Sur le canapé marron, il y avait un drap chiffonné et grisâtre, ainsi qu'un oreiller. Montrez-moi un homme qui dort sur son canapé et je vous montrerai un homme décidé à croire qu'il peut y avoir une forme de vie sur les autres planètes. Je suivis Donald le long d'un couloir sombre et étroit qui contournait la cage d'escalier de notre appartement. Au lieu de se pencher en avant ou de baisser la tête, il se renversa maladroitement en arrière, tel un danseur de limbo se glissant sous la barre. Il souleva une des chaises de la cuisine et laissa tomber une pile de linge par terre. « Asseyez-vous, proposa-t-il en joignant le geste à la parole. Laissez-moi vous servir une bière ou autre chose.

— Vaut mieux pas.

— Vous avez un cours ce soir ?

— Non, mais des lectures à rattraper. »

Il hocha la tête en signe d'approbation, puis la secoua en signe d'effarement.

« C'est un boulot terrible, mon vieux. Ça craint, non?

— Eh bien...

— Je sais, ne me dites rien – j'ai de la veine d'avoir un emploi. Je sais ce que c'est, vous pouvez me faire confiance. Le problème, c'est qu'il y a un petit moment de ça, je me suis mis dans la tête qu'il fallait avoir une spécialisation. J'ai suivi une formation de huit mois pour ce travail. Huit mois au salaire minimum, mais regardez ce que ça m'a rapporté. Même s'il y a des jours où le stress est tel que j'ai l'impression que je vais finir par en crever. »

J'acquiesçai. Essayer de persuader les gens que vous allez faire repousser leurs cheveux alors que, médicalement, c'est une entreprise impossible, voilà qui doit être éprouvant.

Sa cuisine était nettement plus petite que la nôtre, avec des murs couverts de panneaux couleur chocolat au lait. Il y avait deux calendriers punaisés, tous deux illustrés de photos d'aliments tellement luisantes et sensuelles que ça en devenait vaguement pornographique. J'avais la nette impression qu'elles avaient été placées là par le précédent locataire. La cuisinière croulait sous les cocottes et les poêles en fonte qui semblaient trop vieilles et trop rouillées pour avoir récemment servi. La plupart des placards étaient ouverts, et vides.

Donald enleva son manteau et sa blouse de laborantin, alla jusqu'à la porte d'une pièce qui donnait dans la cuisine et jeta le tout à l'intérieur. Puis il se dirigea vers le réfrigérateur, dont il sortit une bouteille en plastique remplie de Coca light. Quand il dévissa la capsule, le liquide jaillit sur lui, mais cela ne parut pas le gêner. Il fourra la bouteille dans sa bouche et avala la mousse.

« Clyde, je voulais vous dire... » Il marqua une pause. Son visage se contorsionna comme s'il avait avalé une arête de poisson. Et il rota. « Je voulais m'excuser pour mon ami Mark Greeley. Ne faites pas attention à lui.

– Je ne suis pas certain de savoir ce qui s'est vraiment passé. Il m'a paru un peu agressif.

– N'y pensez plus. » Il balaya d'un geste les vêtements qui encombraient l'autre chaise et s'assit en face de moi devant la petite table en Formica. « Il fait partie de ces Blancs qui en veulent à la terre entière, juste parce qu'il ne trouve pas de bonne femme avec qui baiser. Maintenant, il s'est mis dans la tête d'entrer à la Harvard Business School. Du pur délire. L'an dernier, il s'est fait jeter d'une session de formation pour la réparation des climatisations parce qu'il avait menacé un des profs. Il finira probablement par mettre le feu à un MacDo ou un truc dans ce genre.

– Comment l'avez-vous connu ? »

Il leva les mains.

« Je ne peux pas vous le dire, mon vieux. Nous avons pour règle, à la clinique, de respecter l'anonymat des patients. Les types sont étrangement susceptibles concernant la chute de leurs cheveux. J'en vois certains marcher dans la rue et je peux vous dire rien qu'à leur pas qu'ils sont en train de devenir chauves. Vous voyez un type entrer dans une pièce éclairée par un plafonnier en rentrant le cou dans les épaules ? C'est qu'il y a un paquet de cheveux sur sa taie d'oreiller, je peux vous le garantir. Tout ça vient de... » Il s'empoigna l'entre-jambe et haussa les épaules.

Son visage pâteux redevint sérieux et il me regarda comme s'il me suppliait de l'aider à accoucher de ce qu'il n'osait pas dire. Ses yeux sombres voyagèrent de ma bouche à mes yeux, puis à mon nez, comme s'il essayait de reconstituer mon visage. Je regardai autour de moi pour essayer de trouver un sujet de conversation et fixai mon choix sur un cliché flou représentant un chat jaune qui était scotché sur la porte du réfrigérateur.

« C'est votre chat ?

— Pour sûr que c'est le mien. Enfin, ça l'était. Jusqu'à ce que mon ancienne petite amie parte avec.

— Oh, je suis navré. Il a l'air... mignon. »

C'était une photo en gros plan. Le chat, la gueule grande ouverte, montrait les dents. Un animal d'aspect féroce, semblable à ces bêtes sauvages que l'on voit en train de déchiqueter un zèbre dans *National Geographic*.

« Le meilleur chat du monde. » Il reprit sa bouteille et la vida à moitié.

« Il doit vous manquer.

— Oh, oui, mais que voulez-vous faire... ?

— Ça a duré longtemps avec cette petite amie ?

— Non, pas très. Dans les trois, quatre ans. À vrai dire, six. »

Il me regarda droit dans les yeux et ses traits s'affaissèrent légèrement. Ses propres yeux, soudain tristes, s'embuèrent. Je craignis un instant qu'il ne fonde en larmes.

« Je vais vous dire une chose, Clyde... Je peux vous parler franchement, hein ?

— Bien entendu, dis-je, espérant qu'il n'en ferait rien.

— Elle m'a plaqué pour une femme. Vous vous rendez compte ? Je n'arrivais pas à le croire. Après toutes ces années, voilà qu'elle devient homo, enfin, lesbienne. Oh, excusez-moi...

— Pas de problème.

— C'est-à-dire... Si je n'avais pas la tête sur les

épaules, vous savez, un truc pareil aurait pu me donner des complexes. Vous voyez ce que je veux dire ? Il y a des types qui penseraient : Hé là ! Si elle préfère vraiment les filles, pourquoi est-elle restée six, sept ans avec moi ?

— Je pense que cela n'a absolument rien à voir avec vous. Elle ne savait sans doute pas très bien où elle en était. Ou alors elle a changé. »

Il me lança un de ses regards pénétrants.

« C'est ce que m'a dit mon psy. Elle m'a forcé à consulter un psy. J'y suis allé six fois. » Il claqua les doigts. « Il a éclairci tout ça en deux temps, trois mouvements. Maintenant, écoutez-moi. Je n'ai parlé à personne d'autre de cette histoire de lesbienne, alors par pitié, n'allez pas répandre ça partout. » Il s'empara de la bouteille, avala ce qui restait de soda et jeta le récipient vide dans l'évier. « Évidemment, je n'ai parlé du psy à personne non plus. Tous ces paumés qui étaient à mon déjeuner tomberaient raides morts s'ils l'apprenaient, quand bien même ils auraient avantage à y faire un tour, eux aussi.

— Il y a longtemps que vous avez rompu ?

— Pas loin d'un an. J'en suis à peu près remis, maintenant. Je m'en foutais pas mal, en vérité. De mon point de vue, nous avons eu sept ou huit bonnes années ensemble, alors c'était le moment de changer, de toute façon. Même la plupart des mariages ne durent pas dix ans. Remarquez, je n'ai jamais pu la convaincre de m'épouser. Mais les choses ont commencé à aller mieux quand j'ai emménagé ici. »

Je hochai la tête, laissant mon regard errer dans la sinistre cuisine. Il avait punaisé un sac-poubelle en plastique vert sur la fenêtre au-dessus de l'évier et aligné une rangée de conteneurs de jus d'orange surgelé qu'il utilisait manifestement comme verres.

« Je me rends bien compte, soyez tranquille. Cet endroit est un taudis, une vraie maison des horreurs. Mais qu'y puis-je? Je travaille, je rentre chez moi, j'engloutis une ou deux pizzas et je vais me coucher. Je n'ai pas une minute pour l'arranger.

– Je comprends tout à fait. »

L'espace d'un instant, j'envisageai de lui dire, pour Gordon. Un réflexe de solidarité. Mais j'avais acheté deux sandwiches salade-poulet-mayonnaise sur le chemin du retour et ils commençaient à se faire lourds dans la poche de ma veste. J'avais hâte de grimper à l'étage, de les dévorer et d'oublier ma conversation avec mon père.

« Au fait, dis-je, je voulais vous remercier de vous être si gentiment occupé de ma sœur l'autre jour. Elle a passé un excellent moment. Mon père me l'a encore dit cet après-midi. »

Voilà qu'il recommençait à faire d'étranges grimaces, étirant le cou comme s'il voulait l'allonger. Il porta la main à sa bouche, émit un autre rot et sourit.

« C'est de ça que je voulais vous parler. Je voulais vous parler de cette chère Agnès. Vous savez », il se frotta le visage, « vous savez, je crois qu'il n'y a pas de honte à vous dire que je l'ai trouvée drôlement intéressante.

– Agnès est très intéressante.

– Bon, écoutez, je vais aller droit au fait, d'accord? Je voudrais l'inviter au cinéma, mais... je sens qu'elle est timide, pas sûre d'elle, enfin, quelque chose. Je ne voudrais pas m'y prendre de travers, la vexer ou un truc comme ça. La complexer ou je ne sais quoi. »

Un camion passa dans la rue et une des casseroles empilées sur le comptoir changea de place. Nous nous retournâmes pour la regarder. Il me vint à l'esprit qu'il suffisait de lui dire qu'Agnès sortait avec quelqu'un pour mettre fin à cette histoire.

« C'est que, pour autant que je sache, Agnès n'est pas si fana de cinéma que ça. » Agnès avait récemment décidé qu'il n'était pas raisonnable de rester assis dans une salle obscure au milieu d'un tas d'étrangers dont n'importe lequel pouvait très bien être porteur d'une arme ou d'un virus transmissible par l'air.

« Qu'est-ce que vous essayez de me dire, au juste ? "Laissez tomber, Donald." C'est ça ? »

C'est exactement ce que j'essayais de dire. Mais pendant le bref intervalle qui avait suivi sa question, j'avais pris conscience que cela ne me regardait pas et qu'à tout le moins Agnès avait grand besoin d'une sortie. Il lui remontait le moral.

« Non, je voulais simplement dire que dîner dehors serait une meilleure idée.

— Ah, voilà qui me plaît ! » Il afficha un large sourire, sa petite bouche écartant ses joues rebondies. « Dîner. Pour parler franchement, je ne suis pas fou de cinéma, moi non plus. Dites, vous voulez rester, on commandera une pizza ?

— Il ne vaut mieux pas. J'ai déjà acheté quelque chose en chemin.

— Je comprends. Dites, vous ne pensez pas que la différence d'âge pourrait poser un problème ? Je dois être un peu plus jeune qu'elle. Trente-quatre.

— Agnès n'a que trente-sept ans, dis-je, allégeant ma sœur de deux années.

— Sans blague ? Eh bien, mon vieux, elle doit se

mettre des super crèmes émollientes, je peux vous le dire. Je lui en aurai donné trente-cinq, pas un de plus. Tenez... » Il se leva avec entrain et se mit à farfouiller dans les tiroirs du comptoir. « Je suis content d'avoir pris mon courage à deux mains pour vous parler. Vous n'auriez pas un stylo, des fois? Je suis rudement content, Clyde, parce que je vais vous dire, j'ai pas mal pensé à votre sœur ces derniers jours. J'ai même sauté des repas à cause d'elle. Ah, ça y est, tenez. » Il me tendit un bout de papier et un crayon rouge. « Écrivez juste son numéro. Dans le New Hampshire, c'est ça? Seigneur, je n'ai pas mis les pieds à la campagne depuis des siècles.

— Je ne suis pas sûr que vous appelleriez ça la campagne...

— Je peux me fondre dans ce décor rural. Les boutiques de souvenirs, les motels, tout le tralala. Ça va être chouette, pour changer. »

Il regarda par-dessus mon épaule pendant que je griffonnais le numéro d'Agnès.

« Longue distance, marmonna-t-il. Enfin, que diable, le pire qui puisse m'arriver, c'est qu'elle m'envoie péter.

— Je ne pense pas qu'elle fasse une chose pareille.

— Non. Trop de classe, hein? »

13

Bien que je n'aie réussi à effacer Gordon ni de mon cœur ni de mon esprit, je ne me berçais pas d'illusions au point de me garder physiquement pour lui. J'avais une vie sexuelle, quoique sporadique et strictement limitée à la satisfaction du besoin biologique de base. Le plus curieux, cependant, est que cela me satisfaisait assez, davantage, à la limite, que lorsque j'avais une liaison régulière, solution qui promettait plus que le simple orgasme mais apportait invariablement moins.

Dans les mois qui suivirent le départ de Gordon, je passai la majeure partie de mon temps à errer dans la maison avec la gueule de bois. Non que j'aie commencé à boire, ni, sincèrement, que Gordon m'ait tant manqué que ça. C'est juste que le sentiment d'avoir été rejeté me pesait tant qu'il m'arrivait, certains matins, d'avoir du mal à me lever, et d'autres, de ne même pas prendre la peine d'essayer.

Son départ et les émotions afférentes se confondirent avec la mort de ma mère, qui agit comme un révélateur. Certes, elle me manquait, mais j'avais secrètement nourri l'espoir, non sans un certain sentiment de culpabilité, que sa mort nous rapprocherait, mon père et moi. Dans cette perspective, j'avais pris l'initiative de l'emmener dîner un soir, un mois après les obsèques. L'essentiel du repas s'écoula dans un morne silence dont je réussis à me convaincre qu'il était imputable à notre deuil commun. Vers la fin du dîner, mon père me regarda avec une authentique expression de bonté. « Je sais que je ne dis pas souvent ce genre de choses, mais je tiens à te remercier, lâcha-t-il d'une voix étranglée.

– De quoi ? » commis-je l'erreur de demander. C'était précisément le genre d'instant sentimental, baisse-ta-garde, que j'attendais depuis le début de la soirée, et depuis tant d'années avant cela. Je n'avais qu'un regret, d'avoir été trop intimidé pour ouvrir moi-même les vannes du flux de sentiments. Je m'imaginais déjà en train de refuser poliment, faux jeton au possible, la grati-tude qu'il n'allait pas manquer, je voyais ça d'ici, de m'exprimer pour avoir participé à l'organisation des funérailles et trouvé un médecin disposé à prescrire des calmants à Agnès afin qu'elle puisse tenir le coup lors de l'interminable et morbide cérémonie qui accompagne un enterrement catholique.

« Eh bien », dit-il en tapotant pensivement le verre vide qui se trouvait devant lui, « pour ne pas t'être affi-ché à la veillée mortuaire affublé de ce garçon que tu fréquentes.

– Gordon ?

– Peu importe son nom. Tu ne t'es pas fait couper les cheveux comme je te l'avais demandé, mais je suis disposé à oublier ce point car l'autre était beaucoup plus important à mes yeux. »

L'avant-veille du décès de ma mère, Gordon était parti avec deux amis passer une semaine de vacances à Saint Croix, voyage qui avait marqué le commencement de la fin de notre liaison.

« Il était à l'étranger, expliquai-je.

– Ouais, eh bien, d'ici deux ou trois semaines, quand je tomberai raide mort, je prie le Ciel qu'il y soit toujours, à l'étranger. Et aussi, sois gentil de ne pas porter cette bague à mon enterrement.

– Je n'ai jamais porté de bague de ma vie », affirmai-je, pas tout à fait sincère mais un peu quand même puisque j'étais quasiment certain de ne jamais en avoir porté en sa présence.

« Ah, bon. J'avais pourtant cette impression. C'était une erreur. Mais ne sors pas de tes gonds pour ça. »

Quand l'addition arriva, il insista pour payer sa part au lieu de me laisser l'inviter comme nous en étions convenus.

« Je te devrais une invitation, et après quoi ça serait chacun son tour jusqu'à la fin des temps. Maintenant que ta mère est morte, nous allons avoir encore moins de raisons de nous rencontrer, alors autant payer chacun pour soi. »

Bref, environ six mois après que Gordon fut parti et que j'eus enfin réussi à m'extraire de mon lit, je commençai à sortir avec des amis d'amis. Ces soirées impliquaient de longues heures assis dans un restaurant hors de prix à échanger des bribes de vie privée à la fois censurées et exagérées avec un type qui travaillait dans l'informatique et voyait un psy. Ces soliloques interminables tuaient dans l'œuf toute possibilité d'attirance réciproque et charriaient une telle quantité de détails qu'il devenait impossible de projeter le moindre fantasme sur l'autre personne. Parce que toutes ces rencontres étaient liées à la notion de sexe sans risque, apprendre à mieux connaître son partenaire et se comporter en individu responsable vis-à-vis du sida dans un sens large et métaphorique qui n'avait pas grand-chose à voir avec la réalité de la transmission virale, la soirée se terminait généralement par un chaste baiser et des projets de cinoche – ou d'un autre dîner – pour être vraiment bien sûr que si nous devions finir par nous déshabiller, il n'y aurait plus une miette de spontanéité ni de lubricité en nous. Je trouvais ces échanges tellement frustrants à tous égards que souvent, aussitôt le dîner terminé, je filais directement vers des lieux de rencontre où je pouvais m'adonner à des activités sexuelles responsables et anonymes sans m'encombrer de diplômes universitaires, d'arbres généalogiques et de piquantes anecdotes de collègues de bureau. Je mis plusieurs mois à comprendre que je ferais mieux de laisser tomber les rendez-vous et me limiter aux rencontres fortuites. C'était une gestion plus rentable de mon temps.

Je découvris également que si de vilaines lunettes noires et une présentation légèrement débraillée jouaient en ma défaveur dans les restaurants hors de prix, ils étaient un véritable atout dans les bosquets, apportant un supplément d'hostilité menaçante qui semblait fort prisé.

À la faveur de ces tripotages de hasard, j'avais fini par récolter deux ou trois copains avec qui je ne couchais pas et quelques partenaires sexuels semi-réguliers avec qui je n'étais pas particulièrement ami.

La vedette du deuxième groupe était un dénommé Bernie, individu aussi amusant qu'exaspérant. Nous nous étions rencontrés quelques années plus tôt dans le même genre de circonstance furtive et, bien que nous ne nous soyons pas vus plus d'une douzaine de fois depuis lors, il avait acquis une certaine importance parmi les protagonistes mineurs de ma vie. Bernie, comme la plupart de mes partenaires semi-réguliers, avait un amant. Richie, l'amant en question, était un peintre en bâtiments névrosé et famélique à qui, m'avait-on confié, je ressemblais de façon saisissante même si, pour des raisons évidentes, je ne l'avais jamais rencontré. Cela faisait dix ans que Bernie et Richie étaient ensemble, et Bernie avait beau affirmer qu'ils n'arrêtaient pas de se disputer, il était évident qu'ils ne se quitteraient jamais. Il ne fallait pas être bien perspicace pour comprendre que Bernie n'avait été attiré par moi qu'en raison de ma ressemblance avec Richie. Et le fait que Bernie ressemblât étrangement à Gordon – Gordon avant qu'il ne se soit toqué de musculation et ait remodelé son corps selon des lignes beaucoup plus nettes mais assurément moins intéressantes – était la raison principale de l'attirance qu'il exerçait sur moi.

Comme Bernie vivait avec son amant, je devais attendre ses appels et ne pas lui téléphoner, au risque de compromettre le caractère sacré de son union. J'avais de ses nouvelles tous les deux ou trois mois, au gré des chantiers que Richie obtenait en dehors de la ville, mais aussi de l'humeur de Bernie. Dans l'intervalle, je pensais assez peu à lui, et toujours avec la même affection un rien agacée : « Le petit enfoiré », et ainsi de suite, le tout accompagné de vibrantes réminiscences érotiques.

La dernière fois qu'il m'avait fait signe, c'était avant l'arrivée de Louise. Et puis, une semaine environ après ma rencontre avec Donald, il me téléphona.

« Salut, Clyde, dit-il de ce ton désabusé et vaguement moqueur qui caractérisait sa personnalité téléphonique.

– Ah, Bernie », dis-je. J'étais toujours enchanté de l'entendre, même s'il ne me semblait pas indiqué de manifester un enthousiasme excessif. Recevoir un coup de fil de lui, c'était un peu comme de trouver dans mon courrier un chèque inattendu.

« Qu'est-ce que tu fais ? demanda-t-il.

— Rien », répondis-je, sincère comme à mon habitude.

Je me sentais toujours en position d'infériorité lorsque j'étais au téléphone avec Bernie car c'était un moyen de communication qu'il utilisait avec une très grande aisance, comme ces gens qui sont des nageurs-nés ou des chanteurs époustouflants sans avoir jamais pris de leçons. Même sa façon de tenir le combiné, gracieusement lové entre menton et épaule, donnait l'illusion que l'instrument faisait partie de son corps. L'essentiel de l'existence de Bernie consistait en une longue chaîne d'interminables conversations téléphoniques qui se succédaient sans hiatus, comme les gens qui allument une cigarette après l'autre.

« Si tu passes dans le coin cet après-midi, proposa-t-il, viens donc me voir, on boira une tasse de café. »

Il eût été plus honnête de formuler la chose ainsi : « Est-ce que tu peux venir à deux heures et demie, qu'on tire un coup ? » Mais, soucieux, j'imagine, d'éviter la blessure d'un éventuel refus — il arrivait que j'aie d'autres projets et, dans l'ensemble, c'était un type assez peu sûr de lui —, il avait toujours recours à une formule moins explicite.

Il se trouve que j'avais des projets pour cet après-midi-là. J'avais accepté de conduire Ben en banlieue pour acheter des disques d'occasion dans un vaste entre-pôt et d'emmener ensuite Otis en promenade. Mais depuis que Ben avait surpris mon humiliante conversa-tion téléphonique avec mon père, j'avais moins envie de le voir. Je griffonnai un mot prétextant une réunion imprévue à l'Académie parallèle et le posai près de l'écuelle d'Otis. Assis sur une des chaises de la cuisine, le chien me regarda faire, la tête haute. Une attitude impérieuse dont la condescendance était à peine atténuée par le ridicule toupet de poils qui lui servait de couronne.

« Je me demande en quoi ça peut te déranger, dis-je, vu que tu auras ta promenade quoi qu'il arrive. »

Il me gratifia d'un couinement pathétique et se coucha en laissant pendre sa tête dans le vide. Cet air d'abject chagrin et le cri je-t'en-prie-ne-m'abandonne-pas qui l'accompagnait me rendaient malade chaque fois que je quittais la maison. Quand je m'approchai de lui pour lui gratter la tête, il roula aussitôt sur le dos, pattes écartées et ventre soyeusement exposé : fais de moi ce que tu voudras mais ne me laisse pas seul ici.

« Je préférais l'époque où tu ne m'accordais pas un regard », lui dis-je. Ce qui n'était pas vrai. « Je sors juste un instant pour aller te chercher à manger, d'accord ? »

Si curieux que ça puisse paraître, j'avais moins honte de le laisser tomber quand je prononçais ce pieux mensonge. Comme s'il comprenait mon propos. Ou plutôt comme si, l'ayant compris, il m'avait pardonné.

Bernie et Richie vivaient dans le North End de Boston, un quartier italien constitué de rues surpeuplées, de vieux cimetières et de perspectives saisissantes sur le port de la ville. Leur appartement se trouvait au dernier étage d'un immeuble incroyablement étriqué qui dégageait de telles fragrances de café et de riches viandes rôties que la tête me tournait dès que je pénétrais dans le hall d'entrée. Les autres étages étaient occupés par un assortiment de couples âgés et de veuves sur le retour qui semblaient accepter les garçons d'en haut avec une surprenante tolérance et me reluquaient d'un air désapprobateur chaque fois que je sonnais à leur porte. Cet après-midi-là, lorsque j'eus gravi les quatre volées de marches fissurées, Bernie m'attendait comme d'habitude sur le seuil, son éternel téléphone sans fil niché au creux de l'épaule. Il travaillait comme serveur dans un des nombreux restaurants du voisinage et je n'avais pas souvenir d'être arrivé une seule fois chez lui sans le trouver en train de discuter avec un collègue d'un problème d'horaire de travail ou de maître d'hôtel qui faisait du favoritisme à leurs dépens. Bernie semblait vivre dans un état de révolte permanente contre des insultes ou des offenses mineures.

Il m'accueillit d'un signe de tête et me désigna le couloir qui conduisait au salon.

Bernie collectionnait tout objet antérieur à la Seconde Guerre mondiale, à condition qu'il fût excentrique et de mauvais goût. Dix années de collecte d'objets kitsch débordaient des étagères, rebords de fenêtre et dessus de table : figurines de céramique et animaux miniature, assiettes, tasses, cendriers touristiques et vieux magazines, icônes religieuses, lampes grotesques, pancartes peintes à la main et jouets d'enfants. J'aimais beaucoup le fouillis chaleureux de cet appartement, toutes ces saloperies inutiles et ce mobilier massif, qui paraissaient garantir que Richie et lui étaient voués pour l'éternité à leur problématique association domestique. Si seulement, me disais-je parfois, Gordon n'avait été aussi farouchement minimaliste. Je m'affalai dans un des fauteuils capitonnés en veillant à exposer mes jambes et ma braguette de la manière la plus provocante possible.

Bernie me rejoignit enfin dans la pièce et se laissa nerveusement tomber sur le canapé en parlant comme s'il était toujours au téléphone et essayant d'arracher l'emballage d'un paquet de chewing-gum. Il était petit, comme Gordon, avec le même corps trapu et massif – un corps de boxeur ayant raccroché les gants depuis une douzaine d'années.

« Ça fait sept ans que je travaille dans cet endroit, sept ans, et je suis leur meilleur serveur et ils le savent très bien, alors il n'est pas question que je supporte ces conneries. » Il avait une façon bien à lui de prononcer les gros mots, en les mâchonnant dans sa bouche avant de les recracher comme si c'était des monologues de trois pages. « La réalité, c'est que je refuse de travailler dans des conditions pareilles, un point c'est tout. Franchement, tu trouves que j'ai tort ? Je veux dire, tu me blâmes ? »

Je haussai les épaules et levai les mains. D'expérience, je savais que si je manifestais trop d'intérêt ou de compassion pour les problèmes de Bernie, il me battrait froid, comme si je ne jouais pas mon rôle selon les règles ou me montrais trop possessif à son égard.

« Non, tu ne peux pas comprendre. Je n'en attendais pas tant de toi, remarque. Tu n'es pas mieux que Richie. » Il enfourna trois tablettes de chewing-gum dans sa bouche et se mit à mastiquer. « Que penses-tu de cette lampe, demanda-t-il entre les bulles. Je l'ai achetée hier aux enchères. » Il désigna une lampe victorienne dégoulinante de perles de cristal à facettes dont l'abat-jour en verre était fêlé. L'ensemble gisait dans un coin, comme relégué. « Cent dollars. C'est trop cher, mais je m'en *fffous*. Je veux dire, on ne vit qu'une fois, non ? Si Richie s'absente cinq jours, autant que je prenne un peu l'air et dépense du fric. Bien fait pour lui. »

Il poussa un soupir et caressa l'appartement du regard en balançant nerveusement ses jambes croisées. Il était moulé dans un jean collant, absolument impeccable et d'un bleu méticuleusement délavé. Sans aucun doute le résultat, entre autres, de la fièvre d'achats compulsifs de la veille. Accompagné d'une chemise sans col de couleur puce, dont les boutons étaient remplacés par une fermeture à glissière. Ses cheveux, coupés en brosse comme dans l'armée, avaient acquis depuis notre dernière rencontre une teinte blond platine des moins naturelles, et particulièrement peu seyante. Comme Gordon, Bernie estimait que Madonna était géniale, même si la chose qu'il admirait le plus en elle était son aptitude à attirer n'importe qui dans son lit.

Je l'écoutai soliloquer en hochant la tête de temps à autre et marmonnant un commentaire qui ne m'engageait pas trop. En dépit de son monologue égocentrique, Bernie demeurait un type profondément généreux et je pouvais capter, au milieu de son délire verbal, des commentaires soucieux sur un ami malade dont il prenait soin ou un voisin âgé et grincheux à qui il rapportait des repas entiers du restaurant. Je laissai passer un laps de temps raisonnable avant de demander, mine de rien : « Alors, comme ça, Richie a quitté la ville ? »

Il leva les yeux vers moi, cessa de mâchonner et dit, pris d'une soudaine timidité : « Ouais. » Il récupéra son chewing-gum, le lâcha dans un des innombrables cendriers disponibles et coula un regard furtif vers mon corps.

« La lumière est vraiment aveuglante dans cette pièce, dis-je alors qu'un gris métallique de fin octobre recouvrait uniformément le ciel.

— Tu trouves? »

J'acquiesçai de la tête. « Oui. Tu devrais peut-être abaisser le store. »

Il se leva, avança d'un pas nonchalant jusqu'à la fenêtre en faisant valoir son petit cul ferme sanglé dans le blue-jean neuf. Bernie dégageait quelque chose d'incroyablement charnel et langoureux. Sa manie de téléphoner à longueur de temps, ses jérémiades éternelles, son ton de supériorité morale qui ne convainquait personne, ne faisaient que renforcer son charme. Au fond, il était mieux dans sa peau que quiconque de ma connaissance, parce qu'il acceptait joyeusement ses défauts et satisfaisait toutes ses pulsions.

Je souhaitais qu'il ne se sépare jamais de Richie. Bernie n'était pas le genre de type à s'en sortir seul. S'il faisait monter des garçons à l'appartement dès que Richie quittait la ville, c'est probablement parce que son compagnon lui manquait. J'ai toujours senti ce qu'il y avait d'héroïque chez les gens qui ont désespérément besoin de la compagnie d'autrui et n'ont pas peur de la rechercher.

Il se pencha au-dessus de la table qui jouxtait la fenêtre et tendit la main pour descendre le store. Ses gestes étaient manifestement étudiés.

« Viens donc par ici », dis-je en me redressant sur ma chaise.

Au moment où il traversait la pièce pour me rejoindre, le téléphone se mit à sonner. Son regard glissa vers l'appareil qu'il avait posé sur une pile de *Hollywood Confidentials* jaunis par les années, et il s'arrêta. « Oh, et puis, la barbe!» s'exclama-t-il, et il laissa sonner. Ce qui, en y réfléchissant bien, était le plus joli compliment qu'il pût me faire.

De retour dans la rue, je boutonnai ma veste pour me protéger du vent, nouai un foulard autour de mon cou et me frayai un chemin parmi la foule de chalands et d'employés de bureau qui se déversait dans la rue à cinq heures trente. J'adorais me trouver dans cette partie de la ville à pareille heure, en particulier quand je me sentais rassasié et en même temps stimulé après avoir passé une heure en compagnie de Bernie, avant que l'opinion que j'avais de moi n'ait pu me ramener au niveau de la réalité.

L'éclairage public s'était mis en marche, les cafés et pâtisseries étaient illuminés et les portes des églises étaient ouvertes. Le quartier semblait entièrement imprégné d'idylles et de sexe, d'encens et de *cannoli,* ces délicieux petits beignets fourrés à la crème. J'entrai nonchalamment dans un des cafés et commandai un espresso accompagné d'une confiserie compacte à base de noisettes que je dégustai accoudé au comptoir. Quelques minutes plus tard, je me mis à frémir d'un mélange de nausée et de vertige qui pouvait facilement passer pour de l'euphorie.

Je sortis du café en chancelant et me fondis dans la cohue bourdonnante de Hanover Street. Un vent vif soulevait dans les airs des pages entières de papier journal qui planaient en vrombissant. Il y avait un encombrement au carrefour, un de ces brassages acrimonieux de hurlements forcenés, avertisseurs en folie et poings rageurs brandis par les fenêtres des portières. Dès que le froid s'infiltra sous ma veste, une indéfinissable sensation de solitude s'empara sournoisement de moi, une vague de désenchantement et de nostalgie tout à fait désagréable dont j'eus l'impression qu'elle allait m'emporter. Les klaxons faisaient un bruit particulièrement assourdissant et menaçant à ce carrefour. Bien que j'aie pris soin, avant même d'avoir retiré le préservatif, de prévenir Bernie qu'il me fallait partir, cela ne l'avait aucunement dérangé. En fait, j'étais à peine rhabillé qu'il décrochait déjà son téléphone pour appeler un collègue. C'était son cirque habituel mais jamais cela ne m'avait paru aussi brutal ni, maintenant que j'y pense, aussi insultant.

J'avais franchi d'un pas traînant la moitié d'un pâté de maisons, pataugeant dans la mélancolie, quand je repérai Vance près du carrefour où la circulation était bloquée. Silhouette ronde, expression absente, il traversait. Le vent s'engouffrait sous son gigantesque imperméable qui ballonnait autour de ses jambes comme un tutu. Penché vers l'avant, luttant contre le vent, il s'efforçait apparemment de maintenir sa casquette de tweed vissée sur son crâne. Il avait cet air vague, dans la lune, de l'homme qui souhaite avant toute chose qu'on le laisse en paix, mais je fus soudain saisi d'une envie si pressante de parler à quelqu'un que je criai son nom.

Il leva les yeux d'un air peiné, comme si on l'avait insulté. M'ayant reconnu, son gros visage rose s'illumina de soulagement.

« Clyde! s'exclama-t-il. Que fais-tu de ce côté-ci de la rivière?

— Je suis allé voir un copain.

— Ah, oui! Celui dont le petit ami part souvent en voyage?

– Je suppose qu'on peut présenter la chose ainsi. » La vérité, affreusement déprimante, était qu'il n'y avait pas d'autre façon de présenter la chose. Je m'étais outrageusement vanté auprès de Vance de l'efficacité de ma non-relation avec Bernie, mais en cet instant précis notre petit arrangement me paraissait surtout sordide. Le vent froid et la circulation catastrophique n'étaient pas pour arranger les choses.

Vance portait son attaché-case d'une main et, de l'autre, un sac à provisions blanc sur le flanc duquel se déroulait un nom écrit en lettres sophistiquées et illisibles. Je lui demandai ce qu'il y avait dans son sac. « Mon sac ? dit-il en baissant les yeux vers sa main. Oh, rien. Je rentrais juste chez moi.

– Viens, je t'invite à boire un verre. Je t'en dois des centaines.

– Pour te dire la vérité, mon chou, je me sens affreusement mal dans ces vêtements. » Le vent souleva son imperméable, et il tira sur sa ceinture. « Cela me coupe la circulation », ajouta-t-il avec un faible sourire. Un adolescent sanglé dans un blouson de jean trop serré le percuta au passage, et il recula de quelques pas en titubant avant de retrouver son équilibre.

La perspective de voir Vance s'éloigner, me laissant seul sur le trottoir, me remplit de terreur. Je ne pouvais affronter mon appartement miteux, les yeux implorants d'Otis, le téléphone muet et Marcus arpentant la cuisine, Sheila scotchée à son bras. J'eus soudain l'impression de dériver quelque part sans pouvoir, littéralement, me raccrocher à rien. « Je t'attendrai chez toi pendant que tu te changes, plaidai-je. On ressortira après. Ça te fera du bien, un peu de changement et de détente.

– Ben... » Il jeta un regard d'un côté et de l'autre,

comme s'il cherchait un prétexte. « D'accord », dit-il enfin, sans excès d'enthousiasme. Puis il se retourna, jeta le sac dans une poubelle et ajouta : « Il fait frisquet, cet après-midi, tu ne trouves pas ?

– C'est vrai », répondis-je, et nous démarrâmes.

Je résistai à la tentation de me retourner pour regarder la poubelle. Le sac devait être rempli de mets à emporter que Vance s'était promis de dévorer et je me sentis coupable d'être intervenu, le privant de toutes les choses délicieuses qu'il rapportait chez lui. N'empêche, c'était toujours mieux que de reprendre le métro pour Cambridge ou de traîner dans les parages de Filene's Basement.

« Je suppose que tu meurs de faim, hasarda Vance.

– Pas particulièrement. J'ai avalé quelque chose avant de tomber sur toi.

– Ah, bon. Je m'imaginais que suite à ton après-midi de passion échevelée, tu serais complètement lessivé. Évidemment, cela fait tellement longtemps que ça ne m'est pas arrivé que je ne me souviens même plus du scénario. »

Vance attirait souvent l'attention d'autrui sur son célibat affiché, peut-être pour souligner sa loyauté à l'égard de Carl. Mais j'avais entendu plus d'un de nos amis communs dire que Vance consacrait autant d'argent à sa vie sexuelle qu'à ses repas au restaurant. Ce n'était que rumeur et spéculation mais, pour ma part, j'espérais que c'était la vérité. Cela me paraissait être un bien meilleur investissement que toutes ces expéditions en banlieue. Cependant, il avait vu juste, je me sentais lessivé, même si ce n'était pas pour les raisons qu'il croyait.

Nous cheminâmes en silence pendant quelque temps,

assaillis par le vent cinglant et le tourbillon de feuilles et
de papiers, et traversâmes Atlantic Avenue pour gagner
les quais. Tous les entrepôts délabrés avaient été aména-
gés en appartements avec loges de gardien et parkings
protégés par une barrière. Les rares bateaux de pêche
qui étaient encore attachés aux poteaux, vieux et ballot-
tés par le vent, donnaient plutôt l'impression d'avoir été
plantés là pour améliorer le décor. Les lignes nettes et
les affreux petits balcons de ces immeubles longeant les
quais me rappelaient furieusement ceux du lotissement
municipal où habitait Agnès. D'ici quelques années, le
pays serait homogénéisé dans sa totalité et seuls quelques petits panneaux tristounets resteraient pour distinguer un endroit d'un autre. Un motif d'inspiration
nautique pour désigner le bord de mer, un logo représentant un pin pour le New Hampshire. J'en fis la
remarque à Vance, qui la balaya d'un haussement
d'épaules. « Je trouve ça plutôt rassurant, surtout que je
n'aime pas vraiment Boston. Comme ça, c'est plus
facile pour moi de croire que je suis ailleurs. » Il ajusta
la visière de sa casquette et regarda l'océan. « Je suis un
peu déprimé en ce moment, Clyde. Je me suis disputé la
semaine dernière avec la pauvre mère de Carl et nous ne
nous sommes pas reparlé depuis. Je ne pense pas t'être
de grand secours si tu as besoin de distraction.
   — Je suis désolé. Que s'est-il passé ?
   — Oh, elle écoute trop de débats à la radio. La pauvre
femme ne ferme plus l'œil. Bref, elle s'est lancée dans
une tirade outrageusement réac. Je lui en voudrais
moins si elle y croyait sincèrement, mais elle essaie juste
d'être dans la tendance. J'ai pensé la punir en cessant de
lui parler pendant quelques jours. Bien sûr, il faut que
je l'appelle ce soir parce que nous avons des billets pour

une soirée gerbante ce week-end, pièce de théâtre suivie d'un dîner. On doit se comporter comme si on était à un mariage, comme si aller à un vrai mariage n'était pas déjà une calamité en soi. »

Nous avions fini par arriver devant l'aquarium et Vance insista pour qu'on s'arrête. Il voulait faire sa visite quotidienne aux otaries. « Ces grosses bestioles pleurnichardes. Je m'identifie totalement à elles. Nager, nager, sans jamais aboutir nulle part. »

J'observai les énormes mammifères tirebouchonner dans l'eau pendant quelques minutes et tournai le dos au bassin. Depuis qu'Otis avait emménagé avec moi, j'étais incapable de regarder le moindre animal sans penser à son regard triste, perdu, et me demander ce que le malheureux chien pouvait bien fabriquer au même instant, ce qui me conduisait automatiquement à m'inquiéter pareillement de Ben, et par voie de conséquence de moi-même.

L'aquarium était sur le point de fermer et des groupes bruyants d'enfants en parkas se précipitaient dehors, poursuivis par leurs parents. Une fois, j'avais emmené Agnès et Barbara ici, mais l'expédition s'était révélée désastreuse. Agnès avait eu des vapeurs au bout de cinq minutes. « Cela sent terriblement le poisson, là-dedans », avait-elle hoqueté, comme si la chose était surprenante.

Au moment où je m'apprêtais à entraîner Vance loin du bassin, je repérai Eileen Ash qui se dirigeait vers la sortie au bras d'un grand beau type. Elle portait un poncho taillé dans une couverture navajo qui lui arrivait aux genoux et ses fins cheveux striés de gris étaient tirés en arrière et ramassés en chignon serré. L'homme, son mari sans aucun doute, et elle furent pris dans un tourbillon d'enfants rieurs qui les bousculèrent en passant, mais le couple poursuivit son chemin sur le trottoir de béton battu par les vents en donnant l'impression de flotter sur un fleuve enchanté. Eileen me parut plus belle que jamais, avec ses immenses yeux verts qui lançaient des éclairs, même à distance.

Bien que Cambridge et Boston couvrent un espace relativement limité, il était rare que je rencontre mes étudiants en dehors des heures de cours, mais quand cela se produisait ça m'embarrassait toujours un peu. Être vu ailleurs que sur mon estrade sapait mon autorité déjà compromise. Le mari d'Eileen se pencha vers elle et l'embrassa derrière l'oreille. Je me détournai vivement quand ils passèrent devant moi et pourtant, au train où allaient les choses, ils ne risquaient pas de me remarquer.

Vance s'approcha de moi et me prit par l'épaule. « Allons-y. J'ai eu ma dose pour aujourd'hui. »

Vance habitait derrière l'aquarium, dans une énorme tour de béton monstrueusement laide, juste au bord de l'eau. Construite vingt-cinq ans plus tôt, elle était vite devenue la résidence bostonienne favorite des avocats et cadres supérieurs des deux sexes se trouvant en pleine procédure de divorce, et de gens tels que Vance, qui adoraient les vents venus de l'océan et l'anonymat sans âme de la vie dans les vilaines tours de béton. Son appartement offrait une vue spectaculaire sur les mouvements de bateaux dans le port et les petites îles vertes de la baie. L'aéroport se trouvait juste de l'autre côté du chenal et, à certains moments, on avait l'impression que les 747 monolithiques faisaient la queue pour atterrir sur son frêle balcon.

Il avait fait somptueusement décorer l'appartement, canapé de cuir rouge brique, tapis turcs anciens et toutes sortes de meubles, les uns, neufs, patinés pour leur donner l'air ancien, les autres, anciens, rafraîchis pour leur donner l'air neuf. Le moindre objet avait été choisi avec soin par quelqu'un que l'on payait pour choisir avec soin, ce qui n'empêchait pas l'endroit de me rappeler furieusement une suite dans un hôtel de super-luxe – élégant, mais donnant l'impression de n'avoir jamais été habité.

« Fais comme chez toi », me dit Vance en entrant. Je m'assis sur le canapé de cuir et il me tendit trois télé-commandes. « Je ne sais pas qui commande quoi, mais si tu appuies sur l'une des touches " marche ", il en sor-tira forcément quelque chose. Je reviens tout de suite. »

Je me débattis quelques instants avec les boîtiers et finis par tout écarter. Je n'y connais rien en matériel actionné par télécommande et les gens qui s'en servent m'ont toujours paru affligeants. Encore une de ces réali-sations du progrès moderne qui me sépare de la race d'individus trop occupés par leur carrière, leurs amants ou leur petite famille pour perdre du temps à traverser une pièce afin de changer de chaîne ou éteindre la sté-réo. Le salon et la cuisine étaient d'une propreté cli-nique, dégageant une vague odeur d'ammoniaque et de cire lustrante. Deux fois par semaine, un jeune Brésilien prénommé Sergio venait faire le ménage. Vance était sentimentalement attaché à Sergio sans l'avoir jamais rencontré. Son nom et son accent l'avaient séduit lors de leur première rencontre téléphonique. Vance vivait essentiellement dans sa chambre – repas, lecture, télévision, travail à l'ordinateur – mais il en fermait toujours la porte à clé de sorte que Sergio n'ait pas à s'occuper du désordre. « Ce n'est pas de sa faute si je suis bordélique », m'avait-il dit un jour où je lui conseillais de laisser Sergio faire sa chambre. « Le pauvre gosse travaille déjà assez dur comme ça. »

Je me laissai aller contre la fraîcheur du cuir velouté et contemplai les avions qui passaient devant la fenêtre en tremblotant, faiblement éclairés de l'intérieur, succession de salons volants prenant position pour atterrir. Je voyais tout d'où je me tenais : le train d'atterrissage qui sortait, la lente descente en douceur, le panache de fumée lorsque les roues touchaient le sol. Rien n'est plus mélancolique que le spectacle d'avions cédant enfin à la loi de la gravité, et j'étais sûr d'éclater en sanglots si je continuais à les regarder trop longtemps.

Le téléphone de Vance, sosie des télécommandes, était également une conquête du design high-tech. Après deux essais infructueux, je finis par découvrir comment il fonctionnait et appelai Bernie. Occupé. Vu que Bernie était équipé du signal d'appel, c'est qu'il parlait sur les deux lignes en même temps, une de ses spécialités.

Vance réapparut dans le salon et je reposai le téléphone en hâte comme s'il m'avait surpris en train de lire son courrier. Il avait revêtu un jean noir et une vaste chemise verte qui descendait jusqu'à mi-cuisse. C'était un de ces vêtements astucieux qui gomment toutes vos rondeurs mais dont l'effet pervers était de le rendre aussi mastoc qu'un gros appareil ménager. Il avait troqué sa casquette de tweed contre une casquette de base-ball manifestement trop petite, pour preuve les épaisses boucles de cheveux qui jaillissaient de chaque côté de sa tête.

« Eh bien, où allons-nous prendre ce verre ? » demanda-t-il. Il passa dans la cuisine, ouvrit un placard et en sortit un paquet de bretzels qu'il se mit à dévorer avec voracité. « Je sais, mon chou, je sais... Je ne devrais pas m'empiffrer de trucs comme ça, mais je ne peux pas m'en empêcher. Choisirons-nous un bar branché gay où je me sentirai déplacé parce que je suis une folle obèse, ou un bar branché hétéro où je me sentirai déplacé parce que je suis une folle obèse ?

– Nous ne sommes pas obligés d'aller quelque part, dis-je. Je pensais juste...

– Oh, non ! J'insiste. » Il s'assit à l'autre bout du canapé, écrasant les télécommandes. « Donne-moi quelques minutes pour me remettre. J'ai eu une semaine abominable. C'était démentiel au travail, et puis il y a eu cet épisode traumatisant avec l'horrible mère de ce pauvre Carl. D'ailleurs, si je peux me permettre, tu as l'air passablement défraîchi, toi aussi.

– Défraîchi ?

– Mauvaise mine. Avec des cernes que même tes vilaines lunettes ne peuvent dissimuler. Un excès de transports amoureux cet après-midi, je suppose. »

Je fus tenté de me rallier à son opinion et de laisser les choses en l'état. Je vivais dans la confortable illusion que, de nous deux, c'était Vance le plus perturbé. Il avait fait de meilleures études que moi, vivait dans un appartement beaucoup plus agréable, avait un excellent job, avait de l'argent de côté sur son compte d'assurance-vieillesse et d'assurance-maladie. En même temps, il avait déjà, au minimum, un double menton. Me savoir son aîné de six ans lui était certainement d'un grand réconfort, je n'en doutais pas. D'habitude, je lui parlais ouvertement de ce que j'éprouvais pour Gordon

tout en essayant de ne pas faire étalage de mes autres
misères, de crainte de perdre à ses yeux un avantage
purement imaginaire. Pourtant, ce soir-là, je ne pus
m'empêcher d'essayer de lui communiquer, en pointillé,
l'étrange sentiment de solitude qui m'avait conduit à lui
mettre ainsi le grappin dessus.

« Pour parler franchement, ça m'a rendu un peu
mélancolique de regarder atterrir tous ces avions. »

Il liquida les bretzels, écrasa la pochette vide dans sa
paume, et se tourna vers la fenêtre.

« Je sais ce que tu veux dire, dit-il en soupirant. La
vue est vraiment jolie. C'est pour ça que je passe la plupart de mon temps dans la chambre, où il n'y a rien
d'autre à voir qu'une bretelle passant au-dessus du
grand boulevard. Mais tu te sentais déjà un peu mélancolique en début de soirée, n'est-ce pas, mon chou?

– Un peu seul, peut-être.

– Tu passes beaucoup trop de temps avec ce gosse.
Les enfants sont déprimants par définition, ils sont tellement près du traumatisme de la naissance, du sevrage
et de tous ces trucs-là. » Il enleva sa casquette et passa la
main dans sa tête-de-loup bouclée. L'espace d'un instant, je fus perturbé par son extraordinaire ressemblance
avec l'espèce de grand-mère qui accueille les patients
chez mon dentiste.

« Benjamin n'a rien de particulièrement déprimant.

– Le petit Benjamin est un garçon triste comme tant
d'autres qui attendent la reconnaissance paternelle.
Comme toi et moi. Attendre, toujours attendre. Une
perte de temps pathétique. »

Il se leva et se dirigea d'un pas traînant vers la cuisine.
D'après ce qu'il m'avait confié, Vance avait grandi dans
une banlieue cossue de Chicago où il avait passé une

enfance remarquablement malheureuse, à deux ou trois jours près. Sa mère, qu'il adorait, était morte lorsqu'il avait sept ans, et son père s'était empressé de se remarier avec une femme pieuse, une redresseuse de torts qui ne pouvait pas sentir Vance parce qu'à huit ans déjà il ressemblait étonnamment à sa mère. Le père de Vance était un bel homme athlétique, qui se mit à faire du sport de manière compulsive dès qu'il sut que son fils était homo. Avocat spécialisé dans la défense des droits civiques, il sublimait sa phobie des homosexuels par l'horreur de la graisse. Il jouait au football, entraînait une équipe de rugby, courait le marathon et, depuis l'année précédente où il avait atteint la soixantaine, participait à des épreuves de triathlon. Vance avait invité son père et sa belle-mère à la cérémonie de remise de son diplôme de droit. Il leur avait réservé une suite avec vue sur la rivière Charles, prévoyant de les emmener dans les meilleurs restaurants de la ville. Ils étaient partis pour Cape Cod dès le lendemain, prétextant la chaleur intolérable et une digestion difficile, plantant Vance avec une ardoise de deux mille dollars pour les chambres inutilisées.

Il réapparut dans le salon avec un bol en plastique rempli de macaroni au fromage qu'il venait de réchauffer au micro-ondes. Il se mit à les engloutir avec frénésie mais sans la moindre satisfaction apparente. « Je devrais t'en proposer, mais je meurs de faim. Je pourrais manger un cheval. J'aimerais bien le rencontrer, ce gamin, mais les enfants ne m'aiment pas. Ils me traitent de cette manière condescendante qu'ils réservent d'ordinaire à leurs tantes corpulentes et vieilles filles. Puisqu'on parle du loup, j'ai eu une longue conversation avec Mary Laird l'autre jour. Elle m'a dit qu'ils embauchaient des gens à l'école pour la rentrée prochaine. Je lui ai dit de ne pas perdre ton curriculum de vue. »

Mary Laird était la directrice d'établissement à qui Vance me pressait de parler depuis plusieurs années. « Je ne suis pas encore sûr d'être prêt pour ça, répondis-je.

– Tu aurais pourtant intérêt à te tenir prêt, mon chou. L'école va bientôt la mettre à la retraite, et après, il sera trop tard pour obtenir un entretien. Si elle a gobé la moitié de ce que je lui ai raconté, elle est persuadée que l'Académie parallèle est devenue une rivale redoutable pour l'université d'Oxford.

– Je vais y réfléchir, mais j'ai le sentiment que je ferais mieux d'attendre un peu. »

Il sortit son portefeuille et me tendit la carte de visite de Mary Laird. « Ne réfléchis pas trop, sinon tu ne le feras jamais. Et j'ai du mal à concevoir ce que tu imagines être en train d'attendre.

– J'ai plusieurs affaires en suspens, entre mon père et mes rapports avec Gordon. »

Il reprit son bol et du bout de la pièce, me lança un regard dur et impitoyable qui lui ressemblait si peu que je me recroquevillai légèrement.

« Des affaires en suspens ? Tu n'as pas les pieds sur terre, Clyde », dit-il brutalement. Puis, probablement surpris par son propre ton, il me sourit et reprit sa manière habituelle, tout en autodérision. « Bon, je suis prêt, maintenant. Juste un verre, comme ça, après, je pourrai rentrer et m'écrouler ivre mort. »

14

Nous n'avons pas bu de verre, Vance et moi, ce soir-là. Au moment de sortir, il a voulu appeler la mère de Carl pour mettre les choses au point avec elle, ou à tout le moins pour confirmer leur prochain rendez-vous. Je suis resté assis au début de leur conversation, et au bout d'un moment j'ai fini par prendre congé. Du côté de Vance, cela consistait en un mélange fort gênant d'excuses et de commentaires sur des restaurants, le tout baignant dans un climat tellement intime que j'avais l'impression d'avoir l'oreille collée à la cloison mitoyenne de la chambre à coucher du voisin.

C'était sans doute aussi bien. À l'évidence, il n'était pas d'humeur à passer du temps en ma compagnie, et d'ailleurs cette perspective me plaisait moins depuis qu'il avait brisé le mensonge tacite qui scellait notre amitié en m'avouant ce qu'il pensait réellement de mon attitude vis-à-vis de Gordon. Se serait-il remis moins rapidement de cet accès de franchise, j'aurais pu lui confier ce que, moi, je pensais de Carl, de la mère de Carl et du reste, et tout son château de cartes se serait effondré.

En sortant de l'immeuble de Vance, je me retrouvai

dans la fraîcheur limpide de la nuit d'automne. Là-haut, les avions attendaient, en suspens, le moment d'atterrir, dessinant une ligne de lumières qui s'étendait jusqu'au port. Ne me sentant toujours pas la force d'affronter la soirée dans mon galetas sous les toits avec pour seule compagnie celle d'un chien abandonné, je décidai de rentrer à pied. Je suivis un parcours compliqué qui traversait le désert de béton du Government Center et remontai par les rues escarpées et tortueuses de Beacon Hill. D'habitude, je me sens apaisé par l'opulence froide, typique de la Nouvelle-Angleterre, qui règne en haut de la colline. Mais ce soir-là elle me donna plus que jamais le sentiment d'être un paria. Du haut de Pinckney Street, regardant au-delà des demeures cossues avec leurs lampadaires et leurs grilles de fer forgé, et des rangées d'arbres qui commençaient à se dénuder le long des trottoirs, je voyais en contrebas les lumières de Cambridge miroiter dans la rivière et les voitures se déverser à flot continu sur les routes qui entouraient la ville.

Ce que je n'avais pas dit à Vance, c'est que quelques jours plus tôt, en me rendant à l'école à pied, j'étais entré dans une agence immobilière pour me renseigner sur des appartements susceptibles de convenir à Roger. La responsable, une femme joviale, à l'allure voyante, aux pieds incroyablement petits et aux paupières ombrées de bleu, produisit un carnet rempli d'adresses que nous examinâmes ensemble, page par page, avant de trouver une fourchette de prix abordables. Aussi loin que je me souvienne, je n'avais jamais eu affaire à un agent immobilier de ma vie, ce qui ne m'empêcha pas de repérer qu'elle me balançait tous les clichés de la profession en termes de situation, charme, aménagements, etc. « Tenez, celui-ci serait *parfait* pour vous », ne cessait-elle de répéter comme si nous étions de vieux amis. Finalement, il me fallut avouer la vérité : l'appartement n'était pas pour moi.

« Pour un ami ? demanda-t-elle en prononçant le mot entre guillemets, me laissant ainsi savoir qu'elle m'avait compris.

– En fait, expliquai-je, c'est pour mon frère.

– Comme c'est gentil de votre part ! » s'exclamat-elle, impressionnée par ma générosité comme elle l'avait été par mes autres propos, c'est-à-dire le regard absent.

Je me décidai pour deux ou trois adresses de studios dont je notai les coordonnées. Mais le lendemain, quand j'appelai mon père pour les lui communiquer, il m'interrompit avant que j'aie pu proférer deux mots. « Studio, ça signifie bien une seule pièce, si je ne me trompe ?

– Une grande pièce avec une alcôve.

– Tu imagines que Roger va vivre dans une *alcôve* ? Il voudra recevoir des gens, commencer une nouvelle vie. Je te conseille de t'adresser à une autre agence.

– Écoute, papa, le mieux serait que je te donne quelques numéros. Roger n'aura qu'à les appeler lui-même.

– Il n'en est pas question. Diane et moi voulons lui faire la surprise, ça doit être entièrement réglé. Appelle une autre agence. »

Ce que je ne fis pas. En revanche, je rappelai la première et pris rendez-vous pour examiner d'autres propositions. Dieu sait pourquoi, j'avais l'impression de devoir au moins ça à mon père.

Le temps de longer l'Esplanade, de traverser le grand pont plat qui enjambe la rivière et de pénétrer dans Cambridge, je m'étais mis dans un tel état que je ne savais plus à qui je devais être fidèle. Que je sois entré dans la ville par le côté M.I.T. n'arrangeait pas les choses : je me retrouvai au milieu de l'étrange population composée de génies informaticiens et de membres de confréries d'étudiants, donnant pour la plupart l'impression d'être des surdoués en marge de la société amenés aux limites de la folie par les espérances démesurées de leurs parents, un régime alimentaire à base de chips de maïs et la pratique compulsive de la masturbation. Je décidai de faire halte au Hyatt Regency pour appeler Bernie, histoire de dire bonjour et glisser quelques remarques lubriques capables de ranimer la sensation d'évasion que j'avais éprouvée en sa présence au début de l'après-midi.

L'architecture du hall de l'hôtel évoquait à la fois les jardins suspendus de Babylone et le cauchemar de Las Vegas : d'une part un atrium de brique croulant sous les plantes exotiques et les arbres en fleurs, qui scintillait par la grâce de moult fontaines, cabines d'ascenseurs en verre et éclairages au laser ; de l'autre, pour faire bonne mesure, un bar à cocktail qui pivotait sur place au dernier étage. J'adorais me fondre dans cette ambiance effervescente où les employés portaient d'extravagants costumes, les décorations florales étaient ridiculement surchargées et l'éclairage écrasant transformait chacun, des femmes de chambre aux clients cramoisis d'alcool, en figurants de film publicitaire pour carte de crédit.

Je m'approchai d'une batterie de téléphones payants discrètement nichée dans un coin du hall et pris place au milieu d'une rangée d'hommes et de femmes en cos-

tume et tailleur, les uns chuchotant dans le combiné
alors que les autres parlaient trop fort. Dans les halls
d'hôtel, les femmes appellent à la maison pour rassurer
leurs enfants et le mari qu'elles sont sur le point de
tromper avec une relation d'affaires, tandis que les
hommes appellent leur maîtresse pour jurer, à voix
basse et sur un ton tragique, que cette fois-ci, ça y est,
ils sont sur le point de laisser tomber leur femme. Si
tous les fanatiques religieux de ce pays ont vraiment à
cœur de sauver la Famille américaine, ils feraient mieux
de descendre des chaires où ils vitupèrent leurs imprécations contre les gays pour lancer une campagne d'opinion contre les téléphones publics.

Appeler Bernie aurait été parfaitement dans l'ordre
des choses mais il se trouve qu'aussitôt ma pièce avalée
par l'appareil, je me surpris à composer le numéro de
Gordon.

Comme nous ne nous étions pas parlé depuis plusieurs mois, il était tout à fait justifié que je lui téléphone maintenant – et c'était justement ça, le plus
déprimant, dans l'état de nos relations. Il m'avait même
invité une ou deux fois à dîner dans l'appart qu'il parta-
geait avec Michael. Ce climat décontracté semblait
conçu pour me rappeler que tout était clair entre nous,
qu'il n'y avait aucun sujet à éviter, aucun conflit à
résoudre.

Gordon répondit avec l'enthousiasme artificiel qui
avait récemment infecté sa personnalité. « Clyde ! Comment ça va ? » Il cria quelque chose à Michael concernant le volume de la stéréo et reprit : « Oh, peu
importe, il ne m'entend pas. Il faudrait hurler. Nous
venons d'acheter un C.D. de cette incroyable nouvelle
chanteuse. Tu l'as déjà entendue ? »

Je répondis que non, sans savoir de qui il parlait. Gordon et Michael possédaient la plus grande collection au monde de C.D. récents, tous rangés avec un soin maniaque sur des étagères spécialement conçues à cet effet dans le salon. Chaque fois que j'appelais, ils venaient juste d'acquérir l'enregistrement d'une chanteuse qui, par la seule grâce de l'emballage et du talent de l'attaché de presse, s'était fabriqué une réputation de « nouvelle Édith Piaf » ou « nouvelle Dinah Washington ». Elles avaient toutes la même voix insipide qui lâchait la dernière mesure à fond la caisse, de quoi vous vriller les oreilles, comme si la capacité pulmonaire était synonyme de talent. Je trouvais extrêmement curieux que Gordon et Michael brûlent ainsi de découvrir « la nouvelle Marlene » (par exemple) puisque, à ma connaissance, ni l'un ni l'autre n'avait jamais exprimé le moindre intérêt pour le modèle original.

« Elle est insensée, m'expliqua Gordon. Elle a un registre de six octaves. On dit que c'est la nouvelle Yma Sumac. »

Il fallait bien que quelqu'un le soit, tôt ou tard.

Gordon cria derechef à Michael de baisser le son, qui obtempéra, cette fois.

« Alors, Clyde, où en es-tu ? »

Question qui fut posée à voix suffisamment haute pour permettre à Michael d'entendre. Gordon aimait tenir Michael informé du fait que je lui courais toujours après, à ma façon larmoyante. On est toujours plus attirant, aux yeux d'un amant, si quelqu'un vous court après, et particulièrement quelqu'un qui ne risque pas de vous attraper.

« Ça va, répondis-je. J'ai pensé à toi parce que je suis allé chez Vance...

– Oh, Seigneur. Ça a dû te mettre en forme. Il est gros comme quoi, maintenant ? Un éléphant, j'imagine.

– Il est sur le point de commencer un régime.

– J'en ai assez d'entendre *Ça*. En réalité, c'est ce garçon de San Francisco qui l'obsède. Michael en est persuadé. J'ai d'ailleurs entendu des choses fort intéressantes au sujet de ce type, l'autre jour. Il faudra que je te raconte, un de ces jours. »

Je ne répondis rien. Maintenant qu'il estimait avoir une vie bien rangée, il n'avait plus la moindre patience à l'égard de Vance ou de ceux qui n'avaient pas jeté leur excédent de bagage dans l'incinérateur le plus proche. Il préférait se débarrasser des problèmes de ses amis en les expliquant de manière catégorique, ce qui, si improbable que cela puisse paraître, le dispensait d'avoir à leur tendre une main charitable. J'étais persuadé qu'il parlait également de moi en termes peu flatteurs – mais là, peut-être me faisais-je trop d'honneur.

Je l'entendis tapoter impatiemment un crayon contre le bord d'un verre. « Eh bien, quoi de neuf ? » demanda-t-il. C'était une question raisonnable.

« Rien de particulier. Marcus te dit bonjour, au fait.

– Oh, miam. »

Comme tous les gens qui ne le connaissaient pas vraiment, Gordon était fasciné par Marcus, éprouvant un vague frisson sexuel au seul énoncé de son nom. J'encourageais cette faiblesse, sachant que, par amalgame, cela me faisait gagner quelques points d'estime.

Jugeant avisé de poursuivre mon avantage pendant que son esprit s'attardait sur Marcus, je risquai : « Je me demandais si tu serais libre pour dîner un de ces jours.

– Ce n'est pas impossible. Laisse-moi voir ça avec Michael, histoire de vérifier son agenda.

– À dire vrai, j'espérais que nous pourrions dîner seuls, toi et moi.

– Pourquoi? Tu as quelque chose de particulier à me dire?

– Pas exactement. C'est juste que nous n'avons pas eu l'occasion de bavarder depuis longtemps. » En fait, nous n'avions plus jamais eu de tête-à-tête depuis qu'il vivait avec Michael. Ma proposition était hardie. Je savais d'expérience que ce genre de scènes de retrouvailles dégénèrent fréquemment en silences malaisés où celui qui a un nouvel amant se félicite de s'être débarrassé de l'ancien. Mais j'éprouvais soudain un besoin tellement pressant de le voir seul que je ne pus m'empêcher d'en parler.

« Je suppose qu'on pourrait envisager la chose ainsi », dit-il, laconique.

C'est alors que se produisit un incident auquel je n'avais pas du tout pensé, la pièce de monnaie tomba, entraînant une éloquente série de cliquetis et de grésillements.

« Tu n'appelles pas d'une cabine? demanda Gordon, incrédule.

– Ma ligne déconne depuis quelques jours...

– Pourquoi ne prend-on pas simplement un verre, Clyde, si ça doit être juste nous deux? Ce serait tout de même plus facile à organiser. »

Je venais d'entrer dans la catégorie des gêneurs, dans le même sac que les gens qui font des sondages par téléphone. Le coup du téléphone public avait manifestement donné à mon appel une note désespérée qui évoquait toutes les raisons pour lesquelles il m'avait plaqué. Je voyais comment son esprit fonctionnait : puisque Michael ne serait pas là pour voir à quel point même un perdant-né comme moi le trouvait désirable, il avait intérêt à organiser quelque chose qui dure moins longtemps qu'un repas. Nous prîmes date et, au même moment, une voix de robot menaça de couper la conversation.

« Ne quitte pas, dis-je, je dois avoir une autre pièce.

– Écoute, Clyde, il faut que j'y aille de toute manière. Le dîner est presque prêt.

– Le dîner? » Je consultai ma montre : neuf heures quarante-cinq. « Mais tu dînes toujours avant six heures, mon ange.

– C'était comme ça il y a des siècles, Clyde. Passe-moi un coup de fil quelques jours avant pour me rappeler notre rendez-vous, d'accord? »

Sur ce, il raccrocha, issue habituelle de nos conversations téléphoniques chaque fois que j'essayais de leur donner un tour un peu trop intime.

Je sentis qu'on me tapait sur l'épaule. Le type qui téléphonait à côté de moi me dévisageait d'un air hagard, couvrant le combiné d'une main. « Je suis désolé de vous embêter, me dit-il, mais je vais être coupé. Vous n'auriez pas une pièce en trop, par hasard? »

Mes yeux allèrent du creux de ma paume au visage désespéré de mon voisin et je décidai de lui donner ma pièce. Il me remercia avec une telle effusion de gratitude que je faillis la lui redemander.

Je regagnai le hall. La clientèle se pavanait dans des vêtements grotesques, l'eau jaillissait des fontaines pour disparaître dans le sol et les ascenseurs de verre descendaient de la terrasse. Ce spectacle me tournait tellement la tête que je me laissai tomber dans un fauteuil de cuir pour reprendre mes esprits et méditer sur ce cirque

abrutissant. Plus j'y pensais, plus la vie que Gordon
menait avec Michael m'apparaissait clairement : travailler au bureau jusqu'à des heures tardives, de longues
séances d'exercice, et le dîner à dix heures. Dans les
étages supérieurs, quelqu'un laissa échapper un rire
tonitruant et l'une des cabines de verre se matérialisa,
déversant une rame de fêtards dans le hall.

Pendant que j'observais cette foule, je sentis qu'on
me tapait sur l'épaule. Le type qui m'avait demandé une
pièce pour téléphoner se tenait debout devant moi, un
large sourire aux lèvres.

« Je voulais vous remercier, dit-il en me tendant la
main. Ça m'a vraiment sauvé la vie. J'avais cette négo-
ciation en suspens et je crois bien que le coup de fil a
tout arrangé. Il me fallait absolument ces trois minutes
pour les convaincre. J'aurais mieux fait d'appeler de ma
chambre mais ils vous comptent soixante-quinze cents
de supplément pour les appels interurbains. »

C'était un grand type au visage anguleux, de cette
pâleur tragique que l'on acquiert à essayer trop fort, et
trop longtemps, d'accomplir une tâche impossible. Ses
yeux sombres, profondément enfoncés dans leurs
orbites, m'évoquèrent aussitôt le pauvre Otis laissé à
l'abandon.

« Je devrais vous offrir un verre, proposa-t-il.

— Ne prenez pas cette peine. Il ne s'agissait que de
vingt-cinq cents. »

Par la suite, cependant, quand il m'invita à monter
dans sa chambre, j'eus le sentiment très net qu'après
tout, cela avait été un excellent investissement.

Le lendemain, quand Ben est arrivé pour la promenade d'Otis, je me suis lancé dans une description élaborée de la réunion de dernière minute, à l'école, qui m'avait contraint à annuler nos projets, description qui comportait un tel luxe de détails qu'elle ne pouvait être autre chose qu'inventée.

« Ça ne fait rien, Clyde, franchement, répéta-t-il plusieurs fois. Il y avait trop de vent, de toute façon.

— Trop de vent pour aller acheter des disques dans un entrepôt ? » Je ne voulais pas qu'il me pardonne aussi facilement. Se vautrer dans la culpabilité permet généralement d'en apaiser la morsure.

Il haussa les épaules. « Nous devions faire une promenade, après. J'ai l'impression que ça, tu l'avais oublié. »

Ce qui devait être le cas, aussi restai-je quelques minutes sans rien dire. Il s'était accroupi pour écraser un comprimé vermifuge dans l'écuelle d'Otis, sous le regard intéressé du chien qui l'observait tête penchée, oreilles dressées. « Nous pouvons remettre tout ça à demain, proposai-je. J'ai regardé la météo, il fera un temps idéal pour se balader en dehors de la ville. Et pour acheter des disques.

— Je ne peux pas, demain.

— Oh ?

— J'ai des projets. »

À ma connaissance, il n'avait jamais eu de projets avant ce jour. Immédiatement, je fus pris d'une violente envie de me promener et d'acheter des disques avec lui. « Je sais que tu essaies simplement de me punir, d'accord ? Bon, j'admets que je me sens coupable d'avoir fait foirer notre excursion. Je me suis excusé, non ? Si tu tiens vraiment à savoir la vérité, il n'y avait pas de réunion...

– Mais j'ai réellement autre chose à faire, coupa-t-il.

– Quoi, par exemple?

– Marcus et sa petite amie m'emmènent dans un musée à Harvard. Pour voir des météorites. » Il leva les yeux vers moi et repoussa la mèche qui tombait dans ses yeux. « Je suis désolé, Clyde. On peut remettre ça à la semaine prochaine.

– Est-ce que ta mère est au courant?

– Ils m'en ont parlé seulement hier. Je ne sais plus si je le lui ai dit ou non.

– Ah, bon. » C'était certainement une excellente chose que Marcus se manifeste un peu. « Tu ne peux pas emmener le chien au musée, tu sais.

– Je comptais un peu sur toi pour le sortir demain. Tu crois que ce serait possible? »

Otis termina sa pilule et se pourlécha goulûment le nez.

15

Sans véritablement s'installer à demeure, Sheila fit comme la plupart des petites amies de Marcus : elle se mit à vivre sporadiquement chez nous, un jour oui, un jour non, avec une désinvolture typiquement estudiantine. Peu après que Marcus se fut pointé avec elle au déjeuner de Donald, un flacon de shampoing français hors de prix apparut dans la salle de bains ; on put voir un épais carnet de rendez-vous, objet relié en cuir qui ressemblait tragiquement à une Bible, traîner dans les parages du téléphone de la cuisine et de grosses marmites de ragoût ou de pasta s'éterniser sur la cuisinière, vestiges décomposés de plats dont la confection avait été interrompue à mi-chemin par l'appel de la passion. La résidence officielle de Sheila était un de ces appartements délabrés de Cambridge comportant quatre chambres à coucher, trois salles de bains, deux salons et, à tout moment du jour et de la nuit, un nombre indéfinissable d'occupants du deuxième cycle. Quel pouvait être son âge exact, voilà qui demeurait en tout cas un mystère. À première vue, elle était assez jeune pour se fâcher et rester sur la défensive si je me risquais à le lui demander, aussi n'en fis-je rien. D'ici quelques années, elle se sentirait nécessairement vieille, ce qui la mettrait aussi sur la défensive. Seules les femmes de vingt-sept ans peuvent, quand on leur demande leur âge, répondre avec franchise et exactitude. (En revanche, ce n'est jamais un problème de poser la question à un homme, vu que la plupart se bercent de l'illusion qu'ils sont à leur mieux entre vingt et soixante ans.)

Presque chaque jour, Marcus et Sheila débarquaient à l'appartement en fin d'après-midi, longtemps après que Ben avait ramené Otis et était reparti chez lui. Sheila avait certes, à sa manière sirupeuse et légèrement flirt, manifesté un peu d'intérêt à Ben lors du déjeuner de Donald, mais elle semblait trop fascinée par son sémillant papa pour perdre son temps à s'occuper de quelqu'un d'autre. C'est pourquoi cette histoire de sortie au musée éveilla immédiatement en moi quelques soupçons.

Comme Marcus, Sheila semblait survivre essentiellement grâce au café. Elle déboulait chaque matin de la chambre de Marcus affublée des sous-vêtements en thermolactyl dans lesquels elle se couchait apparemment tous les soirs – caleçon trop court qui collait à ses longues jambes irréprochables et haut arrivant tout juste au-dessus de son nombril – et mettait l'eau à chauffer. N'ayant pas grand-chose à nous dire, nous faisions généralement mine d'être encore plus dans les brumes qu'en réalité et passions un temps considérable à bâiller, nous frotter les yeux et marmotter des imprécations contre le temps et l'insomnie. Il avait fallu moins d'un mois pour que notre relation ressemble à celle d'un couple marié depuis des siècles, c'est-à-dire carence totale côté conversation et côté sexe.

Le lendemain du jour où Ben m'avait annoncé la

petite expédition sur le terrain, je me trouvai allongé sur le canapé de la cuisine en train d'observer, par-dessus le bord de mon journal, Sheila qui écartait les cheveux de son visage et s'apprêtait à confectionner le café. Elle avait des ongles en forme d'amandes, sans vernis, mais l'extrémité de ses doigts était toujours tachée d'encre noire, ce qui me paraissait curieux vu qu'à ma connaissance elle ne pratiquait pas la calligraphie et n'écrivait pas avec un stylo.

« Brrr, ça caille, ronchonna-t-elle. Seigneur, des nuages, encore. Ouhhh, j'ai les yeux...

– Je sais, je sais, dis-je. Hier soir. Un temps de chien, non ? Glacial. »

Nous endurâmes l'échange quelques minutes de plus avant de nous retirer dans le confort du silence. Enfin, je rassemblai assez de forces pour lui demander si elle se réjouissait de passer l'après-midi avec Ben.

« Absolument, dit-elle. Il a une expression si douce, et tellement triste. » Elle bâilla, écarta les cheveux qui lui balayaient le visage. « Et puis je trouve important que Marcus et moi passions un peu de temps avec lui, pas toi ? Je veux dire, il ne pourra pas se lancer à fond dans sa thèse tant qu'il n'aura pas réglé *Ça*.

– Je suis tout à fait d'accord. »

Même s'il ne s'était toujours pas décidé à parler à Ben, il avait donc eu le courage de dire la vérité à Sheila, c'était déjà ça. Marcus ne disposait pas d'un choix illimité de confidents. Comme la plupart des hétéros d'une beauté hors du commun, il avait du mal à trouver des copains disposés à être vus à ses côtés. Quant à écouter ses jérémiades, n'en parlons pas... « Mais, dis-je, je croyais justement qu'il ne pouvait pas régler *Ça* tant qu'il ne s'était pas lancé dans sa thèse ?

– C'est vrai aussi. »

Sheila s'étira et poussa un soupir langoureux, comme si quelqu'un lui massait le cou. À ses yeux, semblait-il, le cas Ben ne me regardait absolument pas. « Ta sœur a téléphoné hier soir », dit-elle, rejetant sa crinière en arrière et fermant les yeux. « J'ai dit à Marcus de noter son message mais il a dû oublier.

– Tu lui as parlé ? » L'idée qu'Agnès ait pu bavarder avec une fille aussi sensuelle me parut soudain tragique et injuste. Sheila acquiesça de la tête. « Elle vient à Cambridge ce week-end, elle a rendez-vous. Elle voudrait que tu emmènes sa fille au cinéma. »

Cette idée-là me parut plus tragique et plus injuste encore.

« Quel genre de films les ados de quatorze ans vont-ils voir, de nos jours ? » En âge, Sheila était sûrement plus proche de Barbara que de moi, et en tant qu'étudiante de deuxième cycle, elle pouvait se permettre de prendre la culture populaire au sérieux. Pourtant, elle haussa les épaules et bâilla. « Je vais demander à Benjamin », répondit-elle.

Plus tard dans l'après-midi, je suis allé à pied jusqu'au bureau de Louise, Otis à la remorque. Tous les deux ou trois mètres, il s'arrêtait brusquement, prenant racine dans le ciment. Chaque fois que je me retournais pour le regarder, il était planté au milieu du trottoir et me dévisageait d'un air désespéré, me suppliant de ses grands yeux noirs de ne pas aller si vite. « Tu en fais trop, lui dis-je, mais cela ne t'avancera à rien. » Si j'étais capable de m'adapter au changement de programme, lui aussi, non ?

Au moment où je franchissais l'entrée du bâtiment en tirant Otis derrière moi, deux femmes m'arrêtèrent. « Nous n'acceptons pas les chiens », dit l'une d'elles. C'était une créature évanescente avec une expression anesthésiée comme en ont les poètes. Cambridge regorge de brillants poètes bourrés de médicaments qui croulent sous le poids de leur sensibilité exacerbée et de leur fortune héréditaire. « Plusieurs personnes souffrent ici de maladies causées par l'environnement. Je suppose que vous ne voudriez pas être à l'origine de la réaction allergique ou du coma de l'un d'entre eux. »

En cet instant précis, rien n'aurait pu me faire plus plaisir.

« Je vais voir Louise Morris », expliquai-je.

Les deux femmes échangèrent un regard, froncèrent les sourcils et poursuivirent leur chemin.

Louise était allongée sur son divan, sous les murs pentus. Elle contemplait le plafond en se passant la main dans les cheveux. Elle fit un geste vers la chaise de son bureau, murmura le nom d'Otis et laissa sa main retomber mollement vers le sol. En m'asseyant derrière son bureau, je remarquai dans le tiroir supérieur béant un sandwich emballé dans du plastique où adhéraient quelques cafards et des bribes de marijuana.

Le radiateur qui se trouvait à côté de la table cliquetait en crachant de la chaleur et la fenêtre ouverte laissait entrer un vent glacial.

« Tu veux que je la ferme ? demandai-je.

— Il fait trop chaud dans cette pièce, expliqua-t-elle, alors j'ouvre la fenêtre et il fait trop froid. Je ne sais plus quoi faire. » Elle s'assit sur le divan et tenta d'attirer Otis à ses côtés mais il resta sur sa position. Elle se pencha, coudes appuyés sur les genoux, et reposa sa tête entre ses mains.

« J'ai lu le livre de cuisine de ta mère.

– Pas étonnant que tu aies l'air complètement crevée. J'ai cru que c'était la fumette.

– Ce doit être un peu les deux. Est-ce qu'Agnès a déjà expérimenté une des recettes?

– J'en doute. Elle n'aime pas faire la cuisine et manger ne lui procure aucun plaisir. La nourriture la rend anxieuse.

– Certaines ont l'air appétissantes, dans un registre moisi, style crypte d'église. Je ne pense pas que quelqu'un irait les publier – je crois que personne, pour commencer, ne voudrait prendre le risque de s'attirer des procès. Mais c'est admirable, la façon dont Agnès fait tout ça juste pour apporter à ta mère un peu de reconnaissance posthume.

– Je ne dis pas le contraire. N'empêche, elle se berce d'espoirs dans une situation désespérée. » Évidemment, la moitié de l'existence m'avait tout l'air de se réduire à ça, se bercer d'espoirs dans une situation désespérée, et je n'avais pas encore découvert en quoi consistait l'autre moitié.

Une rafale de vent froid s'engouffra dans la pièce, éparpillant les papiers entassés sur le bureau de Louise. Je tendis la main pour les empêcher de s'envoler.

« Peu importe, dit-elle. Ils étaient en désordre, de toute manière. *Idem* pour le reste de ma vie. Comment la fille du bureau d'à côté s'attend-elle que je produise quelque chose si elle ne cesse de bavarder et de donner des fêtes? »

Comme toutes les autres fois où j'étais venu lui rendre visite, le bureau mitoyen était silencieux. Si la créature pâlotte, quasi comateuse, que j'avais vue quitter le bâtiment était la poétesse-résidente, je l'imaginais mal

proférant autre chose que des chuchotements cir-
conspects.

« Rends-moi service, veux-tu, Clyde ? Appelle le
musée de Géologie pour savoir à quelle heure ils fer-
ment cet après-midi.

– Je vois que tu es au courant, pour la sortie. »
Elle acquiesça de la tête.

« Ben m'en a informée ce matin sur un ton ce qu'il y
a de plus décontracté, genre, au fait, j'allais oublier...
Rien ne pouvait me faire davantage plaisir. » Et elle se
laissa retomber sur son divan.

Ma conseillère immobilière s'appelait Taff. Elle avait
un bureau dans un espace très clair, avec une vitrine
donnant sur Massachusetts Avenue, à mi-chemin entre
mon appartement et l'Académie parallèle. Je m'y arrêtai
en sortant de chez Louise cet après-midi-là. Nous avions
rendez-vous.

Je m'étais engagé dans cette relation avec Taff de la
même façon, peu ou prou, que dans toutes mes autres
relations, les plus superficielles comme les plus intimes.
Ça avait commencé par hasard, il se trouvait qu'elle
était libre la première fois que j'étais entré à l'agence, et
avait vite évolué en une curieuse sorte de loyauté. Je ne
l'aimais pas particulièrement et je pouvais constater
qu'elle n'était pas folle de moi. Elle avait immédiatement compris ma position ambiguë et perturbée dans
cette quête d'appartement pour « mon frère », qui ne lui
rapporterait jamais que quelques centaines de dollars,
quoi qu'il arrive. Il y avait plusieurs autres conseillères à
l'agence, dont les tables étaient voisines de celle de Taff

et avec qui j'aurais pu établir des rapports plus aisés et plus productifs. Mais une fois notre premier, et purement fortuit, contact établi, je ne me sentis plus capable de l'abandonner pour une des robustes femmes au ton sarcastique que j'entendais parfois, à quelques mètres de moi, dire à leurs clients : « Vous êtes à bout, il est à bout, alors au point où vous en êtes, autant faire une offre. » Et puis il y avait une forte composante d'hostilité dans ma loyauté, sans doute parce que dans mon esprit Taff était intimement liée à Roger. Une partie de moi aimait voir son sourire se durcir quand je poussais la porte de l'agence.

« Au fait, dis-je cet après-midi-là, Taff est le diminutif de quoi?

— De rien du tout, annonça-t-elle avec fierté. Taff, c'est tout, ça ne correspond à rien. » Et, voulant sans doute me rendre la monnaie de ma pièce, elle ajouta : « Comment s'appelle votre frère?

— Roger. »

Otis, prostré sur mes pieds, poussa un soupir en m'entendant prononcer ce nom. Taff redressa la tête et lui jeta un regard soupçonneux.

Son manque évident d'intérêt, à la limite de la désapprobation ouverte, me rendit un instant nostalgique du temps où je n'avais pas encore rencontré ce corniaud et n'étais pas devenu la victime parfaitement consentante d'un dévouement inconditionnel et sentimental. Pendant la plus grande partie de ma vie d'adulte, j'avais subi avec un ennui incommensurable les histoires décervelantes que les gens racontent sur leurs chers animaux familiers, des histoires relevant dans bien des cas de l'hallucination plutôt que du récit objectif. « Il dort avec nous et lit le journal. » « Il allume la télé à six heures trente précises tous les soirs!» «Elle utilise les cabinets!» Or maintenant que je sortais promener Otis, il m'arrivait souvent de m'arrêter en route pour bavarder avec d'autres propriétaires de chiens, trouvant tout naturel de passer quinze ou vingt minutes à parler en détail de leur alimentation, leur transit intestinal et des petits gestes adorables qu'ils faisaient avec leur patte ou leurs grotesques oreilles hirsutes. Je comprenais parfaitement ce qu'éprouvait Taff à l'égard d'Otis, ce qui ne m'empêcha pas de donner une petite tape protectrice à la pauvre bête.

« Roger est l'enfant prodigue de la famille, expliquai-je. Le chouchou de notre père. Si vous voulez la vérité, nous ne nous sommes jamais très bien entendus. Je fais tout ça par égard pour... Père.

— Je commence à saisir, dit Taff. J'imagine qu'il n'aimerait pas s'installer dans votre quartier.

— J'en doute.»

Elle referma son dossier et baissa un instant ses paupières fardées de bleu. Ses cils palpitèrent légèrement quand elle commença à parler, comme si elle s'efforçait d'ouvrir les yeux sans y parvenir.

« Vous allez devoir lui expliquer qu'il ne peut pas tout avoir. Il peut avoir la superficie, ou bien le quartier, mais à ce prix-là il n'aura pas les deux. Vous n'avez pas les deux, que je sache?

— Pas vraiment. Mais mon père ne comprend pas très bien la situation immobilière à Cambridge.»

Ses yeux s'ouvrirent brusquement.

« Eh bien, ayez donc une conversation d'homme à homme avec Roger et votre fameux père, et faites-leur entendre raison. Je comprends ce genre de choses, Clyde. J'ai une sœur qui est l'enfant prodigue de la famille.

– Je ne suis pas très doué pour les conversations d'homme à homme, avouai-je. Je suis plutôt du genre à me mettre en quatre pour faire plaisir aux gens, et ensuite je m'en veux pendant des années.

– Bon, je vais essayer de vous trouver quelque chose, d'accord? » dit-elle en soupirant.

Il y avait, dans sa façon de prononcer le dernier mot, un accent définitif aussi subtil qu'une bourrade dans le dos pour vous faire prendre la porte. Il était parfaitement clair qu'elle essayait de se débarrasser de moi, chien stupide compris, et pourtant j'éprouvai pour la première fois une sorte d'élan affectueux à son égard et la remerciai avec effusion pour son aide et ses conseils, même si je n'avais aucune intention de suivre les derniers.

Quand je regagnai l'appartement cet après-midi-là, Marcus était en train de réchauffer une marmite de ragoût qui traînait là depuis plusieurs jours, qu'il touillait d'un air absent avec une cuillère en bois tout en regardant par la fenêtre. Je m'assis à la table de la cuisine et entrepris de feuilleter le carnet de rendez-vous de Sheila. Il était bourré de critiques de cinéma, d'articles et d'éditoriaux qu'elle avait découpés dans divers magazines et quotidiens. À la fin, il y avait une pub annonçant prochainement des soldes de vêtements de sport masculins chez I. Magnin.

« Où est Sheila? demandai-je.

– Elle a voulu aller en bibliothèque pour rattraper le temps perdu cet après-midi. C'est une fille studieuse.

– C'était comment, le musée?

– Oh, il y a des trucs formidables là-dedans. Roches, cristaux, blocs de granit. Je suppose que tout est intéressant, sur cette terre, à condition d'y regarder d'assez près. »

Il me tournait le dos, aussi ne pouvais-je voir son expression. Mais sa voix était plus pathétique, plus triste que jamais. En le regardant touiller son ragoût, je constatai que le gaz était éteint sous la cocotte. Je fus sur le point de faire une réflexion, mais après tout, ça n'avait probablement pas grande importance. Marcus se nourrissait par devoir, sans intérêt particulier. Le plus étonnant n'était pas que le brûleur fût éteint mais bien qu'il ait envisagé de réchauffer son plat. Les desserts étaient le seul aliment dont il raffolait – glaces, raisins secs enrobés de chocolat, millefeuilles – mais à l'image de tous les hommes affligés de la même passion, il satisfaisait ses désirs en catimini.

« Ben est un drôle de petit gars, n'est-ce pas ? demanda-t-il.

– Dans quel sens ?

– Calme, triste, mais intelligent. Il sait plus de choses sur les roches que moi. C'était le genre de trucs que mon père faisait avec nous, nous emmener au musée et nous débiter, à Otto et moi, de longs exposés sur l'anthropologie, la navigation céleste, l'évolution. De retour à la maison, il nous interrogeait. Je n'étais pas très fort à ce petit jeu. Otto retenait beaucoup plus de choses. Il a toujours été plus solide que moi.

– Il s'est même marié, lui rappelai-je.

– Il est même *resté* marié. Son aîné rentre en fac l'année prochaine. Il finira probablement son doctorat avant moi. »

Chaque fois que quelqu'un admet honnêtement ses

fautes – peu importe leur gravité ou le poids de leurs conséquences – je lui pardonne sur-le-champ. Mon attitude explique probablement pourquoi je passe plus de temps à confesser mes fautes qu'à essayer de les rattraper. Quoi qu'il en soit, j'eus immédiatement pitié du terrible dilemme de Marcus.

« Il faut simplement que tu... » Mais je n'achevai pas ma phrase. Je trouvais cruel de lui rappeler tout ce qu'il lui fallait encore faire.

Il se retourna pour me faire face, la tête penchée, sans lâcher la cuillère en bois.

« J'ai un truc à t'avouer, Clyde. Je dois admettre que je n'ai rien éprouvé de particulier pour Ben. Je veux dire, c'est un gosse charmant, il est intelligent et tout, mais il ne m'a inspiré aucun sentiment. J'entends par là que je n'ai rien éprouvé de *spécial* pour lui.

– Tu as encore besoin d'un peu de temps.

– C'est ça, j'ai encore besoin de temps. J'ai besoin de temps pour tout. Nous l'emmenons voir une pièce de théâtre la semaine prochaine. » Il se retourna vers la cuisinière, tourna le bouton du brûleur non allumé, posa la cocotte sur un dessous-de-plat et se servit un bol de ragoût froid. « À dire vrai, je n'ai pas beaucoup aimé ce musée. Tous ces rochers. Je n'ai pas arrêté de buter sur des rochers ces dix dernières années. Je ne peux pas contourner ces saloperies, je ne peux passer ni par-dessous ni par-dessus. »

Il prit place en face de moi, préleva une cuillerée de ragoût froid, souffla dessus pour le rafraîchir et l'avala. « Elle n'est pas si mauvaise cuisinière, cette Sheila », conclut-il.

16

« Clyde ?

– Agnès ! Je croyais que tu venais à Cambridge cet après-midi.

– Mais je suis à Cambridge, Clyde. Je t'appelle du magasin qui est au coin de ta rue. Ouvre la porte d'en bas, que je puisse m'engouffrer à l'intérieur.

– Pourquoi n'as-tu pas sonné, tout simplement ?

– Je ne voulais pas attendre sur le perron et risquer d'être vue par Donald, il aurait pu croire que j'arrivais avec une heure et demie d'avance parce que notre dîner de ce soir me rendait nerveuse. Je n'aimerais pas émettre des messages susceptibles d'être mal compris.

– Barbara est avec toi ?

– Elle est allée acheter une cassette ou un C.D. ou je ne sais trop quoi avec le fils de Louise.

– Avec Ben ?

– Mmm. C'est trop chou, non, ces deux-là ?

– Oui, oui. Écoute, mon lapin, puisque tu es sur place, ça t'ennuierait de me prendre quelques cure-dents ? Ils sont devant, du côté papeterie. Et un paquet de crackers salés, pendant que tu y es.

– Mais je ne suis pas ici pour faire des courses,

Clyde. Je t'en supplie. Tu te rends compte, si Donald entrait dans le magasin et me voyait en train d'attendre à la caisse? Il me prendrait pour une folle. »

Agnès parcourut nerveusement le salon du regard. « Tu es sûr qu'il ne peut pas entendre nos voix à travers le plafond, hein?

– Oh, Agnès, par pitié, essaie de te décontracter un peu.

– J'en ai marre qu'on me dise tout le temps de me décontracter. J'aimerais bien savoir ce que ça a de si décontractant, la décontraction. Papa n'arrête pas de me répéter, décontracte-toi, Agnès, mais il suffit que je commence pour qu'il se plaigne que leur dîner est en retard. »

Je bondis sur ce commentaire comme si c'était un tas d'or. « " Leur " dîner? Le dîner de qui? Qui sont-*ils*? » J'attendis qu'Agnès mentionne la question Diane afin de pouvoir lui parler de la situation sans avoir à trahir le gros secret paternel. Mais à peine avait-elle laissé échapper ces mots qu'elle se ravisait.

« *Son* dîner. Le sien. Ne me demande pas de te rendre des comptes sur chaque mot que je prononce, Clyde. »

Je la conduisis dans le salon du dernier étage et lui proposai de s'asseoir dans un des gros fauteuils défoncés. Elle avança dans leur direction mais, au lieu de s'asseoir, elle se mit à faire les cent pas sur la mince bande de parquet qui se trouvait exactement à l'aplomb du faîte du toit. Elle portait un tailleur bleu marine du dernier chic, du lainage à première vue, dont la veste joliment cintrée soulignait harmonieusement le galbe de ses hanches. Ses cheveux étaient coupés aussi court que le mois précédent, mais avec un léger reflet roux, comme si elle les avait passés au henné. J'inspectai l'ensemble pour essayer de détecter le bijou ou l'accessoire superflu qui risquait de faire dérailler tout cet effort vestimentaire, mais n'en trouvai aucun. Si j'ignorais tout d'elle et la rencontrais... dans le métro, par exemple, je verrais peut-être en elle une femme soignée, manucurée, bien habillée, anxieuse mais faisant face. Cependant, l'essentiel de ce que nous voyons dans le visage et les formes des autres est ce que nous savons d'eux et il m'était impossible de regarder Agnès sans voir en elle une abondance de contexte – son divorce, le livre de recettes et ces grosses pilules de vitamines complètement inefficaces qu'elle essayait de vendre avec si peu de résultats.

« Ton tailleur est ravissant, lui dis-je. Il te va à merveille. »

Elle s'arrêta net au milieu de la pièce et tira sur les basques de sa veste.

« Qu'est-ce que c'est censé signifier ?

– Pas de sens caché. Ce tailleur est très joli.

– Barbara m'a conseillée sur ce que je devais porter. Très gentiment, d'ailleurs. Je n'ai pas rendez-vous avec des hommes tous les soirs, tu sais. »

En réalité, elle n'en avait jamais. À ma connaissance, Agnès n'était sortie avec un homme qu'une seule fois depuis le départ de Davis. C'était un chef qui travaillait pour un restaurant de poissons appartenant à une chaîne. Le sien se trouvait dans le centre commercial voisin du lotissement d'Agnès. Ils avaient à peine quitté la maison qu'il lui avait suggéré de se décontracter en sniffant de la coke avec lui. L'expérience avait profondément traumatisé ma sœur et, en dépit de son évidente solitude, elle avait décliné toutes les propositions qu'on lui avait faites ultérieurement.

À l'origine, Donald avait suggéré de la rejoindre en voiture dans le New Hampshire et de l'emmener dîner. Mais Agnès pensait que ce n'était pas une bonne idée d'introduire un étranger chez elle, d'autant qu'elle avait entendu des rumeurs, non confirmées, selon lesquelles une femme aurait été assassinée deux semaines plus tôt de l'autre côté de WestWoods. Tout le monde parlait de meurtriers qui s'introduisaient dans la résidence pour massacrer les habitants pendant leur sommeil. Certains lotissements disposaient de systèmes de sécurité tellement sophistiqués que les propriétaires devaient suivre des formations spéciales pour comprendre leur mode d'emploi. Un des voisins d'Agnès avait lancé une campagne visant à faire ceindre la totalité de l'abominable résidence – aires de stationnement, piscine et compagnie – d'une clôture de trois mètres cinquante de haut couronnée de fil de fer barbelé. Tandis que la communauté s'acharnait à se protéger de l'extérieur, plusieurs conflits domestiques avaient éclaté à l'intérieur, dégénérant en violences diverses, suicides et même, en une occasion, homicide.

Mais à regarder ma sœur arpenter le parquet, je compris que si elle s'était opposée à la venue de Donald dans le New Hampshire, c'était de crainte que mon père ne sabote sa soirée en tapant au plafond comme un sourd avec sa canne ou en lui faisant le coup de la crise cardiaque dans la cage d'escalier. Cela me parut être une peur raisonnable et bien fondée, même si elle n'en avait pas conscience.

« Tu es sûr que ça ne t'embête pas de garder Barbara ?
demanda-t-elle.

– Pas du tout. Elle est toujours d'accord pour le
cinéma ?

– Oh, probablement. Elle passe tous ses week-ends
dans ce complexe de dix-huit salles près de la résidence.
Elle achète un billet et passe sa journée à sauter d'un
film à l'autre.

– Seule ?

– En général, oui. Elle est trop souvent seule. C'est
difficile, quand on vit à la campagne. »

L'idée de ma nièce enfermée dans un complexe de
cinémas ou dans sa chambre à l'étage, avec son four à
micro-ondes et son aérosol de peinture, me semblait
détestable. J'aurais nettement préféré savoir qu'elle fréquentait une bande d'adolescents mécontents de tout
plutôt que de l'imaginer exclue d'un groupe d'exclus.

Pendant la demi-heure suivante, Agnès et moi traversâmes un champ miné de sujets qui ne produisaient que
des irritations mineures lorsque nous approchions de
trop près ce qui était réel ou avait un sens. Finalement,
elle s'effondra dans un fauteuil, et il n'est pas exclu que
cela ait été d'épuisement, à force de faire l'aller et retour
sur le sentier délimité par les poutres. Il était probablement ridicule d'imaginer qu'Agnès et moi pourrions un
jour avoir une relation intime et sans arrière-pensées.
Aussi loin que je me souvienne, elle avait toujours
affronté la vie en recourant au subterfuge du langage
codé. Elle transformait sa colère et sa frustration en
anxiété compulsive qu'elle enturbannait d'une énergie
nerveuse suffisante pour faire décoller un avion à réaction. Quand je ne lui mentais pas délibérément, je
contournais précautionneusement la vérité et redessinais

les faits, tel le biographe d'une vedette hollywoodienne sans cœur, ou bien je souffrais d'une migraine débilitante. C'était comme si tout ce que nous partagions, notre lot de désirs communs, formait une barrière entre nous au lieu de nous réunir. Si nous avions été capables de parler de Diane, de Roger, de la prétendue maladie de mon père et de la façon dont il nous manipulait, nous ne nous en serions que mieux portés, l'un et l'autre. Mais nous nous cramponnions à l'espoir, pourtant précaire, qu'en continuant à faire le jeu de papa, il finirait peut-être un jour par nous gratifier de sa reconnaissance et de son amour.

Quand il fut presque l'heure de son rendez-vous avec Donald, elle sortit de son sac un large rouleau de ruban protecteur qu'elle traficota de manière à tourner la partie adhésive vers l'extérieur, et me demanda de le promener sur les épaules et le dos de sa veste. Puis elle se rendit à la salle de bains dont elle ressortit dix minutes plus tard nimbée d'un nuage protecteur de Prairie d'été.

Nous échangeâmes un baiser maladroit et je lui souhaitai une bonne soirée.

Au moment où elle allait franchir le seuil, le téléphone sonna.

Agnès porta la main à sa poitrine comme si la sonnerie du téléphone, comparable à un flash d'information surprise, ne pouvait signifier autre chose qu'une catastrophe à grande échelle. N'entendant aucune voix répondre à mon « Allô ? », je raccrochai sans lambiner. « Qu'est-ce que tu penses de ça ? lui demandai-je. Personne au bout du fil. » Vite, je poussai gentiment Agnès hors de la pièce et l'accompagnai en bas avant que notre père n'ait eu le temps de rappeler.

Chaque fois que je voyais Barbara, j'avais l'impression que son visage avait changé. C'était certainement lié à la manière dont sa peau s'ajustait à l'ossature de ses pommettes et de sa mâchoire et dont sa carnation fonçait, perdant un peu de son innocence veloutée. Elle avait recours à des procédés extravagants pour modifier son apparence, se percer le nez et raser les côtés de son crâne, épiler entièrement ses sourcils et se maquiller les lèvres de noir, mais les changements qui s'opéraient en dessous des fards et des accessoires relevaient d'une magie subtile et déterminante, c'était des changements qui la transformaient en une jeune adulte presque jolie.

Une heure environ après le départ d'Agnès, ma nièce entra d'un pas traînant dans l'appartement, portant Otis sous son bras comme s'il s'agissait d'un livre d'algèbre particulièrement lourd. Langue pendante et oreilles dressées, le chien avait l'air absolument ravi. Elle m'embrassa sur la joue avec le détachement d'un enfant bien élevé. Elle portait, par-dessus son incontournable salopette et sa chemise de flanelle, un caban qui lui arrivait à la taille et dont le lainage était couvert de pellicules et de poils de chien. Sa chevelure noir d'ébène jaillissait à l'arrière de sa tête comme si elle ne l'avait pas coiffée depuis plusieurs semaines ou, hypothèse plus vraisemblable, avait passé quelques heures à la mettre soigneusement en désordre. Elle posa Otis par terre et il nous fit un de ses meilleurs tours, celui que je décrivais toujours à mes collègues promeneurs de toutous, une sorte de hully-gully exécuté à reculons et sur les pattes arrière. Nous le regardâmes, Barbara et moi, avec un émerveillement béat. Je gardais toujours dans ma poche quelques mini-os en chocolat au lait, petits appâts dont j'usais pour gagner son affection, ou à tout le moins pour obtenir qu'il me suive avec un regard suppliant, langue pendante, comportement que je pouvais toujours, quand le besoin s'en faisait sentir, interpréter comme étant de l'amour. Je lui en jetai un qu'il s'empressa d'aller dévorer dans un coin de la pièce.

« Vous vous êtes bien amusés, avec Ben ?

– Pas mal. » Elle sortit un C.D. de la poche de son caban et le fit voltiger avec dextérité entre ses doigts comme s'il avait la légèreté et la souplesse d'une carte à jouer. « Il m'a dit que celui-ci me plairait mais ça m'étonnerait. Earl Hines. Je n'ai pas une passion pour le jazz.

– Pourquoi l'as-tu pris, alors ?

– Je ne voulais pas lui faire de peine. C'était sa façon de me montrer quelque chose de nouveau. Il a envie que je l'admire.

– Tu peux toujours aller le changer. »

Elle remit le disque dans sa pochette. « Je ne crois pas, Clyde. Ce n'était pas ce genre d'achat. » Elle s'approcha du canapé de la cuisine et se laissa mollement tomber dessus. « Ma mère est allée à son rancart ? » demanda-t-elle avec une telle nuance de sarcasme qu'Otis leva les yeux de son festin.

« Effectivement. Elle m'a dit que tu l'avais conseillée pour ses vêtements. Tu as fait un excellent choix. »

Barbara fronça les sourcils et, pour camoufler la gêne que je lui avais causée, rétorqua : « Avec le pot qu'elle a, elle va sans doute se faire violer ou je ne sais quoi. »

Elle s'allongea sur le canapé et appuya la tête sur l'accoudoir en pin noueux. Elle sortit une paille de la poche de son caban et se mit à la tortiller entre ses dents. Elle avait l'air vigoureux et peu fragile, allongée de la sorte, calme et en parfaite possession de ses moyens, du moins si on la comparait à sa mère. Peut-être est-ce cette assurance qui me fit penser que je pouvais me confier à elle d'une manière qui n'était pas possible avec Agnès.

« Ton grand-père », commençai-je.

Elle cessa de mâchonner la paille et me regarda d'un air interrogateur. « Il a appelé ici ?

— Comment as-tu deviné ?

— Je connais la musique, Clyde. Il était tout retourné parce que maman les abandonnait pour la soirée, sa copine et lui. Alors, elle leur a préparé à dîner avant de venir ici.

— C'est pour ça qu'il appelait. Il n'arrivait pas à trouver le repas.

— Maman était dans un tel état de nerfs qu'elle a mis les plats au congélo au lieu du frigo. Je l'ai vue faire, mais je n'ai rien dit. Il a besoin d'une petite leçon.

— Alors, Agnès et toi avez rencontré...

— Diane ? Ça fait plusieurs semaines qu'elle vient tous les jours chercher des glaçons aux alentours de quatre heures. Le moment des cocktails. Je crois qu'elle habite en dessous, mais maman fait semblant de la prendre pour une infirmière. Elle devrait les flanquer dehors à coups de pieds aux fesses. Grand-père a une santé de fer. »

L'attitude de Barbara dans cette histoire était tellement saine et pragmatique que je me sentis particulièrement stupide d'être éperdument jaloux à l'idée qu'elles avaient rencontré Diane. Je n'osai mentionner le nom de Roger. Puisque Barbara n'en parlait pas, je préférais présumer qu'il n'avait pas encore fait son entrée sur la scène du New Hampshire.

J'ouvris un journal et nous passâmes en revue les films à l'affiche. Barbara les avait tous vus, et certains jusqu'à quatre fois, même ceux dont elle affirmait qu'ils étaient complètement nuls. D'après mon analyse, elle voyait les films avec le même mépris pragmatique que lui inspirait l'école et aussi, d'ailleurs, sa mère. Les films étaient pour elle un mal nécessaire, une composante inévitable de la vie et de l'insipide paysage culturel.

En dernier recours, je vérifiai le programme du Brattle, le dernier cinéma de la ville à projeter encore des films anciens. « Tiens, en voilà un que tu n'as pas vu, je parie. *Carousel.*

– Jamais entendu parler.

– C'est une comédie musicale. En technicolor. " Si je t'aimais... " " Quand j'épouserai M. Neige. " Ça te dit quelque chose ?

– Je ne crois vraiment pas, Clyde. On pourrait peut-être louer une cassette.

– La salle a une mezzanine », annonçai-je.

Son visage s'illumina à la mention de cette merveille architecturale qu'on lui avait déjà décrite mais qu'elle n'avait jamais eu l'occasion de voir.

Le Brattle est une salle de cinéma à l'ancienne, avec un plafond incroyablement haut, des sièges qui se rabattent et un écran déployé au fond d'une scène desti-née à accueillir des artistes en chair et en os. Bien que les locaux aient récemment été rénovés, le sol n'était pas en pente, il y avait une sono épouvantable et les films étaient projetés de derrière l'écran. On avait autant de mal à les voir qu'à les entendre, ce qui n'ôtait rien au charme extravagant de l'endroit. L'établissement attirait des foules de gens qui se moquaient complètement de faire la queue pendant des heures sous des bourrasques de neige ou dans la chaleur torride du mois d'août. Le public était en majorité constitué de cinéphiles endurcis qui restaient vissés à leur siège pendant trois projections d'affilée en consommant des quantités d'aliments infects – des sandwiches baguette-boulettes de viande, du poulet frit et des repas indiens complets comportant quatre plats – tout en interpellant les personnages qu'ils voyaient sur l'écran et pérorant des commentaires politiques et des exposés sur l'histoire du cinéma.

« Drôle d'endroit », dit Barbara en entrant, ce qui ne l'empêcha pas de filer comme une flèche vers le balcon, de s'asseoir au premier rang et de s'appuyer à la balustrade pour observer le public qui prenait place. Le système de ventilation de la salle n'était pas de première qualité non plus et il y régnait une atmosphère étrangement humide, comme si la transpiration de tous ces filmophages boulimiques et la vapeur dégagée par leurs en-cas fétides avaient saturé l'air.

« Qu'en penses-tu ? demandai-je.

– C'est super. Dommage qu'ils soient obligés de projeter un film. »

Les lumières finirent par s'éteindre. L'ouvreuse, secouée par une quinte de toux, clopina jusqu'à l'avant-scène et tira un épais rideau de velours pour masquer l'issue de secours. Le film commença, se déroula sous nos yeux pendant quelques secondes et s'arrêta brutalement. On ralluma les lumières et le pique-nique, au rez-de-chaussée, reprit là où il s'était arrêté sans qu'on entende la moindre manifestation de dépit ou de mécontentement. Barbara se pencha en même temps que moi par-dessus la balustrade. « Je regrette de ne rien avoir à leur balancer dessus, dit-elle.

— J'espère bien que non. Tu es trop vieille pour faire ça.

— Je sais. » Elle soupira et appuya son menton sur la barre. « C'est triste, non, de devenir adulte ? »

Au même moment, nous vîmes Marcus et Sheila qui faisaient une entrée turbulente dans la salle. Ils étaient écarlates et décoiffés par le vent, probablement d'avoir traversé Harvard Square en courant, et à leur attitude on voyait qu'ils avaient conscience d'être chacun un parfait faire-valoir pour la beauté de l'autre. Marcus était impeccablement emballé dans un pantalon kaki et une chemise en denim, ensemble que Sheila avait acheté à son intention et qu'elle m'avait montré un matin au petit déjeuner, contente d'elle que c'en était gênant, avant de l'offrir à Marcus. Enfin, on pouvait mettre à son actif qu'elle avait rompu avec la tradition en lui achetant autre chose que des sous-vêtements. Elle portait un de ses maillots en thermolactyl sous une veste de tweed empruntée à Marcus, qui pendait avec un certain chic sur une de ses épaules. Elle balaya le public d'un regard panoramique, s'empara possessivement du bras de Marcus et le pilota vers une paire de fauteuils en plein milieu de la troisième rangée, s'excusant avec une sincérité feinte en écrasant les pieds des gens au passage. Quand ils furent installés, Sheila rejeta sa masse de boucles en arrière et se nicha contre l'épaule de Marcus.

« Au moins, ma mère n'est plus toquée de lui, c'est déjà ça, dit Barbara. C'était encore plus ridicule que ce qu'elle fait d'habitude. Et je hais sa petite amie, je la hais ! "Qu'est-ce qui te fait croire qu'ils t'accepteraient ?" Elle m'a dit ça, tu te rends compte ? Comme si ça la regardait. Elle ne sait même pas combien de matières j'ai ratées.

– Je croyais que tu aimais bien Marcus.

– Il est irresponsable, Clyde. C'est un grand bébé, exactement comme mon père. Il veut qu'on s'occupe de lui.

– Eh bien... » Cette description me frappa par sa sagacité. Je tentai de défendre mon camarade, espérant que mes arguments alimenteraient les critiques de Barbara. « Ben a passé un peu de temps avec lui. Qu'est-ce qu'il en pense ?

– Nous ne sommes pas sans arrêt en train de parler de vous », dit-elle en mettant tous les adultes dans le même sac exécrable. « D'ailleurs, il sait très bien que s'ils se sont pas mal vus, tout à coup, c'est uniquement parce que Sheila trouve trop mignon que Marcus soit le père de Ben. »

Les lumières s'éteignirent et Barbara poussa un grognement en se calant dans son siège. Elle croisa les bras et fixa l'écran en clignant des yeux comme si elle avait du mal à distinguer les images pâlies.

Je me penchai vers elle et murmurai : « Qui t'a dit qu'il était le père de Ben ?

– C'est Ben.

– Quand ?

– Qu'est-ce que j'en sais ? Aujourd'hui. »

Derrière nous, quelqu'un nous demanda de la fermer. Barbara se retourna et lui répondit d'un geste obscène. Nos chuchotements ne devaient pas être si terribles, vu que le public, en bas, disait à voix haute ce qu'il pensait de Gordon MacRae dans le rôle de l'ange occupé à lustrer les étoiles, juché sur une échelle en plein ciel.

La partie du film sur laquelle je réussis à me concentrer datait encore plus que dans mon souvenir, malgré la musique époustouflante. L'essentiel du dialogue était noyé sous les lazzi du public, qui huait toutes les répliques du héros qui tabassait sa femme. Non que Shirley Jones connût un meilleur sort. Des hurlements de rire accueillaient le moindre gros plan en technicolor de sa personne. Barbara continua à regarder pendant quinze minutes avant de s'affaisser sur son siège, profondément endormie. J'étais tellement préoccupé par l'histoire de Ben et de Marcus que je ne saurais dire exactement quand elle se réveilla. En tout cas, pendant les vingt dernières minutes du film – les scènes où Billy Bigelow sort de sa tombe pour essayer d'arranger les choses pour sa fille – elle regarda l'écran attentivement. À la fin, quand la bande-son prend son essor avec une reprise en chœur de « Tu n'iras plus jamais seule », nous fondîmes en larmes, à l'unisson avec le public épuisé.

Nous attendîmes que Marcus et Sheila s'éloignent, portés par le flot de spectateurs, pour sortir à notre tour.

« Quel mélo, dit Barbara quand nous nous retrouvâmes sur le trottoir. Cette actrice me donnait les boules.

– Mais elle avait une jolie voix, tu ne trouves pas ?

– Ça me démangeait à l'intérieur du crâne dès qu'elle ouvrait la bouche. Elle m'a fait un peu penser à ma mère. »

La nuit était claire, passablement douce pour un début novembre. Une foule d'étudiants et de touristes déambulait lentement par petits groupes bruyants. Un acrobate faisait son numéro au coin d'une rue et un petit homme en costume de Pierrot déclamait de la poésie dans l'embrasure d'une boutique. « C'est du Shakespeare de bazar », affirma Barbara après l'avoir écouté une demi-minute. J'essayai de l'entraîner dans un café pour prendre une pâtisserie, mais elle insista pour rentrer à la maison. « Ma mère est sûrement en pleine crise de panique parce que nous ne sommes pas encore rentrés. »

Il était près de dix heures quand nous regagnâmes l'appartement, mais Agnès n'était pas là. Barbara parcourut le salon du regard et alla s'effondrer dans le seul fauteuil qui n'était pas à proximité d'une lampe. Elle croisa les jambes, cheville sur le genou, installa Otis dans son giron et préleva un magazine sur une pile. C'était une des publications universitaires illisibles de Marcus. Il me sembla que Barbara étudiait la table des matières sous l'éclairage faiblard. Elle suivit une ligne du doigt, tourna les pages et, à mon entière stupéfaction, se mit à lire un article.

Quinze minutes plus tard, elle referma la chose avec brusquerie et la jeta par terre. « C'est supposé concerner le sexe, mais en fait il n'y a que des statistiques. Pas moyen de dire si ça parle de gens ou de plantes. Ce Marcus est vraiment *largué*. Je n'arrive pas à imaginer qu'il lise des trucs pareils. " Qu'est-ce qui te fait croire qu'on irait t'accepter dans une fac, même si tu avais l'intention d'y aller? » Non, mais tu te rends compte qu'elle a dit ça? Ma mère n'a même pas bronché, d'ailleurs, et ça uniquement parce qu'elle était avec Maârcus.

– Je n'affirmerais pas que Marcus est le père de Ben, mais comment l'a-t-il appris? »

Barbara haussa les épaules. « Il a fini par deviner.

Mais tu en fais toute une affaire. Qui se soucie de son imbécile de père? Dis-moi, tu crois que ma mère va coucher avec Donald?

— C'est la première fois qu'ils sortent ensemble.

— Elle m'a traînée ici à cause de ça, pour avoir une bonne raison de partir à neuf heures. »

Barbara ramassa par terre une autre publication morose et se mit à la feuilleter. « J'aimerais bien qu'elle couche avec, remarque. Enfin, ça serait bien fait pour mon père. Tu sais qu'il va se remarier, je suppose?

— Je l'ignorais.

— Tout le monde se marie. Je me demande pourquoi ils prennent cette peine, vu qu'ils sont tellement malheureux après. Tu n'as pas un peu de glace ou quelque chose? »

Agnès apparut à onze heures passées, nerveuse et débordant d'excuses. Je l'emmenai dans la cuisine, où Barbara s'était endormie sur le canapé, Otis sur le ventre, un bol de glace fondue posé par terre à côté d'elle.

« Tu as passé une bonne soirée? demandai-je à voix basse.

— Oui », chuchota-t-elle.

Barbara se réveilla en sursaut. « Où étais-tu, maman? couina-t-elle comme si elle avait six ans.

— On est repartis dans le New Hampshire. Il n'y avait pas de place pour se garer par ici, et le restaurant de grillades près du lotissement est si merveilleux...

— Pardon, je n'aurais pas dû demander », dit Barbara en entraînant sa mère vers la porte.

17

Le dimanche, Ben et Louise avaient pour habitude de se promener en voiture dans la campagne de la Nouvelle-Angleterre. Féru de cartes routières, de coupes géologiques et de météorologie, Ben organisait les expéditions, élaborait les itinéraires et faisait le pilote. Louise conduisait. Elle était relativement indifférente aux paysages, comme ces gens qui veulent s'asseoir près de la fenêtre mais, une fois installés, se détournent de la vue. La seule fois où je les ai accompagnés – un malencontreux marathon automobile de cinq heures le long de la côte du Maine – Louise s'est contentée de fixer la route, sauf quand Ben la sommait de regarder à droite ou à gauche parce qu'il y avait quelque chose d'exceptionnel à admirer. De fait, elle semblait satisfaite d'être en compagnie de son fils dans un petit monde clos où personne ne pouvait les embêter.

Le dimanche suivant la première sortie d'Agnès et Donald, Louise et Ben passèrent à la maison tôt dans la matinée pour prendre Otis. Je les attendais sur le perron, à moitié protégé des regards des passants par les branches pendantes du pin. « Souviens-toi, expliquai-je au chien, que tu n'es pas obligé de faire quoi que ce soit si tu n'en as pas envie. Appelle-moi et je viendrai te chercher. » Otis me considéra d'un air circonspect.

D'où j'étais, je pouvais voir Donald derrière les fenêtres de son appartement. Vêtu d'un épais peignoir de bain bleu roi qui lui arrivait à mi-cuisses, il était occupé à déplacer les quelques meubles de son salon, traînant le canapé et un vieux guéridon pour ménager un coin conversation. Il me surprit en train de l'observer, me fit un petit signe hâtif de la main et rectifia aussitôt sa coiffure.

Quand Louise s'arrêta au bord du trottoir, je lâchai Otis dans la rue et le regardai, non sans une légère flambée de ressentiment, sauter sur les genoux de Ben et lui lécher le visage. À mon étonnement, l'intérieur de la voiture – l'installation de la petite famille incomplète, les cartes aux pieds de Benjamin et le paquet de cigarettes posé devant Louise sur le tableau de bord – offrait le même aspect que d'habitude. Pourtant, étant donné ce que Ben savait depuis peu, je me serais attendu à un changement.

« Newport », répondit Louise avec indifférence quand je m'enquis de leur destination. « Quoique, personnellement, j'irais volontiers me recoucher pendant un mois.

– Arrange-toi pour être complètement réveillée le jour de ta grande première dans ma classe, cette semaine. Mes étudiants retiennent mal leur excitation à la perspective de ne pas être obligés de m'écouter, pour une fois. Non qu'ils m'écoutent le reste du temps.

– Il n'est pas question que je rate ça. J'ai absolument tout prévu. Enfin, presque. »

Ben déplia une des cartes et me montra l'itinéraire qu'il avait prévu. Espèce de traître, pensai-je. La porte de leur univers privé me fut claquée au nez. Quand ils s'éloignèrent, j'agitai le bras à l'intention d'Otis qui me regardait en aboyant par la lunette arrière.

Donald était sorti de son appartement. Il se tenait sur le porche en peignoir de bain, un gobelet en carton fumant niché au creux de ses mains. Il hocha la tête, désignant la rue, et dit : « Ils forment un couple sympa, ces deux-là », sur un ton si chaleureux et allègre que la pertinence du commentaire ne m'en parut que plus troublante. Appuyé au pilier du porche, il continua à regarder la rue en buvant à petites gorgées. Il était chaussé de baskets vertes dont la couleur jurait si violemment avec celle du peignoir et dont l'aspect évoquait si tragiquement un clown que je jugeai peu charitable de les remarquer.

« Que va-t-elle faire du livre de recettes d'Agnès ? demanda-t-il.

— Qui, Louise ? Je ne pense pas qu'elle en fasse quoi que ce soit. »

Il me regarda par-dessus son gobelet avec un étonnement peiné.

« Comment ? Elle ne l'a pas encore montré à son éditeur ?

— Entre nous, je ne suis même pas sûr qu'elle ait un éditeur, à l'heure qu'il est. »

Il secoua la tête. « Sans blague ! Je croyais que c'était une grosse pointure. À sa façon.

— Je doute qu'elle ait des introductions dans l'univers des livres de cuisine. Peut-être », ajoutai-je avec un vilain rictus que je parviens d'habitude à contrôler, « devrions-nous essayer d'en parler à Julia Child. J'ai entendu dire qu'elle faisait ses courses au magasin du coin. »

Donald finit d'avaler le mystérieux contenu de son gobelet qu'il écrasa ensuite entre ses doigts et fourra au fond de son peignoir. « Ça alors ! Pourquoi n'y avais-je pas pensé ? J'imagine que c'est pour ça que certaines personnes enseignent à Harvard et d'autres pas. Je lui en parlerai la prochaine fois que je la verrai.

– La prochaine fois que tu la verras ? Parce que tu l'as déjà vue ? »

Il haussa les épaules. « Pas depuis quelques semaines, maintenant que j'y pense. Je l'aide de temps en temps à porter ses sacs jusque chez elle. D'ailleurs, elle n'a pas vraiment besoin d'aide, une forte femme comme ça. » Il frissonna et tira le peignoir sur son torse. « Ta sœur a un sens de l'humour fantastique, Clyde. Remarque, il faut au moins ça pour sortir avec un type comme moi, non ? »

Je ressassais l'histoire de Julia Child.

Il me prit par les épaules. « Ne t'inquiète pas, c'était juste une question pour la forme. Agnès et moi allons faire un tour dans un café-théâtre, le week-end prochain. On devrait pouvoir se fendre la pêche. Il faut juste que je prenne mon courage à deux mains pour le lui proposer. »

J'avais invité Louise à mon cours, bien qu'elle n'ait pas écrit un roman du XIXe siècle (le sujet officiel du cours, après tout), parce qu'en demandant à un auteur contemporain de parler de son art, j'espérais insuffler un peu d'ambiance littéraire dans ma classe. Cela permettrait, par exemple, de démontrer qu'un être humain en chair et en os avait réellement lutté pour produire l'œuvre en question, vérité susceptible de culpabiliser suffisamment les étudiants pour les inciter à lire une page ou deux. Il était pour moi de la dernière urgence que mes élèves terminent leur semestre en ayant au moins appris quelque chose, vu qu'aucune romance intra-muros ne semblait se profiler. Rien ne mettait plus mon talent de professeur en valeur qu'une romance de salle de classe. Le flirt sous-jacent entre les tourtereaux en puissance illuminait les discussions et apportait à l'atmosphère une touche d'éclat sexuel dont les autres étudiants bénéficiaient par procuration. Bien entendu, l'heureux couple cessait d'assister au cours dès la première sortie sérieuse, voire quand ils commençaient à coucher ensemble, mais ils se pointaient toujours à la dernière réunion, se tenant par la main et donnant à chaque personne présente, moi compris, l'impression que quelque chose d'utile s'était accompli durant cet épuisant semestre.

Je m'étais répandu en excuses aussi excessives que lassantes lorsque j'avais invité Louise, mais elle m'avait assuré que cela faisait partie de son travail et pouvait très bien, au bout du compte, se traduire par la vente d'un ou deux livres.

« À ta place, je ne compterais pas trop dessus, lui dis-je. Mes étudiants ne lisent pas les livres au programme. Certains apportent des volumes défraîchis qu'ils possédaient à la fac, quelques décennies plus tôt, mais la plupart ne font même pas l'effort de cette mise en scène.

— Je te trouve trop sévère avec eux, Clyde. Quand tu étais en fac, tu ne lisais pas les livres au programme et moi non plus.

— D'accord, mais c'était la fac, une catégorie de loisir

tout à fait différente. » Aujourd'hui, la plupart des universités sont à ranger dans le même sac que les asiles de vieux, des endroits où l'on case les gens pendant quelques années parce qu'ils sont dans une tranche d'âge difficile. L'étudiant de fac lambda est trop vieux pour rester à la maison et trop jeune pour démarrer une carrière. Presque tous les parents admettent que leur rejeton aille à l'université pour s'initier « à la vie », expression plus communément assimilée – à tort ou à raison – aux expériences sexuelles, aux beuveries et aux emplettes qu'à la fréquentation d'Euripide. Mes étudiants, en revanche, auraient pu choisir d'employer autrement leur soirée du jeudi. Dans mon esprit, le fait de s'être inscrits de leur plein gré à un cours de littérature les engageait davantage à lire les livres au programme, même si j'étais secrètement soulagé qu'ils ne le fassent pas.

J'allai chercher Louise chez elle et nous marchâmes ensemble jusqu'à l'Académie parallèle. Il avait plu deux jours d'affilée pendant la semaine et les feuilles mortes s'entassaient en matelas humides sur le trottoir. Une odeur doucereuse de matière en décomposition imprégnait puissamment l'air. L'automne et les senteurs de pourriture m'ont toujours rapproché de la Nouvelle-Angleterre, me donnant l'impression sécurisante que ma vie est ancrée dans un lieu précis, à une époque précise, même si c'est de manière peu profonde ou pas très saine. Louise, pour sa part, semblait puiser son réconfort du simple fait de savoir qu'elle n'appartenait pas à un lieu plutôt qu'à un autre. Elle était libre de flotter à la surface du vaste continent dans sa totalité,

munie de quelques valises, de son fils et de leur isole-
ment transportable. Dans quelle mesure cela était susceptible de changer, maintenant que Marcus avait fait
son apparition dans le tableau, je n'en avais pas la
moindre idée. Pendant plusieurs jours, j'avais voulu
l'entretenir de ma conversation avec Barbara, mais la
situation me paraissait si confuse que je jugeai préférable de rester à la périphérie, ce qui était ma place après
tout. Surtout, j'avais l'impression que Louise était de
plus en plus lasse et je n'avais pas envie d'aggraver sa
détresse. Du moins, pas avant qu'elle n'ait effectué sa
prestation devant mes étudiants.

« J'espère que tu as faim, lui dis-je.

— Ils apportent de la nourriture?

— Ma classe est devenue un véritable banquet, les
ragots intervenant entre les plats en guise de trou nor-
mand. La semaine dernière, l'un d'eux a fait livrer
d'énormes plats de sushis pendant l'interclasse.

— Ils auront peut-être de la cuisine indienne ce soir?
Je me sens d'humeur à avaler un curry bien épicé. »

Alors que son imminente prestation me donnait un
trac terrible (était-ce pour elle ou pour moi, je ne saurais
le dire), Louise semblait en pleine possession de ses
moyens. Elle n'avait pas préparé la moindre note pour
sa communication mais avait en revanche apporté un
exemplaire de son premier roman, au cas où on lui
demanderait de lire un passage. Et à l'évidence, elle
s'était habillée pour la circonstance. Elle portait une
chemise d'homme blanche impeccablement empesée,
un pantalon noir collant et des bottines lacées. Couronnant le tout, un long manteau de tweed à chevrons dont
elle avait plusieurs fois retroussé les manches de façon
que la doublure se transforme en élégants poignets

mousquetaire. Elle avait acheté le manteau dans une boutique de fripes où je l'avais emmenée. Mais c'était Ben qui avait entrepris le vendeur pour obtenir un rabais, si bien qu'elle l'avait payé cinq dollars au lieu de trente. Ses cheveux étaient noués sur sa nuque en queue de cheval souple et retenus par un lacet de cuir brut. J'étais flatté qu'elle ait jugé l'occasion suffisamment importante pour s'habiller en conséquence et bourrelé de remords pour ne pas avoir rendu ma classe digne d'une telle manifestation de respect.

« Quoi qu'il arrive, lui conseillai-je, ne les laisse pas te poser trop de questions. J'interviendrai s'ils se mettent à t'interroger de trop près sur ton compte en banque, ton dossier médical ou quoi que ce soit de sordidement personnel.

— Je suis parfaitement capable de gérer les questions personnelles. Je réponds toujours honnêtement, mais avec un sourire en coin, comme si je leur mentais. Ils ne savent plus où ils en sont. Moi encore moins.

— Ce que je veux dire, c'est que tu ne dois pas les laisser te pousser dans tes retranchements.

— Cela ne fait pas partie de mes faiblesses, dit-elle.

— Non, effectivement. » Et pourtant, on aurait pu en douter, à la voir marcher à mes côtés, toute petite, un rien voûtée, submergée par son gros manteau et ses énormes, sublimes bottines. Elle donnait l'impression de sombrer en elle-même.

Quand nous arrivâmes à l'école, il faisait nuit et seules quelques touches de lueur rosée effleuraient encore la cime des arbres. Toutes les lumières de la demeure étaient allumées et, de l'allée où nous avancions, la façade à colonnades et les fenêtres dorées faisaient indéniablement forte impression ; on aurait dit une prestigieuse académie.

« À t'entendre, c'était un bahut de troisième ordre, dit Louise en poussant un soupir.

– Je parlais de l'enseignement, pas des installations. »

Au fond de la classe, un groupe de sept étudiants se tenaient debout autour de la commode ancienne, bavardant et riant bruyamment. Ils nous accueillirent avec une petite salve d'applaudissements ambigus et reprirent leurs conversations.

« J'adore les gens qui s'amusent d'un rien », dit Louise d'un ton placide.

Brian, l'avocat divorcé, prit le premier la parole du fond de la pièce. « Salut, mon vieux. On croyait que vous ne viendriez plus. » Quelques semaines auparavant, en défendant une scène d'un téléfilm dont j'avais entendu parler mais que je n'avais pas vu, j'avais exprimé clairement mes préférences sexuelles, et depuis lors Brian me parlait sur un mode ridiculement enjoué, juste pour me montrer qu'il m'avait pardonné d'être pédé. « On s'est dit qu'on allait devoir faire le cours nous-mêmes, Clyde.

– Comme si ça changeait quelque chose », rétorquai-je avec moins de désinvolture que je ne l'aurais souhaité.

Les rires redoublèrent, curieusement expansifs. Je crus déceler une bouffée vaguement caustique et alcoolique dans ces rires, sinon dans l'air. J'expliquai à Louise la disposition de la classe, lui présentai Edwina sur son mur et lui dis que j'allais prononcer quelques mots d'introduction avant de lui livrer mes étudiants. Elle alla s'asseoir, avec une certaine timidité me sembla-t-il, dans l'un des fauteuils à dossier incurvé disposés sur le côté de la salle, pendant qu'à l'avant je tentais de justifier mon pedigree universitaire en déplaçant inutilement quelques papiers sur mon bureau. La bande du nightclub, dans le fond, s'esclaffa en entendant un commentaire particulièrement hilarant et se dispersa juste assez pour révéler que Tim, l'acteur en herbe, avait transformé le dessus de la commode en bar parfaitement opérationnel, avec seaux à glace, verres, shakers à cocktails et assortiment de jolies bouteilles d'alcool. Il me revint vaguement à l'esprit qu'au début du semestre il avait plus ou moins réussi à évoquer ses activités de barman de fin de semaine lors d'une discussion sur le style prosodique d'Emily Brontë.

« Que puis-je vous préparer, Clyde ? demanda-t-il quand nos regards se croisèrent.

— Oh, faites-lui un truc comme ça, suggéra Eileen Ash. Il prépare le dry-martini à la perfection. Remarquez, c'est à la portée de tout le monde.

— Je devrais plutôt m'abstenir, dis-je. C'est moi qui suis au volant, ici...

— Oh, allons, ne faites pas l'idiot. Vous n'êtes pas sur la sellette, ce soir. C'est Louise que nous allons cuisiner. » Eileen s'avança vers nous en marchant sur des œufs, comme quelqu'un qui n'a plus que quelques gouttes de martini au fond de son verre. Elle portait un pantalon beige d'une coupe longiligne qui dessinait des vagues soyeuses à chacun de ses pas. Depuis que je l'avais aperçue à l'aquarium, lovée contre son séduisant époux barbu, je lui pardonnais plus facilement ses commentaires ineptes pendant les cours. Si j'étais aussi amoureux qu'elle, je ne me soucierais pas davantage de lire les livres. Elle prit un siège à côté de Louise et, lui ayant dit combien l'ensemble de la classe était honoré de l'accueillir en ces lieux, lui livra une biographie succincte de chacun des étudiants réunis autour du bar. « Bien entendu, nous adorons tous Clyde. Il a un vrai sens de la dynamique de groupe. »

J'avais espéré que le fait d'inviter une conférencière entraînerait une augmentation notable des effectifs mais, vingt minutes après l'heure prévue pour le début du cours, une seule autre personne s'était présentée. La moitié des étudiants en étant à leur deuxième verre, je jugeai préférable de démarrer la séance avant que l'un d'eux n'ait un malaise ou ne se livre, l'alcool aidant, à des aveux incohérents sur sa vie sentimentale ou des meurtres qu'il aurait pu commettre.

Je commençai par justifier à grands traits la raison de la présence de Louise, établissant un lien entre son travail et la tradition romanesque que nous étions supposés étudier et invoquant, en guise de finale, la comparaison éculée avec Jane Austen que l'on applique à quasiment tous les auteurs contemporains ayant écrit autre chose que des romans de guerre. Je citai les trois livres de Louise, ses nombreuses bourses, récompenses littéraires et diplômes universitaires, et commis même l'erreur de glisser qu'elle avait réussi à élever seule son fils de douze ans tout en accomplissant le reste. Ce zeste d'élément personnel fut le seul à susciter un véritable intérêt.

Avant même que j'aie terminé mon introduction, Dorothea, l'instit à la retraite, me coupa au milieu d'une phrase.

« J'ai cru comprendre qu'elle bénéficiait d'une sorte de bourse de Radcliffe, mais je me demandais si elle y a jamais enseigné.

– Je ne pense pas, mais nous pouvons lui poser la question. Tu n'as pas enseigné à Radcliffe, n'est-ce pas, Louise?

– Je crains que non, répondit-elle d'un air contrit.

– Si je m'interrogeais, poursuivit Dorothea, c'est que son visage m'est familier et je me demandais si je ne l'avais pas rencontrée à des réunions d'anciens élèves. J'y assiste régulièrement pour ne pas perdre le contact avec mes condisciples d'autrefois. »

Brian se tourna sur sa chaise afin de pouvoir annoncer sa propre université : « Je ne pense pas que vous ayez enseigné à Yale, Lorraine, n'est-ce pas?

– Clyde devrait peut-être citer toutes les universités où Louise n'a *pas* enseigné, intervint Eileen d'un ton enjoué. Pour ma part, je voulais juste vous dire, dit-elle en posant la main sur le bras de notre invitée, que j'ai emprunté un de vos livres à la bibliothèque », elle brandit un exemplaire en piteux état du deuxième roman de Louise, « et j'ai trouvé votre photo en quatrième de couverture absolument charmante. Cela m'a donné envie de me plonger dedans sans tarder. »

Le volume passa de main en main pendant que je terminais mon introduction et je livrai ma classe à Louise. Elle s'installa derrière la table, balaya l'assemblée du regard et émit un petit rire nerveux. « Je suppose qu'on n'a pas le droit de fumer ici? » demanda-t-elle de sa voix râpeuse. Les élèves gloussèrent de bon cœur à ce qu'ils prirent tous pour une plaisanterie. Ils avaient envie de la trouver sympathique, et qui le leur reprocherait? Ils payaient cher leurs études, autant y prendre plaisir.

Louise se leva et vint se placer devant la table. Elle s'y appuya, croisa les bras et se mit à parler, sans effort mais aussi sans emphase, de son travail, de sa carrière et de ses luttes pour garder l'écriture au centre de sa vie – bébé en pleurs, tables de cuisine dans des appartements en sous-location, longues nuits à douter de soi. Jamais elle ne m'avait ainsi parlé de son travail, cela n'avait rien à voir avec sa manie habituelle de se dénigrer. J'avais présumé que la maternité était la force motrice de son existence, et l'écriture un éventuel adjuvant. Mais assis devant elle parmi les autres auditeurs, j'eus conscience de l'avoir mal comprise depuis plusieurs années. Les livres constituaient le pilier central de sa vie et tout le reste, même Benjamin, en dérivait. Et pas seulement les livres à proprement parler, mais la passion dévorante qui alimentait leur création.

Où, me demandai-je, se trouve donc ma passion? Qu'est-ce qui m'avait motivé, pendant toute la période de mon amitié avec Louise? Je comprenais la métaphore de Marcus, quand il se plaignait d'avoir buté des années durant sur les rochers qui obstruaient son chemin. Du moins avait-il un chemin, même s'il n'y progressait pas beaucoup. Et assis là, écoutant Louise, je commençai à me demander si moi, j'en avais un.

Quand Louise eut terminé son exposé, le calme envahit la pièce, un silence confortable pendant lequel nous pûmes entendre les branches nues des hêtres frôler les baies convexes des fenêtres. Je vis dans cette admiration muette un hommage à Louise et me sentis extrêmement fier de mes étudiants, si zélés, si perspicaces.

Eileen Ash s'éclaircit la gorge et dit qu'elle avait une question à poser.

« Cela nous ramène au sujet de notre cours sur l'ère victorienne. Pensez-vous que c'était très différent alors – pour les écrivains, veux-je dire? »

Avant que Louise ait pu répondre, Mallory White passa la tête dans l'embrasure.

« Attendez, dit-elle. Je voudrais parler d'autre chose un instant. »

Depuis un mois environ, l'assiduité de Mallory avait été pour le moins sporadique. Je me dis qu'elle avait dû assainir la situation avec son mari, ou alors se dénicher un amant fiable et vigoureux âgé d'une vingtaine d'années. Elle était venue la semaine précédente, aussi m'étonnai-je particulièrement de la voir surgir ainsi. Elle portait un caleçon noir, un cardigan d'alpaga qui lui descendait à mi-cuisse et, en passant devant moi, elle laissa dans son sillage une odeur d'air frais typique des froides soirées d'automne.

« D'abord, annonça-t-elle, j'ai une excellente excuse pour justifier mon retard. J'étais en train de lire le premier roman de Louise et c'était tellement passionnant que je n'ai pas vu le temps passer jusqu'à ce que je l'aie terminé. »

Un murmure d'enthousiasme traversa la salle. Jusqu'à moi qui me sentis gagné par l'excitation.

« Comme vous le savez probablement, poursuivit Mallory, j'ai été passablement perturbée ce semestre à cause de mon mari, aussi, comme vous pouvez l'imaginer, ai-je été fascinée par la partie du livre où vous racontez votre liaison avec le médecin marié en France. Ce que je me demandais, car vous n'abordez pas vraiment cette question, c'est si vous passiez beaucoup de temps, ce médecin et vous, à parler de sa femme quand vous étiez ensemble. Je fais allusion à des choses très intimes. »

Je savais qu'une grande partie du premier roman de Louise s'inspirait effectivement de son expérience. Elle était allée à Paris comme jeune fille au pair après son diplôme de fin d'études et avait atterri en pleine guerre

froide conjugale. La mère de l'enfant dont elle était censée s'occuper avait une liaison avec un ami de la famille
et elle ne mit pas longtemps à comprendre qu'une des
facettes tacites de son travail consistait à servir de couverture à madame. Gillian, la narratrice du roman, se
trouve dans une situation analogue. Elle cède aux
avances du mari, un charmant médecin avec quelques
kilos en trop, en partie parce qu'elle a honte d'être
complice de l'adultère de sa femme. Mais dans la réalité,
la situation avait été beaucoup plus compliquée que ça.
Louise avait assurément pris le malheureux cocu en
pitié, mais ses sentiments ne l'avaient pas empêchée de
l'utiliser. En fait, m'avait-elle confié, elle avait accepté
de coucher avec lui après avoir constaté qu'elle était
enceinte de Marcus, parce qu'elle cherchait un moyen
de résoudre le problème. Cet aspect-là, m'expliqua
Louise, avait été écarté du roman non parce qu'elle désirait gommer le rôle de Marcus mais parce qu'elle avait
envie de rendre Gillian sympathique.

Louise contempla le plafond, puis regarda dans ma
direction, un criant appel à l'aide. Je me dis que si elle
avait l'air tellement désemparée, ce n'était pas parce
qu'elle était incapable de répondre à la question, mais
au contraire parce qu'elle pouvait y répondre.

« N'oublions pas, intervins-je, qu'il s'agit d'un
roman. C'est justement pour cette raison que nous
devons nous contenter de ce qu'on nous donne plutôt
que de spéculer sur la vie privée de Louise. L'univers de
ces personnages n'existe qu'entre les deux pages de couverture du livre. »

Mallory réfléchit un instant à mon commentaire. « Je
vois ce que vous voulez dire et je retire mes questions.
Mais, Louise, il y a une chose que je voudrais savoir :

est-ce que Clyde vous a raconté comment j'ai appris l'infidélité de mon mari?

— Pas que je me souvienne », dit Louise.

Mallory relata l'histoire que nous avions entendue au moins deux fois depuis septembre, histoire qui avait déjà été interprétée dans un jeu de rôles mettant en scène tous les élèves de la classe. Si cette nouvelle narration avait une chance de se solder par une question intéressante, rien ne le laissait supposer. Je notai avec une satisfaction mitigée que les autres étudiants, obligés d'écouter une énième fois (et avec des détails inédits qui sentaient fortement l'exagération) le récit de ces événements, remuaient sur leurs chaises en soupirant.

Je consultai ma montre. Plus d'une heure s'était écoulée et si je reprenais un peu le contrôle de la situation, il serait encore possible de remettre le train sur ses rails. Je suggérai d'attendre pour les questions et demandai à Louise si elle souhaitait lire un passage d'un de ses livres.

Elle alla chercher dans son manteau l'édition de poche malmenée de son premier roman et une paire de lunettes à verres ronds sans monture que je ne l'avais jamais vue porter. Elle les arrima derrière ses oreilles, ouvrit le livre apparemment au hasard et entreprit la lecture d'un des chapitres de la fin.

Dans le dernier tiers du livre, l'amant médecin de Gillian l'envoie à Nice et l'installe dans une chambre jaune avec vue bouchée sur la baie des Anges. Il a offert de tout payer jusqu'à la naissance du bébé, mais leur arrangement prévoit que Gillian se chargera de tout ensuite. Et ne le contactera jamais.

Après la tourmente émotionnelle des premières sections du roman, les allées et venues intentionnellement burlesques et les strates d'ironie, le dernier tiers est d'une simplicité fort rafraîchissante. Quel que soit le panache du début, je soupçonne la description du bonheur tranquille qui intervient à la fin d'être la cause réelle du succès du livre.

C'était pourtant bizarre et déroutant d'entendre les propos de cette jeune narratrice optimiste émis par la voix rauque et fissurée de Louise. Ses lunettes, avec les branches plaquées sur les côtés de son visage, lui donnaient l'air aussi vieux que sa voix. Elle lut pendant près d'une demi-heure et la classe écouta dans un silence courtois. Tim avait les coudes sur les genoux, comme s'il était suspendu à ses mots – ou essayait de rester éveillé. Parvenue à la fin du chapitre, Louise enleva ses lunettes, les glissa dans la poche de sa chemise et referma le livre. « Et voilà ! » conclut-elle tranquillement.

Il y eut une salve d'applaudissements, plus discrets mais plus sincères aussi que ceux qui avaient accueilli notre arrivée. Eileen s'essuya les yeux et signifia à Tim qu'elle voulait un autre verre. Durant la lecture, Brian s'était agité sur son siège, croisant et décroisant les jambes. J'avais pris ça pour de l'ennui, mais voilà qu'il se redressait et déclarait que cette lecture lui avait fait grande impression. « Tout à fait fascinant. Cependant, je voudrais vous poser une question », dit-il d'un ton qui me parut dur, très homme de loi. « J'espère que vous ne le prendrez pas en mauvaise part.

– Je vous en prie, posez-la, dit Louise. Cela fait si longtemps que j'ai écrit ce livre que je ne suis plus du tout susceptible à son sujet. Mon propre fils m'a dit qu'il ne le trouvait pas fameux.

– Je sais qu'il s'agit d'un roman, dit Brian. Entièrement fabriqué, rien de tout cela ne s'est jamais produit, tout est inventé, mais pourriez-vous m'expliquer, je vous prie, pourquoi on n'y parle jamais du père? C'est-à-dire, le père du gamin, dans ce livre, apparaît comme un portefeuille jetable, à peine plus. C'est du moins ce que je retire du passage que vous avez lu – personnellement, je n'ai pas encore terminé le livre. Oublions l'enfant un instant, s'il mérite ou non d'avoir un père, ou même qui peut être celui-ci. Mais l'homme? J'ai l'impression que toute la démarche se résume à ceci : tant que le chèque de la pension alimentaire tombe, on s'en moque. Papa? Peu importe qui est le donneur de sperme du moment que les frais de scolarité sont réglés. Et soit dit en passant, à Princeton, ce n'est pas donné. J'ai essayé de convaincre mon fils qu'il pouvait très bien aller dans une fac d'État, mais mon ex a vite fait de l'en dissuader. »

Louise était assise sur le bord de la table, les yeux baissés vers le sol, et secouait la tête en écoutant Brian. Quelques mèches de cheveux cuivrés échappées de sa queue de cheval lui balayaient le visage. Elle les rangea dans le lacet de cuir et leva les yeux. Elle sourit à Brian, un faible sourire, mais elle ne dit mot.

Je remarquai alors que des larmes coulaient le long de ses joues.

Je me levai. « Je crois le moment venu de marquer une pause.

— Absolument, renchérit Mallory. J'allais justement le proposer.

— J'ai le sentiment que certains êtres humains sont naturellement des brutes », dit Eileen Ash.

Tim demanda gentiment à Louise si elle désirait boire quelque chose et elle acquiesça. « Un whisky et de la glace, si vous en avez. »

Brian était resté sur sa chaise, se demandant à l'évidence pourquoi personne ne répondait à ses questions. Edwina s'était retranchée dans son début de siècle.

Nous rentrâmes chez Louise à pied, en silence pendant presque tout le trajet, à l'écoute de la circulation sur Massachusetts Avenue, dans le fond, et du braiment des tramways électriques autour de Cambridge Common.

« Ne va pas imaginer que je suis en train de rechuter gravement parce que j'ai pris un verre, dit enfin Louise au bout d'un moment.

– Deux.

– J'ai bu à peine trois gorgées du deuxième, ce qui prouve bien que j'ai raison. Il ne compte pas.

– Ce n'était peut-être pas une si bonne idée, cette lecture. »

Louise soupira et remonta son col.

« J'espère que la classe n'était pas trop gênée.

– Juste Ciel ! La seule chose qui aurait pu leur faire encore plus plaisir, c'est que tu t'allonges par terre pour mimer la naissance de ton fils ! Trois d'entre eux m'ont dit que c'était le meilleur cours qu'on ait jamais eu et Eileen Ash veut t'inviter à sa fête de fin de semestre. »

Arrivée chez elle, Louise hésita devant le portillon.

« On refait le tour du pâté de maisons ? » proposai-je.

Elle me prit le bras et nous continuâmes à marcher.

« Ce n'est pas seulement la question de ce type qui m'a perturbée, même si elle a tout déclenché. C'est le livre. Tellement léger et optimiste. Tellement calme. Je ne peux plus écrire comme ça, Clyde. J'avais oublié que je pouvais être ainsi! Quelle sotte j'ai été! Stupide! C'était vraiment égoïste de ne rien dire à Marcus. Ton élève avait raison. J'aurais pu lui écrire, l'appeler, envoyer une photo. Ce n'était pas bien, ce que j'ai fait avec le médecin, je le reconnais. Je le reconnais, d'accord? Mais je n'avais pas l'intention de *mal* faire.

– Je sais, je sais, dis-je en lui essuyant les yeux.

– Je croyais que nous formerions une famille acceptable, mon enfant et moi. Je pensais pouvoir m'en tirer en écrivant mes livres, que ça me ferait un vrai but. Je trouvais ça si merveilleux, l'idée d'avoir un but et une vraie famille pour la première fois de ma vie. Le reste de l'univers pouvait continuer à tourner, je m'en foutais complètement. Voilà ce que je pensais. J'étais dans le bus, je venais d'avoir les résultats du test de grossesse à la clinique, les gens autour de moi parlaient une langue étrange. Je n'aurais pas pu être plus seule, l'Américaine aux grands pieds qui attend un bébé. Pourtant, ça m'était égal, Clyde. Pour la première fois de ma vie, je ne me sentais pas seule. Je me sentais à l'abri. J'allais me débrouiller sans l'aide de personne. Tu comprends?

– Oui, je crois que oui.

– Et c'est ce que j'ai fait. Je me suis débrouillée sans l'aide de personne pendant des années.

– Mais tu as décidé de venir sur la côte Est.

– Tu ne vois donc pas?» Elle sanglotait, maintenant, elle m'en voulait et en même temps elle s'appuyait contre mon épaule. «Il le fallait. J'aurais bien aimé que le père de Ben soit je ne sais quel Australien, ou Autrichien. Ou un médecin français un peu trop gros. Mais ce n'est pas le cas. De quel droit pouvais-je décider que Ben ne devait pas avoir de père? Mais c'était encore plus bête de ma part de croire qu'il suffisait de venir ici pour tout arranger, pour rétablir les choses.

– Ils sont sortis ensemble, n'est-ce pas ? Marcus a pris des initiatives.

– Il m'a téléphoné hier pour me dire qu'il préférait parler à Ben après Thanksgiving. C'est plus fort que lui, il est complètement empêtré en lui-même. Oh, j'aimerais pouvoir quitter cette ville demain. » Elle sortit une serviette en papier de sa poche et se moucha dedans. « Ben sait, pour Marcus, n'est-ce pas ?

– Nous n'en avons pas parlé mais j'ai l'impression que oui, j'en suis même presque sûr.

– Tu vois ! C'est exactement ce que je voulais éviter, que Ben attende quelque chose d'un homme velléitaire. C'est même ce que je redoutais le plus. J'aurais vraiment dû boire le deuxième verre. Et un troisième aussi. »

Nous avions fait le tour du pâté de maisons et étions revenus à notre point de départ. Les arbres et les plantes grimpantes ayant perdu quasiment toutes leurs feuilles, on voyait très bien, de la rue, la façade jaune de l'ancienne remise à voitures. Il y avait de la lumière dans le loft et, en longeant le chemin, j'entendis une fois de plus un téléphone sonner quelque part derrière la clôture. Nous entrâmes et Ben dévala l'escalier. « Alors, comment était-ce ? demanda-t-il.

– Encore un triomphe », dit Louise en le serrant dans ses bras.

18

L'un des dangers de trop aimer quelque chose, c'est qu'on finit par en devenir dépendant, de même que l'on devient dépendant de choses que l'on déteste ou redoute. Eh bien, il m'était fort désagréable de l'admettre, mais je m'étais attaché à la compagnie de Ben. En théorie, j'étais ravi que Marcus – le père de Ben, après tout – s'investisse un peu, et pourtant je craignais qu'il ne finisse par le décevoir. Ou, en d'autres termes, j'étais jaloux de leur relation. Me sentant rejeté par Ben et blessé qu'il ne se soit pas davantage confié à moi, je m'appliquais de plus en plus à le rejeter : en m'efforçant d'être sorti quand il passait à la maison dans l'après-midi, ou, si j'étais là, de rédiger des notes de lecture sur *Daniel Deronda* de George Eliot avec une véhémence et un panache tels qu'il n'osait pas m'interrompre. En décidant de creuser le fossé entre nous, je m'étais octroyé tout loisir de tourner en rond dans mon grenier, à me demander ce que j'allais pouvoir raconter à Gordon quand nous prendrions ce verre ensemble, activité qui donnait, par comparaison, à la lecture d'une biographie de Jayne Mansfield des allures positivement productives.

Or voilà qu'un après-midi où je m'appliquais soigneusement à l'éviter, je tombai sur Ben. J'avais pris rendez-vous avec Taff, qui devait me montrer un appartement susceptible, m'assurait-elle, de convenir à Roger, une trouvaille qu'elle m'avait mise de côté par faveur spéciale. Mais ne voulant marquer aucun respect excessif à l'égard de ma conseillère immobilière ou de mon « frère » en arrivant pile à l'heure, je m'arrêtai en chemin dans un magasin de Massachusetts Avenue pour jeter un coup d'œil à la presse tabloïde. Cela ne pouvait me faire aucun mal d'ingérer quelques potins scandaleux sur les célébrités du moment. Je pourrais toujours les régurgiter si la conversation avec Gordon battait de l'aile. « Tu as vu la photo de Machin? » devrait suffire à le lancer dans un monologue de dix minutes sur la prise de poids, la chirurgie esthétique, les rumeurs d'homosexualité, la consommation de drogues et les mauvaises habitudes nutritionnelles des fabuleuses créatures du monde des médias.

J'étais en train d'étudier une photo de Jamie Lee Curtis et de sa mère – de quoi tenir la distance une soirée entière – lorsque, levant les yeux, j'aperçus Ben qui marchait dans la rue. Comme il faisait froid cet après-midi-là, il portait un épais blouson de laine et une casquette de chasse en tissu écossais. S'arrêtant pratiquement à chaque arbre, parcmètre et bouche d'incendie pour laisser Otis renifler et marquer son territoire, il attendait en regardant droit devant lui d'un air vague et résigné. Traître, pensai-je avant de me replonger dans mes tabloïdes. Quand je relevai les yeux une seconde plus tard, je vis deux garçons juchés sur des rollers le doubler à toute vitesse, le bousculant au passage. Ils s'arrêtèrent avec une promptitude et une grâce remarquables, rétropatinèrent avec l'élégance athlétique de danseurs et vinrent se poster de chaque côté de lui pour s'excuser et échanger quelques propos amènes. Ils portaient des chandails légers et des mitaines, tout ça dans des matières synthétiques de couleurs vives, et dominaient Ben de leur taille agrandie par les patins. À côté d'eux, il paraissait petit et fatigué, un gamin au bout du rouleau. C'étaient des copains de classe, aucun doute, mais qui semblaient descendre d'une planète plus joyeuse et plus insouciante. Quelques minutes plus tard, ils agitèrent la main et repartirent. Ben tira d'un coup sec sur la laisse et se dirigea vers le parcmètre suivant.

Ce qu'avait dit Vance sur l'étrange tristesse des enfants, leur curieux mélange de sophistication et d'innocence, était vrai, mais chez certains la tristesse était plus visible que chez d'autres, plus proche de la surface. Comme c'était idiot de ma part d'acheter des vieux disques de tangos et de valses musette à un gamin de douze ans alors qu'il ne possédait même pas une paire de rollers! Je me débarrassai du journal et fonçai dans la rue.

Ben sourit en me voyant approcher, ce que je traduisis en termes de pardon pour ma récente froideur, et Otis se dressa sur ses pattes arrière, battant l'air des antérieurs.

Je m'agenouillai et lui glissai un biscuit dans la gueule. « De quel côté allez-vous? » demandai-je.

Ben haussa les épaules et tendit la main. « Par là, dit-il en désignant une rangée de magasins peu attrayants, comme si ça répondait à la question.

— Moi aussi. Je vais voir une conseillère immobilière pour un appartement. Tu devrais venir. Elle est marrante, elle parle tout le temps et a une opinion sur tout. Elle s'appelle Taff, tu te rends compte?

– Taff? répéta-t-il en tordant la bouche d'un air sceptique. C'est le diminutif de quelque chose?

– Non, répondis-je avec fierté, de rien du tout. C'est comme ça, juste Taff. »

Nous longeâmes une enfilade de boutiques élégantes, de magasins de jouets et de banques, et nous arrêtâmes à un carrefour pour attendre le feu. Ben avait pas mal grandi depuis un mois ou deux, et le sommet de son crâne dépassait maintenant mon épaule. Je voyais sa casquette tressauter dans mon champ de vision périphérique.

« Tu veux déménager? » demanda-t-il.

Un autobus passa en ferraillant, son flanc recouvert d'une gigantesque affiche vantant un produit anti-allergique.

« Déménager?

– L'appartement que tu vas visiter, il est pour toi? »

Levant les yeux sous sa visière, il me dévisageait, attendant que je m'explique, les extrémités de ses grandes oreilles héréditaires projetées vers l'extérieur par le bord de la casquette. C'était déjà assez compliqué d'assurer toute cette histoire de quête d'appartement pour le fils par procuration de mon père dans le seul but de me concilier les bonnes grâces de ce dernier, mais ça l'était encore plus d'en parler ouvertement avec un gamin de douze ans dont la relation père-fils était encore plus trouble que la mienne.

« Si c'est pour *moi*? demandai-je, comme si sa question avait quelque chose d'ambigu. Oui, affirmai-je, c'est pour moi. »

J'expliquai à Ben qu'ils n'acceptaient pas les chiens à l'intérieur de l'agence et lui demandai d'attendre dehors. Taff était assise à sa table, bavardant au téléphone avec un client sur ce ton de bonne humeur malicieuse que la profession d'agent immobilier semble requérir. Mais elle arborait une écharpe de cachemire bleu pour bien me signifier, je suppose, que mon retard n'était pas passé inaperçu, qu'elle m'avait attendu, assise sur sa chaise, fin prête à sortir. Elle me désigna un fauteuil où elle me fit patienter cinq bonnes minutes, le temps de conclure sa conversation, passa en revue le contenu de plusieurs tiroirs dans divers meubles de rangement et finit par disparaître dans une pièce curieusement vide d'aspect, au fond de la salle. Une douzaine de photos étaient alignées sur sa table, enfants au sourire ébréché qui flottaient dans l'azur éthéré du studio de photographe professionnel, amis ou parents injustement figés pour l'éternité dans un moment d'ébriété congestionnée lors d'un pique-nique de bord de mer. L'esprit humain, décidément impénétrable, semble tenir à la personnalisation de l'espace de travail, ce qui rend d'autant plus triste cette constatation : les photos de famille de chacun sont parfaitement interchangeables avec celles de n'importe qui d'autre.

À l'autre extrémité de la table, il y avait une édition brochée de la traduction la plus récente de *Crime et châtiment* avec un signet marquant une page vers le milieu. Il y a pas mal de temps, j'avais décidé de lire cette nouvelle traduction mais avais été détourné de mon propos par mon appétit d'histoires vécues, affranchi de ce que Louise appelait les ambiguïtés de l'art. Je le saisis et entrepris la lecture du rabat intérieur de la jaquette.

« Je l'ai commencé pour mon groupe de lecture, dit

Taff en arrivant dans mon dos. Cette traduction est beaucoup plus lucide que celle de Constance Garnett. Enfin, j'imagine que plus personne ne lit la sienne, de nos jours.

— Sans doute, dis-je faiblement.

— Bon, vous êtes prêt? »

Je désignai Ben, de l'autre côté de la vitre, et expliquai qu'il venait avec nous. « J'espère que vous n'y voyez pas d'inconvénient, dis-je.

— Je ne vois pas pourquoi j'en verrais un. »

Elle portait un manteau replié sur son bras, un article de laine à bouclettes exactement de la même nuance de lapis-lazuli que son écharpe et son ombre à paupières. « C'est un peu compliqué, dis-je. Le problème est qu'il ne s'entend pas très bien non plus avec Roger. En fait, je préfère ne pas mentionner le nom de Roger devant lui. Il croit que l'appartement est pour moi, si vous voyez ce que je veux dire.

— Écoutez, Clyde, franchement, peu m'importe pour qui est l'appartement et qui est ce garçon. Je me suis engagée à vous le montrer et c'est ce que j'ai l'intention de faire. C'est votre " neveu ", je suppose?

— Oui, mon neveu. »

L'appartement se trouvait dans un immeuble de brique à quelques pas de Harvard Square. Je passais souvent devant en me rendant à l'Académie parallèle et il m'était plus d'une fois arrivé d'admirer la cour ombragée qui menait à l'entrée principale. Nous grimpâmes cinq étages, ascension qui nous laissa, Otis et moi, à bout de souffle, alors que mon neveu et ma conseillère immobilière en sortirent apparemment ragaillardis.

« Pas d'ascenseur ? » hoquetai-je.

Taff, qui me précédait dans l'escalier, répondit en me regardant par-dessus son épaule : « Rien de tel, grâce au ciel. Ça fait du bruit, c'est toujours en panne et les gens restent coincés dedans pendant des heures. De toute manière, s'il y en avait un, le loyer serait certainement deux fois plus cher. »

L'appartement comportait une chambre mais vu la dimension de celle-ci, la définition me parut plus technique que pratique. Taff, Ben, Otis et moi regardâmes à l'intérieur de la minuscule pièce obscure qui donnait sur l'entrée. Une fenêtre grande comme un dessous d'assiette était percée assez haut dans un des murs, laissant filtrer une lumière couleur d'eau de vaisselle. Taff fut saisie d'un frisson. « N'est-ce pas charmant ? Vous pourriez tirer un parti intéressant d'un chambre pareille, Clyde. »

Elle n'avait pas besoin de m'en convaincre. Plus petite que ma chambre actuelle, celle-ci semblait toutefois plus spacieuse et considérablement moins claustrophobique parce que le plafond était plus haut. Et puis, à première vue, il n'y avait pas de taches d'humidité aux murs.

« Mais voici l'atout majeur », poursuivit Taff en nous conduisant dans le salon. Elle releva bruyamment un store vénitien et le soleil envahit la pièce. « Vous avez une vue incomparable. Ici, Cambridge Common, et là, Harvard Square. On peut même apercevoir la rivière sous cet angle. Vous pourriez installer votre chambre ici et transformer l'autre en bureau.

— Ça sera libre quand ? demandai-je.

— En janvier. Aussi va-t-il falloir donner votre réponse assez vite. »

En allant jeter un coup d'œil à la cuisine, j'entendis Ben demander si on acceptait les chiens dans la maison. « Je ne crois pas. » J'entendis ensuite le store vénitien retomber brutalement. « Pourquoi, vous allez habiter ici aussi ? »

Je me promenai d'une pièce à l'autre, essayant d'imaginer ce que Roger – ou plutôt, mon père – pourrait en penser, pesant le pour et le contre en adoptant divers points de vue esthétiques et financiers. Mais n'ayant pas la moindre idée du genre de meubles que possédait Roger (en avait-il même ?), ni de l'importance de ses revenus (à condition qu'il en eût), je me surpris à imaginer mon propre ramassis disparate de canapés, fauteuils, et vilains bureaux fonctionnels casés dans les angles, et mon propre ramassis d'existence vécu dans ces pièces rassurantes.

« Toi qui t'y connais en appartements, dis-je à Ben sur le chemin du retour, que penses-tu de celui-ci ?

– Il est okay.

– Juste okay ?

– Moins spacieux que ce que tu as maintenant.

– Peut-être, mais c'est pour y vivre seul, n'oublie pas. »

Il rumina l'information en silence pendant que nous traversions Mass Ave et pénétrions sur le territoire de la fac de droit de Harvard. « Elle n'est pas sûre qu'ils acceptent les chiens.

– Euh...

– Tu es fâché contre Marcus ?

– Non, non. Ça n'a rien à voir. La vérité, c'est que je

ne suis pas complètement sûr de déménager. J'ai regardé ce qui se présentait, voilà tout. » La vérité, c'est qu'à force de jouer celui qui cherche un appartement, j'avais fini par penser qu'il y avait peut-être des mesures à prendre, sinon dans l'immédiat, du moins avant de finir dans une maison de retraite. Pendant quelques minutes, dans la petite cuisine équipée, cela m'avait paru non seulement possible mais souhaitable.

« Tu es fâché contre *moi* ? »

Je me retournai pour lui faire face mais il avait les yeux rivés sur un groupe d'étudiants qui fumaient des cigarettes, assis en cercle, devant une des bibliothèques. « Non, bien sûr que non, mon chéri. » Et aussitôt, je regrettai le « mon chéri ». Je le mâchai de mon mieux, tentai de le ravaler dans une quinte de toux. Je sortis un mouchoir de ma poche et me mouchai inutilement. « Qu'est-ce qui te fait penser ça ? ajoutai-je d'un ton bougon.

– Je ne sais pas. Tu n'es pas souvent là, ces temps-ci.

– Tu as l'impression que je t'évite, c'est ça ? »

Il haussa les épaules.

« Je suis simplement content de te voir passer plus de temps avec Marcus, c'est tout.

– Parce qu'il est mon père, tu veux dire ? »

Il s'arrêta devant un arbre fuselé, encore ligoté, qui avait été planté au printemps précédent. Otis leva la patte et nous regarda, en quête d'approbation. Ben m'avait posé la question si simplement, si honnêtement, que je ne voyais pas d'autre solution que de lui répondre avec la même simplicité et la même honnêteté.

« Oui, je pense que c'est pour ça.

– Mais quel est le rapport ?

– Je pensais que vous aviez assez de pain sur la

planche en ce moment, suffisamment de problèmes à régler comme ça.

– Ce n'est pas comme s'il me l'avait dit.

– Il finira par te le dire. Il attend. »

Il hocha la tête et regarda le chien.

« Qu'est-ce qu'il attend, au juste ?

– Oh... Pour l'instant, il est empêtré dans un tas d'affaires en suspens. » À ma connaissance, Marcus était empêtré depuis sa naissance dans des projets inachevés, des affaires en suspens et des relations précaires. Mais c'était inutile d'être trop critique à son égard, particulièrement devant son fils. « C'est une nouveauté à laquelle il doit s'adapter, l'idée d'avoir un fils. Il ne le sait que depuis quelques mois.

– J'imagine que l'adaptation est plus difficile pour lui que pour moi, vu que j'ai toujours su que j'avais un père, même si j'ignorais qui c'était. »

Un groupe de militants propriétaires de chiens s'était rassemblé sur la pelouse devant la bibliothèque de la fac de droit. Harvard n'arrêtait pas d'installer des pancartes pour inciter les gens à tenir leurs chiens en laisse et leur enseigner l'usage du caniveau, avec des dessins, vigoureusement barrés de deux traits, desdites bêtes en train de déféquer. Les propriétaires ne cessaient d'arracher ces pancartes ou de les maculer de crottes de chien. J'étais plutôt favorable à leur cause mais les animaux étaient énormes et aussi brutalement agressifs que leurs maîtres. « On ferait mieux de s'éloigner, dis-je à Ben. Il n'y a que des gros bras et des voyous. » Nous contournâmes un labrador noir et un rottweiler qui se battaient pour un frisbee. « Je ne voudrais pas être indiscret, dis-je à Ben, mais comment as-tu deviné, pour Marcus ?

– Je l'ai senti à une certaine façon qu'il avait de m'éviter.

— C'est comme ça qu'on se trahit, sûr. Je pourrais lui parler, si tu veux. Lui dire que tu sais. Ça lui faciliterait peut-être les choses.

— Ce n'est pas mon avis, Clyde. Je ne veux pas qu'il se sente coincé. Le jour où nous sommes allés au musée, il n'a pas arrêté de parler à Sheila d'une de ses ex qui s'était débrouillée pour s'installer chez lui alors qu'il n'en avait pas envie. Il l'a citée trois fois. »

Quand nous rentrâmes à la maison, Ben fit le tour des pièces biscornues, palpant les boiseries et les placards coupés en deux.

« L'autre endroit est mieux, déclara-t-il.

— Oui, mais c'est plus petit.

— D'accord, seulement tu serais complètement chez toi. Tu n'aurais besoin de le partager avec personne.

— Ils risquent de ne pas accepter les chiens.

— Ça ne doit pas influencer ta décision. D'ici janvier, on sera peut-être repartis en Californie, Louise et moi. »

19

« Ça fait des semaines que je suis sans nouvelles de toi, dit mon père. Où en est-on avec l'appartement de Roger ?

– Ça se présente bien. L'employée de l'agence immobilière m'a juré qu'il n'y avait rien de mieux en ville pour un loyer pareil. Elle a promis de me le garder.

– Ça fait trop de promesses, Clyde. Roger ne peut pas vivre dans une promesse. Je parierais que tu ne t'es même pas débrouillé pour te procurer le bail et tout le reste ?

– Je n'en ai pas eu l'occasion.

– Trop occupé avec ton école bidon ?

– Ça doit être ça. »

J'avais dit à Taff que Roger allait prendre l'appartement. Je lui avais même versé un acompte. J'avais passé un temps non négligeable à fantasmer sur l'endroit, mais d'une manière précautionneuse et furtive, comme si je convoitais la femme de mon voisin – ou son mari. Je devais sans cesse me rappeler à l'ordre pour ne pas oublier que l'appartement revenait de droit à Roger, que j'en avais déjà trop dit à mon père pour pouvoir me l'attribuer. De plus, y emménager impliquerait une

modification radicale de mon identité et je n'étais pas
sûr d'être prêt pour ça.

« Écoute, Clyde, si tu n'es pas capable de traiter cette
affaire, nous allons devoir nous en occuper nous-
mêmes. Donne-moi le nom de l'agence et je ferai le
reste. Non que j'aie le temps. Sans compter qu'un peu
de coopération de ta part ne serait pas un luxe.

– Tout sera entièrement réglé après Thanksgiving. Je
t'enverrai les documents. Tu n'as besoin de t'inquiéter
de rien.

– Il y a intérêt à ce que ce soit *immédiatement après*
Thanksgiving.

– C'est promis. Qu'est-ce que tu fais pour la fête?

– Thanksgiving? De quoi suis-je censé remercier le
Seigneur [1]?

– Je ne sais pas, moi. Diane, peut-être.

– Eh bien, ça doit expliquer pourquoi nous dînons
ensemble ce jour-là. Ta sœur n'a même pas songé à
m'inviter. Pas cette année. Elle est trop obsédée par ce
débile. Il est venu ici l'autre soir. Un gros type transpirant. Elle n'est même pas descendue pour me le présenter. Aurait-elle honte de moi?

– Il faut que je raccroche, dis-je. Je sens arriver la
migraine.

– J'en ai marre de tes migraines. Chaque fois que je
te parle, tu as la migraine. Ce n'est pas normal. »
N'ayant aucunement l'intention de débattre de ce qui
était normal ou pas, je me pris accidentellement les

---

1. La fête de Thanksgiving, célébrée le quatrième jeudi de
novembre, fut conçue, à l'origine, par les pères pèlerins pour
remercier Dieu de leur avoir donné de bonnes récoltes après leur
premier hiver passé en Amérique.

pieds dans le cordon du téléphone et coupai la communication.

Obéissant aux instructions de Gordon, je l'appelai quelques jours avant notre rendez-vous pour convenir d'un endroit et d'une heure. Il suggéra que nous nous retrouvions à proximité de sa salle de gym dans un restaurant nommé Yellow Fin.

« Tu en as entendu parler, n'est-ce pas ?

– Bien sûr. Ils ont des fruits de mer formidables.

– J'aurai juste le temps de prendre un verre, malheureusement », me dit-il comme si j'envisageais de le kidnapper.

Depuis qu'il avait obtenu son diplôme de droit, Gordon n'avait traversé la rivière pour se rendre à Cambridge qu'une demi-douzaine de fois à tout casser. Jadis, il prétendait que c'était un endroit agréable et stimulant, mais maintenant le seul fait d'en franchir la frontière lui donnait la déprime. Cambridge était trop verdoyant, trop civilisé, trop universitaire, trop hétéro, trop classique. Chaque fois qu'il invoquait un de ces prétextes, je m'insurgeais avec véhémence, non parce que je le désapprouvais mais parce que je savais que sa véritable cible était mon caractère et pas celui de la ville. Je n'avais jamais mis les pieds au Yellow Fin et n'en avais jamais entendu parler. Penser que je m'y sentirais totalement déplacé était un pari gagné d'avance, mais je n'étais pas prêt à proposer un abreuvoir crapoteux de Cambridge où je me serais senti comme un poisson dans l'eau.

C'est un fait, les gens finissent par prendre un aspect

tristounet et sérieux à force de vivre dans une ville universitaire, un air qu'on attrape à trop vivre par l'esprit,
ou du moins à vivre parmi des gens qui vivent par
l'esprit. Les membres de groupes de rock et les vedettes
de cinéma en tournée à Boston descendent souvent
dans un hôtel de Cambridge parce qu'ils peuvent s'y
promener tranquillement sans être importunés. Non
que les résidents soient particulièrement discrets et
cultivés ; c'est juste qu'ils sont davantage enclins à solliciter un autographe d'Edward Said ou de Doris Grum-
bach que de Sharon Stone.

Le lundi précédant Thanksgiving, j'arrivai au Yellow
Fin avec dix minutes d'avance. C'était un endroit étin-
celant, tout en verre et miroirs, et contrairement aux
restaurants que nous fréquentions avec Vance, percé
d'immenses baies donnant aux clients l'impression de
dîner au cœur de la circulation. On pouvait rester assis
et regarder le monde passer mais aussi, plus important,
le monde pouvait vous regarder. Je pris place à l'une des
tables lilliputiennes disposées près des fenêtres et observai mon reflet dans une vitre, essayant de me faire une
idée de moi-même. Ma chemise, une chose à rayures
dans des camaïeux de bleu pâle, était une bévue acquise
en solde, genre derniers jours avant fermeture définitive,
et il était trop tard pour rectifier le tir. Derrière moi, la
clientèle était composée de gens assez jeunes qui, à en
juger par les apparences, étaient habitués à dépenser un
argent qu'ils n'avaient probablement pas. Il y avait plusieurs tablées de gays engagés dans des conversations
bruyantes et cinq ou six tables où des couples prospères

s'admiraient mutuellement à la lueur des bougies, en plein dans cette parenthèse de beauté radieuse dont jouissent les hétéros pendant quelques mois avant de se marier.

Quand le serveur s'approcha pour prendre ma commande, je lui répondis que j'attendais un ami.

« Un quoi ?

— Un ami. J'attends un ami.

— Je suis désolé, je ne vous entends pas. »

C'était un garçon trapu et assez laid, avec une coupe de cheveux en biseau qui avait dû coûter une fortune et cet air de supériorité lié au fait d'avoir un amant que tout le monde convoite. J'avais souvent du mal à me faire comprendre de ce genre de serveur et, craignant que Gordon n'arrive pendant cette manifestation de ma maladresse sociale, je tentai de m'en débarrasser en criant, pratiquement : « Un martini, un martini. »

Quelques minutes plus tard, Gordon apparut au coin de la rue, l'air préoccupé et absent, tenant son sac de gym d'une main ferme. J'avais bu deux gorgées de martini, assez pour qu'une chaude bouffée de nostalgie s'empare de moi à sa seule vue. Même si, au cours des deux dernières années, il était grâce à ses efforts devenu un Adonis d'un mètre soixante-cinq, il n'en conservait pas moins la démarche dolente et gauche de l'étudiant en droit bien enrobé que j'avais connu. Gordon n'avait aucun mal à faire énergiquement de la gym tout un après-midi, pédalant pendant une demi-heure sur une bicyclette immobile et gravissant un escalier factice quarante minutes d'affilée, mais il se plaignait amèrement quand il était soumis à un véritable exercice, marcher par exemple.

Il s'arrêta près de la table du maître d'hôtel et desserra sa cravate, parcourut la salle du regard pendant une bonne minute en se grattant le cou avec des petits gestes ascendants. M'ayant repéré, il agita un bras enthousiaste et traversa la salle avec décontraction, son sac de gym sur l'épaule.

« Salut, mon vieux! Je ne suis pas en retard, au moins? Je pensais te trouver à une table du fond.

– Je me suis dit que j'allais te surprendre. »

Je me levai et le serrai dans mes bras. C'était la première fois que je le voyais seul depuis qu'il avait emménagé avec Michael, et je dus le serrer un peu trop fort, et un peu trop longtemps, car je le sentis reculer – un retrait subtil, comme s'il venait de constater que j'avais un rhume.

Il portait un costume gris anthracite et une chemise blanche à fines rayures rouges qui semblait sortir à l'instant de la housse de la blanchisserie alors qu'on était en fin de journée. Pendant qu'il enlevait sa veste et l'installait sur le dossier de sa chaise, je ne pus m'empêcher d'admirer la parfaite symétrie des épaules bien développées de part et d'autre de son torse musclé, même si l'emballage était trop irréprochable et préfabriqué pour exercer un véritable attrait sexuel. Il avait les cheveux humides et le visage rose. Soit il s'était énergiquement frotté la face sous une douche chaude, soit il venait d'avoir un intermède sexuel particulièrement revigorant. Les deux, peut-être.

Quand le serveur s'approcha de notre table, Gordon le gratifia d'un large sourire, révélant la plus belle rangée de bagues que j'aie jamais vues. Ils discutèrent des vertus comparées de diverses eaux minérales pendant cinq bonnes minutes pendant que je sirotais mon martini.

« Tu es magnifique, comme d'habitude, lui dis-je quand nous fûmes seuls.

– Ah, Clyde, je peux toujours compter sur toi pour me faire des compliments. Tu es vraiment un fan loyal.

– Mais quand t'es-tu fait mettre des bagues? Je trouvais tes dents parfaites. »

Le sourire de Gordon s'évanouit. « Je n'ai pas la date précise en tête », répondit-il d'un ton sec et il détourna le regard pour observer la salle.

Je pris conscience de ma gaffe dans la seconde. Si j'étais assez grossier pour m'en apercevoir, j'aurais au moins pu avoir le bon sens de pas y faire allusion.

« Enfin, dis-je pour me rattraper, l'essentiel, c'est que tu ne vas pas les garder longtemps.

– Trois ans.

– Oh. » Je suçotai une olive. « C'était bien, la gym, mon chou? »

Cela eut le don de le dérider. Il se lança dans un long monologue sur son prof et la série de nouveaux exercices qu'il avait entrepris pour équilibrer le développement de ses épaules par rapport à ses pectoraux, plus un programme spécialement conçu pour réduire la pression sur les rotateurs des poignets et les hanches. Je l'écoutai, littéralement fasciné, mais moins par ce qu'il racontait que par l'abondance de détails que comportait sa description, et surtout parce qu'il avait l'air persuadé que ça pouvait m'intéresser. Il me rappelait un ancien ami à moi qui se complaisait à décrire carte par carte ses parties de réussite.

Lorsqu'il eut fini d'évoquer ses exercices de musculation, il plongea la main dans l'échancrure de sa chemise et se tripota la poitrine en m'expliquant qu'il venait de se faire épiler presque tout le corps et que le produit avait mis sa peau à vif, ce qui le démangeait terriblement.

« Porter des vêtements est un enfer depuis quelques jours, précisa-t-il.

— Sans blague, quelle quantité de poils t'es-tu fait enlever, au juste? »

Il haussa les épaules. « Pour ainsi dire tout. Ça sert à quoi de faire de la muscu si tu ne peux pas observer les progrès à cause de la fourrure?

— Je me suis souvent posé la question. Mais, franchement, tu n'es pas en train de me dire que tu t'es fait épiler partout? »

Il eut un sourire en coin, moitié content de lui, moitié flirt. Que Gordon aille jusqu'à provoquer ce genre de question était une chose, mais que j'aie la sottise de tomber dans le piège et de la poser en était une autre. Il s'appuya contre son dossier pendant que le serveur apportait son eau.

« Quand t'es-tu mis à boire? demanda-t-il.

— Oh, Gordie, tout de même! Un verre, ce n'est pas ce que j'appellerais boire. »

Il haussa les sourcils et avala une gorgée d'eau.

« C'est toi qui le dis. »

La mère de Gordon avait rendu la vie impossible à tout le monde dans sa nombreuse famille, d'abord en restant ivre morte pendant vingt ans et, ensuite, en passant du jour au lendemain à la sobriété vertueuse. En dehors de quelques orgies de vodka et poppers, un week-end par-ci, par-là, Gordon buvait et se droguait rarement. Sous son regard scrutateur, j'eus le sentiment d'être un alcoolique répugnant. « C'était une erreur passagère de jugement, rectifiai-je. Maintenant, mon chou, dis-moi tout. Quoi de neuf?

— Il n'y a pas tant de choses que ça à raconter. » Et il consulta sa montre. Il commençait ouvertement à regretter d'avoir accepté ce rendez-vous et avait engagé le compte à rebours en prévision de son départ. Pour ma part, je commençais à me demander pourquoi j'avais suggéré cette rencontre. Ce n'était pas comme si j'espérais voir notre liaison brisée renaître de ses cendres. Je n'en avais même pas envie.

« Michael et moi allons au Brésil en janvier.

– C'est ce que j'ai entendu dire. »

Il me regarda avec un intérêt soudain et sourit sans exposer ses dents. Il adorait apprendre que les gens parlaient de lui. Contrairement à moi, il présumait généralement qu'il s'agissait de propos flatteurs pour lui.

« J'ignorais que Vance fût au courant. »

Gordon préférait croire que Vance était mon seul ami, la seule personne qui m'emmène jamais quelque part, la seule personne avec qui j'aie l'occasion de sortir. Même si c'était plus proche de la vérité que je ne voulais l'admettre, ce n'était pas pour autant l'exacte vérité.

« J'ai dîné chez Drew et Sam il n'y a pas très longtemps. Ils y ont fait allusion.

– Ah, ce soir-là », dit-il en se versant un peu d'eau d'une longue bouteille effilée. « Mikey et moi avons failli venir mais nous avions une autre invitation que nous ne pouvions décommander. »

Je pris une gorgée de martini dans mon verre à cocktail évasé et laissai l'épais liquide glacé brûler mon œsophage et cascader dans mon estomac vide.

« Ils ont passé un film vidéo de leur voyage, précisai-je. Terriblement instructif. »

Gordon posa violemment son verre d'eau sur la table et me dévisagea, à travers la lueur vacillante de la bougie, avec une fureur à laquelle je ne m'attendais pas.

« D'accord, ce n'était pas un reportage de *National*

Geographic. Ce n'était pas un documentaire de trois heures sur le sauvetage de la forêt tropicale. Très bien, Clyde, mais enfin, ça n'avait pas non plus la prétention de l'être.

– Je n'ai rien dit.

– Oh, ce n'était pas la peine. J'ai vu la vidéo et j'imagine parfaitement ce que tu en as pensé. Ça n'avait rien d'une mission des Nations-Unies en faveur de la paix. C'était un divertissement de vacances. » Il termina son eau d'un geste nerveux et me fusilla du regard.

« Tout ce que j'ai dit, mon chou... »

Mais il ne me laissa pas l'occasion de finir.

« Aie au moins la décence d'endosser la responsabilité de tes propos. Tu n'es pas obligé de les critiquer juste parce qu'ils savent s'amuser. Juste parce qu'ils ne vivent pas dans un trou à rats de Cambridge avec un hétéro ennuyeux à mourir, si joli garçon soit-il. Ils travaillent dur et, quand ils partent en vacances, ils aiment se détendre. Croupir dans un grenier en alignant une collection de ventilateurs préhistoriques n'est pas pour tout le monde la meilleure façon de passer du bon temps. »

Gordon était devenu écarlate et bouffi. Penché au-dessus de la table, il me fixait d'un regard incendiaire avec une intensité telle qu'il en avait oublié de refermer ses lèvres sur ses bagues dentaires. Je baissai les yeux d'un air contrit, mais en fait j'étais au septième ciel à l'idée de pouvoir encore provoquer une réaction aussi passionnelle. C'était seulement dans ces instants de colère débridée que le véritable Gordon, le Gordon avec qui j'avais vécu deux ans, émergeait de sa carapace d'avocat poli, façonné, savonné-récuré à fond. Et c'était seulement dans de tels instants, lorsqu'il baissait sa garde, qu'il se laissait aller à admettre que nous avions été amants un jour et qu'il subsistait quelques vestiges de notre relation.

« Autre chose, dit-il en baissant le ton. J'apprécierais fort que tu ne m'appelles pas " mon chou ". C'est franchement gênant. Je ne suis pas ton chou et tu n'es pas le mien. »

J'avais suffisamment bu pour oser me pencher vers lui et lui prendre la main. « Sur ce point, Gordon, tu as complètement tort. »

Il se ressaisit et regarda autour de lui avec raideur, essayant d'évaluer précisément qui nous regardait et comment il pouvait attirer l'attention de ceux qui ne nous regardaient pas. Mais s'il y avait des gens qui regardaient dans notre direction, c'était juste pour s'assurer que nous étions en train de les regarder.

« Cela fait deux ans que tout est fini entre nous, répondit-il avec calme. Trois, en comptant notre dernière année de vie commune.

– Attends, écoute une minute...

– Tu ne t'es jamais franchement engagé vis-à-vis de moi, je sais que tu ne m'étais pas fidèle et j'ai la très nette impression que si je n'avais pas mis fin à notre liaison quand je l'ai fait, tu aurais trouvé une excuse pour t'en charger toi-même. Si tu tiens à être honnête, tu admettras que tu n'es vraiment tombé amoureux de moi qu'après mon départ. C'est ridicule. »

Ce qui m'était d'abord apparu comme un brûlant moment de vérité commençait à traverser des eaux dangereuses. Sentant Gordon en train d'attaquer le tissu protecteur de mes défenses, j'essayai de changer de sujet, mais sous l'effet combiné du martini et de l'anxiété, mon élocution se fit pâteuse : « Au fait, tu disais que ta gymgastrique... »

Il rejeta ma tentative d'un geste et ajusta ses bretelles. « Tu ne peux tout simplement pas accepter l'idée d'être rejeté, Clyde. Je vais te dire ce que pense Michael.

– Laissons Michael hors de ça, veux-tu. C'est une affaire entre toi et moi.

– Il n'y a plus rien entre " toi et moi ", Clyde. Tu confonds rejet et amour, voilà ce que pense Michael. Michael dit que c'est lié au fait d'être rejeté par ton père, que tu recherches son approbation en essayant de trouver la solution à travers moi. Je ne me rappelle pas tous les tenants et aboutissants, mais c'est une théorie comme ça. » Il tendit le cou et chercha le serveur du regard. « Où est-il donc passé ? J'ai promis à Michael d'être rentré pour neuf heures. »

C'était déjà assez mortifiant de savoir qu'il avait parlé de mon comportement névrotique avec Michael, mais c'était encore pire de penser qu'il en faisait si peu de cas qu'il ne se rappelait même pas le contenu dégradant de leur conversation. « Je croyais que Michael était comptable, dis-je. Qu'est-ce qui lui prend de se salir les mains avec de la psycho ?

– Il connaît bien les programmes de désaccoutumance en douze étapes. Et ne commence pas à dénigrer globalement les programmes de désaccoutumance en douze étapes, d'accord ? »

Il fit signe au serveur de lui apporter la note et resserra le nœud de sa cravate. Je terminai mon verre et sentis un flux de sang chaud me monter au visage. Je commençais à avoir très envie d'un flacon d'aspirine.

Quand nous eûmes la note, Gordon redevint affable. « Au fait, comment va ton père ? Toujours en train de soigner son angine ?

– Plutôt bien. Il a une nouvelle petite amie.

– Eh bien, en voilà au moins un qui avance dans la vie. »

Dans Columbus Avenue, Gordon releva le col de sa veste. Il n'était pas habillé pour ce genre de temps, sans doute parce que les vêtements d'hiver, trop épais, ne mettaient pas sa nouvelle silhouette en valeur. Tous les gens de ma connaissance qui fréquentent assidûment leur club de musculation envisagent tôt ou tard d'aller s'installer en Californie du Sud, où le climat s'accommode mieux du port du débardeur.

« Oh, je savais bien que j'avais autre chose à te dire », s'exclama-t-il avec entrain. Il me dévisagea des pieds à la tête, m'accordant un véritable regard pour la première fois de la soirée. « Ce manteau te va vraiment bien. Bref, c'est au sujet de Vance. Ou plutôt, de son petit ami imaginaire.

– Carl?

– C'est ça. Il semblerait – et je le tiens d'une source très sûre – que Carl soit marié, avec deux enfants. Ça fait plusieurs années qu'il vit à San Diego. Il n'est pas gay, il ne l'a jamais été, Vance a tout inventé.

– Ce n'est pas possible. » Il commençait à faire vraiment froid. Je sortis une écharpe de ma poche et la nouai autour de mon cou, enlevai mes lunettes et les essuyai contre mon manteau. « Vance le saurait, si c'était vrai. Il passe presque tout son temps avec la mère de Carl.

– Elle n'a peut-être pas envie de perdre ses tickets-restaurant. Et qu'est-ce qui te prouve qu'il n'est pas au courant? Tu crois qu'un détail mineur style une femme et deux enfants peut l'empêcher de rêver de ce garçon jusqu'à la fin de ses jours? Vance et toi, Clyde... ce n'est pas étonnant que vous vous entendiez si bien, tous les deux. »

Il arrangea l'écharpe autour de mon cou avec une certaine tendresse, geste sans risque maintenant que nous étions sur le point de nous quitter. Il avança sur la chaussée et leva le bras. Un taxi fit un demi-tour spectaculaire pour venir s'arrêter devant lui. « Michael a l'intention de t'inviter à dîner bientôt. Je vais lui dire de t'appeler. Que fais-tu pour Thanksgiving?

— Je dîne avec Agnès et son petit ami.

— Son petit ami! Mais tout le monde est amoureux, ma parole! »

Sur ce, il monta dans le taxi, agita le bras et s'éloigna.

J'avais descendu un bon bout de Colombus Avenue avant de m'apercevoir que je ne savais absolument pas où j'allais et me retrouvai sans y penser en plein quartier résidentiel. Le martini qui m'avait réchauffé au restaurant commençait à opérer dans l'autre sens : j'avais froid et faim. Quand avais-je mangé pour la dernière fois, je ne m'en souvenais même plus. Une sorte de panique s'empara de moi, la certitude que si je n'avalais pas immédiatement quelque chose, j'allais m'évanouir dans la rue. Mais il n'y avait pas un seul restaurant en vue, juste des alignements de maisons de brique retapées dont les lumières se projetaient sur le trottoir.

Je pris la direction de Tremont Street où j'avais le vague souvenir de pouvoir trouver une série de restaurants. Je les dépassai tous après avoir chaque fois jeté un coup d'œil par la vitre sans pouvoir me résoudre à entrer et m'installer dans l'un d'entre eux malgré la faim qui me tenaillait. À l'intérieur, des groupes d'amis riaient, des couples soupiraient. La simple perspective de m'introduire dans un de ces établissements et d'essayer de passer inaperçu me piquait les yeux. L'analyse que Michael faisait de mon état psychologique était probablement juste, mais pourquoi fallait-il que ce soit tellement évident, même aux yeux d'un comptable? Quel est l'intérêt de construire des barrières de protection si elles sont transparentes?

Je marchai encore longtemps, tissant un parcours erratique au gré des rues de la ville, collant mon nez à la vitre de chaque restaurant. Et je finis par me retrouver à Cambridge où j'entrai dans un gourbi où l'on vendait des sandwiches graisseux. Une file de clients blafards attendaient pour commander leur dîner miteux et solitaire. Je pris place derrière eux.

20

Parmi les fêtes qui figuraient dans les recettes de ma mère, Thanksgiving était une des plus gâtées. « Chips de pommes de terre caramélisés » : « Une merveilleuse spécialité de Thanksgiving, à offrir à la petite bande dès son arrivée, quand tout le monde est trop excité pour s'asseoir. » « J'adore servir ces originales " Croquettes de dinde crues " aux enfants, petits-enfants et " douzaines de cousins " juste avant de les border dans leur lit. » « On dirait de la courge, ça a goût de courge, mais aucun membre de notre joyeuse petite famille ne pourra deviner qu'il s'agit en réalité de vieux croûtons de pain. Surprise ! Trempez dans du lait et servez. »

Bien entendu, la réalité était loin d'être aussi radieuse que le rêve décrit dans ces commentaires. Il n'y avait ni « douzaines de cousins » ni petite bande et, en tout cas, pas de petite famille que l'on pût raisonnablement qualifier de joyeuse. J'avais évité pendant des années les repas de fête en famille en prétextant que je passais la journée avec « des amis », mensonge sur lequel personne n'osait me demander d'explications. En vérité, je restais seul la plupart de ces jours-là, à regarder dans une salle obscure les projections successives du film le plus long que je pouvais dénicher, généralement un film d'époque en costumes, d'une vulgarité et d'un ennui incommensurables. Je trouvais cette activité réconfortante et étonnamment festive.

À la suite du désastreux épisode avec Gordon, je restai prostré plusieurs jours dans mon grenier. Mon programme de lecture s'était nettement dégradé, fini les biographies de stars de cinéma, place à l'expression la plus vile du texte imprimé – les souvenirs de vedettes de la télévision, à peine un cran au-dessus des cartes de vœux. J'ignorais qui étaient la moitié de ces célébrités. Non que cela eût quelque importance : j'avais le sentiment que presque tous ces gens, quand ils ne s'identifiaient pas, mélancoliques et désespérés, aux personnages inconsistants qu'ils incarnaient devant les caméras, n'avaient pas la moindre idée de qui ils étaient réellement. Mais comme dirait Agnès, les livres aidaient à passer le temps – le temps me séparant du moment où j'allais montrer l'appartement à Roger et... à papa, du moment où Marcus finirait par craquer et parlerait à Ben.

J'aurais dû lire pour préparer mon cours, mais je n'étais même pas capable de survoler les premières pages de *La Foire aux vanités* sans attraper la migraine. Cela ne pouvait tomber plus mal : après la prestation de Louise, trois ou quatre étudiants s'étaient soudain mis à manifester de l'intérêt pour les livres que j'avais mis au programme. Elle avait dû les toucher quelque part, à moins qu'ils ne fussent motivés par la terrifiante perspective d'une énième version de l'histoire des déboires conjugaux de Mallory.

J'adore *La Foire aux vanités*, mais compte tenu de sa longueur, c'était presque pour rire que je l'avais inscrit à la fin de ma liste. Entre autres raisons, l'assiduité aux cours tombait en chute libre au moment des fêtes, et les étudiants qui persistaient à venir se plaignaient, comme on aurait pu s'y attendre, d'avoir trop de courses et de cuisine à faire pour se soucier de lire (comme s'ils s'en souciaient le reste du temps). Par chance, Dorothea avait consacré quarante ans plus tôt sa thèse de doctorat à Thackeray et le sujet était encore vif dans son esprit. Elle serait plus qu'enchantée de faire le cours à ma place, c'était même ce qu'elle convoitait depuis le début du semestre.

On promettait de la pluie pour Thanksgiving. Quand je m'éveillai ce matin-là, le ciel était gris d'ardoise, avec formation vers l'ouest d'un plafond de nuages annonciateurs d'orages. Louise et Ben étaient allés à Cape Cod pour le week-end et m'avaient confié Otis. Il était avec moi sous les couvertures, petite bouillotte de fourrure palpitante qui s'empêtrait dans les draps. Depuis que le temps avait viré au froid, je le trouvais quasiment chaque matin sous la couverture, enroulé autour de mes pieds. « Bouge-toi de là », lui disais-je immanquablement, le poussant avec ménagement tout en espérant qu'il allait rester. Exactement comme avec Gordon autrefois.

Je disposais de la maison pour moi seul pendant tout le week-end, sans pour autant savoir quel usage en faire. Malgré les réticences de Marcus, Sheila avait réussi à le traîner à New York pour rendre visite à des amis qu'elle avait connus à Columbia. « Elle va trop vite, m'avait-il avoué quelques jours avant de partir. Je n'aime pas ça.

– Trop vite? m'étonnai-je. Je croyais que c'était " la femme de ta vie ". D'ailleurs, elle vit pratiquement ici.

– Exact. Mais l'idée qu'elle veuille absolument me présenter ses amis ne me plaît pas. Une fois qu'on est pris dans ce réseau d'amitiés, on est acculé. Le problème, avec les filles de cet âge, c'est qu'elles ont toujours des amis partout. Pourquoi ont-elles cette manie d'avoir plein d'amis? »

Il avait cependant fini par aller à New York, probablement parce que l'autre solution était de rester à Cambridge, s'occuper du chien de son fils et dîner avec Donald, Agnès et moi.

C'était déconcertant de se retrouver dans l'entrée lugubre de la maison, avec le chien à mes côtés et une bouteille de mauvais champagne à la main, et de frapper à la porte de Donald. Je me sentais curieusement décalé. Encore quelques mois plus tôt, rien ne m'aurait paru plus improbable que de passer un jour de fête dans cet appartement glauque. C'était encore plus étrange de voir ma propre sœur ouvrir la porte, souriante, dégageant une sérénité qui ne lui était pas coutumière, les mains protégées par des moufles isolantes en forme de poisson géant.

« Je savais que tu serais en retard, me dit-elle d'un ton de reproche. J'ai conseillé à Donald d'en tenir compte. » Elle sortit sur le palier et m'embrassa sur la joue, envoyant promener mes lunettes par la même occasion. L'entrée était envahie par le fumet de la dinde au four et le mélange toxique de melon et de lis qu'exhalait Prairie d'été. Agnès s'agenouilla pour caresser Otis qui, voyant les gros poissons s'approcher, se coucha et roula sur le dos.

« Il croit que je vais lui faire mal ? demanda Agnès.

– Mais non, c'est un témoignage d'affection. Confiance, amour, dévotion, tous ces trucs de chien.

– Je vois bien que tu essaies de me rassurer, Clyde. Enfin, je suppose que c'est fait pour ça, la famille, non ? »

Depuis mon dernier passage, le salon avait été transformé. Ou, sinon tout à fait transformé, meublé. L'espèce de tronc d'arbre marron qui servait de divan avait été remplacé par un canapé à deux places recouvert de tissu, tout rebondi et garni d'énormes coussins donnant l'impression d'être gonflés à l'hélium et prêts à s'envoler. Une paire de fauteuils rembourrés lui faisait face, et au centre il y avait une table basse en verre et chrome. Tout, abat-jour, housses et murs, était du même beige crémeux et intolérablement vague.

Il y avait du progrès, c'était indéniable. Et pourtant, les sièges trop éloignés les uns des autres n'étaient pas du tout accueillants, et à les voir ainsi disposés, strictement à angle droit, on pensait que cela répondait à un plan général et qu'ensuite on les avait cloués au sol. Les deux cadres, sur les murs opposés, étaient des reproductions identiques d'un champ automnal survolé par une bande d'oiseaux. La carte postale traditionnelle de fête des Pères, agrandie, calée dans un cadre de plastique et accrochée à quelques centimètres du plafond. Il y avait aussi une grosse fougère en plastique dans un panier posé sans égard sur la dernière étagère d'une bibliothèque en aggloméré qui n'abritait aucun livre.

« Ce n'est plus le même appartement, dis-je.

– Eh bien, Donald voulait se sentir vraiment installé,

dit Agnès, alors je me suis procuré deux ou trois revues et nous avons réfléchi ensemble à la question. J'ai un peu travaillé comme décoratrice d'intérieurs, tu sais.

– Je ne savais pas.

– E & A a reçu quelques commandes pour aménager des appartements. »

Cela fut dit avec une assurance qui me stupéfia, le même genre d'assurance dont Donald faisait preuve lorsqu'il évoquait sa propre, et improbable, activité professionnelle. Même si cette confiance en soi était totalement déplacée – nettoyer le four de quelqu'un ne saurait en aucun cas être confondu avec de la décoration d'intérieur – cela constituait néanmoins un progrès agréable par rapport à ses habituelles jérémiades masochistes. « Donald a traversé une sale période, m'expliqua-t-elle. Il commence tout juste à voir le bout du tunnel. » Elle tira sur les moufles-poissons et se percha sur l'accoudoir du mini-canapé. « Le départ de sa petite amie a été un véritable traumatisme pour lui. Au bout de vingt ans ou presque.

– Vingt ans! » Je me laissai tomber dans un des fauteuils et les coussins ballonnèrent autour de moi.

« Ils sortaient déjà ensemble au lycée. Et je ne sais pas s'il t'en a parlé, continua-t-elle en baissant le ton, mais il a eu quelques problèmes de santé lorsqu'il a découvert qu'elle était devenue lesbienne. » Telles que je voyais les choses, il avait dû faire une forme de dépression nerveuse. Agnès leva les yeux vers moi d'un air contrit. « Mais évidemment, ça n'a rien à voir avec toi.

– En tout cas, je suis content que vous vous soyez trouvés.

– Je te serai toujours reconnaissante de m'avoir invitée à ce barbecue, Clyde, même si cette histoire ne donne rien de particulier. »

Je fus rassuré de constater qu'elle avait déjà récrit l'histoire et décidé que c'était moi, et non Marcus, qui l'avais invitée. Si je jouais bien mes cartes, je pourrais éventuellement me vanter d'avoir tout arrangé, à condition bien sûr que ça ne se termine pas tragiquement.

« Mais ça a déjà donné quelque chose, n'est-ce pas, mon chou?

— Oui, oui, tout à fait. J'aurais seulement aimé pouvoir le présenter à maman. » À la mention de ma mère, ses yeux s'emplirent de larmes et elle prit appui sur le dossier du canapé en poussant un long soupir déchirant. « Tu crois qu'elle l'aurait apprécié? Il est plus jeune que moi et, entre nous, je n'ai pas l'impression qu'il gagne tant d'argent que ça.

— Je suis certain qu'elle l'aurait apprécié, rien qu'à voir comme il te rend heureuse. »

Elle se leva et vint vers moi, pour m'embrasser je suppose, mais elle se prit les pieds dans une carpette, ratant Otis de peu. Il couina et sortit en courant de la pièce tandis qu'Agnès se retranchait sur l'accoudoir du canapé. « J'aimerais tant que tu trouves quelqu'un, Clyde. Sincèrement. Tu ne peux pas persuader Gordon de venir dîner avec nous? »

Je sentis mes maxillaires se crisper. Si je restais assez longtemps avec Agnès, elle finissait toujours par toucher mon point le plus sensible. C'était ma faute, aussi. Je l'avais encouragée à nous considérer toujours comme un couple, Gordon et moi, parce que cela confortait ma vision faussée de la réalité. Ces derniers jours, tandis qu'allongé sous mes couvertures je dévorais à la chaîne des Mémoires d'une affligeante banalité, j'avais essayé de réorganiser les choses dans ma tête et de mettre une bonne fois pour toutes à la porte de mes pensées ce sale gosse et ses muscles avantageux.

« C'est fini entre nous depuis des siècles.

– Je sais qu'il a quitté l'appartement...

– Agnès, Gordon a un nouvel amant. Quelqu'un avec qui il vit. D'ailleurs, cet amant n'est pas si nouveau que ça. Ils sont ensemble depuis plus d'un an.

– Un amant », dit Agnès, l'œil dans le vague. Elle tordit une des moufles isolantes comme si elle avait l'intention de l'essorer. « C'est un peu comme Davis qui se remarie, non ? »

Je n'appréciai pas la comparaison. Même Gordon ne méritait pas d'être comparé à Davis.

« Eh bien...

– Mais en prenant les choses d'un certain point de vue, c'est un soulagement. Je suis soulagée que Davis se remarie. Sincèrement. »

Elle avait l'air réellement soulagée, un peu gênée d'être heureuse. Elle portait une robe verte ceinturée à la taille qui faisait ressortir la couleur de ses yeux et mettait ses jambes en valeur. Elle les cachait souvent, et pourtant c'était ce qu'elle avait de mieux, des jambes joliment galbées auxquelles on ne s'attendait pas. Elle parcourut la pièce des yeux, de la fenêtre à l'embrasure de la porte, pour s'assurer que nous étions parfaitement seuls. « Je voudrais te dire quelque chose, finit-elle par me glisser. C'est au sujet de... papa. » Elle s'approcha de la bibliothèque, déplaça la fougère factice d'un demi-centimètre vers la droite, la regarda sous un autre angle et la remit en place. « Je suis heureuse qu'il ne soit pas là, Clyde. Je sais qu'il ne serait pas venu si je l'avais invité, mais je suis contente de ne pas l'avoir fait. Je n'aurais pas pu me sentir bien une seule minute. »

Je la regardai, debout près de l'étagère, qui tripotait nerveusement la plante en plastique. Des années durant, j'avais attendu qu'elle manifeste une étincelle de doute concernant notre père, l'encourageant à émettre une tout petite critique étrangère au souci qu'elle se faisait pour sa santé, mais maintenant qu'on y était, je me sentis curieusement seul, comme si elle m'avait abandonné au milieu d'une gare pleine de monde.

« Au sujet de cette infirmière qu'il a..., commençai-je.

— Je suis au courant. Je sais tout depuis le début.

— Tu t'en es rendu compte?

— C'est lui qui me l'a dit. Il m'a tout raconté mais il m'a fait promettre de ne pas te le répéter.

— Mais, Agnès, c'est exactement ce qu'il m'a dit aussi, il y a plusieurs mois. Cette histoire n'a aucun sens.

— Je m'en moque complètement. Ça ne compte plus du tout pour moi. Ce qui compte, c'est ce que je t'ai dit. Maintenant, il ne peut plus nous faire de chantage avec ça. »

Un grand fracas retentit dans la cuisine, une poêle à frire qui tombait par terre, et Donald proféra un de ses drôles de jurons personnels. « J'espère que ce n'est pas la faute de Barbara », dit Agnès en sortant précipitamment de la pièce.

Je m'enfonçai dans le fauteuil et contemplai les oiseaux survolant le champ automnal, si ridiculement proches du plafond qu'ils donnaient l'impression de s'envoler pour mon appartement, juste au-dessus.

« Je regrette que nous n'ayons pas de table de salle à manger, dit Donald, mais les autres meubles m'ont mis sur la paille. Ou plutôt, disons que je serais sur la paille si je n'avais pas atteint le plafond de mes cartes de crédit. »

Il avait disposé les plats et les jattes sur la table basse et nous mangions sur nos genoux. Donald et Agnès étaient assis sur le petit canapé, épaules soudées. La seule fois où, dans mon souvenir, j'ai vu Agnès et Davis avoir un vrai contact physique en public, c'était pour leur mariage, quand le prêtre qui venait de les unir leur avait dit de s'embrasser. Et même à ce moment-là, la situation avait été difficile, gênante. Agnès avait marché sur l'ourlet de sa robe et gîté du côté de Davis, qui avait fini par l'embrasser avec brusquerie, comme à contrecœur.

« Je trouve que c'est beaucoup plus confortable comme ça, dit Agnès. On dirait un grand pique-nique.

– Je déteste les pique-niques », dit Barbara.

Agnès avait convaincu sa fille, pour une fois, de ne pas mettre sa salopette. Moyennant quoi, ma nièce était boudinée dans une espèce de jupette tyrolienne en denim qui lui arrivait à mi-cuisse, sous laquelle elle portait un collant noir percé d'énormes échelles aux genoux et sur les tibias.

« Oh, ma chérie, pourquoi dis-tu ça ? Tu les adorais, avant. Quand ton père était en voyage d'affaires, je remplissais un panier et nous allions toutes les deux à Salem Willows, au bord de l'océan. Tu ne te rappelles pas ?

– Je me souviens que nous avons vu quelqu'un se faire tirer dessus, là-bas.

– Ne me regardez pas comme ça, dit Donald. Je n'ai jamais mis les pieds dans ce coin. »

Agnès embrocha une pomme de terre avec sa fourchette et la posa sur l'assiette de Donald en marmonnant quelque chose sur les kilos qu'elle avait pris depuis

qu'ils sortaient ensemble. Donald coupa la pomme de
terre en deux et fourra une moitié dans sa bouche.

« Nous n'avons rien vu de tel, ma chérie. Nous avons
entendu un coup de feu, mais nous n'avons découvert
qu'il y avait eu un meurtre que plus tard. Tu me sup-
pliais toujours de t'emmener là-bas. Tu cueillais des
fleurs sauvages et me rapportais un bouquet. Je devais
avoir moins d'allergies dans ce temps-là.

— Cette histoire est totalement humiliante, maman.
Quel genre de tarée irait cueillir des fleurs sauvages pour
sa mère ? »

Otis était assis devant la table basse, les yeux fixés sur
la dinde, attendant manifestement le moment propice
pour y planter les dents et l'embarquer, avec les os et
tout. Je lui caressai la tête et, quand il se retourna pour
me regarder d'un air implorant, je lui donnai un morceau de viande qui se trouvait dans mon assiette.

« Hé, Clyde, dit Donald. Qu'est-ce que tu penses de
ça : j'ai essayé de convaincre ta sœur de venir travailler à
la clinique.

— Ah, répondis-je, bien. Ça fait un long trajet, non ?

— Pas plus d'une demi-heure, dit Agnès. À West-
Woods, presque tout le monde part travailler en ville le
matin et revient le soir.

— Tu sais, je n'ai jamais vraiment compris ce que tu
faisais là-bas. À la clinique. »

Donald posa son assiette sur la table basse, s'essuya la
bouche avec sa serviette et se lança dans une tirade pas-
sionnée sur le minoxidil, les implants et une gamme de
sordides opérations chirurgicales, tout ça décrit par le
menu. « Voilà ce que nous ne faisons *pas* », déclara-t-il
puis, pendant vingt minutes, il exposa les points les plus
alléchants du Programme, les bases du traitement de la

clinique. Première étape, chaque patient faisait l'objet d'une évaluation en profondeur, au cours de laquelle on lui arrachait des mèches de cheveux qui étaient envoyées pour analyse dans un laboratoire de Duluth. Le Programme en question consistait en une série de traitements qui commençaient par des massages du cuir chevelu, des shampoings, des enveloppements chauds suivis de rinçages à l'eau glacée, et se poursuivaient avec des séances d'U.V., des injections d'extraits de plantes et des électrochocs administrés au moyen de ce que Donald appelait familièrement le « stun gun ». La plupart des patients étaient censés se présenter trois fois par semaine pour des séances d'une demi-heure. « Mais seulement la première année, m'assura-t-il.

– Quel genre de permis faut-il pour exercer ? » demandai-je, n'ayant toujours pas réussi à me figurer ce qu'était le « stun gun [1] ».

« Tous véhicules, marmotta Barbara.

– Donald est diplômé de l'Association trichologique américaine, dit Agnès.

– C'est une organisation suisse », précisa-t-il.

On prescrivait à chaque client un régime de soins capillaires individualisé, qu'il devait suivre à la maison pendant les quelques heures hebdomadaires qu'il ne passait pas à la clinique, une série de shampoings et toniques pour le cuir chevelu, de stimulateurs de folliculine et d'exercices respiratoires approfondis. Je suggérai que le programme « à la maison » me faisait l'effet d'être un emploi à temps plein, et aussitôt Agnès administra une autre pomme de terre à Donald en disant : « Vois-tu, Clyde, ça dépend entièrement de tes priorités.

---

1. Pistolet à décharge électrique censé immobiliser l'adversaire sans le blesser. *(N.d.T.)*

Si tu te souciais davantage de ton apparence, ça ne t'ennuierait pas de te laver les cheveux de temps en temps.

— Je vais me raser entièrement la tête, déclara Barbara. Et je me ferai tatouer sur le cuir chevelu le portrait d'un mec faisant un bras d'honneur au monde entier. »

Donald éclata de rire. « Appelle-moi, le jour où tu te décides, mon petit. On pourra utiliser ta photo pour une de nos campagnes de pub : *Ne laissez pas ce genre de chose vous arriver!* »

Un peu plus tard, alors que nous nous attardions sur nos tasses d'un café instantané qu'Agnès avait présenté sous l'appellation « Moka viennois à la menthe et aux amandes tendance Boue du Mississippi », Donald rapporta les assiettes à la cuisine et revint muni d'un plat chargé de ce qui ressemblait à une brique nappée de chocolat en son milieu. Il posa la chose sur la table basse et la contempla d'un air indécis. Agnès s'illumina. « Le " Bracelet de Gitane au beurre de cacahouète Spécial Fête " de maman! s'exclama-t-elle.

— C'est ce que ce devrait être, mais pour te dire la vérité je n'ai pas réussi à enrouler tout ça aussi bien que ta mère le demandait. »

J'avais un vague souvenir de la recette – un pot de beurre de cacahouète, huit ou neuf marques différentes d'édulcorant, une livre de margarine, quelques paquets de céréales et de biscuits pulvérisés, le tout enroulé et nappé d'une boîte de glaçage instantané à diluer dans de l'eau.

Donald scia quatre fines tranches et nous servit. La

mienne était étonnamment pesante, on aurait dit un de ces métaux à haute densité utilisés par la NASA. Elle gisait au milieu de mon assiette, d'un brun maladif, luisante et moite, comme si de l'huile suintait de ses pores.

À la première bouchée, Donald eut une quinte de toux et reposa son assiette. « C'est riche en sucre, dit-il. Je me demande ce que Julia Child va en penser. On ferait peut-être mieux de laisser cette recette de côté quand je lui montrerai le livre. »

Agnès considéra son assiette d'un air affligé et la posa à son tour.

« Peu m'importe. »

Donald l'entoura de son gros bras et l'attira contre lui. « Qu'est-ce qu'il y a, petite sœur ?

– Peu m'importe le goût que ça a. Le simple fait de réaliser cette recette est une des choses les plus délicieuses qu'on ait jamais faites pour moi.

– C'est malheureusement pas la chose la plus délicieuse qu'on ait jamais mangée », dit Barbara. Ce qui ne l'empêcha pas de tendre son assiette pour qu'on la resserve.

En fin d'après-midi, je remontai à l'appartement avec Barbara pour nourrir Otis. Elle le prit dans ses bras et il posa la tête sur son épaule comme un bébé, les pattes arrière blotties contre le léger renflement qui marquait l'estomac de ma nièce. « Je suis en train de me transformer en dirigeable, dit-elle en montant l'escalier. Tu n'as pas remarqué ?

– Il se trouve que non, je n'ai rien remarqué.

– Vraiment ? Ce n'est peut-être pas vrai, alors. D'ailleurs, je m'en fous. Il y a des jours où j'aimerais devenir une grosse truie toute molle, tellement immonde que ma seule vue donnerait aux gens envie de gerber.

— Oh, arrête, tu veux? » J'ouvris la porte de l'appartement et elle déposa Otis par terre. Il s'enroula autour de sa jambe, la suppliant de la reprendre dans ses bras. « Regarde un peu. Tu essaies de jouer les monstres alors que même des chiens de huit kilos t'adorent. »

Elle se pencha vers le sol et les échelles de son collant s'élargirent encore plus, faisant ressortir davantage de chair pâle. Elle laissa Otis lui lécher le visage. « Si ma mère et Donald doivent se marier, j'espère qu'ils attendront que j'aie dix-sept ans et que j'aie dégagé. Je ne me vois pas vivant vingt-quatre heures sur vingt-quatre en sa présence. »

Elle reprit Otis dans ses bras, l'emmena dans la cuisine, s'assit sur une des chaises près du téléphone et posa les pieds sur la table. Elle commença à feuilleter le carnet de rendez-vous de Sheila avec une moue dégoûtée. « Si je voulais entrer à l'université, je pourrais très bien, tu sais. Ce n'est pas vrai qu'"Ils ne m'accepteront jamais", non mais sans blague! En fait, ils acceptent n'importe qui, du moment qu'on a l'âge requis. » Comme le voyant lumineux du répondeur clignotait, elle appuya sur le bouton. « Dès que j'aurai dix-sept ans, je crois que je vais m'installer dans une communauté de lesbiennes... » Mais elle fut interrompue par la voix enregistrée de mon père.

« Clyde? Où est ta sœur? Il est deux heures de l'après-midi. Dis à ta sœur de rappliquer ici en vitesse. J'ai besoin d'elle pour m'emmener à l'hôpital. Je crois que j'ai eu une attaque. »

Sa voix semblait calme, pas très différente de ce

qu'elle était d'habitude, en un peu plus tremblant, peut-être. Je consultai ma montre. Il était trois heures passées. Nous nous dévisageâmes longuement, Barbara et moi.

« Tu veux que je repasse le message ? » demanda-t-elle.

La voix de mon père ne me donnait aucune indication. Étant anxieux par nature, je sentis mon estomac se nouer. Je décrochai le récepteur et composai son numéro. La sonnerie retentit cinq fois avant que son répondeur ne s'enclenche. Il n'y avait aucun message enregistré, seulement un long silence suivi du bip.

« Qu'est-ce que tu en penses ? demandai-je à ma nièce.

– Pas facile à dire. Il joue peut-être la comédie, mais il peut aussi bien être mort.

– Ne plaisante pas avec ça. À ton avis, pourquoi n'a-t-il pas demandé à Diane de l'emmener ?

– Elle l'a peut-être plaqué. Si j'allais chercher maman ? »

J'y réfléchis quelques minutes en arpentant la cuisine, suivi pas à pas par les yeux noirs d'Otis, et décidai d'assumer seul la situation. Si c'était un appel bidon, inutile de gâcher la journée d'Agnès. Et au cas contraire, pourquoi ne serais-je pas capable d'affronter la situation aussi bien que ma sœur ? Je demandai à Barbara de raconter à Donald et Agnès que j'étais allé au cinéma.

« Autant leur dire que c'est un long film, précisai-je. Particulièrement long. »

21

Quand Barbara fut redescendue au rez-de-chaussée, je rappelai mon père et, cette fois encore, n'obtins pour toute réponse que le silence menaçant du répondeur. Le chauffage fit irruption dans l'appartement – un ronronnement grave provenant de je ne sais où au sous-sol, suivi d'une bouffée d'air chaud et moisi qui s'échappa de la grille ménagée dans le parquet, et agita follement les moutons de poussière. Il bruinait maintenant, et le peu de lumière que nous avions connu dans la journée était réduit à une morne grisaille. De la fenêtre de la cuisine, je voyais l'arrière des maisons à trois étages, de chaque côté de la rue, et leurs jardins fangeux. Dans l'un d'eux, un misérable berger allemand couvert de boue, attaché à un piquet, aboyait après rien de particulier, soufflant de petits nuages d'haleine. Un chien sous la pluie fin novembre, voilà un spectacle qui n'avait rien de réjouissant. Je m'avançai au-dessus de la grille et laissai l'air chaud dissiper le froid qui m'avait envahi.

Il se pouvait que mon père ait réellement eu une attaque. Depuis qu'il avait atteint son niveau actuel, non quantifiable, d'incapacité, ma seule crainte était de le voir mourir sans que nous ayons eu l'occasion de mettre les choses au point, de régler nos différends et d'admettre notre amour mutuel, tapi sous une carapace d'hostilité. Fait qu'il m'était odieux d'admettre, sans doute parce que je n'aimais pas l'image que cela renvoyait de moi-même, suspendu quelque part au bout d'un fil ténu d'espoir. Mais en fin de compte, qui peut résister à l'espoir, surtout quand il concerne une chose aussi amorphe et tortueuse que l'amour ? Gordon ne me l'avait que trop clairement démontré.

J'avais entendu un tas d'histoires de rassemblements au chevet d'un mourant et d'ultimes instants éplorés, quand la famille est réunie autour de l'auguste patriarche subclapotant, où tous les péchés et faux pas sont pardonnés, où la colère s'efface et les bénédictions vous sont distribuées comme des chocolats. Il arrive même que des éveils à la spiritualité se déclarent dans de tels moments. La liste est longue, de célèbres hédonistes ayant renoncé dans leur dernier souffle à leurs errements terrestres et que l'on a retrouvés, leurs doigts froids et raides crispés autour d'un crucifix.

Otis était assis dans un fauteuil, tête basse, guettant chacun de mes gestes, anticipant le moment où je l'abandonnerais.

« Ne me regarde pas comme ça, lui dis-je. Je ne suis pas d'humeur. »

Il poussa un profond soupir, un de ces soupirs à fendre l'âme qui semblaient emplir tout son corps de chagrin.

« Tu peux venir, si tu veux, lui dis-je. Tu peux même y aller à ma place, si ça te fait plaisir. Mais ne te plains pas si tu dois rester dans la voiture pendant des heures. »

J'enfilai un imperméable et courus vers mon bureau à l'étage supérieur. J'avais laissé en haut d'une étagère l'enveloppe contenant le bail que m'avait remis Taff. Je le glissai dans la poche de mon blouson et quittai la maison dare-dare.

Pendant que je démarrais, Otis se dressa sur le siège du passager et posa les pattes sur le tableau de bord, haletant et agitant la queue, regardant sous un angle nouveau cet environnement devenu familier. Il attendit que nous ayons rejoint l'autoroute pour s'asseoir et se rouler en boule, sans me quitter des yeux. Il m'apparut alors que si je l'avais emmené, ce n'était pas pour lui faire plaisir, parce que je ne voulais pas le laisser seul dans l'appartement, mais parce qu'il y avait dans l'amour inconditionnel et la dévotion qui émanaient du siège, à mon côté, quelque chose dont j'avais désespérément besoin.

Il n'y avait pas de circulation, et pas de flics en vue. Juste l'autoroute vide sur des kilomètres, bordée d'arbres dénudés et fuselés, de vilains lotissements et de vilains centres commerciaux. La pluie sur le pare-brise et la buée sur mes verres de lunettes nuisaient à la visibilité. J'enlevai les lunettes et suivis les grosses lignes qui marquaient la chaussée.

Il n'y avait pas de raison que, si Dieu pouvait se satisfaire d'une de ces conversions in extremis, je ne puisse pas, moi aussi, m'en contenter.

Ma visite entrant techniquement dans la catégorie urgences, j'estimai justifié d'enfreindre le règlement appliqué aux visiteurs et m'engageai dans l'allée d'Agnès. J'attachai la laisse d'Otis à son collier et lui imprimai une légère secousse pour le faire sortir de la voiture. Nous avions à peine posé un pied sur le macadam que j'entendis le ronronnement grinçant de la porte électrique du garage. La porte de garage était un de ces nombreux avantages prétendument modernes qui entraient dans les arguments de vente des promoteurs immobiliers et dans le « style de vie » global de West-Woods. À l'instar de bien des aménagements de ce type, elle n'avait jamais fonctionné comme on aurait pu l'espérer. Je restai planté sous la pluie fine en serrant mon manteau sur ma poitrine et regardai la porte effectuer son ascension d'une exaspérante lenteur. Au fond du garage, la silhouette de mon père se dessina progressivement sous mes yeux : les pieds enserrés dans des chaussures noires cirées qui dataient des années 50, les jambes dans un pantalon vert comme on en porte à l'usine, un large torse et, pour finir, un visage grimaçant et furibard dont la lèvre inférieure pendait de dépit, de réprobation et de dégoût.

Le temps que la porte s'arrête avec un tremblotement, je sus que j'avais encore commis une erreur de jugement.

« Qu'est-ce que tu viens faire ici ? demanda-t-il.

– Ce que je viens faire ici ? » C'était une bonne question, qui me prit au dépourvu. « Eh bien, je ne sais pas. J'ai trouvé sur mon répondeur un message disant que tu avais eu une attaque.

– Ne reste pas dehors à crier comme ça ! J'ai envie que les voisins entendent tout, selon toi ? »

Surmontant un besoin urgent de tourner les talons et de prendre la fuite, j'entrai dans le bunker de ciment humide. Lorsqu'il avait déménagé après le décès de ma mère, mon père avait vendu la plus grande partie de leur mobilier. Ce qui restait était stocké dans le garage d'Agnès, suspendu par des cordes à des crochets qu'il avait fixés au plafond. Fauteuils et cadres de lits, meubles familiers de mon enfance planaient ainsi au-dessus de ma tête. Otis avait pourtant appris à se laisser mener en laisse, mais il choisit ce moment précis pour faire la mauvaise tête. En le tirant derrière moi, j'entendais ses griffes crisser sur le sol cimenté.

« Tu n'as pas reçu de message disant que j'avais eu une attaque, dit mon père. Tu as reçu un message disant que je pensais que j'avais *peut-être* eu une attaque et demandant à Agnès de rentrer en vitesse. Je me suis trompé. Ce devait être une indigestion. Où est-elle?

— Elle est encore à Cambridge.

— Eh bien, ça en dit long, non? J'ai une attaque mais elle est trop occupée avec son petit ami pour revenir et m'accompagner à l'hôpital. Bonté divine. Pour une journée de fête... Et qu'est-ce que c'est que ça, bon sang? demanda-t-il en désignant Otis.

— C'est le chien dont je m'occupe, pour le gamin qui répond quelquefois au téléphone.

— Elle n'est pas trop obéissante, je me trompe?

— Il. D'habitude, il obéit. » Otis s'était planté au milieu du garage. La tête légèrement baissée, les oreilles en arrière, il me regardait d'un air de défi.

« Allons, viens, lui dis-je. Ça fait mauvaise impression.

— File-lui un coup de pied. »

Mon père ouvrit la porte de communication du sous-sol et ressortit. Je me dis alors, en le regardant entrer dans la maison, que je ne l'avais pas vu ailleurs que dans son fauteuil depuis près d'un an. Il avait l'air solide, presque costaud avec sa combinaison d'ouvrier et ses grosses chaussures, comme s'il venait de terminer sa journée de travail, même s'il était légèrement voûté et boitait imperceptiblement. Je tirai sur la laisse d'Otis qui ne bougea pas d'un pouce, me dévisageant avec un air obstiné parfaitement exaspérant. Je le pris sous mon bras et le portai dans la maison.

« Tu ne fermes pas la porte du garage ? demandai-je.

— Laisse-la ouverte, au cas où j'attendrais quelqu'un. On ne sait jamais. » Il se retourna, regarda Otis qui s'était enroulé autour de mon bras et secoua la tête. Jamais jusqu'à ce jour Otis n'avait autant ressemblé à un gros chien de manchon, exactement le genre de créature inconsistante que mon père s'attendait à me voir promener partout, tel un enfant par procuration.

« Tu attends Diane ? demandai-je.

— Je n'ai rien dit de tel, que je sache. Qui a parlé de Diane ? »

Une grande valise en vinyle était posée par terre dans un des angles de la pièce – celle de Diane, sans aucun doute, mais je n'avais sûrement pas l'intention de demander à ce moment-là. Le sous-sol était encore plus humide que lors de mon précédent passage, il faisait curieusement chaud et froid en même temps, comme si plusieurs climats antagonistes se livraient bataille dans la pièce exiguë. Mon père alla s'asseoir dans son fauteuil près de la fenêtre. « Il y a une bouteille par terre dans la penderie, dit-il. Sors-la et remplis le verre qui est sur la commode. »

J'ouvris la penderie, écartai une brassée de vestes de costume et de robes. Le sol était recouvert de grosses godasses cloutées et de pantoufles appartenant à mon père et d'un assortiment d'escarpins délicats et de chaussures de tennis. Il flottait là-dedans une légère odeur de parfum tourné, presque rance. Aussi loin que remonte mon souvenir, mes parents avaient toujours fait placard, commode, salle de bains et chambre à part. L'intimité désordonnée des vêtements sur la tringle et des chaussures mélangées par terre me combla de tristesse pour ma mère, mais aussi de joie pour mon exaspérant paternel.

« Et ne laisse pas ce foutu chien entrer dans la penderie, cria-t-il.

— Il n'y est pas entré.

— Je ne te parlerai pas tant que tu auras la tête là-dedans, Clyde. De quelle race est-elle? »

Je me tournai et me relevai. « Il. C'est un bâtard. Tu es sûr de ne pas avoir caché cette bouteille ailleurs?

— Je te dis qu'elle est là. Ne me force pas à aller vérifier par moi-même, je suis épuisé. »

De nouveau à quatre pattes, je plongeai dans les profondeurs de la penderie.

« Qui peut avoir envie d'un chien de cette taille, d'ailleurs? cria-t-il.

— Il n'est pas à moi, criai-je en retour. Je te l'ai déjà dit.

— Je refuse de te parler tant que tu es enterré là-dessous. Et ça date de quand, cette passion pour les chiens? »

Je finis par repérer une bouteille marron foncé dissimulée derrière des chemises sales. Je me relevai et, d'un seul coup, le sang reflua de ma tête. Je me cramponnai au montant de la porte. Quand j'eus retrouvé mon équilibre, je remplis son verre et posai la bouteille sur la table de nuit.

« Est-ce qu'elle est propre? demanda-t-il.

— C'est un mâle.

— Un mâle.

– Ce chien est un mâle.

– Qu'est-ce que ça peut bien me faire? Je ne veux pas qu'elle fasse des saletés par terre, c'est tout. Ces foutus tapis en simili-gazon ou je ne sais quoi sont impossibles à nettoyer. »

Je m'assis au bord du lit et Otis sauta sur mes genoux. Il me regarda avec insistance et des yeux implorants qui semblaient dire : Sortons d'ici en vitesse.

« Pourquoi fais-tu ça, papa? Pourquoi caches-tu des bouteilles partout? À quoi ça te sert? »

Il me jeta un regard, un autre au chien couché sur mes genoux, secoua la tête et s'administra une solide lampée. « Juste pour rendre les choses intéressantes. Pour que les gens se posent des questions. Je n'aime pas que tout le monde soit au courant de mes affaires. »

Il alluma la télévision et une image éclaboussa l'écran, l'agitation vulgaire d'une mi-temps de football américain. Il actionna la télécommande jusqu'au moment où il tomba sur une chaîne consacrée aux téléachats, baissa le son et resta les yeux rivés sur l'écran sans manifester d'intérêt particulier pour la chose.

« Je croyais que tu passais Thanksgiving avec Diane.

– Nous l'avons passé ensemble en partie. Ensuite, nous nous sommes disputés. Mais je te parie qu'elle va revenir.

– Et puis tu es rentré à la maison et tu as laissé ce message disant que tu avais eu une attaque.

– C'est ça. Mais Agnès n'a même pas jugé bon de rentrer, elle n'est même pas capable de quitter son petit ami pour m'accompagner à l'hôpital. Après tout ce que j'ai fait pour elle, c'est plutôt triste, comme constat. »

Je regardai le mini-patio derrière la porte vitrée. Il s'était mis à pleuvoir et d'énormes gouttes rendaient un son métallique en tombant sur le gril rouillé.

« Je pensais que tu serais content pour elle, content qu'elle ait rencontré quelqu'un. Il n'est sans doute pas parfait, mais...

– Cette histoire ne marchera pas. Comme son mariage avec cet autre perdant-né, ça n'a pas marché. Je suis inquiet pour elle, rien de plus. Sortir avec un grand zozo comme ça, franchement ! Et voilà comment elle exprime son affection. Tu as une attaque et on te laisse croupir tout seul dans un sous-sol glacial. »

Sa lèvre inférieure s'affaissa pathétiquement. Il essaya d'autres chaînes et finit par tomber sur Spécial Météo. Là, il augmenta le son et écouta avec une attention soutenue le récit d'une tempête survenue à l'autre bout de la planète. Otis examina la télévision, sauta de mes genoux et se coucha sur le tapis à côté de la porte-fenêtre coulissante. En voyant ces cartes que survolaient des tourbillons de gros nuages dessinés par des ordinateurs, je me sentis nu et abandonné sans la protection du chien. C'est alors que cela me frappa.

« Mais on ne t'a pas laissé tout seul. »

Mon père se tourna vers moi, avala la moitié de son verre et glapit : « Quoi ?

– On ne t'a pas laissé tout seul. Je suis venu, non ?

– Tu quoi ? Je n'arrive pas à t'entendre, Clyde. Il va falloir que tu parles plus fort.

– Pourquoi ne baisses-tu pas le son, plutôt ? »

Mais apparemment, ça non plus, il ne l'entendit pas. Je voulus défendre ma cause en élevant la voix mais je sentis une boule se former au creux de ma gorge et fus pris de panique à l'idée que j'allais me mettre à pleurer. Je ne savais même plus quand j'avais pour la dernière fois exprimé une émotion forte en sa présence. Même quand on avait mis le corps de ma mère en terre, je n'avais pas osé manifester le chagrin et les regrets que j'éprouvais pour tout ce que je n'avais pas eu l'occasion de lui dire avant sa mort. Une attitude distante, imperturbable, était moins risquée.

J'avais tout de même quelque chose à offrir. Je sortis du fond de ma poche le bail de l'appartement de Roger mais, au moment où j'allais le lui tendre, il produisit un pichet qui était sous son lit et me le passa. « Rends-moi service, Clyde, veux-tu? Grimpe là-haut et remplis-moi ça de glaçons. Cet alcool me détruit la gorge. Il n'y a même pas de frigo ici. Vraiment, il faut que je sorte de ce putain de trou. »

Je pris le pichet et remisai l'enveloppe dans ma poche. « Allez, Otis, on va là-haut. »

Otis s'était endormi sur le tapis et respirait régulièrement.

« Elle n'est pas très futée, hein?

– Il. Otis. »

Le chien leva les yeux vers moi, étira ses pattes antérieures devant lui et se recoucha.

« On y va, Otis? » Là encore, il m'ignora.

« Non, mais regarde-moi ça, dit mon père. Cette chienne n'est bonne à rien. Tu n'as pas été foutu de la dresser. Elle ne sait même pas qui est son maître. Un chien, ça doit être dressé, faute de quoi il ne fait rien pour toi, et même, il se retourne contre toi et te mord la main quand tu lui lances un os. Un chien comme elle, qui n'en fait qu'à sa tête, n'est bon à rien. »

Mais Otis avait l'air si heureux, couché sur son tapis en simili-gazon, avec la pluie qui dégoulinait sur la vitre derrière lui, que je n'eus pas le cœur de le traîner de force dans l'escalier.

Le sinistre pavillon bleu, avec son mobilier blanc à pieds tournés, me parut plus déprimant que jamais. J'entrai dans la cuisine d'un pas mal assuré et emplis le pichet de glaçons. Le compartiment congélation était plein de rations de repas cuisinés, de légumes surgelés et de boîtes de jus de fruits concentré. J'en sortis un paquet de brocolis et allai m'allonger sur le canapé du salon en le pressant contre mon front bourdonnant.

Je glissai dans une sorte d'hébétude et finis par m'endormir pour de bon. Je ne saurais dire combien de temps je restai ainsi allongé, mais quand je revins à moi, la moitié des glaçons avaient fondu dans le pichet et le carton enduit de l'emballage des brocolis était devenu tout mou et humide.

Mon père était assis sur son fauteuil près de la fenêtre et le téléviseur continuait d'émettre, extrêmement fort, un bulletin de prévisions météorologiques sans intérêt puisqu'elles concernaient l'autre bout de la planète. Il ronflait, la tête rejetée en arrière.

Je regardai du côté de la porte vitrée mais Otis avait quitté sa place sur le tapis. J'ouvris la penderie, il n'y était pas davantage. Je secouai mon père par l'épaule et il ouvrit de grands yeux, comme si je l'avais tiré d'un cauchemar.

« Où est Otis? lui demandai-je.

– Qui?

– Le chien. Où est le chien?

– Je l'ai fait sortir.

– Qu'est-ce que tu entends par " Je l'ai fait sortir " ?

– Elle a voulu sortir, alors je lui ai ouvert. Tu ne croyais pas que j'allais la laisser faire ses besoins par terre, tout de même? »

Je regardai le minuscule patio cimenté derrière la porte vitrée.

« Il n'est pas là.

— Je l'ai fait sortir par le garage. La porte du fond qui donne sur la cave est ouverte. Elle finira par revenir. Mais quelle heure est-il donc, bon Dieu ? »

Je me précipitai vers le garage. La porte était encore ouverte et la pluie, suivant la pente de l'allée mal conçue, entrait généreusement à l'intérieur et formait une mare au milieu. Pas d'Otis en vue. Je remontai en courant le chemin qui faisait le tour de la maison et l'appelai.

Mon père sortit du garage en traînant les pieds. « Pour l'amour du Ciel, Clyde, arrête de crier comme ça. Les voisins vont croire que tu appelles au secours. »

22

Otis semblait s'être volatilisé dans le labyrinthe de maisons, de voitures et d'aires de stationnement. Je continuai à le chercher pendant le reste de la soirée et une bonne partie de la nuit, tirant les sonnettes, frappant aux portes. La pluie se transforma en neige fondue. Plus l'heure avançait, plus j'avais l'air désespéré, trempé et halluciné, je le savais parfaitement. De moins en moins de gens prenaient le risque de m'ouvrir leur porte, s'imaginant, je suppose, que j'étais l'un de ces meurtriers maniaques dont on racontait qu'ils rôdaient sur les petites routes de WestWoods.

Quand ma sœur et ma nièce regagnèrent leur maison, la soirée était bien entamée et je m'étais effondré, trempé jusqu'aux os et reniflant, sur un des fauteuils de rotin chantourné. Agnès se précipita vers moi. « Est-ce... papa ? s'écria-t-elle. Est-il...

— Il va très bien, dis-je. Diane a rentré sa voiture dans le garage il n'y a pas très longtemps et je crois qu'ils se sont réconciliés.

— Ce n'était pas une attaque ? demanda Barbara.

— Une attaque ? Quelle attaque ?

– Pas une attaque, dis-je à Barbara. Une indigestion. »

C'est alors que Barbara, comme si elle savait déjà, vint s'asseoir à côté de moi. « Où est Otis? me demanda-t-elle doucement.

– Lui, en revanche, ça ne va pas. »

Je passai la nuit dans le salon d'Agnès et, dès le petit matin, poursuivis mes recherches en compagnie de Barbara. Mais c'était le lendemain de Thanksgiving. Les centres commerciaux débordaient de clients frénétiques et les parkings recrachaient leur contenu sur les routes, qui elles-mêmes étaient saturées de voitures – kilomètres de bouchons, gaz d'échappement, klaxons à tue-tête et chuintement des pneus sur la chaussée humide. Plus tard dans la journée, Barbara proposa de rentrer avec moi à Cambridge pour être présente quand j'annoncerais la nouvelle à Ben.

Pendant deux semaines, j'ai conduit Louise et Ben dans le New Hampshire chaque jour après l'école. Nous avons ratissé une zone de plus en plus étendue, mis des affichettes, contacté les refuges d'animaux perdus, interrogé des habitants soupçonneux. Mais sans trouver la moindre piste. Pendant toute cette épreuve, Ben garda la même attitude étrangement sereine, comme s'il croyait que le chien allait brusquement surgir au coin de la rue – et je n'étais pas loin d'espérer la même chose.

Et puis, un après-midi particulièrement froid où nous roulions vers le Nord, Louise dit : « Il va bien falloir que nous cessions d'y aller, un de ces jours. Il va y avoir un jour où nous devrons rester à la maison.

– Je sais, dit Ben.

– Cela pourrait être n'importe quel jour. » Elle quitta la route, s'engagea sur le gravier du bas-côté et coupa le contact. La voiture trembla au passage d'un camion. « Il suffit de décider d'une manière arbitraire, en sortant la date d'un chapeau. Mais je te laisse libre de décider quand ça aura lieu. »

Nous restâmes assis en silence au bord de la route, avec les voitures qui passaient à toute vitesse à côté de nous et la cigarette de Louise qui emplissait l'habitacle d'une légère fumée bleue. Au moment où Louise allait rallumer le moteur, Ben fondit en larmes. Il se recroquevilla sur le siège avant et se mit à sangloter, se cachant le visage des deux mains comme si quelque chose avait fini par craquer à l'intérieur de lui et que sa façade s'était effondrée. Le siège était secoué par ses sanglots. Une voiture de police passa, toutes sirènes en action, et Louise posa la main sur le dos de Ben. En un clin d'œil, il ouvrit brusquement la porte, sauta sur le bas-côté et se mit à marteler ma fenêtre de ses poings. Il criait quelque chose, très fort mais je ne pouvais pas l'entendre, et quand il recula je sortis à mon tour. Il me projeta contre le coffre de la voiture avec une force soudaine, accrue par la colère, et me bourra les jambes de coups de pied. Je l'entourai de mes bras et enfouis mon nez dans ses cheveux tandis qu'il me boxait la poitrine. Quand je relevai le visage, il envoya promener mes lunettes d'un coup de poing et shoota dedans. Elles atterrirent sur la route. Ensuite, nous restâmes plantés là et regardâmes un camion les écraser sous ses pneus.

« Je m'en fous, dit-il avec une morne stupeur. Je ne regrette pas. Je ne regrette pas. »

Nous regagnâmes la voiture, Louise mit le contact et nous nous glissâmes dans la circulation.

« On peut rentrer chez nous, maintenant ? demanda-t-elle.

– C'est où, chez nous ? » répondit Ben.

En regagnant l'appartement plus tard dans la journée, je trouvai Sheila dans la cuisine en train d'entasser ses papiers et ses livres dans un gros filet à provisions. Elle s'affairait avec une ardeur et une détermination que je ne lui connaissais pas d'habitude et j'eus la nette impression qu'elle préparait sa sortie de scène. Je m'assis à la table et la regardai faire pendant quelques minutes.

« Où est Marcus ? demandai-je.

– Sais pas. » Elle se retourna d'un geste vif et toutes ses boucles voltigèrent en même temps. « Sais pas, rien à en cirer. Aucune importance. Il a calé. Et tu sais ce qui se passe quand le moteur d'un hélicoptère cale ? L'appareil tombe comme une pierre. Regarde tout ce qui arrive à Ben en ce moment, juste quand il a le plus besoin d'un père ! Et Marcus qui n'est même pas foutu de s'asseoir en face de lui pour lui parler. Alors, comment peut-il réussir quoi que ce soit d'autre dans une vie qui cale ? Comment puis-je espérer qu'il s'engage un jour vis-à-vis de moi ? Les perdants ne m'intéressent pas, Clyde, ils ne m'ont jamais intéressée. D'ailleurs, il est trop vieux pour moi. »

C'était un reproche que je n'avais jusqu'alors entendu dans la bouche d'aucune des précédentes petites amies de Marcus, mais en la regardant traverser la maison comme une furie, ramassant des objets au passage pour les fourrer dans son sac, je compris que c'était vrai. Il était trop vieux pour elle, trop vieux pour sa thèse, trop vieux pour devenir père. Il avait attendu trop longtemps pour commencer sa vie et dépassé le point où il pouvait encore la faire démarrer, même avec une petite secousse.

Qu'il ait gâché sa matière grise, toutes les promesses de
sa prétendue intelligence, n'était pas nouveau. En
revanche, le vrai choc, c'était de réaliser qu'il avait également gaspillé sa beauté.

Eileen Ash donna sa fête un jeudi, deux semaines
avant Noël, par une soirée limpide et glacée. J'avais prévenu Louise quelques jours à l'avance et elle avait
accepté de venir, mais en me précisant qu'il était inutile
de passer la chercher. « Je te retrouverai là-bas »,
m'avait-elle dit sur un ton particulièrement peu
convaincant.

En réalité, j'hésitais moi-même à y aller, ayant été
quasiment inopérant pendant plusieurs semaines de
suite, mais j'essayais de me rassurer en me rappelant que
j'avais été à peu près inopérant pendant presque toute
ma carrière d'enseignant. Et jusqu'ici, cela m'avait plutôt servi.

La maison d'Eileen était un gros monstre italianisant
niché derrière une haute rangée de cèdres dans Brattle
Street. À chaque fenêtre, une bougie vacillait joliment,
suggérant l'élégante splendeur des décorations de Noël à
l'intérieur.

« Vous ne dormez pas suffisamment, me dit Eileen
en m'introduisant dans le salon. Vous devriez prendre
une année sabbatique.

— Je crains qu'on n'offre pas d'années sabbatiques à
l'Académie parallèle.

— Bien sûr qu'ils n'en offrent pas, mon cher. Il faut
demander. »

Le salon était immense. Tellement grand que le petit

groupe d'étudiants y aurait eu l'air perdu sans la présence du quatuor à cordes qu'Eileen avait engagé pour
l'occasion, et de l'armée de serveurs en tenue se pressant
en tous sens, présentant des boissons et remplissant la
pièce d'activité et de gaieté festive.

« Cela fait longtemps que je souhaite vous présenter
mon mari, dit Eileen. Il a l'impression de déjà vous
connaître. »

Elle me prit par le bras et me conduisit vers une ber-
gère installée devant une cheminée où rugissait une
flambée. C'était un vieil homme voûté qui me regarda
d'un air mauvais derrière les verres épais de ses lunettes.
À moins d'avoir été frappé par un éclair égaré, dans un
orage hors saison, au cours des deux derniers mois, il y
avait peu de chances que ce soit l'homme à qui j'avais
vu Eileen faire des mamours devant l'aquarium.

« J'aime beaucoup votre cours, dit-il en me serrant la
main.

— Vraiment ? » Sénile, par-dessus le marché, ce qui
devait être terriblement pratique.

« Non, non, dit Eileen en riant. Geai. » Elle s'assit sur
l'accoudoir du fauteuil de son mari, qu'elle embrassa sur
la joue. « C'est le surnom qu'il me donne. Geai.

— Geai l'aime beaucoup. Elle a l'intention de se
réinscrire à l'automne.

— Sauf s'il prend une année sabbatique.

— Bof, dit le mari. Ils trouveront bien quelqu'un
pour le remplacer, non ? »

Lui ou un autre..., semblait-il penser. « C'est en général ce qui se passe, répondis-je.

— Il y a deux personnes que je voudrais vous présenter, m'annonça Eileen en m'entraînant plus loin. Ils
prétendent qu'ils étaient inscrits mais je ne les avais

jamais vus avant et, autant que je sache, j'ai assisté à quasiment tous les cours.

— Ça arrive chaque année, dis-je. Il y en a quelques-uns qui s'inscrivent mais on ne les voit qu'à la fête de clôture. Je n'ai jamais bien compris pourquoi.

— Je vois ce que vous voulez dire. La classe sert de couverture à des activités plus canailles. L'un avec l'autre, si ça se trouve ! » Cette idée paraissait la réjouir infiniment. « En tout cas, si je peux dire une chose en leur faveur, c'est qu'ils ont de l'appétit. »

J'attendis Louise — pendant les cocktails, pendant le dîner, pendant qu'on servait une bûche de Noël très élaborée qui ressemblait à une cousine extrêmement distinguée du gâteau roulé de ma mère. Je me retirai dans la bibliothèque pour lui téléphoner, laissai la sonnerie retentir une douzaine de fois, voire plus. À la dixième environ, j'eus la quasi-certitude que le téléphone sonnait dans une maison vide. Qu'à un moment donné, depuis la dernière fois où je lui avais parlé, Ben et elle avaient fait leurs bagages et étaient partis en voiture avec aussi peu de cérémonie qu'ils étaient arrivés.

Lorsque je rentrai à la maison ce soir-là, Marcus était assis à la table de la cuisine, étudiant une de ses revues universitaires à la pâle lueur jaune d'une lampe unique. « Comment était la soirée ? demanda-t-il.

— Oh, à peu près ce qu'on pouvait en attendre : quatuor à cordes, bisque de homard, danseuses de bastringue sortant d'un gros gâteau. » Il hocha la tête d'un air approbateur sans écouter un mot, attendant le moment propice pour aborder la seule question importante, me mettre au fait de son état d'âme du moment. Mais je poursuivis, me moquant complètement de savoir s'il m'écoutait ou non. « Je crois que j'ai atteint mes limites avec l'Académie parallèle. Vance a un contact dans une école privée et je me suis enfin décidé à aller voir de ce côté-là.

– Bien sûr, bien sûr », dit-il dès que je cessai de parler. Il posa sa revue universitaire et croisa ses longs doigts osseux par-dessus. « J'ai pris une décision, Clyde. Demain, je vais parler à Ben. Je vais marcher jusque là-bas au petit matin, vif et tôt levé, je vais m'asseoir en face de lui et lui parler. Avant, je faisais tout ça avec lui pour faire plaisir à Sheila mais maintenant qu'elle n'est plus dans le tableau, je sens que je dois le faire pour moi. Et pour lui aussi, bien entendu. »

Il faisait vieux sous cet éclairage miteux ; beau, certes – il lui restait encore une dizaine de belles années à condition de ne pas maigrir davantage ou se mettre à enfler, de ne pas se laisser pousser la barbe et de ne pas suivre les modes. Mais j'eus pitié de lui pour la première fois de ma vie en entendant sa voix vrombir quelque part de l'autre côté de mes pensées. Il avait mal jugé la situation – en croyant qu'il avait la vie devant lui pour se décider à parler à son fils, en pensant que la vie allait suspendre son cours pour lui laisser le temps de la rattraper.

Moi aussi, j'avais mal jugé la situation. Pendant des années, j'avais cru que ma relation avec mon père était inachevée, pas encore résolue, et je m'étais doucement laissé porter par les eaux tranquilles de l'attente. C'est à l'occasion de la disparition d'Otis que j'ai mesuré ce qu'il en coûtait d'attendre et de rêver. En réalité, mon père et moi avions conclu nos affaires depuis bien des années. Nous n'avions plus rien à résoudre. Il s'agissait simplement d'apprendre à vivre avec le verdict.

23

L'hiver fut enneigé, quoique pas spécialement froid. Dès janvier et jusqu'au milieu de mars, des tempêtes balayèrent l'Est, crachant de la neige fondue qui s'accrochait lourdement aux arbres, transformant en épreuve le simple fait de marcher ou conduire. Vers la mi-février, j'abandonnai ma voiture dans une rue latérale et ne retournai pas la chercher avant d'être sûr que je ne finirais pas embourbé dans un bas-côté rempli de gadoue dégoûtante. De toute manière, je n'avais aucun endroit où aller.

En février, mon père et Diane – qui se trouva être une infirmière à la retraite – se marièrent. Agnès et moi ne l'apprîmes qu'en mars, lorsqu'ils prirent un appartement dans une résidence collective super-organisée à une quinzaine de kilomètres de chez elle. Birch Lane Brook était conçu pour réunir les avantages de la maison de retraite et du paquebot de croisière – soins médicaux garantis vingt-quatre heures sur vingt-quatre, distractions nocturnes et deux restaurants. Roger leur avait trouvé l'appartement. Dès que je risquais de m'apitoyer sur moi-même parce que papa était un meilleur père pour Roger que pour moi, il suffisait que je me rappelle que Roger semblait être un bien meilleur fils que je ne l'avais jamais été. Je n'ai jamais su si Roger s'était installé à Cambridge ou pas. Mon père et moi ne nous sommes pas parlé pendant longtemps, après la disparition d'Otis, et quand nous avons recommencé à parler, c'était surtout du temps qu'il faisait.

Agnès avait pleuré comme une madeleine en apprenant leur mariage clandestin. Elle déclara que si elle devait se remarier un jour, elle n'inviterait pas mon père et sa nouvelle épouse à la cérémonie – ou du moins, qu'elle attendrait la dernière minute pour les inviter. Mais je crois que, dans son for intérieur, elle était soulagée de ne plus l'avoir chez elle. Non seulement cela lui économisait la moitié de ses notes d'épicerie, mais elle pouvait recevoir Donald sans redouter les intrusions et récriminations du vieil homme. Peu après l'annonce du mariage, Agnès rangea sans rien dire les recettes de ma mère et n'en reparla plus pendant des mois.

J'attendais des nouvelles de Louise, une lettre ou un coup de fil, voire une carte postale, mais rien ne vint. Au bout d'un certain temps, je décidai qu'elle s'était refondue dans l'anonymat de sa vie errante. Je pensais qu'elle était retournée en Californie, un endroit que Ben connaissait mieux, plus chaud et plus accueillant pour elle.

Au printemps, j'assurai trois cours à l'Académie parallèle. J'avais maintenant un mois de vacances devant moi avant le début du semestre d'automne. Les bonnes relations que Vance entretenait avec Mary Laird ne s'étaient pas révélées aussi concluantes qu'il l'avait promis ou que je l'avais espéré. Elle continuait d'appeler notre centre d'enseignement pour adultes l'Académie paralysée. Elle me promit que mon nom figurait sur la liste des gens qu'ils risquaient d'appeler à la dernière minute, en cas de maladie, mort ou suicide d'un de leurs enseignants. « Ça se présente assez souvent », me dit-elle d'un ton enjoué.

À l'origine, j'avais prévu de passer mes vacances à me languir dans les pièces chaudes et ordonnées de mon nouvel appartement, à lire au lit, le corps effleuré par le souffle du ventilateur, mais juste avant la fin des cours j'avais éprouvé un urgent besoin de me trouver, pour une fois, au bon endroit au bon moment. J'appelai Taff et lui demandai de me dénicher pour l'été un appartement à Provincetown.

La lettre de Louise arriva le jour de mon départ, par un vendredi chaud et sec de juillet. Il n'y avait pas d'adresse d'expéditeur, mais le cachet de la poste indiquait la Floride.

Je lâchai mes sacs de voyage et commençai à déchirer l'enveloppe, mais il faisait trop chaud dans le hall de l'immeuble, et d'ailleurs j'avais follement envie de prendre la route et de quitter la ville.

J'atteignis l'extrémité de Cape Cod un peu avant seize heures, et pourtant le soleil était encore haut dans le ciel. En roulant le long de kilomètres de dunes, avec un vent chaud qui soufflait du sable en travers de la route et l'océan qui reposait comme un mirage frémissant à la limite de mon champ visuel, je me sentis gagné par un optimisme serein et l'envie de m'étendre au soleil. Au fur et à mesure que j'approchais, le sable et la mer vides s'étalèrent devant moi, puis le croissant que dessinait la ville, un fatras dément de maisons de pierre et de jetées plaquées sur une fine bande de terre.

Provincetown était chaud et fourmillant de monde, les rues offrant un carnaval multicolore de touristes et de cyclistes, de drag-queens d'un mètre quatre-vingts transpirant sous leur maquillage, de marins-pêcheurs en grosses bottes, d'hommes en maillot de bain string et de familles perplexes essayant d'acheter des T-shirts, tout ce monde-là mijotant à l'unisson sur la minuscule languette de terre qui avançait dans l'océan. Le ferry pour Boston était en train de charger, et les excursionnistes d'un jour, brûlés par le soleil et ivres morts, couraient sur les trottoirs pour atteindre le quai à temps, faute de quoi ils seraient coincés pour la nuit.

Je louai une bicyclette et pédalai à travers la foule en direction de la plage. Il était plus de six heures et le parking était quasiment vide. La marée commençait à monter et une brise soufflant de la mer effleurait le sable. Il y avait encore quelques groupes, des femmes torse nu et des hommes silencieux portant des lunettes noires, tous trop satisfaits et fatigués pour se résigner à partir. Je trouvai un emplacement où étaler ma serviette en haut de la plage, à l'abri du vent. Et je sortis enfin la lettre de Louise pour la lire.

Cher Clyde, Bonjour de Floride. Je sais — la Floride en juillet, mais ce n'est pas si affreux que tu pourrais le croire. J'ai trouvé sur la côte nord-ouest une ville qui ralliait mes suffrages et ceux de Ben. Pas exactement le paysage surréaliste qu'il avait espéré et que je redoutais. Une petite ville tranquille, aux couleurs passées, qui se trouve là depuis étonnamment longtemps (20 ans). Pas si mal que ça pour l'hiver que nous y avons passé, et pas trop cher pour l'été à venir. Pour l'automne, eh bien, nous n'avons pas encore décidé. San Francisco, probablement. Mais je n'ai pas complètement renoncé à rester ici.

En avril, quand les gens qui viennent pour l'hiver ont décampé, nous nous sommes installés près de la plage. Un appartement avec balcon, mais pas si terrible que ça. Nous le gardons en l'absence des propriétaires, un job que je n'étais pas en position de refuser. J'ai perdu deux ou trois milliers de dollars bien précieux en quittant précipitamment la maisonnette couverte de vigne de Cambridge. Ça valait la peine, à mon avis. Ce n'était pas à cause du chien. Enfin, ce n'était pas seulement le chien. Ce n'était rien en particulier, c'était l'ensemble. C'est Ben qui a voulu partir. Quand je pense à tout ce temps que j'ai perdu à attendre que Marcus se décide, et il ne m'est jamais venu à l'esprit que je ferais mieux de laisser Ben décider tout seul.

Nous avons un autre chien. Vingt kilos, arraché aux griffes de la fourrière. Nous sommes parvenus à la conclusion que nous ne saurions jamais ce qui était arrivé à Otis, aussi pouvions-nous raconter la fin de l'histoire à notre guise. Voici ce dont nous sommes convenus : il est sorti de la maison d'Agnès et a traversé le labyrinthe de centres commerciaux, puis il a gagné la route. Il voulait rentrer à Cambridge. Quand il en a eu assez, il s'est abrité sous une table de pique-nique dans une aire de repos, et a été trouvé par une mère et son fils qui rentraient dans leur ferme du Maine. Sa plaque d'identité était tombée, alors ils ont décidé de le prendre avec eux. Il y a cinq autres chiens dans cette ferme, qui le surveillent, mais il est le seul à avoir le droit de dormir dans la maison.

Ton amie, Louise

Je repliai la lettre, la glissai dans l'enveloppe. Une ville sur la côte nord-ouest de Floride, un chien, un balcon donnant sur une plage qui ressemblait peut-être à quelque chose comme la mienne.

J'étais abruti par la chaleur, somnolent et transpirant sur mon tapis de bain. Du vent chaud soufflait sur le sable et dans mes cheveux, traversait l'immense étendue d'eau sous mes yeux. Il y avait une traînée de brume à l'horizon. Non loin de moi, un petit groupe d'hommes étaient assis sur de minuscules pliants sans pieds, la tête protégée par des parasols qui frémissaient sous le vent. Ils avaient une glacière remplie de glaçons et de bières et se passaient un joint de main en main. L'un d'eux, un homme rond au teint rose, coiffé d'un chapeau de paille, chantait une version lente et geignarde de *Ten Cents a Dance* d'une voix de ténor râpeuse et défraîchie, tandis qu'un autre, venant de la direction opposée, marchait au bord de l'eau en traînant des pieds dans l'écume. Il était accompagné d'un garçon de huit ou neuf ans, maigre et bronzé, vêtu d'un caleçon de bain beaucoup trop grand. Le gamin courut devant son père, s'engagea dans les dunes et réapparut beaucoup plus loin. « Je suis là, papa ! cria-t-il. Je suis juste ici. » Le père agita le bras et le gamin disparut de nouveau.

Ils passèrent devant moi et je les regardai s'éloigner sur la plage jusqu'au moment où ils formèrent deux silhouettes sombres dans le lointain. Puis ils disparurent et je n'entendis plus que la voix de l'homme rose qui chantait inlassablement les mêmes paroles de sa voix apaisante et brisée.

*Cet ouvrage a été réalisé
par la Société Nouvelle Firmin-Didot
Mesnil-sur-l'Estrée
pour le compte des Éditions Denoël
en septembre 1997*

Imprimé en France
Dépôt légal : octobre 1997
N° d'édition : 7862 – N° d'impression : 39552